Nora Naish

Die Schmetterlingsdose

Roman

Deutsch von
Sonja Hauser

Deutscher Taschenbuch Verlag

Dieses Buch liegt auch im Normaldruck
als Band 12126
im Deutschen Taschenbuch Verlag vor.

Von Nora Naish
sind außerdem erschienen:
Sommersonntag (12031)
Wunsch meines Herzens (20029)

Ungekürzte Ausgabe
September 1997
Deutscher Taschenbuch Verlag GmbH & Co. KG,
München

Titel der englischen Originalausgabe:
›The Butterfly Box‹ (William Heinemann, London)

Umschlagkonzept: Balk & Brumshagen
Umschlagbild: ›The Water Garden‹ (1909)
von Childe Hassam
Gesetzt aus der Stempel Garamond 12/14
(QuarkXPress 3.31)
Satz: KCS GmbH, Buchholz/Hamburg
Druck und Bindung: C. H. Beck'sche Buchdruckerei,
Nördlingen
Gedruckt auf säurefreiem, chlorfrei gebleichtem Papier
Printed in Germany · ISBN 3-423-25122-0

Inhalt

I
Samstag

Der Oktober war Lucy in ihrer Kindheit immer der liebste Monat gewesen, weil in ihn ihr Geburtstag fiel mit all dem damit verbundenen feierlichen Drumherum: Es gab dann eine Torte mit rosafarbenem Zuckerguß und Kerzen, die im kühlen Eßzimmer auf der schattigen Seite des Bungalows in Patna serviert wurde – von Bearer in seinem langen, braunen Gewand, mit einem purpurroten Kummerbund um seinen stattlichen Bauch und einem großen, weißen Turban auf dem Kopf, der ihn noch größer aussehen ließ, als er ohnehin schon war; und Geschenke von Mummy und Daddy – eine wunderbare Puppe, die »Ma-ma!« sagte, wenn man sie vornüberkippte, dazu eine winzige Bürste und einen Kamm für die echten Haare, die sich nicht lösten, wenn man daran zog, und dann noch die Blumengirlande, die sie von der Ayah um den Hals gehängt bekam, damit jeder wußte, daß sie die Hauptperson war an dem Tag, an dem sie zur Babamemsahib wurde. Damals, daran erinnerte sie sich noch, hatte sie es sehr genossen, die große Dame zu spielen. Als sie dann später alle aus Indien nach Hause zurückgekehrt waren und sie zum erstenmal die prachtvollen Farben des englischen Herbstes in den Wäldern des West Country und an ihrem zehnten (oder war's der elfte?) Geburtstag die üppigen roten und goldenen Verlockungen an den Ästen der Apfelbäume in einem Obstgarten in Gloucestershire gesehen hatte, hätte sie fast gejubelt vor Freude. Und jetzt, einen Tag vor ihrem achtzigsten Geburtstag, um den alle Bewohner von High House soviel Aufhebens machten – vermutlich deshalb, weil sie alle dachten, sie würde keinen weiteren mehr erleben –, freute sie sich wieder über dieses Gefühl heiterer Zufriedenheit, über das sanfte, goldene Sonnenlicht im Garten, über die langen Schatten an diesem Samstagnachmittag und über die lodernden Farben der japanischen Ahornbäume, die ihre Mutter gepflanzt hatte, über alles, was so sehr zum Oktober gehörte.

Sie war froh, hier zwischen den Bäumen noch ein bißchen Ruhe und Frieden zu haben, bevor die ersten Gäste eintrafen. Sie wußte, daß sie die Überwachung des Partyservice getrost ihrer Tochter Beena überlassen konnte: der guten, liebenswürdigen, wohlmeinenden Beena, die einen trotzdem manchmal zum Wahnsinn trieb. Lucy saß im schweren Schatten einiger immergrüner Steineichen auf dem Sockel einer Statue, die ein spärlich bekleidetes Mädchen darstellte. Diese

Steineichen waren vor mittlerweile bestimmt schon siebzig Jahren gleich nach ihrer Ankunft in High House von Louise gepflanzt worden. Durch den natürlichen Bogen zwischen den Bäumen sah Lucy, wie sich das grüne Tal von Frenester zu dem kleinen Ort mit dem Kirchturm hinüberschlängelte, von dem an diesem ruhigen Nachmittag eine einzelne Glocke ihre Botschaft herüberläutete: In Frenester war jemand am Ende seiner vorbestimmten Erdentage angelangt. Donnes berühmte Worte klangen zusammen mit der Glocke in ihrem Kopf: »Frage niemals nach, wem die Stunde schlägt. Sie schlägt dir.« Sie erinnerte sich, wie sie sie das erste Mal gehört hatte. Damals war sie fünfzehn gewesen und hatte noch ihren Trägerrock, der zur Schuluniform gehörte, und schwarze Strümpfe angehabt, weil sie eben erst von der Schule nach Hause gekommen war. Sie hatte den Rollstuhl ihres Vaters über den Rasen geschoben, als sie die Kirchenglocke läuten gehört hatten; plötzlich hatte er Donne zitiert, mit seiner abgehackten, akkuraten Stimme, und hinzugefügt: »Mir! Mir!« Ein paar Monate später war er tot gewesen.

Lucy schüttelte sich und erhob sich, um zum Haus zurückzugehen. Joanna (das süße Kind!), das Baby, das Beena anfangs nicht gewollt und das ihnen dann beiden so viel Freude gebracht hatte, würde bald hier sein. Lucys Magen verkrampfte sich ein wenig, als sie daran dachte, daß Joanna jetzt auf der Autobahn war, weil sie sich dabei an den Unfall erinnerte, der vor Jahren ihr eigenes Leben zerstört hatte. Nun brachte dieses Goldstück einen Mann, zweifelsohne einen Liebhaber, zur Geburtstagsfeier ihrer Großmutter mit; und Lucy machte sich Sorgen. Sie fragte sich, warum; schließlich sollte sie sich doch zusammen mit Joanna über ihr Liebesglück freuen, sich vielleicht schon eine glückliche Ehe und ein gelungenes Familienleben ausmalen. Das hatte sie selbst sich immer mehr als alles andere gewünscht, genau wie die arme Beena. Joanna sehnte sich sicher auch danach, aber wenn sie sich für den falschen Mann entschied, hatte sie Jahre voller Schmerz und Reue vor sich. Letztlich, sagte Lucy sich, haben die Frauen in meiner Familie schon immer Angst vor der Liebe gehabt, weniger aufgrund der sexuellen Tabus vergangener Generationen als wegen der Erfahrungen, die sie gemacht hatten. Großmutter Dambresac hatte gern vom Wahnsinn der Leidenschaft gesprochen. *»L'amour, c'est une maladie«*, hatte sie häufig gesagt. Lucy selbst hatte eine Liebe voller Leidenschaft und Freude erlebt, doch leider viel zu kurz. Beena hatte nur katastrophale Erfahrungen gemacht. Gab es, so fragte sie sich, einen Defekt in ihrer Familie, der die vollkommene Entfaltung der Liebe verhinderte? Lag die Flüchtigkeit in der

Natur der Liebe, oder hatten sie einfach nur Pech gehabt? Es war nicht die Ehe, stellte sie fest, die sie für Joanna fürchtete, sondern die Schmerzen der Liebe.

Sie versuchte, all diese Ängste beiseite zu schieben. Das sind doch nur Vorurteile, schalt sie sich selbst. Ich muß ihrem Freund ohne Vorurteile entgegentreten. Wenn ich ihm feindselig begegne, verstimme ich nicht nur ihn, sondern auch Joanna. Ich darf nicht eifersüchtig und besitzergreifend sein oder zu hohe Erwartungen haben. Ich muß versuchen, seine Sicht der Dinge zu verstehen. Es wird ohnehin schwierig genug für den armen jungen Mann, auf so viele Mitglieder von Joannas Familie zu treffen, in dem Wissen, jedes Mal auf dem Prüfstand zu stehen. Vielleicht kommt er sich sogar vor wie Daniel in der Löwengrube, also darf ich mich nicht aufführen wie eine Wildkatze, bereit, mich auf ihn zu stürzen. Sie beschloß, ihm freundlich entgegenzutreten und ihm dabei zu helfen, sich von der besten Seite zu zeigen; trotzdem konnte sie die Hoffnung nicht unterdrücken, Joanna möge ihn nicht heiraten – jedenfalls noch nicht, nicht bevor sie ihre Ausbildung beendet und in ihrem Beruf Fuß gefaßt hätte.

»Ich glaube, du solltest dich allmählich umziehen«, begrüßte Beena ihre Mutter im Flur. »Die Gäste kommen bald.«

Lucy ging artig nach oben, konnte sich aber eine kleine Spitze nicht verkneifen: »Ich brauche nicht lang, Beena – jedenfalls nicht so lang wie du.« Beena trug noch immer eine fleckenübersäte Schürze, und ihre Haare sahen aus wie üblich: wie die unregelmäßigen, verfilzten Fransen eines alten, abgetretenen Bettvorlegers.

»Aus deinem Mund klingt das eher nach einer Tortur und nicht nach einem Fest«, meinte Joss, während er einen ramponierten Lieferwagen mit schief herunterhängendem Nummernschild und einem zerfetzten Stück Vorhang an der Innenseite des Rückfensters überholte, dessen Rostflecken mit den unterschiedlichsten Farben überpinselt worden waren. »Hippies! Um die macht man am besten einen weiten Bogen!« Schließlich waren das unzuverlässige Bürger, die ein ungeregeltes Leben führten, immer wieder Unfälle bauten, eine Bedrohung für die Gesundheit aller sie Umgebenden darstellten und eine Gefahr für die anderen Fahrer auf der M4. »Wahrscheinlich sind das die letzten Vertreter aus der beinahe ausgestorbenen Spezies der Großen Ungewaschenen.«

Seine Einstellung Aussteigern gegenüber erzeugte in Joanna immer ein unbehagliches Gefühl.

»Sie haben ein Zuhause – auch wenn es nur ein

alter Lieferwagen ist«, sagte sie. »Weißt du, die hängen nicht auf der Straße herum.« Schon als Kind hatte man ihr ein Gefühl für Gerechtigkeit beigebracht.

Sie schwiegen beide, als draußen die Landschaft von Wiltshire an ihnen vorbeirollte: Stoppelfelder, gepflügte Erde, über die die Wolkenschatten hinwegzogen wie prächtige Galeonen, und dann Woge um Woge vom Wind und Regen zerzaustes Grasland. Sie atmeten tiefer durch beim Anblick dieser Fülle an weitem Land und bei der Aussicht auf frische Luft.

»Ich frage mich, warum du nicht öfter nach Hause fährst«, sagte er. »Allein schon der Anblick der schönen, weiten Landschaft hier muß doch gut sein für die Gesundheit. Meinst du nicht auch, Fräulein Doktor?«

»Weißt du, ich muß am Wochenende häufig arbeiten«, antwortete sie zurückhaltend. »Und ich habe auch keinen Volvo wie du.«

Er lächelte nachsichtig. Der Volvo war ein Firmenwagen, aber das hatte er ihr nicht gesagt. Schließlich studierte sie noch und war um einiges jünger, ärmer und weniger welterfahren als er selbst; es würde ein paar Jahre dauern, bis sie eine richtige Ärztin wäre und überhaupt etwas verdiente, und noch etliche Jahre mehr, bis sie so viel Geld einstrich wie er.

»Ehrlich gesagt«, meinte sie, »ist dieser Besuch

zu Hause für mich tatsächlich eher so etwas wie eine Tortur.« Sie schwieg, sah ihre Mutter mit seinen Augen vor sich, schämte sich ihrer und hatte dann ein schlechtes Gewissen, weil sie sich schämte. Daß ihre Mutter sich nicht viel aus ihrem Aussehen machte, manchmal sogar ausschaute wie eine Pennerin, daß sie in ihrer ganz eigenen arkadischen Welt des Haushalts, des Gartens, der Tiere und der Kirche lebte, daß sie ein bißchen exzentrisch war – all das nahm Joanna hin, weil sie damit aufgewachsen war; doch sie fürchtete, daß Joss mit seinem anspruchsvollen Geschmack, seiner Liebe zu schönen Dingen und seiner Hingabe an die Kunst Beena als Närrin und schreckliche alte Vogelscheuche betrachten würde. Und was war mit Lucy? Lucy mit ihrem Raj-Akzent aus ihrer Zeit in Indien, mit ihrem Schutzwall aus altmodischen guten Manieren und ihrer Selbstdisziplin, die es ihr verbat, andere mit einer übertriebenen Zurschaustellung ihrer eigenen Gefühle zu belasten? All das war heutzutage nicht mehr modern. Würde er ihren Unwillen, Geld sinnlos zum Fenster hinauszuwerfen, verurteilen und sie für geizig halten? Vermutlich würde er ihre Abneigung gegen grellen, unnützen Zierat gutheißen, den beide für verwerflich und vulgär hielten. Doch würde er die altmodischste Seite ihres Charakters überhaupt, den Altruismus, durch den sie sich im

Leben leiten ließ, auch nur erahnen? Joanna fürchtete, daß Joss ihre Großmutter nur schwer verstehen und kaum ertragen würde.

»Sie sind ziemlich altmodisch«, meinte sie, »meine Mutter und meine Großmutter. Sie kommen eben vom Land. In der Stadt würden sie auffallen wie ein bunter Hund.«

Er nickte und lächelte, froh darüber, daß er sich ihnen als Londoner überlegen fühlen konnte. »Natürlich werden sie dich taxieren; aber deshalb mußt du dir keine Gedanken machen. Schließlich tust du ja das gleiche von Berufs wegen, nicht wahr?«

»Ja, aber ich beurteile für gewöhnlich den Wert von Dingen, *objets d'art,* Gemälden und ähnlichem – von statischen Dingen, nicht von sich bewegenden, lebenden und sich verändernden Menschen.«

Trotzdem, dachte er, wird die Mutter schon die Hochzeitsglocken hören und mich als Bräutigam sehen, und die reiche Großmutter wird sich mein Bankkonto anschauen wollen. Joss hatte keinerlei Absicht zu heiraten; eine lebenslange Bindung war das letzte, was er wollte. Gerade deswegen genoß er die Affäre mit Joanna so sehr – weil sie nicht auf der Jagd nach einem Ehemann war. Sie hatte noch ein Jahr zu studieren, bevor sie ihren Abschluß machte, und danach mußte sie eine Reihe von Praktika hinter sich bringen. Die viele

Arbeit und die Lernerei machten einen großen Teil ihres Lebens aus und führten dazu, das war jedenfalls sein Eindruck, daß sie in der Liebe weniger forderte als die meisten Frauen. Auch das gefiel ihm an ihr: ihre Unabhängigkeit. Er glaubte, ihre Einstellung zur Liebe ähnle der seinen – dankbares Hinnehmen der Freuden, die sie im Augenblick bot, ohne eindeutige Festlegung für die Zukunft. Trotzdem wußte er um das Familienvermögen und freute sich darüber; wenn die Zeit reif war zum Heiraten, würde Joanna zur Familiengründung ein ordentliches Sümmchen beitragen. Doch zuerst einmal mußte er dieses Wochenende mit seinem monströsen Regiment von Frauen hinter sich bringen. Die meisten Männer schienen in dieser Familie weggestorben oder verschwunden zu sein. Die Frauen überlebten ihre Männer so oft, daß sie im Alter immer in der Überzahl waren. Er hoffte bloß, einen oder zwei männliche Überlebende anzutreffen, die ihm den Rücken stärken würden.

»Ich denke, es war schon ein bißchen ungewöhnlich, in einem Haushalt voller Frauen aufzuwachsen«, sagte Joanna, die einen Teil seiner Gedanken erriet. »Aber ich glaube nicht, daß ich viel versäumt habe. Beena und Lucy, meine Mutter und meine Großmutter, haben sich geweigert, mich ins Mädchenpensionat zu schicken (obwohl ich mir mit zwölf nichts sehnlicher gewünscht hätte), weil ich mich ihrer Meinung nach auch mit ein paar Männern auseinandersetzen sollte. Also habe ich die Grundschule in Frenester besucht und anschließend die örtliche Gesamtschule. Später, mit sechzehn, hat mich Lucy dann doch noch aufs Internat nach Chesborough geschickt.«

»Dort hat's sicher jede Menge Männer aus den oberen Zehntausend gegeben!« lachte Joss.

»Deswegen bin ich nicht hin, sondern weil ich Medizin studieren wollte und Lucy der Meinung war, daß ein großes Internat mit viel Geld für Laboratorien und wissenschaftliche Gerätschaften und Lehrer dafür eine bessere Voraussetzung wäre als die Schule von Frenester.«

»Wolltest du schon immer Ärztin werden?«

»Aber nein!« Joanna mußte lachen. »Ich wollte eigentlich immer Schauspielerin werden.«

»Damit du auch zu den achtzig Prozent arbeitsloser Künstler gehörst?«

»Tja, als Kind habe ich das noch nicht so genau bedacht. Ich stand bloß einfach gern auf der Bühne. In Schulaufführungen ließ ich mich von meinen Texten vollkommen mitreißen. Ich konnte sogar auf Befehl weinen – ob du das glaubst oder nicht!« Sie schwieg eine Weile, während Joss den Volvo auf die Überholspur lenkte, um an einem Schwerlaster vorbeizukommen. »Einmal«, sagte sie nach dem Überholmanöver, »habe ich in ›Richard II.‹ den König gespielt – in einer gekürzten Version. Ich weiß auch nicht, warum ich die Rolle bekommen habe, obwohl es genügend Jungen gegeben hätte. Vielleicht war ich mit vierzehn größer als die Jungs in meiner Klasse; vielleicht lag's auch an meiner lauten Stimme – jedenfalls stand ich auf der Bühne und deklamierte:

›Um Himmels willen, laßt uns niedersitzen
Zu Trauermären von der Kön'ge Tod …‹

Als ich dann begonnen habe, die traurige Geschichte von ihrem Tod zu erzählen, hat es mir die Kehle zugeschnürt, und die Tränen sind mir die Backen heruntergelaufen. Ich habe kein Wort mehr herausgebracht. Plötzlich haben alle geschwiegen. Der Souffleur hat mir aus der Kulisse immer wieder zugeflüstert: ›Von ihren Fraun vergiftet … Von ihren Fraun vergiftet …‹ Es war schrecklich.«

»Was ist dann passiert?«

»Die Zuschauer haben zu kichern angefangen. Da bin ich wieder aus meiner Trance aufgewacht und habe meinen Text in rasender Geschwindigkeit heruntergerasselt, um die verlorene Zeit wettzumachen. Ich habe den Augenblick meines größten Triumphs als Charakterschauspielerin versiebt!«

Er drückte mit der linken Hand mitfühlend ihren Oberschenkel.

»Arme Joanna! Wie schade!«

»Das war nicht so tragisch. Alle haben sehr nett reagiert, aber so eine große Rolle habe ich nie wieder bekommen. Weißt du, ich habe die Schule geliebt. Und meine Kindheit war wunderbar. Beena war eine tolle Mutter, als ich klein war. Sie hat damals eine Reitschule mit ein paar Shetlandponys geleitet. Eins davon, eine ältere, ruhige Stute – sie hieß Sheila – hat mir gehört; als ich mit fünf zum erstenmal ohne Longe auf ihr übers Feld reiten durfte, war das für mich ein Festtag, das höchste Glück. Lucy hat immer gesagt, wenn ich Sheila reite, sei das für mich genausogut wie eine religiöse Erziehung. Auf dem Pony hatte ich den verklärten Gesichtsausdruck eines Engels von Fra Lippi.«

»Merkwürdiger Kauz, Fra Lippi!« meinte Joss. »Hast du gewußt, daß er mit einer Nonne durchgebrannt ist und sie und ihre gemeinsamen Kinder für die süßen kleinen Putten und die Madonna auf seinen Bildern Modell gestanden haben?«

»Nein, wirklich?«

»Ja, ja. Das war sehr romantisch – eine wahre Liebesgeschichte. Fra Lippi war selbst ein unerwünschtes Kind, das in cinem Konvent der Karmeliterinnen aufgezogen wurde. Vermutlich hatte er keine andere Wahl, als Mönch zu werden, aber sonderlich gut war er nicht in seinem Beruf. Als er die hübsche Lucrezia Buti gesehen hat (er war im gleichen Konvent Kaplan wie sie Novizin), hat er um Erlaubnis gebeten, daß sie Modell sitzen durfte für seine Heilige Jungfrau. Da er bereits ein berühmter Maler war, wurde ihm sein Wunsch gewährt. Zweifelsohne hat er die Sitzungen hinausgezogen, wenn es sich machen ließ. Sie haben sich ineinander verliebt. Und dann sind sie zusammen durchgebrannt. Natürlich war das ein schrecklicher Skandal. Die Sache wurde beim Vatikan ruchbar. Sie wurden gezwungen, sich zu trennen, obwohl Lucrezia mittlerweile schwanger war. Irgendwie gelang es ihnen, sich wieder zu treffen, doch sie wurden erneut getrennt. Schließlich hat der Papst ihr Gelübde aufgehoben, und sie konnten endlich heiraten. Für die beiden war der Weg zur wahren Liebe ziemlich steinig.«

»Wahrscheinlich hat man sie von ihrem Gelübde befreit, um dem Hofmaler des Papstes einen Gefallen zu tun«, meinte Joanna.

»Ich habe immer gedacht, der Grund seien die flehentlich bittenden Gesichter der Putten gewesen.« Er betrachtete Joanna und dachte insgeheim, daß sie etwas von diesen Putten hatte: das kurze, lockige, kupferfarbene Haar, die ebenmäßigen Gesichtszüge und eine gewisse Unschuld mit einem Schuß Verschmitztheit.

Im Rückspiegel sah er einen kleinen roten Wagen mit der Geschwindigkeit und vermutlich auch der mangelnden Zielgenauigkeit einer Scud-Rakete heranschießen und lenkte seinen Volvo schnell von der Überholspur herunter. Joanna fragte sich, wie viele Hindernisse Joss ihr zuliebe zu überwinden bereit wäre, doch sie verkniff sich die Frage.

»Beena war wunderbar, als ich klein war«, sagte sie. »Damals habe ich mit all ihren Tieren gelebt. Erst später ist mir aufgegangen, daß sie Tiere tatsächlich mehr liebte als Menschen. Als Teenager habe ich mich bei Schwierigkeiten immer an meine Großmutter gewandt. Wir haben zusammen lange Spaziergänge gemacht und über Gott und die Welt geredet. Komisch – der Altersunterschied hat damals überhaupt nichts ausgemacht. Sie war immer so fit und wirkte so jugendlich. Jedenfalls noch bis vor ein paar Jahren.«

Sie waren fast am Ziel ihrer Fahrt angelangt, als sie sagte: »High House wird dir gefallen. Es steht unter Denkmalschutz, weil es architektonisch wertvoll ist. Außerdem befindet es sich an einem hübschen Fleck.« Sie warf einen Blick auf seine Hände am Steuer: schöne Hände, fein und doch kräftig; dann betrachtete sie sein Profil. Noch immer war sie jedesmal, wenn sie es anschaute, überrascht. Er sah so gut aus, daß alle ihn einfach bewundern mußten. Und dann noch die kleine

Haarlocke in seinem Nacken, die ihn so jungenhaft und verletzlich wirken ließ, daß es ihrem Herzen jedesmal einen kleinen Stich gab, wenn sie sie bemerkte. Sie wußte, sie würde stolz auf ihn sein in High House; sie wußte außerdem, daß er hinter seiner zuversichtlichen, gutaussehenden Fassade schüchtern war, also versuchte sie, ihm ein wenig Mut zu machen.

»Du willst wissen, was sonst noch für Leute kommen? Nun ja, es ist eine kanadische Familie eingeladen, irgendwelche Cousins von Lucy, die gerade in England Urlaub machen. Ich habe sie noch nie gesehen und Lucy wahrscheinlich auch nicht. Sie haben ihr geschrieben, daß sie gern ihre Verwandten hier kennenlernen würden. Der Vater heißt Duncan, und dann sind da, glaube ich, noch zwei Teenager. Außerdem kommt Charlotte. Sie ist eine Cousine ersten Grades und eine langjährige Freundin von Lucy. Sie bleiben alle übers Wochenende bei uns.«

Die Einfahrt zum Haus wurde seinen Erwartungen gerecht. Eine Buchenallee säumte die Auffahrt, und unten, auf dem fetten Humus, dem Produkt von vielen Jahren herabfallenden Laubs, waren schon die ersten Gelb-, Rot- und Brauntöne des Herbstes zu sehen. Er stieg aus dem Wagen, streckte nach der Fahrt von London erleichtert seine langen Beine aus und bewunderte die Buchen, denen die Orkane, anders als so vielen Bäumen im Südwesten Englands, nichts hatten anhaben können.

»Die hat meine Urgroßmutter in den dreißiger Jahren gepflanzt«, sagte Joanna. »Sie war die Gärtnerin in der Familie.«

Vier identisch gekleidete Frauen in leuchtend gelben Arbeitsanzügen hüpften aus dem Haus und auf einen gelben Transporter zu, der an seiner Flanke die schwarze Aufschrift MOPPITUPPERS trug. Sie hatten alle rosige Gesichter und rundliche Körper, fast wie Vierlinge, die man von Kindesbeinen an mit Vollfettmilch ernährt hatte. Sie schoben allerlei Reinigungsgerät in den Lieferwagen, kletterten dann selbst hinein und winkten ihnen unisono zu.

Joannas Mutter wartete bereits an der Tür. Sie hatte eine alles andere als saubere Schürze an und wirkte gehetzt. Ihr Haar war stümperhaft blond gefärbt, und sie trug kein Make-up. Ihre Hände, die sie über Joannas Rücken gleiten ließ, während sie sie umarmte, waren knotig und ausgetrocknet, die Nägel eingerissen wie bei einem alten Gärtner. Sie grinste Joss über Joannas Schulter zu. »Ich bin Beena«, sagte sie.

»Ich bin Joss.« Er streckte ihr die Hand hin, nachdem sie sich aus Joannas Umarmung gelöst hatte.

Beena hätte gern gewußt, ob Joss die Kurzform von Joseph war, was möglicherweise auf katholische Eltern hinwies, oder von Joshua, was vielleicht bedeutete, daß es einen Rabbi in der Familie gab. Unter Umständen stand Joss auch für Josiah und deutete auf eine Verbindung zu den alten Töpferfamilien hin. Aber so kurz nachdem sie sich kennengelernt hatten, wollte sie noch nicht allzu neugierig erscheinen.

»Bring ihn nach oben, Joanna, Liebes«, sagte sie statt dessen, sich an die praktischen Fragen haltend, denn da konnte man nichts falsch machen. »Ich habe euch in den Zimmern unterm Dach untergebracht. Ihr seid ja noch jung, euch macht die Treppensteigerei nicht so viel aus.«

Im Flur war es ziemlich dunkel, doch ganz hinten in einem Winkel seitlich der Treppe schimmerte es golden und silbern. Wahrscheinlich hing das mit dem Rahmen, vielleicht sogar mit der glänzenden Farbe des berühmten Porträts zusammen, von dem Joanna erzählt hatte und auf das er mindestens genauso neugierig war wie auf ihre Verwandten. Er würde es sich im Verlauf des Wochenendes noch genauer ansehen. Dann hätte er einen triftigen Grund, sich um den unausweichlichen Small talk und die Höflichkeiten gegenüber der alten Dame herumzudrücken, deren achtzigsten Geburtstag sie hier gemeinsam feiern wollten. Den Geburtstag der ehrfurchtgebietenden Großmutter, die nicht zuletzt deswegen die Hochachtung ihrer Nachkommen genoß, weil ihr dieser ganze Reichtum gehörte: Es handelte sich um alten, alles andere als übermäßigen Reichtum, der weder im Handumdrehen noch in einer Nacht-und-Nebel-Aktion erworben, sondern über Generationen durch die Fähigkeiten und die harte Arbeit von Handwerkern und Händlern der Mittelschicht angehäuft worden war. Er hatte eine solide Basis und war solide investiert, und da ein Mitglied der vorangegangenen Generationen so klug gewesen war, das Geld in Grundstücken und Immobilien anzulegen, konnte ihm jetzt nichts und niemand mehr etwas anhaben. Joss lächelte, als er Joanna beobachtete, die die Treppe vor ihm hinaufging. Er bewunderte nicht nur ihren Körper, sondern auch die Kleidung, die sie trug. Die Art und Weise, wie sie sich anzog, spiegelte ihre Persönlichkeit: kein Schnickschnack, schlicht und ziemlich schmucklos, jedoch mit einem guten Gefühl für Muster und einer kleinen Schwäche für lebhafte Farben. Die schwarze Hose, die sie heute anhatte, strich ihr rundes Hinterteil und ihre schlanken Oberschenkel heraus; sie endete unmittelbar unter dem Knie und betonte mit einem Schwung, so elegant wie japanische Kalligraphie, nicht nur die Form, sondern auch die Oberfläche ihrer sonnengebräunten Waden. Ihre maisgelbe Seidenbluse brachte ihr prächtiges Haar aufs eindrucksvollste zur Geltung. Er wußte, das war die Sorte trügerisch schlichter Kleidung, die sich nur die wirklich Wohlhabenden leisten konnten. Joanna hatte nicht viel mehr Geld zur Verfügung als ihr Stipendium. Das hatte ihre Großmutter bestimmt. Wie konnte sie sich da bloß diese modischen, teuren Kleider leisten? Möglicherweise, so mutmaßte er, waren sie ein Geschenk von ihrer ansonsten stillosen Mutter. Das ließ ihn hoffen, daß die süße Joanna in nicht allzu ferner Zukunft ein schönes Sümmchen erben würde. Dieses Erbe würde sie nur noch begehrenswerter machen. Natürlich ging es ihm in der Beziehung mit ihr nicht primär ums Geld. Natürlich liebte er sie. »Um Himmels willen, nein ...!« rief er laut aus und trocknete sich die Hände im oberen Bad, das sie sich teilen sollten, an einem kleinen, dickflorigen Handtuch ab. Was er sonst noch dachte, behielt er für sich. Geld ist – machen wir uns da nichts vor – ebensosehr ein Teil dessen, was wir Charisma nennen, wie ein schöner Körper oder wie Joannas ungewöhnlich rotgoldenes Haar, das sie wie einen Kupferhelm trug – die kleinen Locken kurz geschnitten. Sie hatte ihn schon öfter an einen Krieger aus dem alten Griechenland erinnert. Sie wirkte ohnehin ziemlich maskulin, solange sie angezogen war. Ohne Frage gab es abgesehen vom Geld ihrer Familie noch zahlreiche andere Gründe, warum er sie so attraktiv fand, doch er war sich sehr wohl im klaren darüber, daß sie anders war als die Frauen, die ihm sonst gefielen – gutmütige, hübsche Mädchen, die nicht viel dachten, aber intelligent genug waren, ihm zuzuhören, ohne gelangweilt zu wirken, junge Frauen, die ihm im großen und ganzen seinen Willen ließen und sich bemühten, ihm in kleinen Dingen zu gefallen. Das Problem war nur, daß sie ihn als Ehemann einfangen wollten. Joanna war anders: unabhängig – sie nahm kein Blatt vor den Mund. Manchmal alarmierte ihn diese Unabhängigkeit und besonders auch die Tatsache, daß sie so anders war als er, und er fragte sich, warum er sie liebte. War die Beziehung rein sexueller Natur, oder hoffte er, durch sie Karriere zu machen? Er hatte auf seinem gesellschaftlichen Weg nach oben gelernt, einen so großen Teil seiner wahren Gefühle zu verbergen, daß er sich selbst nicht mehr sicher sein konnte, welche Emotionen spontan waren und welche anerzogen. Doch der Gedanke daran, daß Joanna, die ein ganzes Stück jünger und sexuell weniger erfahren war als er, willens zu sein schien, sich von ihm etwas beibringen und sich von ihm leiten zu lassen, beruhigte ihn. Er stellte sich nicht die Frage, ob das immer so sein würde.

Statt dessen überlegte er, ob Beena sie absichtlich beide unterm Dach untergebracht hatte. In getrennten Schlafzimmern, aber mit direktem Zugang. Niemand sonst teilte sich das Bad oder den Flur mit ihnen und hätte sie stören können. Zumindest sah es so aus. Vermutlich hatte dieses Arrangement rein praktische Gründe: Hier oben (zweifelsohne der Ort, wo früher die Dienstboten untergebracht waren) gab es eben zwei Einzelzimmer für zwei Singles. Joanna hatte ihm ihre Mutter einmal als weltfremde Christin beschrieben, die in einem selbstgeschaffenen Garten Eden lebte, abgeschirmt von der rauhen Wirklichkeit und allen listigen Schlangen der Versuchung, also ahnte Beena vermutlich gar nicht, was er und Joanna vorhatten. Aber sicher konnte man da nie sein. Religiöse Menschen haben im allgemeinen ein ausgezeichnetes Gespür für die Sünde.

Doch was für einen großartigen Ausblick auf die Außenwelt sie geschaffen hatte! Er stand am Fenster und blickte hinunter auf das weite Land, das sich nach Südwesten ausdehnte. Er mußte sich am Fensterrahmen abstützen, weil ihm schwindelig zu werden drohte. High House war auf den äußersten Ausläufern der Hügel erbaut, die sich von dem Platz aus, wo er stand, mehr als siebzig Kilometer nach Nordosten erstreckten. Die steile Böschung der Cotswolds war vor Millionen von Jahren, voll mit Muschelfossilien, vom Meer aufgeworfen worden. Hier, von ihrem Kamm aus, sah er, wie ein Teil des Gartens zu den Bäumen hinunter abfiel, deren Schatten im spätnachmittäglichen Licht wie lange Finger hinauf zum Haus wiesen. Dahinter lagen parzellierte Felder mit vereinzelten Schafen, noch weiter weg die geduckten Dächer von Frenester. Der Horizont verschwand im Dunst, aber er wußte, daß sich dort der Severn auf seinem Weg zum Bristol Channel dahinschlängelte.

»Hier oben ist es so, wie ich es mir im Ausguck eines Walfängers vorstelle, wenn eine steife Brise aus Südwest weht«, sagte er zu Joanna, die sich mittlerweile zu ihm gesellt hatte.

»An klaren Tagen sieht man die walisischen Hügel von hier aus«, erwiderte sie. »Als ich klein war, hat meine Großmutter mir die Berge in der Ferne gezeigt. Ich habe gedacht, der Name hat was mit Walen zu tun. Ziemlich lange Zeit habe ich immer wieder zum Fenster rausgeschaut, in der Hoffnung, die Fontäne aus ihrem Spritzloch zu erspähen.«

»Was bist du doch für ein komisches Mädchen!« lachte er und küßte ihren Nacken.

Sie entwand sich seiner Umarmung, nahm ihn an der Hand und führte ihn zu der engen, gewundenen Bedienstetentreppe.

»Das war früher mein Zimmer«, sagte sie.

»Dann mußt du es jetzt auch wieder bekommen. Sollen wir tauschen?«

»Vielleicht möchte ich es ja mit dir teilen.« Sie warf ihm rasch einen koketten Blick zu, wie er ihn von einer angehenden Ärztin nicht erwartet hätte. Das gehörte zu den Dingen, die ihm an ihr am besten gefielen: immer der Hauch eines Flirts in ihrer nach außen hin so beherrschten Art. Auf den Stufen lag kein Teppich, so daß sie unter ihren hohen Stöckeln widerhallten.

Barfuß heute nacht, dachte er.

Im Salon servierte Beena, die noch immer ihre fleckige Schürze trug und die Haare nicht gekämmt hatte, gerade den Tee. Noch waren nicht viele Gäste eingetroffen, aber die, die schon da waren, unterhielten sich prächtig. Es schockierte Joss ein wenig, daß alle ihre Dienste als so selbstverständlich hinnahmen. Als sie sich mit einem zweiten beladenen Tablett durch die Tür quälte und er hineilte, um sie ihr aufzuhalten, wandten alle den Kopf und sahen ihn mit mildem Erstaunen an.

»Großmutter, das ist Joss«, sagte Joanna.

Lucy betrachtete ihn mit halb geschlossenen Augen aus ihrem tiefen Ohrensessel neben dem Kamin. Höflich, dachte sie. Das ist nicht schlecht. Ich muß mich auf den jungen Mann konzentrieren, wenn Joanna daran denkt, ihn zu heiraten. Er sieht gut aus und scheint gesund zu sein; er hat ein gewinnendes Lächeln, aber er beobachtet alles, und das wirkt berechnend. Sie streckte ihm die Hand zum Gruß hin, und er stellte überrascht und auch ein wenig erregt fest, daß ihre Finger im wahrsten Sinn des Wortes überladen waren. Allein der Ring mit den Saphiren und Diamanten mußte Tausende wert sein!

Eine wandelnde Rechenmaschine, dachte Lucy. Ob wandelnde Rechenmaschinen sich unter der Langzeitbelastung der Ehe wohl besser bewähren als enttäuschte Romantiker? Joanna jedenfalls brauchte keinen von beiden! Bitte keine Byrons oder Heathcliffs! Dem Romantiker, der immer nach dem unerreichbaren Ideal seiner Träume sucht und sich selbst sowieso für unübertroffen hält, kann man es nie recht machen. Eine gute Frau wird sich schier ein Bein ausreißen, um ihn zufriedenzustellen, sich dabei völlig verausgaben und dann in der Mitte des Lebens feststellen, daß es ihr nicht gelungen ist. Bitte keinen romantischen Egoismus in der Familie! Aber hoffentlich ist er auch kein kalter Fisch.

»Joanna sagt, Sie würden gern das Klimt-Porträt sehen«, sagte sie.

»Sehr gern.« Er machte eine leichte, ziemlich steife Verbeugung und fragte: »Außerdem wollte ich fragen, ob Sie etwas dagegen hätten, wenn ich ein paar Fotos vom Garten mache. Ich weiß, daß dieser Garten ein ganz besonderer Ort ist.«

»Aber natürlich dürfen Sie das. Alles zu seiner Zeit ...«, murmelte Lucy, die seiner plötzlich müde zu sein schien.

Joss bemerkte ihre halb geschlossenen Augen,

ihre runzligen Augenlider, verbannte sie in der Annahme, daß sie zu alt für anspruchsvollere Gespräche war, aus seinen Gedanken und fing an, sich statt dessen im Raum umzusehen: eine hohe Decke mit hübsch verputzten Gesimsen, Verandatüren, ein großer eiserner Kamin mit Holzscheiten und darüber ein schlichter, aber kunstvoll geschnitzter Holzsims mit einem Paar Pfauen aus Porzellan. Wahrscheinlich war das Derby-Porzellan, mit Sicherheit nicht Meißner, denn das befände sich hinter Glas. Andererseits gingen viele Menschen unachtsam mit ihrem Porzellan um; oft stellten sie ihre wertvollsten und zerbrechlichsten Stücke an die exponiertesten Stellen. Auf dem Boden lag ein interessanter Teppich, den er zeitlich nicht ganz einordnen konnte. Er hatte mindestens schon sechzig oder siebzig Jahre auf dem Buckel, das sah man an den abgetretenen Stellen – natürlich handelte es sich um einen Orientteppich. Familien, die seit Generationen über den Indischen Ozean fuhren und wieder zurück, brachten unweigerlich immer wieder alte Stücke mit. Doch das Porträt hing nicht in dem Raum. Er fragte sich, wo sie es wohl hatten. Es hatte mit Sicherheit nichts mit dem Schimmer im dunklen Flur zu tun, denn der hatte sich bei näherer Betrachtung als Widerschein des breiten, gehämmerten Kupferrahmens eines schön gearbeiteten Jugendstilspiegels entpuppt.

Joanna saß neben dem Stuhl ihrer Großmutter auf dem Boden und unterhielt sich über den Kamin hinweg mit zwei Mädchen, einem rundlichen Teenager, den sie mit »Ellen« ansprach, und einer ausgesprochen attraktiven Französin namens Danielle, Charlottes Enkelin. Schwer zu glauben, daß so ein reizendes Mädchen von dieser schrecklichen alten Schachtel abstammen sollte, einer zu aufwendig gekleideten und zu stark geschminkten Blondine um die Achtzig, die aussah wie eine von Beryl Cook gemalte Rowlandson-Karikatur aus dem zwanzigsten Jahrhundert! Aufgedonnert – das war die richtige Beschreibung für diese Frau mit den schwer herabhängenden Ohrringen im Ethnolook und den hochhackigen scharlachroten Schuhen. Sie war vulgär, genau, aber möglicherweise ganz amüsant. Er konnte nicht verstehen, was sie sagte, doch die Leute um sie herum lachten. Wahrscheinlich hatte sie ihre Mitmenschen ihr Leben lang mit ihren Witzen um den Finger gewickelt. Diese Charlotte trippelte jetzt quer durch den Raum und stellte sich neben Lucys Stuhl. Lucy streckte die Hand aus.

»Liebe Charlotte«, murmelte sie mit feuchten Augen. Liebte sie diese lächerliche Frau etwa tatsächlich? Die Zeit hatte es besser gemeint mit Lucy, deren Gesicht noch immer von dichtem, weißem Haar eingerahmt wurde. Sie trug kein

Make-up, war blaß und faltig, bekam aber ein bißchen Farbe durch das tiefrote Kleid und das Glitzern eines Diamantanhängers, den sie an einer langen Kette um den Hals trug. Das Stück war ebenfalls schön gearbeitet – viktorianisch, keine Rarität, aber solide. Er hörte die näselnde Stimme eines transatlantischen Besuchers vom Fenster herüberklingen. Sie gehörte dem einzigen anderen Mann im Raum, wenn man den pubertierenden Jungen nicht dazuzählte, der mit finsterem Gesicht für sich allein in einer Ecke saß und sich zu Tode langweilte. Der Mann war vermutlich Duncan, der Kanadier, von dem Joanna erzählt hatte; sie hatte ihn jedoch nicht vorgestellt. Sie hatte ihn einfach allein gelassen, gestrandet wie einen ihrer Wale, wohl in der Hoffnung, daß die Worte nur so aus ihm heraussprudeln würden in der Gesellschaft all dieser fremden Leute, während sie mit der hübschen Französin Kindheitserinnerungen austauschte. Plötzlich spürte er Groll in sich aufsteigen und kam sich vor wie ein Außenseiter. Um diese Gefühle zu kaschieren, half er Beena, die Tassen und Untertassen abzuräumen, und bestand darauf, das Tablett in die Küche hinauszutragen, die sich hinter einer Schwingtür in einem dunklen Winkel des Flurs befand.

»Das ist sehr freundlich von Ihnen«, sagte sie. »Wissen Sie, ich mache das gerne.«

Er beobachtete sie schweigend, während sie heißes Wasser in die Spüle einlaufen ließ. Es gab keine Spülmaschine; obwohl sich in der Küche ein paar arbeitssparende Grundausstattungsgegenstände befanden, konnte man sie wohl kaum als das bezeichnen, was die Werbung »luxuriös« nannte. Die alte Dame hatte mehr Geld in den Schmuck an ihren Fingern investiert als in die Küche ihrer Tochter. Plötzlich erinnerte er sich wieder an seine Kindheit. Damals hatte er seine Großmutter besucht, die als Haushälterin in Headstone Hall arbeitete. Seine Mutter hatte seine Hand festgehalten, während sie ihn durch die riesigen leeren Räume (die hohen Herrschaften waren alle in London) auf das Modell einer Dampflokomotive zu zerrte, von der sie glaubte, daß sie ihn interessieren würde. Ihre nervösen Anweisungen kamen ihm wieder in den Sinn. »Setz dich nirgends hin! Laß die Füße nicht so übers Parkett schleifen! Rühr nichts an!« Der wichtigste Befehl lautete: »Rühr nichts an!« Eigentlich hatte er gar nichts anrühren wollen; er war zu beschäftigt damit gewesen, mit in den Nacken gelegtem Kopf die bemalten Decken, die geschnitzten vergoldeten Säulen und die großen Gemälde an den Wänden dieses Götterpalastes anzustarren. Jene bemalten Decken hatten sein Interesse für die Kunst geweckt. Das war viele Jahre bevor er die geringste Ahnung hatte, daß er sich damit seinen Lebensunterhalt verdienen würde.

»Kunst ist was für die da oben«, hatte sein Vater gesagt. »Für Leute mit Geld, nicht für uns. Also laß dir nicht den Kopf verdrehen von deiner Kunst.«

Seine Mutter, die am Küchentisch schweigend Tee einschenkte, hatte daraufhin gemeint: »In den großen öffentlichen Galerien und Museen gibt's jede Menge Kunst für alle. Die Bilder da gehören dem Volk, also uns.«

Dad hatte zugeben müssen, daß sie da nicht unrecht hatte. Er war kein streitsüchtiger Mann, begriff aber schnell, daß er und Mum in einer anderen Welt lebten als die, in die ihr Sohn einen kurzen Blick geworfen hatte und in die er später überwechseln würde. Für Joss war es ein beschwerlicher Weg in diese andere Welt gewesen. Er hatte Umgang pflegen müssen mit jungen Männern und Frauen aus der Oberschicht, dem modernen Pendant des Adels, mit jungen Leuten, die alle in ordentlichen Zimmern, oft von Kindesbeinen an von schönen Dingen umgeben, wohnten. Sie waren zusammen mit ihren Kindermädchen in teuren Autos zu Parks und ins Grüne chauffiert worden, später dann zur Schule und zu exklusiven Geschäften, ohne je zu erfahren, wie der Rest der Menschheit sich abmühen muß, um zu überleben. Bald schon merkte er jedoch, daß er sehr viel cleverer und ausdauernder war als sie, also lernte er, sich zu behaupten und sogar, sie als vergnügungssüchtigen Haufen zu verachten. Joanna war anders. Abgesehen von ihrem hübschen Äußeren war sie nachdenklich und ernsthaft, manchmal auf direkt unangenehme Weise. Sie schien auf ihren jungen Schultern die Last des altmodischen Bedürfnisses nach Weltverbesserung zu tragen. Joss hielt sich selbst ebenfalls für einen ziemlich ernsthaften Menschen, für einen Mann, den man beneiden mußte, weil er für die weltweit anerkannte Firma Frithby's International Dealers and Auctioneers Expertengutachten erstellte. Seiner Meinung nach verdankte er das zum größten Teil jenen Decken, obwohl wahrscheinlich auch das feine Gehör seines Vaters etwas damit zu tun hatte, der einer Familie walisischer Sänger entstammte. Ohne dieses Gehör wäre er nie in der Lage gewesen, seinen Tonfall der Arbeiterschicht so zu verändern, daß er seiner Tätigkeit nachgehen konnte. Er lächelte selbstgefällig, bis ihm plötzlich das Ende seines Besuchs in Headstone Hall wieder einfiel. Seine Oma hatte sich zu ihm und Mama gesellt und darauf bestanden, ihnen das Porträt der großen Königin zu zeigen. Sie war keine richtige Königin, hatte die Oma erläutert, sondern eine große Dame, die sich ein besonderes Kleid für ein Durbar, einen Empfang aller hohen Persönlichkeiten von Indien, hatte machen lassen. Vermutlich war das die letzte Demonstration der Pracht im Britischen Empire, bevor der Erste Weltkrieg die alte Weltordnung und so viele feste Säulen der Weisheit zu Fall brachte. Damals hatte er das alles natürlich noch nicht verstanden; er hatte lediglich eine schöne Dame mit einem Kleid und einer gewaltigen Schleppe aus Pfauenfedern gesehen. Hinterher hatte man ihn hinunter in die Küche geführt, wo die Bediensteten an einem blankgescheuerten Tisch Tee tranken. Seine Oma, die vor den anderen damit prahlen wollte, wie gut er schon lesen konnte, hatte auf eine große Schiefertafel an der Wand gedeutet, auf der ein Text stand.

»Kannst du das lesen? Weißt du, was da steht?«

Er hatte laut mit seiner Piepsstimme vorgelesen: »Spare in der Zeit, so hast du in der Not!«

Anerkennendes Gemurmel war gefolgt, doch seine Großmutter hatte höhnisch gelacht und ein hochrotes Gesicht bekommen.

»Was ist denn los, Oma? Warum bist du böse?«

»Ich bin nicht böse auf dich, Junge«, hatte sie gesagt und ihm die Schulter getätschelt. »Nicht auf dich, sondern auf die da oben.« Er hatte sie damals nicht verstanden, weil oben keine Leute gewesen waren, auf die man hätte böse sein können, und weil ihr das Bild der Pfauenkönigin offenbar gefallen und sie mit dem Schürzenzipfel ein Staubkörnchen vom Rahmen des Bildes gewischt hatte. »Die da oben kriegen Gold und Juwelen und Pfauenfedern, aber für uns heißt es: ›Spare in der Zeit, so hast du in der Not!‹«

Schweigen hatte sich über die Küche gesenkt, bis die Köchin besänftigend gesagt hatte: »Wirklich ein prächtiger Junge, Ihr Enkel.« Und eine junge irische Hausangestellte mit einem schwarzen Kleid hatte die wesentlichen Worte hinzugefügt: »Er hat das Gesicht eines Engels! Er wird es weiter bringen als wir alle.« In diesem Augenblick hatte er gewußt, daß ihm wegen seiner Klugheit, vor allen Dingen jedoch wegen seines hübschen Gesichts, eine große Zukunft bestimmt war. Er hatte sich schon oben an einer dieser Decken gesehen, inmitten von hübschen Putten und majestätischen Damen mit goldenen Kronen. Seit damals war er sich seines guten Aussehens bewußt, doch die Zeit und ein gewisses Taktgefühl, das sich im Lauf der Jahre herausgebildet hatte, lehrten ihn, dieses Bewußtsein zu verbergen. Schönheit ist Macht, dachte er, nicht nur die Schönheit des Körpers, sondern die Schönheit von Dingen. Deshalb wollten die Menschen sie besitzen, waren sogar bereit, immense Geldsummen zu bezahlen, um in ihren Besitz zu gelangen.

An jenem schicksalhaften Tag hatte er von seiner Großmutter auch etwas über die Ambivalenz des englischen Lebens erfahren. Man mußte das Haupt beugen und seinen Stolz vergessen, wenn man seinen Job behalten wollte. Hinter dem Rücken des Chefs jedoch konnte man tun und denken, was einem beliebte. Jemand wie Joanna konnte wahrscheinlich nur deshalb so aufrichtig sein, weil sie diesen Balanceakt noch nie hatte vollführen müssen. Er lächelte ein wenig verbittert. Sie würde das auch noch lernen, wenn sie sich das erste Mal mit den Vorurteilen der alten Knaben aus den Eliteuniversitäten, die zweifellos noch immer die Welt der Medizin dominierten, gegenüber Frauen im Ärzteberuf konfrontiert sah. Vermutlich mußte man im bakterienbekämpfenden Metier genausoviel katzbuckeln wie seine Großmutter im Reich der Besen und Staubtücher.

»Sie sollten die Leute hier nicht alle bedienen!« rief er so entrüstet aus, daß es ihn selbst überraschte.

»Was ist so falsch daran, andere zu bedienen?« erkundigte sich Beena.

Er war erstaunt. »Die Hausangestellten«, sagte er, während er eine Tasse mit einem nicht allzu sauberen Geschirrtuch abtrocknete, »waren doch traditionell geknechtet, oder?«

»Jesus hat die Füße seiner Jünger gewaschen«, lautete ihre Antwort.

Er errötete, weil ihm die Panik, die in ihm aufstieg, sofort peinlich war. Er wußte, er saß in der Falle; er würde gleich anfangen, der Frau eine

Predigt zu halten, er konnte einfach nicht anders.

»Wenn unser allmächtiger Herrgott Seinen Jüngern die Füße gewaschen hat, warum sollte ich mir dann zu gut sein, andere zu bedienen?« fuhr sie fort.

»Na schön, er hat damit ein deutliches Zeichen gesetzt«, räumte er vorsichtig ein.

»Wir haben dem Dienen gegenüber die falsche Einstellung. Das liegt daran, daß man eine Dienstleistung nicht ohne weiteres mit Geld aufwiegen kann. Höflichkeit, Hingabe an eine Sache und Altruismus haben in unserer harten, materialistischen Zeit keinen Marktwert. Und Dinge gratis zu tun ist aus der Mode.«

»Vermutlich wählen Sie die Opposition«, meinte er.

»Ich gehe nicht zur Wahl.«

»Das sollten Sie aber.«

»Die Politik taugt nichts – sie ist nur ein Mischmasch aus Halbwahrheiten und unbewiesenen Theorien.«

»Aber wir brauchen doch eine Regierung, oder?«

»Wenn alle Menschen ein tugendhaftes Leben führen würden, bräuchten wir keine.«

»Aber der Mensch ist nun mal nicht tugendhaft, er ist es nie gewesen und wird's wahrscheinlich auch nie sein.«

»England braucht Gott – nicht meine Stimme.«

Er kam zu dem Schluß, daß jede weitere Diskussion sinnlos war. »Ich habe lediglich gemeint«, sagte er forsch und polierte dabei völlig unnötigerweise einen Teelöffel, »daß Sie nicht die ganze Arbeit erledigen sollten. Die anderen könnten Ihnen zur Hand gehen.«

Sie lächelte ihn über die Schulter an.

»Wissen Sie, die anderen sind die Gäste, und ich bin die Gastgeberin. – *Noblesse oblige.* Und Lucy ist zu zerbrechlich, um noch viel zu tun. Die kleine Joanna arbeitet ohnehin zu hart und bekommt in ihrem Krankenhaus nicht genug Schlaf. Deswegen muß ich sie ein bißchen verwöhnen, wenn sie schon einmal nach Hause kommt.«

»Was ist mit der französischen Cousine?«

»Die ist hinreißend, was?« Wieder lächelte Beena. »Wissen Sie, daß sie einen winzigen Tropfen türkisches Blut in den Adern hat? Charlotte – das ist ihre Großmutter – hat vor dem Krieg in Kairo einen Feigenhändler halb französischer, halb türkischer Abstammung geheiratet. Haben Sie Charlotte schon kennengelernt? Die ist wirklich ulkig! Wissen Sie, sie ist viel älter als Lucy, steckt aber so voller Leben, daß Sie ihr Alter nie erraten würden, oder?«

Er wollte es nicht auf einen Versuch ankommen lassen. »Alle mögen Charlotte. Soviel sehe ich«, sagte er.

»Ich freue mich, wenn sie hierherkommt, weil sie Lucy zum Lachen bringt; Danielle hingegen würde mich, obwohl sie hübsch ist wie ein Porzellanpüppchen, in meiner Küche nur stören. Sie würde nicht wissen, wo die Sachen hingehören.«

»Ich auch nicht«, erwiderte er, doch sie plapperte einfach weiter: »Wissen Sie, ich überarbeite mich schon nicht. Ich habe Leute, die das Haus saubermachen. Die Moppituppers: Sie haben sie ja gesehen, als Sie gekommen sind. Das reinste Wunder! – Sie beseitigen das Chaos, das ich anrichte, viel besser, als ich selbst es jemals könnte! Ich hasse Saubermachen, aber ich umsorge gern andere.« Sie kannte sich selbst gut genug, um zu wissen, daß dieses Umsorgen anderer nicht unbedingt uneigennützig war. Das war ihre ganz persönliche Strategie, mit der sie sich Liebe erkaufte: Sie gab ihre Aufmerksamkeit und ihre Dienste und erwartete dafür Dankbarkeit und Schuldgefühle. »Außerdem finde ich das Abspülen viel weniger langweilig als die ganze Rederei, wenn die Familie zusammenkommt.«

Es war deutlich, daß sie meinte, was sie sagte. Wahrscheinlich langweilten sie die Unterhaltung, der Austausch von Gedanken und Informationen und all die Ausformungen von Vorurteilen und Ansichten, die die menschliche Kommunikation nun einmal mit sich brachte, weil sie sich bereits ihre Meinung über die meisten Dinge gebildet hatte. Sie wußte, was sie dachte, und interessierte sich nicht für die Ideen anderer; sie war zufrieden mit dem Leben, wie sie es sich eingerichtet hatte, und wollte nichts daran verändern. Obwohl sie nach außen hin bescheiden wirkte, hatte sie doch ihren Stolz. Irgendwie erinnerte sie ihn an seine eigene Mutter; vielleicht konnte er sie deshalb leiden.

»Um ehrlich zu sein«, sagte sie und drückte ihren altmodischen Geschirrlappen aus, »sind mir Pferde und Hunde immer schon lieber gewesen als Menschen. Ich habe Joanna das Reiten beigebracht. Sind Sie als kleiner Junge auch geritten?«

»Nein.« Wie auch, hätte er am liebsten hinzugefügt. Auf dem schmalen Grasstreifen zwischen dem Hinterhof seiner Mutter und dem Bahndamm hätte man schwerlich ein Pony halten können.

»Wir haben jetzt kein Pony mehr«, fuhr sie im Plauderton fort. »Die Felder sind verpachtet. Aber wir haben noch einen Hund. Meinen Hund, Rufus. Er darf nicht ins Haus. Befehl von oben.« Sie trocknete sich die Hände an einem alten, zerrissenen Handtuch ab. »Aber ich stehle Ihnen Ihre Zeit. Sie wollen sicher zu den jungen Leuten. Machen Sie sich meinetwegen keine Gedanken. Morgen muß ich nichts tun. Wieder Befehl von oben. Ein Partyservice kümmert sich ums Mittagessen, und ich habe geschniegelt und gebügelt und herausgeputzt auf dem Fest zu erscheinen.«

»Gut!« sagte er. »Darauf freue ich mich schon.«

Es fiel ihm nicht schwer, für sie den netten jungen Mann zu spielen. Trotz seiner Reserviertheit religiösen Dingen gegenüber hatte er sie ziemlich sicher für sich gewonnen. Er wußte, daß Lucy ein härterer Brocken werden würde.

Als Danielle sie verließ, um sich mit anderen Leuten im Salon zu unterhalten, legte Lucy ihre beringte Hand auf Joannas Schulter und fragte: »Ist dein junger Mann ein Yuppie?«

»Ich denke schon. Auf jeden Fall war sein Vater Stellwerkswärter bei der Bahn. Joss hat durch harte Arbeit und Intelligenz eine ganze Menge geschafft.«

»Wie schön für ihn!« sagte Lucy. »Und liebst du ihn?«

Joanna zögerte ein wenig, bevor sie ihr antwortete. Allmählich wurde ihr der Schneidersitz unbequem, also kniete sie sich hin. »Ich bin mir nicht so sicher«, meinte sie dann.

»Nun, wenn du dir nicht sicher bist, liebst du ihn wahrscheinlich nicht«, meinte Lucy. »Bumst ihr miteinander?«

Joanna verzog das Gesicht. »Ich würde das anders ausdrücken, weil ich das Wort schrecklich finde. Und aus deinem Mund klingt es noch schrecklicher!«

»Alle Wörter unserer Sprache, die etwas mit Sex zu tun haben, sind häßlich«, sagte ihre Großmutter. »Wie das Leben des Menschen in der Natur nach Hobbes: schmutzig, brutal und kurz.«

»Es ist ganz anders!« rief Joanna entrüstet aus.

Lucy sagte nichts darauf, sondern spielte an dem Anhänger um ihren Hals herum und schaute über Joannas Kopf hinweg zu Danielle hinüber, die vor den langen Vorhängen der Verandatür in der anderen Ecke des Raumes stand. Joss hatte sich zu ihr gesellt. Er lächelte sie an, während sie mit ihm plauderte. Lucy hatte dieses Lächeln schon öfter auf Männergesichtern gesehen, insbesondere auf dem Gesicht eines Mannes. Es war wie das archaische Lächeln auf den steinernen Gesichtern griechischer Statuen. Das war kein freundliches Lächeln, sondern ein unpersönliches und unkommunikatives, ein absolut selbstsüchtiges Lächeln, das sämtliche Alarmglocken in ihr schrillen ließ. Sie sah wieder in Joannas offenes, aufrichtiges Gesicht, das sie ihren Mitmenschen vertrauensvoll zuwandte, und dachte: Ich muß aufpassen, daß meine Phantasie nicht mit mir durchgeht. Ich darf nicht irrational sein, aber eine sanfte, vage gehaltene Warnung wäre vielleicht nicht völlig fehl am Platz.

»Die Liebe kann eine Frau zur Sklavin machen«, sagte sie, »ihre ohnehin schon zerbrechliche Freiheit zerstören. Byron hatte beinahe recht mit seinem Aphorismus: ›Liebe und Leben sind für den Mann zwei verschiedene Dinge. Für die Frau ist die Liebe ihr ganzes Dasein.‹ Vielleicht hatte das im Jahr 1820 noch gegolten, doch jetzt ist es überholt. Es muß und darf nicht sein. Weißt du, auch die Heirat kann ein Sprung ins Gefängnis sein. Liebe, Ehe und Karriere lassen sich für Frauen oft nicht vereinbaren.«

»Vielleicht ist das heute nicht mehr ganz so, Lucy, wie zu deiner Zeit.« Joanna betrachtete Lucy jetzt als alte Frau, deren Hormone schon lang verstummt waren, die nicht mehr der Begierde gehorchte, sondern der Angst und der Vorsicht, während sie selbst die Liebe brauchte wie das tägliche Brot und sie mit beiden Händen packen wollte, wenn sie ihr begegnete. »Du warst doch auch verliebt, Lucy, oder? Hast du denn gewußt, ob es wirklich etwas Ernstes ist?«

»Ja, das wußte ich. Damals haben wir noch nicht ›Bumsen‹ dazu gesagt, sondern ›mit jemandem schlafen‹, auch wenn es dabei weniger ums Schlafen ging!« Sie mußten beide lachen.

Als Lucy sich wieder im Raum umschaute, nahm sie erfreut wahr, daß die beiden kanadischen Kinder über etwas lachten, was Charlotte gesagt hatte. Die kleine Ellen kratzte sich ganz ohne Scham unter ihrem riesigen Pullover, was Lucy lächeln ließ. Aber wo steckte Danielle? Sie konnte sie nirgends entdccken, und Joss war ebenfalls verschwunden. Hatten sie möglicherweise zusammen den Raum verlassen? Wieder meldete sich die Sorge zu Wort. Alle wußten, daß Danielle schon fast zwanghaft flirtete; sie war so hübsch und charmant, daß nur wenige Männer ihr widerstehen konnten. Lucy hatte sie außerdem im Verdacht, amoralisch zu sein, wenn es um Herzensangelegenheiten ging. Mit unbehaglichem Gefühl fragte sie sich, wo die beiden waren …

Beena wischte sich die Hände an der Schürze ab, band diese los und hängte sie an die Rückseite der Küchentür, bevor sie nach draußen ging, um mit Rufus einen Spaziergang über die Felder zu machen. Rufus war in einem alten Stall auf der anderen Seite des Hofs untergebracht. Er lauschte auf ihre Schritte und begrüßte sie mit einem freudigen Bellen, als sie über den Kies auf ihn zukam. Sie blieb einen Moment stehen, um einen Blick über den Garten zu werfen. Diese Tageszeit mochte sie am liebsten, wenn sie mit der Arbeit fertig, aber das Licht noch nicht ganz verschwunden war und die langen, sanften Schatten der müden Sonne auf dem Rasen lagen. Dann konnte sie Rufus freien Lauf lassen, bevor sie ihm sein Futter gab, und sich mit ihm austoben. Von ihrem Platz aus konnte sie bis zu dem Wäldchen und der Frauenstatue davor hinübersehen. Dort drüben bewegte sich etwas. Zwei Leute standen da ein wenig gebückt beieinander, die Köpfe durch die Beine des Mädchens aus Stein verdeckt. Während sie hinüberschaute, lösten sie sich voneinander und schlenderten hinein in das Wäldchen. Die größere Gestalt war die von Joannas jungem Mann, der vorher in der Küche so freundlich zu ihr gewesen war, aber das Mädchen war nicht Joanna. Joanna trug eine schwarze Hose; die junge Frau hier einen weißen Rock. Ach nein! Das war ja Danielle! Ihr provozierender Gang war unverkennbar. Aber die beiden hatten sich doch erst vor knapp einer Stunde kennengelernt! Was machten sie wohl zusammen im Garten? Beena konnte ihren Neid auf Danielles Jugend, ihre Schönheit und ihre offensichtliche Freude an der Sündhaftigkeit nicht unterdrücken. Wie sie ihren Körper zur Schau stellte! Ohne sich darüber zu beunruhigen, kam Beena zu dem Schluß, daß Danielle wahrscheinlich verdammt war. Aber ganz sicher konnte man sich da nie sein, der Herr vergab so vieles … Nein. Sie hatte nicht erkennen können, ob sie sich am Fuß dieser schrecklichen alten Statue tatsächlich geküßt hatten, doch sie hatten die Köpfe verdächtig nahe zusammengesteckt.

Sie lief hinüber zu Rufus und band ihn los. Als er an ihr hochsprang und sie mit seiner rauhen Zunge ableckte, fühlte sie sich wieder ein wenig sicherer. Sie öffnete das obere Tor für ihn und rannte hinter ihm her aufs Feld. Dort warf sie Stöckchen, rief ihn dann aber zu sich, als sie sah, daß er die Schafe durch ein weiteres Tor beäugte; doch all diese Aktivitäten konnten ihre Sorge nicht ganz zerstreuen. Nach einer halben Stunde Tollerei legte sie ihm wieder die Leine an und führte ihn durch den Garten zum Wäldchen hinunter. Jetzt war niemand mehr dort, aber Beena hatte die beiden Köpfe noch immer nah beieinander vor Augen. Sie setzte sich auf das steinerne Fundament der Statue, lehnte sich gegen ihren Rücken und starrte hinauf zum Haus. Sie hatte diese alte viktorianische Statue noch nie leiden können, dieses Mädchen, dem die Kleider von den Hüften rutschten, so daß es sie mit der einen Hand festhalten mußte, während es die andere zum Schutz gegen die Sonne über die Augen hielt und dabei durch die Bäume den Hügel hinunter nach Frenester spähte, vielleicht auch in die Zukunft oder wohin auch immer. Sie würde sie entfernen lassen, sobald das Haus ihr gehörte; sie würde sie in tausend Stücke zerschlagen oder sie zumindest in eine Auktion geben. Diese Statue war schon Zeuge zu vieler Dinge in ihrer Familie geworden, zu vieler Demütigungen Beenas, als daß sie sie im Alter um sich hätte haben wollen. Und nun stand sie hier, überlebensgroß, kalt und feindselig über ihnen allen, während dieser Joss, der sich bereits vor der Hochzeit mit ihrer kleinen Joanna als gutaussehender Judas erwies, sie betrog, Danielle hinterherlief, sie küßte – zumindest hatte es so ausgesehen – am Fuß dieser Statue!

Beena begann zu weinen, als sie sich daran erinnerte, wie oft sie selbst zurückgewiesen worden war. Als sie neun oder zehn Jahre alt war, kam immer eine Schulfreundin zum Tee. Sie hatten im Garten gespielt und plötzlich angefangen, sich zu streiten. Sie konnte sich nicht mehr entsinnen, worüber sie sich gestritten hatten, aber sie wußte noch den Namen des Mädchens: Tracy. Tracy hatte laut ausgerufen, Beenas Mutter sei ein Snob und ihre Oma hochgestochen.

»Nein, das sind sie nicht!« hatte Beena die beiden zornig verteidigt. »Sie wollen eine klassenlose Gesellschaft aufbauen!« Den Satz hatte sie während eines Gesprächs am Abendessenstisch aufgeschnappt. »Und ich bin jedenfalls auch kein Snob! Ich will bloß so sein wie du.«

»Das kannst du aber nicht«, hatte Tracy geantwortet. »Und ich mag dich auch nicht. Du bist nämlich zu häßlich.«

»Ich mag dich auch nicht!« hatte Beena ausgerufen. »Du bist scheußlich! Verschwinde! Geh nach Hause!« Und dann war sie selbst weggelaufen von ihrer Schulfreundin, hatte sich in dem Wäldchen versteckt und bitterlich geweint vor dem schweigsamen Mädchen aus Stein, das sein Geschlecht dezent mit den Falten seines Gewandes verhüllte. Dort hatte Louise, ihre Großmutter, in ihren ausgebeulten Cordhosen mit den erdverkrusteten Knien sie gefunden.

»Was ist denn los, Beena?« hatte sie sich erkundigt.

»Sie sagt, ich bin häßlich!« war Beena herausgeplatzt.

Louise hatte ihre Kelle und einen Eimer mit Löwenzahn und anderem Kraut auf den Boden gestellt, ihre Enkelin in den Arm genommen und gesagt: »Du bist nicht häßlich, Beena. Wie könntest du auch häßlich sein, wo du doch die wunderbarsten blauen Augen hast, wie Vergißmeinnicht.« Und Beena hatte sich besänftigt die Augen abgewischt; aber der Trost hatte nicht allzu lange angehalten. Sie hatte schon bald begriffen, daß sie sich nicht wie ihre Großmutter mit ihrer Begabung von der Masse abhob, daß sie auch nicht klug war wie ihre Mutter oder schön wie Tante Patsy. Beim Essen redeten Louise und Lucy einen Haufen Dinge über ihren Kopf hinweg; aber sie hörte nicht zu. Sie ließ ihre Gedanken schweifen, hinaus aus dem Haus, über die Felder zu ihrem Pony, einem hübschen kleinen

Pony namens Kitty, und zu ihrem Spaniel Sukie, dessen lange, seidige Ohren sie so gern streichelte. Tracy hatte den Streit vergessen und sogar gefragt, ob sie wieder zum Tee kommen und auf Kitty reiten dürfe. Beena hatte sich daraufhin für wichtig genommen gefühlt, obwohl sie genau wußte, daß Tracy nicht mit ihr, sondern mit dem Pony spielen wollte.

Die bitterste Zurückweisung hatte Beena erfahren, nachdem sie von High House fortgegangen und zu Tante Patsy nach Wimbledon gezogen war. Dort machte sie eine Sekretärinnenausbildung, lernte Kurzschrift und Maschinenschreiben, und sie blieb auch noch bei ihrer Tante, nachdem sie ihre erste Anstellung in einem Londoner Büro gefunden hatte. Alles war in Ordnung gewesen, bis sie in den sechziger Jahren von der Woge der fröhlichen Flower-Power-Zeit erfaßt wurde. Mein Gott, welch herrliche Lasterhaftigkeit! Wie schön war es doch gewesen, all die viel zu schwere Verantwortung abzuschütteln – die Angst vor der Atombombe, vor dem Versagen in einer zu anspruchsvollen Gesellschaft, vor ihrer eigenen Unfähigkeit, die Furcht, nie von einem Mann geliebt zu werden, obwohl sie so oft sexuelle Lust verspürte – diese Ängste verschwanden, wenn man ein bißchen Gras rauchte und Händchen hielt mit irgend jemandem. Sie überschütteten sich gegenseitig mit Blumen und lagen in Parks oder auf dem Boden ihrer möblierten Zimmer herum, glücklich in ihrer sorglosen, allumfassenden Liebe, während sie den Songs der Beatles lauschten und manchmal auch mitsangen. Ihr Lieblingslied war ›Eleanor Rigby‹ – was für ein wunderbarer Song für einsame Menschen … Junge Sirenenstimmen sangen für die jungen Menschen auf der ganzen Welt: Make Love not War. Oh! Welch glückselige Lasterhaftigkeit! Im nachhinein war ihr diese Zeit so erschienen, weil sie sich in einen wunderbaren Mann verliebt hatte, der sie wiederliebte – das dachte sie jedenfalls, wenn sie in seinen Armen lag und seinen Bart streichelte und ihn neckte, wenn sie ein graues Haar darin fand. Alles war der Himmel auf Erden gewesen, bis irgendwann ihre Periode ausblieb.

»Mach dir keine Sorgen, Liebling«, hatte er daraufhin gesagt. »Es kommt schon alles in Ordnung.«

Doch als sie ihre Periode auch im darauffolgenden Monat nicht bekam, hatte er ihr erklärt, er wolle nach Katmandu fahren zum Meditieren, um den innersten Kern der Wahrheit zu entdecken. Er hatte ihr tief in ihre vergißmeinnichtblauen Augen geschaut und ihr versprochen, sie nie zu vergessen, sie zu besuchen, wenn er wiederkäme, und dann alles mit ihr zu besprechen. Sie hatte ihn nie wiedergesehen.

In dem Büro hatte Beena mit einer dünnen, glupschäugigen jungen Frau zusammengearbeitet, die sich ruckartig bewegte und sie immer hastig anlächelte mit ihrem Pferdegebiß. Sie war damals sehr nett zu ihr gewesen. Sie gehörte einer fundamentalistischen Sekte an, in der man am Sonntag mitreißende Hymnen sang und das Tamburin schlug. Sie hatte Beena eingeladen, sie einmal zu begleiten, und Beena hatte es dort gefallen. Besonders beeindruckt hatte sie jener Sonntag, an dem ein Chor mit schwarzen Gospelsängern die Kapelle besuchte, um Spirituals vorzutragen. Eins davon sollte Beena nie mehr vergessen: *He has the whole world in His hand. He has the whole world in His hand. He has the whole wide world in His hand!*

Das war für sie der Augenblick der Offenbarung gewesen. Nun wußte sie, daß sie nach Jesus suchte, daß es seine Liebe war, die sie jetzt brauchte. Sie wußte, sie war ein Niemand, doch das schien Jesus nichts auszumachen. Sie brauchte Seiner nicht würdig zu sein, denn Er machte sie Seiner Liebe würdig. Er heilte die Kranken, Er liebte die Armen und Sanftmütigen, Er versprach ihnen die Erde. Er würde sie niemals zurückweisen. Als sie das erkannte, zerbarst sie fast vor Glück; Freude und Schmerz verbanden sich zu einem Jubelschrei. Dann umarmten sich alle Angehörigen der Gemeinde, und plötzlich rief jemand »Halleluja!«. Eine der Gospelsängerinnen küßte sie. Alle wollten ihre Hand halten und weinten, doch das machte ihr nichts aus. Sie hatte das Gefühl, daß jene Tränen ihre Sünden wegwuschen, all ihre Unwürdigkeit. Hier, das wußte sie plötzlich, war ihr vorbestimmter Platz.

Sie kündigte, verließ Tante Patsy und ihr Haus in Wimbledon und ging zurück nach Frenester, um ihr Baby zur Welt zu bringen, zurück zu Lucy und Louise und der kleinen Kirche auf dem Land, wo es zwar keine Gospelsänger gab, aber wenigstens einen Pfarrer und ein oder zwei Schäflein, die wirklich glaubten. Seit damals versuchte sie, ihr Leben in den Dienst Gottes zu stellen. Ihre Mutter und Großmutter empfingen sie mit offenen Armen, nahmen ihre Zugehörigkeit zu den Wiedertäufern ohne Verachtung hin, obwohl sie Angst hatte, ausgelacht zu werden, wenn sie ihnen von dem Tamburin und den Hallelujas erzählte. Wahrscheinlich betrachteten sie sie als verlorene Tochter. Sie waren außer sich vor Freude, als die Kleine zur Welt kam, und sie genoß ihre Freude. Besonders nach der Geburt von Joanna begann sie zu erkennen, daß sie tatsächlich ihren Platz im Leben gefunden hatte. Sie lernte, High House zu führen, alle häuslichen Aufgaben und Probleme zu übernehmen, die Lucy und Louise nicht so gut bewältigen konnten; endlich hatte sie das Gefühl, eine eigene Familie zu haben, auch wenn sie zugeben mußte, daß diese Familie ziemlich merkwürdig war, denn sie bestand aus vier Generationen von Frauen ohne einen einzigen Mann.

Sie seufzte. Tante Patsy würde morgen kommen. Tante Patsy hatte erst von der ungewollten Schwangerschaft erfahren, nachdem Joanna bereits auf der Welt war. Damals war sie ziemlich verletzt gewesen, nicht früher informiert worden zu sein. Sie hätte sich gefreut, wenn Beena sich ihr anvertraut hätte. Seitdem hatte Beena sich immer bemüht, ihr gegenüber besonders freundlich zu sein, wenn sie ihr begegnete.

»Lieber Gott«, betete sie, während sie Rufus streichelte, der leise neben ihr hechelte. »Bitte mach, daß Joanna ihn durchschaut, bevor es zu spät ist!«

Lucy seufzte erleichtert auf, als sie sich in den Sessel in ihrem kleinen Arbeitszimmer setzte, das ihre Eltern früher als Ankleideraum genutzt hatten, weil es sich gleich neben ihrem Schlafzimmer befand. Sonntag, der große Tag, lag noch vor ihr, aber Gott sei Dank war wenigstens der Samstag vorüber! Sie sah hinauf zu dem Porträt und erinnerte sich an den Tag, an dem ihre Mutter es hier heraufbringen hatte lassen. Das war im Krieg gewesen, als der Brennstoff so knapp war, daß man im Winter nie mehr als einen Raum heizen konnte. Weshalb man beschlossen hatte, Herberts altes Ankleidezimmer, das klein war und einen Kamin hatte, fürs erste in ein Wohnzimmer zu verwandeln. Zwei Männer hatten das Gemälde nach oben geschleppt und über der Chaiselongue aufgehängt. Hier war es der Feuchtigkeit nicht ausgesetzt, die zwangsläufig in die unteren Räume kroch, wenn das Feuer im Kamin erlosch.

Unten – weit weg, wie es schien – spielte jemand Klavier, und sie hörte das ferne Gemurmel von Stimmen und Gelächter. Die jungen Leute waren noch auf, unterhielten sich oder spielten ein Spiel. Wahrscheinlich klimperte Robbies Sohn da am Klavier – es hörte sich ein bißchen nach Jazz an. Das war schon ein merkwürdiges Gefühl, diese kanadischen Cousins kennenzulernen, die sie nie zuvor gesehen hatte. Das Mädchen mit dem frischen Gesicht und der hübsche Junge mit dem albernen Namen waren Robbies Enkel. Robbie ... Sie erinnerte sich noch, wie sie mit zwölf Jahren eines Winters mit ihm auf dem zugefrorenen Teich am Wimbledon Common Schlittschuh gelaufen war. Robbie, ihr Cousin, der für sie eigentlich eher so etwas wie ein Bruder war, ihre erste Liebe ... Robbie war nach dem Krieg nach Kanada gegangen und hatte ein Mädchen schottisch-kanadischer Abstammung geheiratet. Als er starb, fuhr sie nicht zu seiner Beerdigung. Es war einfach zu weit weg. Aber jetzt war sein Sohn Duncan hier und spielte völlig entspannt, als wäre er zu Hause, auf Louises Klavier.

Duncans Frau war nicht erschienen. Sie hatte statt dessen beschlossen, eine alte Freundin in Schottland zu besuchen. Ihre Familie wollte sich nach dem Wochenende dort mit ihr treffen. Lucy ermahnte sich, sich die Namen einzuprägen. Das apfelwangige Mädchen mit dem übergroßen, lose herabhängenden Pullover hieß Ellen, der stille Junge mit dem finsteren Gesicht Dewey.

Joannas junger Mann, den Lucy im Verdacht hatte, ein Ellbogentyp und Schwerenöter zu sein, hatte sein Interesse an dem Porträt bekundet. Zweifellos hoffte er, daß es sich dabei um einen echten Gustav Klimt handelte. Lucy selbst hatte ernste Zweifel an seiner Echtheit. Louise hatte immer gesagt, der Maler sei der »Schule Klimts« zugehörig gewesen oder habe »im sezessionistischen Stil gemalt«. Lucy war der Ansicht, es sei von einem seiner Studenten gemalt worden, vielleicht in Klimts Atelier, was bedeutete, daß es nie das Geld bringen würde, das ein echter Klimt wert wäre, auch wenn alle sich darüber einig waren, daß das Bild wertvoll und wunderschön war. Aber sie würde es Joss zeigen und ihn um seine Meinung bitten; vielleicht wäre er in der Lage, ihr den derzeitigen Wert zu nennen. Wieder warf sie einen Blick darauf, diesmal aufmerksamer. Die wachsende Vertrautheit mit dem Bild hatte das leichte Frösteln nicht abgemildert, das sie bei jeder neuerlichen Betrachtung empfand, diesen Anflug von Angst, eine alberne, abergläubische Furcht, daß Hände aus dem Gemälde herausgreifen und sie in die Vergangenheit hineinziehen könnten. In seiner Gestaltung ähnelte es einer japanischen Satsuma-Vase, in deren goldener Oberfläche unter den vielen komplexen Mustern auch die Köpfe von Göttern und Vorfahren eingebettet sind. Ganz oben stand Großmama Dambresac, eine Kaiserin von majestätischer Schönheit, das wundervolle rote Haar ganz der Mode in Edwards Zeit entsprechend hochgesteckt, der lange Nacken von einem fischbeinverstärkten Spitzenkragen umsäumt, die großen Augen mit herausfordernd erotischem Blick auf den Künstler gerichtet. Sie war eine echte *femme fatale* ihrer Zeit. Der goldene Umhang, der von ihren Schultern herunterglitt, umhüllte und verbarg halb ihre Tochter Louise, die die dunklen Haare zu einem Schulmädchenzopf geflochten hatte und deren Augen bereits traurig flehten. Die Hände des Mädchens wiegten den Kopf eines schlafenden Babys mit rotem Haar: die noch ungeborene Lucy. In dem blumenübersäten Stoff um ihre Füße, zwischen den hübschen Feldblumen (Mohn, Anemonen, Gänseblümchen und Kornblumen) fanden sich weitere Babyköpfe, alle schlummernd in der Zukunft. Das waren Beena, Joanna und ihre noch nicht empfangenen Kinder. Unmittelbar hinter der Hauptfigur stand eine nackte alte Frau, deren langes graues Haar ihr auf die knochigen Schultern herabhing und deren dürre Arme lose über ihren schlaffen Bauch fielen. Sogar ihre Haut war farblos. Er war ganz und gar grau, dieser Geist von Großmama Dambresac, doch um seinen Hals wand sich eine dicke grüne Schlange. Noch weiter hinten war ein düsterer Wald voll bedrohlicher Symbole abgebildet; schwach schimmernde Schädel hingen wie verrottende Früchte an winterlichen Ästen. Lucy versuchte, sie nicht anzusehen. Sie betrachtete nur den prächtigen, matrilinealen Baum des Lebens, von dem alle Frauen umhüllt wurden. Das ist es, sagte sie sich, während sie begann, sich auszuziehen und fürs Bett fertig zu machen. Es ist jener weite Mantel der Liebe, der uns noch immer alle zusammenhält.

Oben schlug eine Tür zu. Das war Beena. Beenas Angewohnheit, die Türen zuzuschlagen, brachte Lucy zur Weißglut. Beena … Hier gab es für Lucy noch viel zu tun, das wußte sie.

Beena hatte eine Sekretärinnenschule in London besucht, als Louise im Sterben lag, und auch danach war sie bei Patsy wohnen geblieben, die nach dem Tod ihrer Eltern das familieneigene Haus in der Nähe des Common geerbt hatte.

Beena hatte sich von der Flower-Power-Bewegung mitreißen lassen. Lucy mußte einräumen, daß es sich dabei um eine wichtige Bewegung handelte. Sie begriff durchaus: Die jungen Leute jener Zeit versuchten durch brüderliche Liebe eine Aggression zu überwinden, die seit Hiroshima zu gefährlich geworden war, um sie einfach auszuleben. Doch Lucy hatte immer Angst gehabt, Beena könne zuviel Cannabis nehmen und aus einem Fenster stürzen, in dem Glauben, sie befinde sich auf dem Weg in den Himmel. Was Lucy nicht vorhergesehen hatte, war Beenas Schwangerschaft. Sie hatte sie über die damals gebräuchlichen, altmodischen Verhütungsmittel aufgeklärt. Die Pille, die den Frauen größere Freiheit verschafft hat als alle verbrannten Büstenhalter zusammen, war damals noch nicht verbreitet. Beena konnte keine Einschränkung vertragen, und wenn Lucy sagte: »Nicht ohne Pariser, Beena!« antwortete ihre Tochter: »Mein Gott, Mummy! Wie altmodisch du doch bist! So etwas werde ich doch nicht brauchen!«

Und dann hatte sie diesen Hippie kennengelernt, der zweimal so alt war wie sie, aber jünger aussehen wollte mit seinem buschigen Bart und dem langen strähnigen Haar. Er trug ein loses, vielfarbiges psychedelisches Hemd über einer engen Jeans und hieß Jason. Er war von mehr als brüderlicher Liebe erfüllt und so entrückt, daß er sich nicht um seine väterlichen Pflichten scherte und – sei's nun bewußt oder unbewußt – nichts zur Verhütung beitrug. Sie heirateten nicht. Als Beena ihm erklärte, sie glaube, schwanger zu sein, packte ihn plötzlich der Drang, den hinduistischen Mystizismus zu studieren, und er dampfte ab nach Katmandu, wo sich leicht und billig Drogen erwerben ließen, die man in seiner Kleidung oder in seinen dichten, verfilzten Locken zurück nach Hause schmuggeln konnte. Lucy malte sich aus, wie er auf seinem blumenbestreuten Weg nach Indien trieb, wo die Inder den Spieß umdrehten, diesen modernen Jason in seinem benommenen Zustand um sein goldenes Vlies brachten und ihn obendrein noch auslachten. Lucy hoffte nur, daß sie sich dabei totgelacht hatten. Was mittlerweile aus ihm geworden war, wußte und interessierte sie nicht. Sie war grausam, sicher, doch sie zürnte ihm noch immer, weil er Beena das angetan hatte. Wenn sie die Pille genommen hätte, dachte Lucy reuevoll, wäre das nie passiert.

Beena war zurück nach High House gekommen und hatte nie wieder versucht, ein unabhängiges Leben zu führen. Sie entwickelte sich in Richtung Kindheit zurück, konzentrierte sich auf ihre Tiere und die kirchlichen Aktivitäten am

Ort. Im Winter jagte sie zusammen mit der Meute. Der Jagdleiter beschimpfte sie mehr als einmal in höchst anschaulicher Sprache draußen auf dem Feld, aber weil das nichts Ungewöhnliches war, weil sie das sogar erwartete, ließ sie sich von ihm nicht einschüchtern. Sie fand es sogar lustig. Von der Jagd kam sie immer mit roten Backen und freudig erregt nach Hause. Im Sommer ging sie mit den Pfadfindern zum Zelten. Lucy kümmerte sich während ihrer Abwesenheit um Joanna, und wenn Lucy arbeitete, paßte Mrs. Colbert auf das Kind auf.

Eine Abtreibung hatten sie nie ins Auge gefaßt, denn dafür bestand keine Notwendigkeit. Beena wollte das Baby, und Lucy konnte ihnen beiden ein Zuhause geben. Wenn sie daran dachte, was Joanna vielleicht von ihrem Vater ererbt hatte, war ihr bei dem Gedanken an Joannas Zukunft manchmal unwohl, doch Joanna entpuppte sich trotz ihrer potentiellen Gene als der große Wurf. Beenas Glaube an die Männer war gebrochen und ihr Selbstvertrauen erschüttert; trotzdem baute sie sich ihr eigenes Leben auf. Sie kümmerte sich um High House, die Ponys und die Hunde, und später, als Lucy älter wurde, auch um sie.

2
Sonntag morgen

»Danke, Liebes«, sagte Charlotte, als Beena ihr ein Frühstückstablett ins Schlafzimmer brachte, bevor sie in die Kirche eilte. »In welchen Gottesdienst gehst du denn heute?« Beena war mittlerweile auf dem ökumenischen Trip und besuchte sonntags die unterschiedlichsten Gottesdienste, je nachdem wonach ihr gerade der Sinn stand.

»Heute gehe ich in die Frühmesse«, antwortete sie. »Dann bin ich wieder da, wenn der Partyservice kommt. Aber die Heilige Kommunion werden sie mir nicht gewähren, weil ich noch nicht richtig aufgenommen bin.«

»Die vom Partyservice? Wie schäbig von ihnen! Das hätten die Leute nun wirklich in der Speisenfolge berücksichtigen können.«

»Charlotte!« erwiderte Beena entsetzt. »Bitte sei nicht blasphemisch! Du weißt ganz genau, was ich meine.«

»Und – wirst du noch richtig aufgenommen?«

»Vielleicht. Vielleicht auch nicht.«

»Ich kann nichts anfangen mit der ganzen Rumdreherei während der Messe, dic dic Katholen heutzutage veranstalten«, fiel ihr Charlotte ins Wort. »Diese Händeschüttlerei mit den Leuten auf der Bank hinter einem – da muß ich tun, als wären wir die dicksten Freunde, obwohl ich auf der Straße kein Wort mit ihnen reden würde.«

»Weißt du, das ist der Sinn der Sache – der Freundschaftsgedanke.«

»Fürchterlich!« meinte Charlotte, nahm den Deckel von der Kaffeekanne und schnupperte. »Riecht gut. Du machst den Kaffee fast so gut wie die Franzosen, Beena, Liebes. Also dann. Sprich doch ein Gebet für die alte Sünderin hier, ja?«

In der Küche servierte Joanna gerade den anderen Gästen das Frühstück. Dewey, der wacher aussah als alle anderen, ging ihr zur Hand. Er hatte sich eine Schürze umgebunden und goß am Kopfende des Tisches Tee aus einer riesigen braunen Tonkanne.

»Na komm schon, Dad!« sagte er. »Komm doch mit! Du willst doch sicher auch Betty Bugler's Tump sehen, oder?«

Joss, der gerade eine Scheibe Toast mit Marmelade bestrich, betrachtete den Jungen voller Widerwillen. Joss war alles andere als ein Morgenmensch; wenn er sah, wie dieser kanadische Teenager um diese Tageszeit schier vor Energie barst, kam er sich richtig alt vor.

»Geht ihr mit Joanna«, sagte Duncan. »Vielleicht begleite ich Beena in die Kirche. Was ist das überhaupt – Betty Bugler's Tump?«

»Was Obszönes, wenn ihr mich fragt«, war Joss' Kommentar.

»Das ist ein Grab«, antwortete Dewey. »Joanna sagt, es ist viertausend Jahre alt. Ist das nicht toll?«

Joss überlegte gerade, wie es Joanna gelungen war, den Jungen zu solchen intellektuellen Aktivitäten anzuregen, nachdem er sich am Vortag offenbar tödlich gelangweilt hatte, als diese sagte: »Das ist ein Hügelgrab aus der Bronzezeit. Es liegt ein Stückchen weiter nördlich am Edge. Wenn wir an der Hazelwood Farm und der Neubausiedlung vorbei sind, haben wir den ganzen Weg über eine wunderbare Aussicht.«

»Wie weit ist es?« erkundigte sich Danielle verschlafen.

»Vielleicht fünf Kilometer.«

Joss beobachtete die drei jungen Frauen über den Rand seiner Teetasse. Er sah sie als ein Trio moderner Grazien, alle von angenehmer Erscheinung, alle irgendwie ähnlich und doch verschieden. Neben Ellen, die so gesund ausschaute mit ihren rosigen Wangen und ihren großen, festen Brüsten unter dem riesigen blauen Pullover, die offenbar durch keinen Büstenhalter gestützt wurden, neben ihr, die kaum je mehr sagte als »Hallo!« oder »Okay!« oder »Toll!«, wirkte Danielle höchst kultiviert. Sie trug einen Hosenanzug aus rostrotem, seidenartigem Stoff, ihre nackten Füße steckten in Sandalen, so daß die lackierten Zehennägel zu sehen waren, und an ihren Handgelenken klapperte eine Sammlung von Silberarmreifen. Sie war verführerisch, ohne sich anstrengen zu müssen, dachte er, wie Lorelei, wenn sie die armen Seeleute mit ihren Schiffen auf dem Rhein gegen die Felsen lockte. Aber natürlich sang sie nicht. Ellen war die Sängerin in der Familie; sie besuchte die Musikschule in Montreal. Und neben ihren sitzenden Cousinen stand Joanna, die coole, beherrschte, intelligente Joanna, mit ihren Plänen für die morgendlichen Aktivitäten.

»Meinst du, wir sollten lieber aus dem Haus verschwinden, bis das Fest beginnt?« fragte er.

»Genau«, meinte sie.

»Und diese Betty Irgendwie – müssen wir die auch besuchen?« wollte Danielle wissen.

Joanna lachte. »Betty Bugler ist schon seit Jahrhunderten tot. Niemand weiß, wer sie war. Vielleicht eine Hexe, die sich in der alten Grabkammer versteckt hat.«

»Wow! Das ist ja richtig unheimlich«, murmelte Dewey mit vollem Mund und glänzenden Augen. »Kommst du mit, Ellen?«

»Klar!«

»Wenn wir gleich gehen, sind wir rechtzeitig da, um uns fürs Mittagessen noch ein bißchen frisch zu machen«, sagte Joanna; doch Joss beschloß nach einem Blick auf Danielle, den Morgen mit einer Erkundung des Gartens zu verbringen.

»Ich habe einem Freund, der ein Buch über die Gärten von Gloucestershire schreibt, versprochen, ein paar Fotos zu machen«, sagte er. »Ich glaube, das Licht wäre jetzt gerade richtig.«

»Und was ist mit dir, Danielle?«

»Nein«, brummte sie. »Ich habe heute keine rechte Lust auf sportliche Aktivitäten. Außerdem habe ich nicht die richtigen Sachen an für einen langen Spaziergang. Es ist mir zu weit. Ich helfe deinem Joss, die Fotos im Garten zu machen.«

Die Arrangements waren getroffen, und die beiden Gruppen begannen getrennt den Tag.

Als die Spaziergänger im Verlauf des Vormittags die Sonne auf dem Rücken spürten, zogen sie ihre Pullover aus und banden sie sich mit den Ärmeln um die Taille, bevor sie einen schattigen Tunnel zwischen Weißdornbüschen betraten. Sie gingen einer hinter dem anderen, Dewey ein paar Schritte hinter Joanna, Ellen am Schluß. Rufus, der Hund, rannte vorneweg, blieb hin und wieder stehen, um auf sie zu warten, und beobachtete sie mit geduldigem, aber auch ein wenig verächtlichem Blick.

»Sag mal«, meinte Dewey, »wie kommt es, daß du den gleichen Namen hast wie deine Großmutter, Joanna? Marshall, meine ich. Hat Beena einen Cousin geheiratet?«

Ellen blieb mit offenem Mund stehen. Hektische Flecken breiteten sich von ihrem Gesicht bis zum Ausschnitt ihres Pullovers aus. »Dewey!« rief sie wütend aus. »Warum kümmerst du dich nicht um deine eigenen Angelegenheiten?«

Doch Joanna antwortete ihm im Gehen über die Schulter, ohne die Stimme zu heben: »Weißt du, Beena hat nie geheiratet. Ich bin ein uneheliches Kind und habe meinen Vater nie kennengelernt. Er ist vor meiner Geburt verschwunden.« Sie blieb stehen, damit die anderen sie einholen konnten. »Beena und Lucy haben mich aufgezogen; irgendwie war Lucy so eine Art Vater für mich.«

Dewey war sprachlos, unfähig, seine verwirrten Gefühle auszudrücken, doch Ellen sagte: »Das muß traurig gewesen sein, Joanna.«

»Eigentlich nicht«, antwortete Joanna. »Weißt du, ich hab's ja nicht anders gekannt. Natürlich habe ich mir als Kind manchmal eine normalere Familie gewünscht. Besonders vermißt habe ich Geschwister.«

»Paßt auf, da sind Dornen!« rief Dewey.

Sie mußten sich durch das Gestrüpp auf dem Weg kämpfen, um wieder auf eine offene Fläche zu gelangen. Da Joanna das Gefühl hatte, daß sie ihre Mutter gegenüber Cousin und Cousine verteidigen mußte, fügte sie hinzu: »Beena ist eine großartige Frau – ein ganz besonderer Mensch.« Während sie mit gleichmäßigen Schritten dahingingen, warteten sie darauf, mehr zu erfahren. »Wißt ihr, sie ist immer für einen da, wenn man sie braucht. Wenn alles gut läuft, tritt sie in den Hintergrund, aber sobald es Probleme gibt, ist sie zur Stelle.«

Obwohl Joanna dem, was sie Beenas allzu simple Auffassung von Religion nannte, entwachsen war, empfand sie doch mehr als nur Zuneigung für ihre Mutter. Sie wußte um ihre Selbstlosigkeit, ihre Weltfremdheit, und sie wußte auch, daß Beena trotz des Mißgeschicks, schon in frühen Jahren ein uneheliches Kind zur Welt gebracht zu haben, letztlich reinen Herzens war. Sie achteten sich gegenseitig. Das mußte nicht eigens gesagt werden – das Gefühl war einfach da. Joanna wußte, daß ihre Geburt Beena gerettet hatte. Beena hatte ihr das sogar einmal gesagt: »Du hast mich gerettet, Liebes – du und Gott, weißt du das? Du hast mich vor Drogen und allen möglichen schrecklichen Dingen bewahrt.« Obwohl Joanna diese Worte damals peinlich gewesen waren, hatte sie sie doch in Erinnerung behalten.

Der Pfad entlang des Edge wand sich um eine steile Klippe, von der aus sich gerade eine Flugmaschine mit scharlachroten Flügeln ins Tal hinabstieß.

»Mein Gott!« rief Ellen aus, die eine Klosterschule in Montreal besucht hatte. »Das Ding sieht ja aus wie ein fallendes Kruzifix!«

Die drei standen ganz still da, als der Mann mit geschlossenen Beinen und ausgestreckten Armen einen Augenblick mit seinem Flugdrachen über ihnen schwebte, bevor er auf einer warmen Luftströmung nach oben stieg und wegglitt. Dann stürzte sich ein anderer mit blau-weißen Flügeln in eine entgegenkommende Bö und erhob sich in die Lüfte.

»Wow!« seufzte Dewey. »Ich wünschte, ich könnte das auch!«

»Das ist ein ziemlich gefährlicher Sport«, warnte ihn Joanna, obwohl sie von den Drachenfliegern genauso fasziniert war wie ihre jungen Verwandten …

»Und die haben keinen Motor?« fragte Dewey ungläubig.

»Sie gleiten auf dem Wind dahin«, erklärte Joanna. »Wie Vögel.« Sie betrachtete Deweys verzücktes Gesicht. Ja. Er würde es wagen: Er würde sich allein des Nervenkitzels wegen von einer Klippe stürzen, um jenes Hochgefühl der Macht zu spüren, das die Beherrschung der Luft und der Schwerkraft mit sich brachte, während sie Vorsicht walten lassen würde; sie würde zuerst nachdenken und es dann wahrscheinlich nie tun. Das war einer der wesentlichen Unterschiede zwischen Mann und Frau, dachte sie. Er bestand nicht nur in den kräftigeren Armen und den schnelleren Beinen, sondern auch in jenem Schuß Wagemut, der Bereitschaft, Risiken einzugehen, die vermutlich irgendwo im Y-Chromosom saß und die junge Männer dazu trieb, Rennautos zu fahren, Tornados zu fliegen oder die Gipfel des Himalaja zu erstürmen. War es auch das, was sie in die Kriminalität trieb? In prähistorischer Zeit hatte es sie zu Jägern gemacht, die wichtige Nahrungsmittel für den Stamm beschafften und Land eroberten; doch in den modernen Großstädten, in denen es keine wilden Tiere mehr gab, wurde jene früher oft beneidete Tapferkeit vielleicht sogar zu einer asozialen Plage. Aber sie mußte zugeben, daß sie Dewey nichtsdestotrotz beneidete, denn wahrscheinlich war es auch diese Eigenschaft, die einen guten Chirurgen ausmachte und die Hand mit dem Skalpell nicht zittern ließ: die Fähigkeit, innerhalb von Sekundenbruchteilen zu entscheiden, wann und wo ein Risiko einzugehen war. Sie wußte, sie hatte das Zeug zum Chirurgen nicht. Doch ich habe andere Begabungen, dachte sie, weiblichere Fähigkeiten in der Medizin, die dieser Junge niemals besitzen würde. Der Mut der Frauen ist von anderer Natur. Wie anders wir überhaupt sind! dachte sie, und dann: Wie unterschiedlich Joss und ich sind! Doch sie erinnerte sich daran, wie schön es vergangene Nacht in ihrem Bett im Speicherzimmer des High House gewesen war. Der Akt der Liebe – daran bestand kein Zweifel – war das Wunder, das alle Unterschiede auflöste, den Menschen ein Gefühl des Einsseins verschaffte durch jene wundervolle Flut des gegenseitigen Verstehens. Der Phallus war nicht nur die körperliche, sondern auch die metaphysische Verbindung zwischen den Geschlechtern.

»Ich könnte das nie«, brach Joanna das Schweigen. »Dazu hätte ich einfach nicht den Nerv. Ich wünschte, es wäre anders. Diese Art Mut braucht man bei Erdbeben oder im Krieg oder wenn man im Kugelhagel in eingestürzte Häuser rennt, um die Verletzten zu bergen.«

»Denkst du da an *Médecins sans Frontières?«* erkundigte sich Ellen. »Ich kenne einen Typen in Quebec, der für die gearbeitet hat.«

»Das würde ich gern machen«, meinte Joanna. »Ich wünschte, ich wäre dazu in der Lage ...«

Dewey betrachtete sie voller Bewunderung. Seiner Meinung nach würde sie alles schaffen. Er hielt sie für eine Art Superfrau, die es nicht nötig hatte, mit ihrer Überlegenheit hausieren zu gehen; sie war einfach nur, was sie war: eine Göttin. Rufus setzte sich, hechelte ein wenig mit heraushängender Zunge, um sich abzukühlen, und wartete geduldig, während die Menschen sich über seinen Kopf hinweg unterhielten, obwohl es ihn drängte, wieder den interessanten Gerüchen zu folgen, die er bereits kannte, weil er diesen Weg mit Joanna, ihrer Mutter und ihrer Großmutter schon viele Male gerannt war.

»Wir sollten weitergehen«, meinte Joanna, »wenn wir rechtzeitig bei Betty Bugler's Tump ankommen möchten.«

Die Grabkammer war eine Enttäuschung für Dewey, weil sie nicht hineinkonnten. Ein Eisenzaun und ein kleines Tor mit einem Schloß daran schützte sie vor Eindringlingen. Sie konnten sich lediglich über das Tor beugen und in den dunklen Eingang hineinspähen.

»Wahrscheinlich wäre dem Vandalismus Tür und Tor geöffnet, wenn man hineinkönnte«, sagte Joanna. »Als ich klein war, war die Grabstätte offen. Aber es war ziemlich dunkel drin und roch.«

Also führte sie sie weg von dem Ort, an dem früher eine Hexe gewohnt hatte, und zurück nach High House.

Joss und Danielle schlenderten im Garten am Fuße des Hügels entlang. Die südwestliche Seite wurde vor den vorherrschenden Winden von einer halbkreisförmigen Anpflanzung von Eschen, Kastanien und Bergahornbäumen geschützt, hohen Bäumen, die wiederum die

Rhododendrenböschung darunter abschirmten. Manche von ihnen, die bereits in den dreißiger Jahren gepflanzt worden waren, hatten sich mittlerweile zu Bäumen mit dicken, rostroten Stämmen ausgewachsen, doch weil sie im Moment nicht blühten und lediglich die bunte Rinde ein Motiv für die Kamera bot, wandte Joss seine Aufmerksamkeit der anderen Seite des Wäldchens zu, wo eine Gruppe japanischer Ahornbäume in den letzten prächtigen Farben des Herbstes aufloderte.

»Ich glaube, das ist es, was sie sich vorstellen«, sagte er. »Frithby's, das ist die Firma, für die ich arbeite, hat einen Landschaftsgärtner beauftragt, ein Buch über die Gärten von Gloucestershire zu schreiben, und ich soll ein paar der fotogensten für ihn finden.«

Danielle langte soeben bei den Steineichen an, deren Äste sich über die Statue neigten. Die steinerne Figur stand in halb gebückter Haltung auf ihrem Sockel und spähte verloren durch die Zweige. Sie hielt ein paar Falten eines bemoosten Faltenwurfes über ihre Oberschenkel. Das lange steinerne Haar verbarg ihre Brüste, und Efeu begann, sich über ihre Füße hinaufzuwinden.

»Ist sie nicht wundervoll?« murmelte Joss, während er um sie herumging und versuchte, die beste Perspektive für ein Foto zu finden. »Ich muß unbedingt das Licht auf dem Efeu einfangen! Die Statue ist ein bißchen makaber, aber so typisch viktorianisch!«

Dieser Teil des Gartens war verwildert, Dornenhecken und Efeu überwucherten die Wege, doch Joss fand ihn deswegen nur noch romantischer. »Die Viktorianer waren die großen Meister der Verhüllung!« meinte er. »Ich glaube, verhüllte Dinge haben sie erregt. Aber geht es uns nicht allen so: Lieben wir nicht alle Geheimnisse?« Danielles Antwort blieb ebenfalls ein Geheimnis, denn sie erwiderte nichts. »Wissen Sie, ich frage mich manchmal, ob unsere Offenheit in sexuellen Dingen nicht einen großen Teil des Mysteriums zerstört hat.«

»Meinen Sie?« Danielle rannte auf ein Tor zu, das den Garten von steil abfallenden Feldern trennte, auf denen Schafe im Oktobersonnenschein unter einem wolkenlos blauen Himmel grasten.

»Das ist hier wie in diesem englischen Lied«, sagte sie, als Joss sich zu ihr gesellte. »In dem Lied über die schönen grünen Wiesen von England.« Er legte den Arm um sie, und sie blickten gemeinsam auf die pittoreske Szenerie. Als sie ihm den Kopf zuwandte, beugte er sich zu ihr herab und küßte sie auf den Mund. Sie wehrte sich nicht, sondern erwiderte seinen Kuß bereitwillig. Sehr zu seiner Überraschung spürte er, wie heftige erotische Gefühle in ihm aufstiegen. Er wußte, er müßte vorsichtig sein, wenn sich die Sache mit der kleinen Französin weiterentwickelte. Er war in der Liebe schon früher zweigleisig gefahren, aber mit einer Freundin wie Joanna, die Augen hatte wie ein Luchs, war so etwas riskant. Wie Danielle war, konnte er noch nicht sagen. Natürlich wußte sie von seiner Beziehung mit Joanna. Entweder scherte sie sich nicht um weibliche Loyalität, oder sie war ein Mädchen, das seine eigenen körperlichen Bedürfnisse an die erste Stelle setzte. Vielleicht gehörte sie auch zu den jungen Frauen, die gern Machtspielchen spielten und anderen Frauen die Männer ausspannten. Wir haben alle zahlreiche Facetten, dachte er. Joanna spiegelt viele meiner eigenen Facetten wider, aber nicht alle; Danielle spricht einige sehr wichtige andere an. Er glaubte, problemlos zwei Affären gleichzeitig haben zu können. Das war verführerisch; der Gedanke erregte ihn. Die beiden Frauen würden seine Begierde nach der jeweils anderen verstärken. Was er jedoch nicht wollte, war eine *ménage à trois.* Er wollte überhaupt keine *ménage.* In seinem Allerheiligsten, seiner geschmackvoll eingerichteten Londoner Wohnung, war er am liebsten allein. Frauen störten seine Ordnung, wollten immer alles gemütlich machen und praktische Verbesserungen durchsetzen, was die Einrichtung seiner Wohnung kaputtmachte. Nein. Er duldete keine Verletzung seines Privatbereichs, also mußte er darauf achten, daß ihm keine seiner Affären entglitt.

Als sie zum Haus zurückgingen, fragte sie: »Kommst du mich in Paris besuchen?«

»In zwei Wochen muß ich tatsächlich hin, um für einen sehr reichen Kunden ein paar Gemälde zu schätzen.«

»Aber das ist ja wunderbar!« rief sie aus. »Dann mußt du Maman kennenlernen. Ich werde dich herumführen. Ich kenne Paris wie meine Westentasche!«

Plötzlich war alles ganz einfach – was für ein angenehmer Höhepunkt seiner morgendlichen Tätigkeiten!

In ihrem Arbeitszimmer braute sich Lucy ihren Piccadilly-Jackson's-Frühstückstee, stark genug, um richtig wachzuwerden. Sie hörte, wie draußen der Motor von Beenas Wagen angeworfen wurde. Vermutlich machte sie sich auf den Weg in die Kirche. Lucy dachte kurz darüber nach, in welche Messe sie wohl heute ging. Sie vernahm, wie die Tür des Metro zugeschlagen wurde, schwer, metallisch, ähnlich der Tür eines Zuges. Lucy schloß die Augen und lauschte auf das ferne Stampfen eines Zuges in ihrem Kopf, vor dreißig, vierzig, fünfzig Jahren. Rattatatata, rattatatata … Natürlich hatte sie damals schon gewußt, daß er die Liebe ihres Lebens war! Es war die Intensität eines jeden neuen Tages, die alles so vom gewöhnlichen Leben abgehoben hatte. Nicht nur ihre Gefühle waren heftig, nein, das Dasein lief auch viel schneller ab: Die Zeit verging wie im Flug, alles um sie herum veränderte sich, stürzte sozusagen ein; vertraute Gesichter verschwanden, und die gewohnte Welt drohte in Rauch aufzugehen. Sie verlebte ihre ganze Jugend in diesem einen Sommer, dem Sommer der Spitfires. Jedesmal wenn sie daran dachte, erinnerte sie sich an die Liebe, das Lachen und die Angst – in dieser Reihenfolge.

Sie und Nicky hatten so wenig Zeit miteinander, daß sie es miteinander trieben, wann und wo immer sich die Gelegenheit dazu ergab. Sie mußte wieder an das eine Mal im Zug denken ... Und welche Angst sie gehabt hatte, daß jemand ins Abteil kommen würde – vielleicht der Schaffner! Sie hätte sich keine Gedanken zu machen brauchen. Die Schaffner waren – je nach Alter und körperlicher Tauglichkeit – entweder in der Armee oder in der Bürgerwehr.

Nicky hatte manchmal mehrere Tage hintereinander Dienst. Dann wieder bekam er unvermutet vierundzwanzig Stunden Urlaub, und sie verließ, wenn möglich, das Labor und traf sich mit ihm. Das Labor hatte ein Dach aus Glas, und die beiden Techniker hatten Angst vor eventuellen Glassplittern bei einem Luftangriff. Sie machte sich wegen des Glases überhaupt keine Gedanken. Verglichen mit den Risiken, die die Piloten der Royal Air Force tagtäglich eingingen, waren die ihren nicht der Rede wert; außerdem führte sie – führten sie beide – ein verzaubertes Leben, geschützt durch den Schild der Liebe. Sie hatte lediglich Sorge, nicht rechtzeitig mit den Blutbildern fertig zu werden, um sich mit ihm treffen zu können (rote Blutkörperchen normal oder mißgebildet, weiße Blutkörperchen normal oder abnorm, Hämoglobinbestimmungen, Blutzuckerwerte und Urinproben in ihren Reagenzgläsern, all die kleinen runden Glasbehälter mit den Nährlösungen für die Bakterien). *Liebling, nimm mich in die Arme, dann fühle ich mich sicher.* Manchmal verbrachten sie die kurze Zeit seines Urlaubs in der kleinen Wohnung unterm Dach des alten Workhouse, in das man das Krankenhaus von London aus verlegt hatte.

Der medizinische Leiter des Workhouse-Krankenhauses hatte ein paar seiner Stationen für Londoner Patienten frei gemacht; seine eigenen waren »vorübergehend« auf kleinerem Raum zusammengepfercht. Manchmal gingen ihm die jungen Ärztinnen zur Hand: Meist hatten sie es dann mit alten und im Sterben liegenden Menschen zu tun, einige von ihnen mit so fortgeschrittenen und schrecklichen Krankheiten, daß sogar Lucy und ihre Freundin Brigid, die beide immerhin durch eine sechsjährige medizinische Berufserfahrung abgehärtet waren, die Augen abwandten und sich vor ihren Aufgaben drückten. Lucy erinnerte sich an eine Frau mit Sekundärknochenkrebs. Ein Geschwür befand sich hinter ihrem Auge und drückte es aus der Höhle, so daß die Frau aussah wie ein Zyklop – so klein wirkte das zweite Auge im Vergleich. Die Stationsschwester, eine mitfühlende Seele, hatte die anderen Schwestern angewiesen, der Patientin immer das Haar zu bürsten und dafür zu sorgen, daß sie sich nie im Spiegel sah, doch eines Tages, während Lucy ihr Krankenblatt studierte und ihr neue Medikamente aufschrieb, nahm sie ihre Handtasche vom Nachtkästchen und holte einen kleinen Spiegel und ihren Lippenstift heraus, um sich die Lippen nachzuziehen. Lucy stand wie vom Donner gerührt da und starrte sie an. Als die Frau fertig war, meinte sie mit einem Lächeln: »Man darf sich nicht gehenlassen, finden Sie nicht auch?« Lucy antwortete ganz automatisch: »Ich bin ganz Ihrer Meinung.« Sie merkte, daß ihre Hände zitterten. Sie sollte nie erfahren, ob diese Frau, wie so viele Menschen zu dieser Zeit, fast übermenschliche Stärke bewies oder ob der Tumor bereits ihr Gehirn angegriffen und ihre Kritikfähigkeit beeinträchtigt hatte, was sie, wie dies so oft der Fall war, vor der Qual schützte, sich so zu sehen, wie alle anderen sie wahrnahmen.

Lucy teilte sich die kleine Wohnung über der Station mit Brigid, der Anstaltschirurgin. Wenn Nicky kam, zog sie mit ihrem Feldbett in eine kleine Kammer ein Stockwerk tiefer. Lucy machte es genauso, wenn Brigids Freund über Nacht blieb. Sie mußten ihre Freunde vor den älteren, gesetzten Kolleginnen in dem Krankenhaus verstecken, in dem ausschließlich weibliches Personal beschäftigt war, Frauen, die in ihrer eigenen Jugend Sex und Ehe geopfert hatten zugunsten einer Karriere in der Medizin, die damals fast ausschließlich in männlicher Hand war. Sie mißbilligten jeden Flirt mit Männern als frivol und betrachteten die Ehe als Verrat an der großen Sache. Schwangere Frauen waren ein hoffnungsloser Fall. Heutzutage lautete der Kommentar: »Wie schade. Sie hätte wirklich Talent gehabt.«

Für Brigid war es ein bißchen leichter als für Lucy, weil ihr Freund ein junger amerikanischer Chirurg war, dessen Krankenhaus hinaus nach Surrey, auf die andere Seite von London, verlegt worden war. Sie hatten beide regelmäßige Dienstpläne und konnten ihre Treffen, die meist in seiner Bude stattfanden, deshalb vorher absprechen. Doch Nicky wußte nie, wann er frei bekam. Es machte ihm nichts aus, in ihr Zimmer geschmuggelt zu werden; er freute sich über die Heimlichtuerei wie ein Kind über die versteckten Päckchen an Weihnachten. Außerdem schlief er sowieso meistens in Lucys Bett, bis sie mit der Arbeit fertig war. Die jungen Männer damals waren die meiste Zeit erschöpft. Ein Pilot seines Geschwaders schlief nach seinem dritten Einsatz innerhalb von vierundzwanzig Stunden am Essenstisch ein und landete mit dem Gesicht in seinem Teller mit Eiern und Speck. Nicky schlief immer wie ein Toter, nachdem sie sich geliebt hatten; doch Lucy schreckte manchmal zitternd vor Angst in den frühen Morgenstunden auf, weil sie meinte, den Ruf »Alarm« vernommen zu haben. Das war das Signal für die Piloten, die Bereitschaft hatten, ihre Zeitung fallen zu lassen oder die Spielkarten wegzuwerfen und übers Rollfeld zu ihrer Spitfire zu laufen (die bereits mit laufendem Motor wartete), hineinzuspringen, die Fliegerbrille aufzusetzen, den Fallschirm anzulegen, den Motor anzulassen und zu starten. Nach zwei Minuten waren sie in der Luft. Fast immer handelte es sich dabei um einen richtigen Einsatz. Die Radareinrichtungen entlang der Südostküste fingen die Signale der feindlichen Maschinen, die sich über Frankreich massierten, so zuverlässig auf, daß es kaum jemals einen falschen Alarm gab. Nicky stand während der ganzen Dauer seines Fluges mit der Einsatzleitung am Boden in Funkverbindung. Während er versuchte, eine günstige Position zu finden, die Sonne im Rücken, informierte er das Bodenpersonal in dem eigens für diese Zwecke entwickelten Jargon: *»Vectoring 3000. Angels 2000.«* Wenn er den Feind entdeckt hatte, rief er ins Mikrofon: »Mein Gott! Da kommt eine ganze Horde!« Dann stürzte er sich mitten hinein in die deutsche Formation. Die Heinkels spritzten auseinander, um ihm auszuweichen, und die anderen Spitfires aus seinem Geschwader holten eine nach der anderen herunter. Kurz vor dem Angriff brachen sie den Funkkontakt ab und riefen ins Mikrofon: »Halali!« Doch das war nicht der fröhliche Jagdruf der Rotberockten, die an einem strahlenden Herbstmorgen über Felder und Gräben hinter einem einzelnen kleinen Fuchs herjagten und dabei lediglich das Risiko eingingen, über eine Weißdornhecke springen zu müssen oder möglicherweise in einen Graben zu fallen. Nein, dieses »Halali!« war das Signal, daß ein Kampf ums Überleben begonnen hatte. Sie waren alle nicht nur Jäger, sondern gleichzeitig auch kleine Füchse, die dem Tod ins Auge sahen, wenn sie in die Schußlinie der Bomber gerieten, und die den Tod über sich, unter sich, überall spürten, wenn sie den Messerschmitts begegneten.

Nach ein paar Minuten gelang es Lucy immer, den Alptraum abzuschütteln und wieder in die Realität zurückzukehren. Es war noch dunkel, und in der Nacht flog Nicky nicht. Er war sicher, hier in ihrem Bett. Es war Mitte August, die Luftangriffe erfolgten am Tag. Vor der Invasion versuchte Göring, den Abwehrring, den die Jagdbomber rund um Großbritannien gelegt hatten, zu zerstören. Er dachte, er würde das innerhalb von vier Tagen schaffen, wenn die pausenlosen Angriffe nur heftig genug wären. Er nannte das den Angriff der Adler. Die großen Schwärme von Dorniers und Heinkels, die von Messerschmitts begleitet wurden und den Spitfires und Hurricanes zahlenmäßig weit überlegen waren, kamen während des Tages alle paar Stunden herüber.

»Vier zu eins«, erzählte Nicky ihr. »Jeder von uns muß vier abschießen, wenn wir die Invasion abwehren wollen.«

Die Milchmänner in der Stadt und die Landarbeiter auf den Feldern von Kent, manchmal auch die Leute beim Einkaufen, schauten hinauf zum Himmel, wenn sie in der Ferne Schüsse hörten, und beobachteten jene Luftkämpfe, sahen die weißen, sich überkreuzenden Kondensstreifen am Himmel, sahen, wie die Flugzeuge zur Seite schwenkten, Loopings drehten und abtauchten, und hielten den Atem an, wenn schließlich eins davon in einer Wolke aus Rauch und manchmal auch Flammen herabtaumelte. Dann beteten sie, daß es keins der englischen war, und murmelten »Verdammte Hunnen!«, bevor sie sich wieder ihren Milchflaschen, ihrem Spaten oder ihrem Einkaufskorb zuwandten.

Mitte August stellte Lucy fest, daß sie schwanger war. Am 14. August berichteten die Zeitungen, daß fünfhundert feindliche Flugzeuge die englischen Schiffe im Ärmelkanal und an der Themsemündung attackierten, daß sie die Flugplätze und Luftwaffenstützpunkte und alles, was nach einer Flugzeughalle oder einer Ersatzteilfabrik aussah, unter Beschuß nehmen würden.

»Wir sollten zusehen, daß alles auch vor dem Gesetz seine Ordnung hat«, meinte Nicky. »Der arme kleine Kerl wird wahrscheinlich sowieso ohne Vater aufwachsen; wir wollen doch nicht, daß er auch noch unehelich ist.«

»Nicht!« flehte sie ihn an. »Hör auf damit!«

»Du mußt den Tatsachen ins Auge blicken, Lucy, Liebling. Vielleicht schicken sie mich schon morgen ins Jenseits. Wie schnell kannst du eine Sondergenehmigung kriegen?«

Sie sah ihn eine ganze Woche lang nicht und hörte auch kein Wort von ihm. Sie hatte keine Ahnung, ob er noch am Leben war. Sie wußte nur, was sie in den Zeitungen las: Hundert deutsche Flugzeuge waren abgeschossen worden gegenüber dreißig englischen, hundertsiebzig Hunnen getroffen gegenüber fünfundzwanzig Engländern, und so weiter. Sogar damals schon hatte sie sich gefragt, ob die Medien nicht übertrieben. Nicky wurde in jener schrecklichen Zeit viermal am Tag in Alarmbereitschaft versetzt. Dann war er plötzlich wieder bei ihr, mit blasserem, ausgezehrterem Gesicht, aber am Leben und unverletzt, ohne Brandverletzungen, was alle in seinem Geschwader am meisten fürchteten. »Mein Gott, Nicky!« Tränen liefen ihr die Wangen herunter.

»Weine nicht, Lucy. Wir werden heiraten. Das ist doch ein Anlaß zur Freude, oder?« Nur wer von Tag zu Tag, von Moment zu Moment lebte, überstand diese Zeiten.

»Ich, Nicholas Marshall, nehme dich, Lucy Brunoye, zu meiner angetrauten Ehefrau und werde dich lieben und ehren, bis daß der Tod uns scheidet.« Doch ganz so war es nicht, weil sie nicht in einer Kirche heirateten, sondern in einem schmuddeligen Standesamt, das eine Woche zuvor schwer von einer Bombe getroffen worden war, die ihr Werk der Zerstörung bedauerlicherweise nicht vollendet hatte. Die Fenster waren geborsten, von den Wänden blätterte die kackbraune Farbe ab, die zum Glück nicht so roch, wie sie aussah. Das, was der Standesbeamte sagte, war stumpfsinnig und banal. Er sah aus wie ein kleiner schwarzer Käfer, saß vornübergebeugt und mit abgewetztem schwarzem Talar an seinem Tisch und raschelte mit seinen Papieren, wenn er nicht gerade in ihnen herumkritzelte oder sie durch seine dicke Brille musterte. Sie hatten zwei Trauzeugen: Nickys Freund Alan, die Nummer

Zwei in der Flugstaffel, und Lucys Freundin Brigid. Nachdem sie alle an der dafür vorgesehenen Stelle unterschrieben hatten, standen sie auf und lächelten. Auch der schwarze Käfer lächelte und nahm seine Brille ab, um sie zu putzen. Ohne sie wirkte er irgendwie nackt. Brigid streute eine Handvoll Konfetti über ihre Köpfe, als sie hinaus auf die sonnenhelle Straße traten. Fremde blieben stehen, sahen sie an und lächelten, zwei von ihnen streckten ihnen die Hand hin und wünschten ihnen Glück. Sie sonnten sich in der Freundlichkeit, die alle ihnen entgegenbrachten. Nicht nur ihre Jugend und die Tatsache, daß sie heirateten, ließ die Leute lächeln, sondern auch die Uniform der Royal Air Force und Nickys Staffelführerstreifen an den Ärmeln sowie natürlich das Pilotenabzeichen, das er über der linken Brusttasche trug. Die Leute wußten, was sie ihm zu verdanken hatten.

Als sie später im Anvil feierten, hob er sein Glas. »Auf Mrs. Marshall!« Damit meinte er Lucy! Sie mußte lachen. Es kam ihr reichlich merkwürdig vor, plötzlich diesen neuen Namen zu tragen. »Auf Mrs. Marshall, die einfach hinreißend aussieht mit dem Silberfuchs ihrer Mutter!« Sie trug tatsächlich einen Pelz. Lucys Telegramm war so überraschend gekommen für Louise, daß sie keine Zeit mehr gehabt hatte, eine Fahrtmöglichkeit nach London zu organisieren; doch sie hatte einer Freundin, die mit dem Zug in die Hauptstadt fuhr, ihren Pelz mitgegeben, so daß dieser einen Tag vor der Hochzeit bei ihrer Tochter angekommen war. Lucy hatte den Silberfuchs über ihr smaragdgrünes Leinenkostüm geworfen. Zum Glück war es an dem Tag nicht zu heiß. Auf ihrem roten Haar balancierte keck ein schwarzes Käppi aus Samt mit einem Augenschleier. Louise sah ihren Silberfuchs nie wieder. Er verschwand, verbrannte zu Asche, als vierzehn Tage später eine Brandbombe auf das Haus fiel, in das Lucy den Pelz zurückgebracht hatte. Ihre Freundin hatte Glück und kam mit einem gebrochenen Schlüsselbein davon. Der Silberfuchs war ein Prachtstück gewesen, er ließ jede Frau wie einen Filmstar aussehen. Wenn sie sich in späteren Jahren die Szene mit diesem Fuchs vor Augen führte, betrachtete sie seinen Verlust als göttliche Vorsehung. Angesichts der zahlreichen Tierschützer hätte sie ihn ja nun ohnehin nicht mehr guten Gewissens umlegen können, oder? Doch am Tag ihrer Hochzeit hatte sie ihn stolz getragen.

Das Radio im Pub spielte ein beliebtes Lied jener Zeit: ›J'attendrai ...‹ Ich warte auf dich Tag und Nacht. Ich warte für immer. Ich warte ... Die schwermütige Melodie erzählte vom Trennungsschmerz und der Sehnsucht aller Liebenden in Kriegszeiten.

»Sag lieber nichts davon im Krankenhaus«,

warnte Brigid sie. »Den alten Drachen gefällt das sicher nicht. Bei Beförderungen werden verheiratete Frauen übergangen.«

Nicky freute sich wie ein kleiner Junge darüber, die Heimlichtuerei fortsetzen zu können. »Schon wundervoll skandalös, so eine Ehe, was?« erklärte er.

Lucy grinste ihn über den Rand ihres Sektglases an. Ja, sie tranken Champagner, denn Louise hatte ihnen zusammen mit dem Silberfuchs einen Scheck geschickt. »Das wird komisch«, lachte Lucy, »wenn *du* befördert wirst!«

»Wieso komisch? Das wird ganz schön ernst. Vielleicht werde ich in einen anderen Teil Englands versetzt.«

»Ich meine, dann bist du doch Air Vice-Marshal Marshall.«

»Diese luftigen Höhen werde ich in diesem Leben nicht mehr erklimmen! Heute hier, morgen tot, wäre ein passenderer Wahlspruch.« Wie sorglos er das sagte. Das gehörte alles zum Ethos der Zeit: Lebe für den Tag und verschwende keinen Gedanken an morgen; doch ihr Magen krampfte sich immer unangenehm zusammen, wenn er so redete. »Zum Air-Marshal werde ich's nie bringen, aber das ist egal, solange wir andere Höhen genießen können.«

Sie hatten sich für die Nacht in ein Zimmer in einem Londoner Hotel eingemietet, das sie mit dem Geld von Louises Scheck bezahlten: »Knausert nicht, Liebes. Laßt es euch auch mal gutgehen.« Das Zimmer war ruhig, auch wenn das Bett ein wenig knarrte; sie hatten sogar ein eigenes Bad. Das war damals ein großer Luxus. Sie hatten keine Angst vor den Bomben; die ersten richtigen Nachtangriffe auf London begannen erst zwei Wochen später. Als sie sich auskleideten, zog er alle Nadeln aus der Haarschnecke, die sie im Nacken trug, so daß ihr Haar lose über ihre Schultern fiel.

»So ein schönes, dunkles Rot«, sagte er. »Und was erst Schönes darunter ist.« Er schob das Haar von ihren Brüsten, bevor er sie küßte. »Fast wie der feine Seetang, der im ruhigen Meer dahintreibt.« Er nahm immer wieder Haarsträhnen in die Hand, als wolle er sichergehen, daß es echt war. »Und du bist die kleine Nixe. Die beste im Schwimmen. Du bist mein ein und alles. Aber ich bin froh, daß du Beine hast und keinen Schwanz. Sonst wüßte ich ja gar nicht, wonach ich suchen müßte.«

»Bei Fischen heißt es Kloake«, sagte sie.

»Nun, so würde ich nicht dazu sagen.«

»Fische haben kein richtiges Intimleben.«

»Hab' ich mir schon gedacht. Aber mal im Ernst – wir müssen ein bißchen aufpassen, meinst du nicht auch? Schließlich wollen wir den kleinen Kerl doch nicht aufwecken.«

Es war Lucy nie in den Sinn gekommen, daß sie einen Abgang haben könnte. Doch nun dachte sie, daß dies eigentlich die beste Lösung wäre, denn sie konnte sich nicht vorstellen, wie sie mit einem Kind weiterarbeiten sollte; aber Nicky wollte dieses Baby, das sah sie. Wahrscheinlich war es sein Unterpfand für die Zukunft, so etwas wie ein dünnes Band der Unsterblichkeit.

In der Woche nach ihrer Hochzeit erreichte die »Battle of Britain« ihren Höhepunkt. In dieser Woche unternahm die deutsche Luftwaffe einen letzten heftigen Versuch, die Abwehr der englischen Jagdbomber zu durchbrechen, die bereits so geschwächt war – das wußten die Deutschen –, daß die Briten nicht mehr allzulange standhalten konnten. Die englischen Jagdflieger wußten aus Erfahrung, daß einige wenige wendige Spitfires und Hurricanes, obwohl in der Minderzahl, großen Schaden anrichten konnten, wenn sie, in alle Richtungen feuernd, ins Zentrum der feindlichen Formation vorstießen. Sie konnten weder die Bomber noch die Bomben aufhalten, aber jedesmal töteten sie ein paar Piloten und zerstörten einige Flugzeuge. Diese beständige Zermürbung der deutschen Luftwaffe trug wesentlich dazu bei, Hitlers drohende Invasion aufzuhalten. Die Engländer mußten empfindliche Verluste hinnehmen. Nickys Geschwader reduzierte sich in jener Woche auf sechs einsatzfähige Flugzeuge;

siebzehn der vierundzwanzig Piloten waren gefallen, so daß an ihrer Stelle Offiziere aus dem Bomberverband und der Marine die verbliebenen Maschinen lenken mußten. Das waren alles erfahrene Flieger; aber die frisch Rekrutierten, die schließlich die immer wieder aufreißenden Lücken füllten, hatten lediglich ein paar Stunden Flugtraining hinter sich. Sie waren achtzehn oder neunzehn und hatten das Gefühl, zu Filmhelden avanciert zu sein. Für sie bedeutete es Bier, Frauen und den Nervenkitzel, sich mit dröhnenden Motoren hinauf in die Lüfte zu erheben und dort die feindlichen Maschinen abzuschießen, während die Kugeln der Nazis an ihnen vorbeizischten, ohne Schaden anzurichten. Sie waren naiv und blauäugig, bis sie sahen, daß eine Dornier sie im Visier hatte. Wenn sie diese Situation meisterten, wenn sie abtauchten, die Geistesgegenwart besaßen, Rauch abzulassen, damit der Gegner glaubte, sie seien getroffen, lernten sie, echte Bomberpiloten zu werden statt Filmhelden. Aber viele von ihnen kehrten von ihrem ersten Einsatz nicht mehr zurück. Es war schrecklich, wie viele junge Männer sterben mußten. Was für eine Verschwendung von Menschenleben. Lucy wußte das damals noch nicht. Sie wußte lediglich, daß sie Nicky seit ihrer Hochzeit nicht mehr gesehen oder gehört, daß sie nicht einmal mehr einen Telefonanruf von ihm erhalten hatte. Dann rief sie eines Tages ein Fremder im Krankenhaus an. »Ich heiße Bill«, sagte er. »Spreche ich mit Mrs. Marshall? Ich werde mich von jetzt an mindestens einmal alle zwei Tage melden, um Ihnen zu sagen, wie die Dinge stehen. Es geht ihm gut. Zwar bekommt er nicht allzuviel Schlaf, aber sonst ist alles in Ordnung.«

»Oh! Gott sei Dank! Und danke für Ihren Anruf. Und übrigens, sagen Sie nicht Mrs. Marshall zu mir; hier weiß niemand, daß ich verheiratet bin. Im Krankenhaus bin ich Dr. Brunoye. Wie sind Sie an mich gekommen?«

»Ich habe einfach die Pathologin verlangt. Top secret, was? Ihr Mann muß es übrigens auch geheimhalten. Die sehen es nicht sonderlich gern, wenn die Piloten verheiratet sind. Wenn sie eine Frau daheim haben, kriegen sie nämlich Muffensausen.« Er lachte. »Aber Ihrem Mann geht's gut. Er hat auch keine Angst.«

»Danke!« Sie holte tief Luft und kicherte ein wenig. »Im übrigen, wer sind Sie eigentlich?«

Aber er hatte schon aufgelegt.

Später erfuhr sie, daß Bill ein Mechaniker war, der jeden Tag Ersatzteile zum Stützpunkt brachte und beschädigte Teile abholte, die die dortigen Techniker nicht reparieren konnten, obwohl sie praktisch ohne Pause arbeiteten, damit die Flugzeuge wieder starten konnten. Er war in einem Depot außerhalb des Flughafengeländes beschäftigt und kam von Zeit zu Zeit an eine intakte Telefonleitung heran. Das Bodenpersonal der Royal Air Force – Mechaniker, Monteure, Waffentechniker, die die verbrauchte Munition herausholten und durch neue ersetzten, sowie die Bowser-Tankwagenfahrer, die die Maschinen auftankten – arbeitete auch während der Luftangriffe. Die Tankwagenfahrer waren wahrscheinlich die mutigsten von allen, denn sie transportierten Benzin mit hoher Oktanzahl, das bei einem Treffer unweigerlich explodierte und den Fahrer auf der Stelle ins Jenseits beförderte; die Arbeiter, die die Flugzeuge auftankten, trugen benzingetränkte Overalls, die sie in lebende Fackeln verwandèlten, wenn ein Funke auf sie übersprang. Sogar auf ihrer Haut lag ein grünlicher Kraftstoffilm, und wenn sie schwitzten, fielen grüne Tropfen herab.

In jener Woche flogen die Deutschen pausenlos Angriffe, bis es zu dunkel war, um das Ziel noch zu sehen.

»Der Bodenmannschaft haben wir es zu verdanken, daß wir weiterfliegen konnten«, erzählte Nicky ihr.

Bill rief sie jeden Tag an. Die Botschaft lautete immer gleich: »Er ist am Leben. Alles in Ordnung, keine Schäden an Geist und Körper.« Eines Abends fügte er dann endlich hinzu: »Morgen sehen Sie ihn. So Gott will, beim Schäfchenzählen.« So lautete ihr Codewort für Shepherds, eine Kneipe am Shepherd Market hinter dem Piccadilly Circus. Das Pub war immer voll von Bomberpiloten aus dem Südosten Englands, die gerade Urlaub hatten. Dort konnte man sie jederzeit über ein Telefon erreichen, das auf der Sitzfläche einer alten Sänfte in einer Ecke der Kneipe stand. Auf dem Boden war ein schwarzweißes Schachbrettmuster aufgemalt, auf dem sie mit Biergläsern Dame spielten. Wenn sie nicht gerade tranken, Dame spielten oder Witze erzählten, tauschten sie Neuigkeiten aus und unterhielten sich über Kampfstrategien.

Als sie Nicky an jenem Abend im Shepherds traf, sah er krank aus. Offenbar hatte er schon mehrere Tage nicht mehr geschlafen. Der Alkohol machte ihn nicht lustig wie sonst immer, sondern wütend. Er riß einen Witz, aber er lachte nicht. Sein Blick wanderte unruhig im Raum umher, und als das Telefon klingelte, zuckte er zusammen.

»Ich glaube nicht, daß wir noch lange durchhalten«, sagte er, als er neben Lucy in ihrem Bett im Krankenhaus lag. »Bis gestern sind die Deutschen im Tiefflug rübergekommen und haben uns mit Bomben und Maschinengewehrsalven eingedeckt. Wir haben uns in die Gräben ducken müssen. Auf dem Gelände herrscht ein heilloses Durcheinander, die Runways sind voll mit Kratern und Bomben, die nicht hochgegangen sind.

Eine junge Frau von der weiblichen Hilfsluftwaffe klettert, sobald die Hunnen verschwunden sind, aus den Gräben und steckt Fähnchen neben die Krater und Bomben, damit die Flugzeuge sicher landen können. Sie ist eine richtige Heldin. Die Spezialisten entschärfen die Bomben, so schnell sie können. Sie bekommen drei Pence extra pro Tag dafür.« Er lachte. »Dann plötzlich gestern – nichts. Absolute Ruhe. Das ist schon unheimlich. Wir fragen uns alle, was sie aushecken. Vielleicht ist das jetzt die Invasion.«

Sie drückte seinen Kopf auf ihre Brust. Was für eine Erleichterung für ihn, reden zu können!

»Mein Gott! Bin ich froh über diese Ruhepause! Die habe ich wirklich nötig. Irgendwie habe ich das Gefühl, daß meine Glückssträhne bald zu Ende geht.«

»Das glaube ich nicht«, meinte sie. »Du sagst doch selbst immer, daß es die jungen Rekruten erwischt. Die alten Piloten überleben.« Nicky und alt? Er war vierundzwanzig. Aber für einen Bomberpiloten war das tatsächlich alt. Je länger sie flogen, desto vorsichtiger wurden sie, während die mangelnde Erfahrung die Jungen dazu verführte, zuviel zu riskieren. Im allgemeinen galt einundzwanzig als das ideale Alter.

»Mittlerweile bekommen alle ihr Fett weg«, erwiderte er. »Zum Beispiel Bruce. Das ist einer von unseren Starpiloten. Er hat mindestens schon ein Dutzend Hunnen runtergeholt. Vor ein paar Tagen ist er bei einem Luftkampf einem Flugzeug, das er angegriffen hat, wohl ein bißchen zu nahe gekommen. Jedenfalls ging es in Rauch und Flammen auf, und der Pilot wollte abspringen. Aber er landete auf Bruces Luftschraube und wurde reingesaugt. Natürlich ist der Motor von Bruces Maschine abgestorben, und er mußte das Flugzeug runterbringen, so gut es ging. Zum Glück war er nicht weit vom Stützpunkt entfernt, und als erfahrener Pilot hat er es auch geschafft, eine Bruchlandung auf einem Feld hinzulegen. Haut- und Uniformfetzen von dem Deutschen klebten überall an seiner Spitfire. Die Leute von der Feuerwehr mußten seine Maschine mit dem Wasserschlauch abspritzen. Wie durch ein Wunder hat sich Bruce bei der Sache bloß den Knöchel verstaucht, aber er hat ausgeschaut wie ein Gespenst, als er angekommen ist. Er hat einen Schluck Brandy und einen heißen Tee gekriegt wie alle anderen auch. Seine Hände haben so sehr gezittert, daß er die Hälfte verschüttet hat. Er ist sofort krank geschrieben worden. Jetzt wird er versetzt. Der Mann ist gebrochen.«

»Das wundert mich nicht«, sagte sie.

»Und dabei ist er ein As!« Er gab ihr einen Kuß und sank dann wieder aufs Kissen zurück, um tief durchzuatmen. »Man kann damit umgehen, wenn man das Ganze als gefährlichen Sport betrachtet. Dann steigt man hinauf in die Lüfte und spielt das Spiel in dem Bewußtsein, daß es ein Kampf von Mann zu Mann ist; aber man darf sich den Gegner nicht als Menschen aus Fleisch und Blut vorstellen. Das, was Bruce passiert ist, hat uns alle ganz schön mitgenommen. Dadurch ist uns – Gott helfe uns! – klargeworden, daß die Hunnen auch nichts anderes sind als wir.« Wieder lachte er, ohne rechten Grund, dachte Lucy, aber seine Gedanken waren wahrscheinlich schon woanders. »Solche Dinge haben immer auch eine komische Seite.«

»Erzähl«, drängte sie ihn. Sie wollte wissen, was er lustig fand, mit dem Lachen den Schrecken zurückdrängen, in ihrem Kopf einen Wall aufbauen gegen die Flut der Tränen.

»Da war so ein Pole, der ist mit seinem brennenden Flugzeug abgestürzt. Als er abgesprungen ist, hat er sich mit einem Stiefel im Cockpit verhakt, also ist er ohne gesprungen. Mit seinem Fallschirm ist er sanft in einem Rosenbeet irgendwo in einem Vorort gelandet. Der Rosenzüchter, dem der Garten gehörte, hat ihn zuerst wütend angebrüllt: ›Ist Ihnen eigentlich klar, daß das hier Privateigentum ist, Sir?‹ Doch als er merkte, wie die Hose und wahrscheinlich auch der Fallschirm des Piloten aussahen, hat er gesagt: ›Kommen Sie doch rein, dann kriegen Sie einen Tee.‹ Der junge Pole hat den Mund nicht aufgemacht aus Angst, für einen Deutschen gehalten zu werden und sofort eins über den Schädel zu kriegen; als er dann aber beim Tee saß, hat er seinem Gastgeber doch erklärt, daß er Pole ist. Die Frau des Hauses hat ihm mitfühlend auf die Schulter geklopft – ob nun deshalb, weil er ihr wegen der Bruchlandung leid getan hat oder weil er das Pech hatte, kein Brite zu sein, wer soll das schon wissen? Da er ziemlich viel Wert auf korrekte Kleidung legte, war ihm die Sache mit dem fehlenden Stiefel schrecklich peinlich, insbesondere, weil er ein Loch im Zeh seiner Socken hatte. ›Entschuldigung, bitte!‹ sagte er und deutete dabei auf seinen Zeh. Worauf sein Gastgeber sofort nach oben ging und ein Paar knielange Golfsocken mit großen bunten Rauten holte, wie sie in den Zwanzigern unter dem damaligen Prince of Wales und späteren Edward VIII. modern waren und zu weiten Knickerbockern getragen wurden. Der Pole war eher klein und hatte kleine Füße, und die Schuhe des Gastgebers waren ihm zu groß, also gab dessen Frau ihm ein Paar von ihren Pumps. Sie waren leuchtend blau.

In dem Aufzug ist er dann zu seinem Stützpunkt zurück. Dem armen Kerl war das Johlen, mit dem er empfangen wurde, peinlicher als die Tatsache, daß er abgeschossen worden war!« Sie mußten beide lachen; endlich entspannte sich Nicky ein wenig. Die Erschöpfung verschwand aus seinem Gesicht, als er in ihren Armen einschlief.

Sie lag noch wach, als das Telefon klingelte. Nicky sprang im Halbschlaf aus dem Bett. Er glaubte, es handle sich um einen Alarm, aber der Anruf war für Lucy. Ein Mann war mit einem aufgebrochenen Magengeschwür eingeliefert worden, die Ärzte wollten operieren. Er brauchte eine Bluttransfusion, und Lucy sollte sie ihm verabreichen. Nicky schlief tief und fest, als sie ein paar Stunden später zurückkam. In jener Nacht liebten sie sich erst im Morgengrauen.

»Ich mußte ihn doch einfach lieben, oder?« dachte Lucy, während sie an ihrem Jackson's-Frühstückstee nippte. Er gehörte zu den wenigen, denen viele so vieles verdankten, und die Geschichte hatte ihn ihr für kurze Zeit geschenkt.

Die richtige Bombardierung Londons begann am 7. September. »Pech für euch Londoner!« sagte einer der Piloten aus Nickys Geschwader. »Aber endlich können wir auch mal verschnaufen und haben Zeit, unsere Startbahnen in Ordnung zu bringen.« Lucy hörte das ferne Brummen von Jagdbombern, die über sie hinwegflogen. Es hörte praktisch überhaupt nicht mehr auf. Sie und Brigid gingen durch die Krankenzimmer und sagten: »Wir sind nicht betroffen! Diesmal fliegen sie Angriffe auf London.« Es wäre ohnehin unmöglich gewesen, die ganzen todkranken Patienten in Luftschutzbunker zu verlegen. »Hier in der Gegend gibt es keine militärischen Ziele. Wir sind nicht attraktiv für die Deutschen.« Einer oder zwei von den Patienten lachten. Sie waren erstaunlich tapfer; vielleicht machten sie sich aber auch nicht mehr sonderlich viel aus ihrem Leben. Die Londoner Docks waren das erste Ziel der Angriffe. Es fielen so viele Brandbomben, daß der Feuerschein in der Nacht in einem Umkreis von dreißig Kilometern zu sehen war. Brigid und Lucy standen an ihrem Schlafzimmerfenster und starrten eine ganze Weile hinaus auf dieses bunte Schauspiel. Dann stellten sie ihre Betten enger zusammen, um sich aneinanderkuscheln zu können, und lagen die ganze Nacht lauschend wach. Sie waren zu weit weg, um Schüsse zu hören, aber hin und wieder tat es einen Schlag. Es war ein klarer, lauer Abend; sie hatten das Fenster hinter dem Verdunkelungsrollo offengelassen.

»Nicky meint, das ist jetzt die Invasion«, sagte Lucy.

Brigid hatte sich eine amerikanische Zigarette angezündet. Sie rauchte gern im Bett. Lucy hatte nichts dagegen; damals rauchten alle. Sie selbst tat es nur deshalb nicht, weil der Rauch ihr die Tränen in die Augen trieb und ihr dann die Wimperntusche in schwarzen Striemen das Gesicht herunterlief.

»Andy meint, wir sind keine Insel mehr«, erzählte Brigid, »sondern ein sinkendes Schiff.«

Lucy erwiderte nichts. Sie hatte selbst schon solche Gedanken gewälzt, besonders während des Blitzkriegs im Sommer, als Hitlers Panzer die wartenden französischen und britischen Truppen an der Maginotlinie umgangen hatten und ohne nennenswerten Widerstand durch Belgien und Holland gerollt waren. Doch das Entrinnen des britischen Expeditionskorps bei Dünkirchen, das seinerzeit wie ein Wunder erschienen war, hatte ihr neue Hoffnung gegeben.

»Er meint, die Franzosen waren schlauer als wir. Sie haben die Zeichen erkannt und schnell genug darauf reagiert. Sie wußten, daß es keinen Sinn hat, sich für nichts und wieder nichts umbringen zu lassen.« Brigid nahm einen kräftigen Zug an ihrer Zigarette, inhalierte und stieß den Rauch wieder aus. »Verdammte Froschfresser! Er glaubt, die Briten werden bis zum bitteren Ende kämpfen, aber das wird auch nichts dran ändern, daß wir mit dem sinkenden Schiff untergehen.« Lucy war übel; wahrscheinlich hing das mit ihrer Schwangerschaft zusammen. Sie lagen auf dem Rücken und starrten hinauf zur Decke, über die sich jedesmal, wenn der Wind das Verdunkelungsrollo ein wenig anhob, ein hellerer Fleck ausbreitete. Die Straßenlaternen brannten schon seit einem Jahr nicht mehr, aber draußen schien der Mond.

»Andy will zurück in die Staaten«, sagte sie plötzlich. »Ende dieses Monats. Er verläßt das Krankenhaus. Und mich ebenfalls.« Sie war ziemlich gefaßt.

Lucy beugte sich zu ihr hinüber und drückte ihren Arm.

»Tut mir leid«, sagte sie. »Sehr leid.«

»Mir auch.« Brigid wandte sich ab und drückte ihre Zigarette ziemlich geräuschvoll in einem Aschenbecher aus, der immer neben ihrem Bett stand.

»Angenommen, die kommen rüber – ich meine die Hunnen ...«, sagte Lucy.

»Dann wird das Leben hier ganz anders.«

»Aber egal, wie gräßlich es dann auch sein mag, wir beide haben doch wenigstens einen Beruf, oder?«

»Man wird uns sicher brauchen, wenn du das meinst.«

»Wir können immer arbeiten«, versicherten sie einander. »Auch in einem Wohnwagen oder in einem Schuppen im Garten.«

Sie beschlossen, so bald wie möglich nach London zu fahren und in das Geschäft in der Charing Cross Road zu gehen, wo sie als Studentinnen ihre Stethoskope besorgt hatten, um alles Nötige für eine Praxis zu kaufen: Skalpelle, unterschiedlich große Nadeln für die verschiedensten Zwecke, Katgut und Roßhaar für das Vernähen von Wunden (Nylon war damals noch nicht erfunden), Verbandszeug, Schienen, Zangen für die Geburtshilfe sowie Metallspritzen (Einwegspritzen gab es noch nicht). Sie hatten bereits Utensilien für die Untersuchung von Augen und Ohren sowie Blutdruckmeßgeräte. Ein paar wichtige Arzneien konnten sie über die Krankenhausapotheke besorgen. Natürlich brauchten sie diese Dinge nie, denn es kam alles anders.

Als ihr Vertrag endete, bat Lucy nicht um eine Verlängerung. Brigid war die einzige im Krankenhaus, die von Lucys Schwangerschaft wußte, aber Lucy war klar, daß sie sie nicht mehr länger verbergen konnte. Da sie ziemlich groß war, sah man auch in der zwanzigsten Woche noch nicht viel. Sie trug locker geschnittene Kleider und in der Arbeit den Overall, der alles kaschierte. Zum Glück hatte sie sich nie übergeben müssen, aber schlecht war ihr die ganze Zeit. Nicky war in den Norden versetzt worden, wo er lernte, mit den Beaufighters, den neuen, mit Radar ausgerüsteten Nachtflugzeugen, umzugehen, die damals gerade aufkamen. Sie glaubte, daß es das beste wäre, wenn sie wieder zu ihrer Mutter zurückginge, wenigstens, bis das Baby auf der Welt wäre. Also verbrachte sie Weihnachten 1940 in dem Haus, in dem sie aufgewachsen war. Es war eisig kalt, aber es gab genügend Holz für das Feuer im Kamin von Herberts altem Ankleidezimmer, das Louise für sie hergerichtet hatte. In diesem Raum verbrachte auch Louise selbst die gemütlichsten Stunden. Hierher zogen sie sich am Abend zurück, um sich ITMA – ›It's That Man Again‹ – anzuhören, die Radiosendung, über die sie alle lachten, nachdem sie sich an den langen Widerstand gegen das Bombardement sowie die kleinen Entbehrungen gewöhnt hatten, die auf die Schlacht um England folgten.

Louise war damals Mitte Fünfzig und körperlich ausgesprochen fit. Sie erledigte nicht nur alle Gartenarbeiten und das Zersägen und Aufstapeln des Holzes, sondern auch den größten Teil der Koch- und Putzarbeiten. Eine alte Frau kam einmal pro Woche mit dem Rad von Frenester herüber, um die Wäsche und das zu erledigen, was man damals »die grobe Arbeit« nannte: Sie schrubbte den Küchenboden auf Händen und Knien.

Lucy erinnerte sich noch an einen dieser Abende, weil Louise ihr damals nach der ITMA-Sendung das kleine Zigarettenetui mit dem blauen Email-Schmetterling gegeben hatte, das, wie sie sagte, einmal im Besitz einer jungen Frau namens Rose gewesen war, einer hübschen irisch-amerikanischen Tänzerin, die Lucy in der Kabine des Schiffs, das sie nach dem Ersten Weltkrieg nach Kalkutta beförderte, zur Musik aus einem quäkenden Grammophon den Charleston beigebracht hatte. Lucy wußte nicht mehr viel von ihr; das war alles schon zu lange her. Damals mußte sie so um die sechs Jahre alt gewesen sein. Als sie das kleine silberne Etui in der Hand hielt und den blauen Schmetterling auf dem Deckel betrachtete, fiel ihr plötzlich ein alter Mann mit zwei linken Füßen und ohne Musikgehör ein, der sich abgemüht hatte, den Charleston hinzubekommen. Sie hatte immer über ihn gelacht, genau wie Rose. Für Rose war der Charleston – das fiel Lucy nun auch noch ein – »shakin' out da feet«, »Füße ausschütteln«: Und genau das konnte der Mann überhaupt nicht!

»O ja«, lachte Lucy. »Jetzt erinnere ich mich wieder an Knickebein.«

»Wir mußten auch immer drüber lachen«, sagte Louise, »weil alle wußten, daß er ziemlich viel trank. Eigentlich hieß er Greg. Du warst damals noch klein. Der Kapitän mochte dich sehr gern, weil du immer so lustige Sachen gesagt hast, meistens beim Essen im Salon. Das Zigarettenetui hat Rose gehört, aber sie muß es Greg gegeben haben. Er wollte, daß du es bekommst.«

»Warum ich?«

»Er konnte dich gut leiden. Das konnten alle. Vielleicht waren auch nicht viele Kinder auf dem Schiff. Er hat immer ›Miss Twenties‹ zu dir gesagt und daß die Zukunft dir gehört. Außerdem warst du als Kind einfach hinreißend.« Sie lächelte

Lucy an und schaute dann schnell weg. »Weißt du denn nicht mehr, wie du in Roses Kabine überall Blut und zerbrochenes Glas gefunden hast?«

»Nein.« Dann erinnerte sich Lucy plötzlich wieder an eine grüne Perlenkette am Hals eines Mädchens und an einen trompetenähnlichen Trichter an einem Grammophon in der Kabine. »Warum? Was war passiert?«

»Ach, wahrscheinlich hatte sie sich den Finger an einem Glassplitter geschnitten oder so. Aber du hast damals ziemliche Angst gehabt.« Louise sah aus dem Fenster, während sie sprach.

Lucy betrachtete das Zigarettenetui. Es war wunderschön gearbeitet, mit feinem Email, wirklich ein hübsches Stück. Sie öffnete den Deckel mit dem Daumennagel und entdeckte innen einen weiteren kreisförmigen Deckel über einer winzigen Ausbuchtung für die Asche. Rose war bestimmt eine ordentliche Raucherin gewesen, nicht wie Charlotte, die die Asche immer überall verstreute.

Louise hatte damals nichts mehr gesagt; doch zwanzig Jahre später, in dem Zimmer, das Lucy jetzt für sich nutzte, hatte Louise ihr dann den Rest der Geschichte erzählt. Lucy fragte sich oft, warum sie das getan hatte. Aber damals hatte sie geschwiegen. Irgend etwas hatte sie daran gehindert weiterzusprechen, und Lucy hatte sie nie nach ihrem Geheimnis gefragt. Schon bald hatte sie mit ihrem eigenen Leben so viel zu tun gehabt, daß sie keine Zeit mehr hatte, sich für anderer Leute Vergangenheit zu interessieren.

Das Weihnachtsfest vor Beenas Geburt kam ihr, obwohl es schon so lange zurücklag, vor wie gestern. Sie hatten alle gehofft, daß Nicky frei bekommen würde, damit er in seiner alten Klapperkiste von Northumberland zu ihnen fahren könnte. Die Flieger damals konnten sich von ihrem Gehalt lediglich Autos leisten, die fast zusammenbrachen; aber Nicky war handwerklich geschickt und brachte auch einen alten Motor wieder zum Laufen. Sein Urlaub wurde im letzten Augenblick verschoben, so daß Lucy den Weihnachtskuchen, den sie für ihn gebacken hatte, bis zum neuen Jahr aufhob: Lord Woolton's Wartime Christmas Cake. Sie verwendete starken kalten Tee, damit er dunkler wurde, und eine Mischung aus Trockenei und Natron, damit er aufging. Dazu kamen eine Ration Zucker und ein paar Trockenfrüchte: Der Kuchen war tatsächlich eßbar, doch Nicky sollte ihn nie essen.

Am Silvestermorgen rief er sie an, um ihr zu sagen, daß er am Nachmittag kommen würde. Nach Einbruch der Dunkelheit ... und in Gedanken, während sie auf seine ferne Stimme lauschte, sah Lucy die Scheinwerfer des Wagens, fast völlig verhüllt wegen der Verdunkelungsvorschriften, vor sich. Er würde zum Abendtee kommen, sagte er. Also deckten sie und Louise eine festliche Tafel in dem kleinen Raum, mit scharlachroten Bändern auf weißem Tuch, ein paar roten Äpfeln, dazu Stechpalmenzweige mit leuchtenden Beeren aus dem Garten und Lucys Weihnachtskuchen mit dem Zuckerguß in der Mitte. Dann warteten sie. Louise ging kurz nach Mitternacht ins Bett, doch Lucy saß zusammengekauert vor dem verlöschenden Feuer. Um zwei Uhr morgens am Neujahrstag klingelte das Telefon im Flur, und Lucy hastete die Treppe hinunter, um den Hörer abzunehmen. Die sanfte Stimme einer Nachtschwester meldete sich aus einem Krankenhaus irgendwo in den Midlands, gedämpft, weil sie eine schlimme Botschaft zu verkünden hatte. Es fiel Lucy schwer zu verstehen, was sie sagte, weil sie es nicht glauben wollte: Verkehrsunfall … Schädelbruch … Kopfverletzungen … tot in die Notaufnahme eingeliefert. Sie konnten nichts mehr tun. *Nicky war tot. Tot.*

War das keine Ironie des Schicksals, daß ausgerechnet Lucky Marshall, wie ihn alle im Geschwader nannten, weil er aus so vielen Luftkämpfen siegreich hervorgegangen war, bei einem Autounfall ums Leben kommen sollte? Auf dem Weg nach Süden, zu Lucy, hatte er eine Kurve zu schnell genommen, und die Reifen, deren Profil abgefahren war, die er aber nicht ersetzen konnte, weil ihm das nötige Geld fehlte, waren weggerutscht. Er hatte Loopings gedreht und war über dem Ärmelkanal abgetaucht, um aus der Schußlinie der Messerschmitts zu gelangen, aber auf der Straße schlitterte er dahin, überschlug sich, raste gegen einen Baumstamm. In der ›Times‹ stand ein kurzer Artikel über ihn, Lucy erhielt eine Witwenrente und seine Auszeichnungen; doch eine Rente ist keine ausreichende Entschädigung für ein Leben, und Medaillen trösten nicht über den Verlust der Liebe hinweg. Sie war am Boden zerstört.

Im Haus ihrer Mutter umgaben sie vertraute Dinge: Louises fleißige Hände, die Bücher ihres Vaters, das taktvolle Schweigen ihrer Freunde und ein eigenes Zimmer, in das sie sich zurückziehen konnte; doch all das erschien ihr fremd, weil es keinen Bezug hatte zu ihrem eintönig grauen und sinnlosen Inneren. Sie war eine Fremde in ihrem eigenen Land. Sogar ihre Träume erschienen ihr, abgesehen von den Bildern Nickys, wie er zusammengekrümmt in dem umgekippten Wagen lag, die blaue Uniformjacke der Air Force mit leuchtend rotem Blut verschmiert, farblos. Sie glaubte, alles verloren zu haben. *Nicky, Darling, mein Augapfel, mein Lebenshauch, warum war ich nicht bei dir in dem Wrack?*

Louise machte sich Sorgen um das Baby. Sie dachte, Lucys Trauer würde das Kind ein Leben lang belasten; sie war der Ansicht, daß es schon *in utero* schönen, erfreulichen Dingen ausgesetzt sein sollte. Wenn Lucy so viele grüne Wiesen wie möglich sah, wurde sie vielleicht auch so ausgeglichen wie die Rinder, die darauf grasten. Also ging sie jeden Abend mit ihr im Garten spazieren. Im April blühten die Kamelien, und selbst Lucy in der Farbenblindheit ihrer Trauer mußte ihre Schönheit anerkennen. Allmählich bewirkten ihr Körper und ihre Hormone, die sich nicht um ihren Geist scherten, sondern sich auf den Schutz des neuen Lebens in ihrem Bauch konzentrierten, einen Heilungsprozeß. Nach und nach fielen ihr die leuchtenden Schwarzdornsterne und die Schlüsselblumen wieder auf. Sie fing an, über Nickys Baby nachzudenken: Es würde ein Junge werden, und sie würde ihn nach ihm nennen. Der Gedanke, daß es auch ein Mädchen sein könnte, kam ihr bis zur Geburt nicht.

Sie mußte sich fast achtzehn Stunden lang quälen, bis es soweit war. Im Frenester Cottage Hospital ließ man sie mit ihren Wehen allein. Sie ging im Zimmer umher, und zwischen den Wehen starrte sie zum Fenster hinaus, hinunter auf den Parkplatz. Sie trank Tee und Orangensaft und unterhielt sich halbherzig mit der Hebamme, die, so erinnerte sie sich, einen ziemlich bodenständigen Sinn für Humor hatte. Als die Wehen so heftig wurden, daß Lucy das Gefühl hatte, von einem Wirbelsturm vom Antlitz der Erde gefegt zu werden, sagte ihr die Hebamme, sie solle sich hinlegen, die Knie anziehen und sich an einem Handtuch festhalten, das am Kopfende des Bettes befestigt war.

»Ziehen Sie, so fest Sie können!« sagte sie. »Und brüllen Sie, soviel Sie wollen! Es kann Sie niemand hören, das Nebenzimmer ist leer. Der Arzt ist schon unterwegs.«

Die Erschöpfung und das Gefühl der Ruhe, das sie empfand, als endlich alles vorbei war, war wundervoll, doch schon bald hielt es Lucy nicht mehr im Bett. Sie wollte ihr Baby in den Arm nehmen. Die Hebamme regte sich auf; sie wollte nicht, daß Lucy schon aufstand. Sie sollte zehn Tage lang liegen, damit sie ihren Unterleib nicht zu stark belastete, und Mütter und Kinder wurden, abgesehen von den strikt geregelten Stillzeiten, getrennt. Doch der alte, erfahrene Arzt brachte ihr das Kind. Die Kleine war winzig, ein süßes Geschöpf mit einem riesigen Mund. Sie trank gierig und machte brav Bäuerchen, genauso wie sie mit einem verklärten Ausdruck auf ihrem kleinen, roten Gesicht zu den richtigen Zeiten die richtige Menge gelben Kots produzierte. Allmählich begriff Lucy: Sie hatte einen roten Kopf und war fordernd, bevor sie sie stillte, und sah nach dem Füttern rosig und wie ein kleiner Engel aus. Was war sie doch für ein nettes Baby! Die arme Beena! Eigentlich hätte sie Miltons Najade vom Severn sein sollen, Sabrina mit dem langen, bernsteinfarbenen Haar, denn nach ihr hatte Lucy sie benannt. Irgendwie war sie verrückt gewesen, dachte sie, vielleicht so sehr aus dem Gleis geworfen durch Nickys Tod, daß sie sich zum Trost an solch romantische Dinge klammerte. Jetzt war es lächerlich, sich Beena, deren Haar von grauen Fäden durchzogen war, ähnlich wie bei einer Vogelscheuche oder den Fransen eines alten, von Hunden zernagten Vorlegers, als Sabrina vorzustellen; schon in ihrer Kindheit wäre das zum Lachen gewesen. Man hätte ihr mit Sicherheit den Kosenamen »Sabby« gegeben, und der unterschied sich kaum von dem englischen Wort »scabby« – was nichts anderes als »räudig« bedeutete. »Scabby! Scabby!« hätte man ihr auf dem Spielplatz boshaft hinterhergerufen. Zum Glück hatte sich die Kleine solche Qualen selbst erspart, weil sie ihren Namen nicht richtig aussprechen konnte und immer »Beena« sagte, und bei »Beena« blieb es dann. Es war nicht die Schuld dieses armen Kindes, daß es zusammen mit dem Babyspeck auch sein hübsches Aussehen verlor. Als kleines Mädchen hatte Beena noch ihre Reize, und alle mochten sie, doch als Teenager war sie pummelig, unbeholfen, anstrengend, wie ein kleines Hündchen. Wie zu erwarten, suchte sie sich ihre Freunde in der Tierwelt, bei Pferden und Hunden, und liebte sie mehr als ihre Mitmenschen; wie zu erwarten, fand sie erst mit Ende Zwanzig einen Liebhaber, der sich als unpassend entpuppte und sie schon bald verließ; und wie ebenfalls zu erwarten, kam sie mit ihrer hübschen kleinen Tochter Joanna zu Lucy und natürlich zu ihren Tieren nach High House zurück. Wenn dieses Haus ihr gehörte, dachte Lucy, wäre es voll von ungezogenen Hunden, die einander durch die Räume jagen, tiefe Furchen in die Mahagonitüren kratzen, in den Privatbereich der Menschen eindringen und auf die besten Stühle springen würden; und die Felder wären voll von dahinsiechenden Eseln, die sich nach einem bequemeren Plätzchen unter der Erde sehnten.

Lucy schnalzte mit der Zunge, rügte sich dafür, daß sie soviel Zeit vergeudete. Sie mußte wirklich aufhören, an die Vergangenheit zu denken, und sich anziehen, sonst wäre sie zu müde, um die Festlichkeiten des Tages zu überstehen. Sie öffnete vorsichtig eine Packung mit einer neuen dunkelblauen Feinstrumpfhose, schlüpfte hinein, zog sie hoch und glättete sie an den Waden. Wenn sie sich selbst gegenüber ganz ehrlich war, grollte sie Beena tief in ihrem Innersten. Vielleicht lag das daran, daß Beena in einer Zeit der Verbitterung nach Nickys Tod in ihr Leben getreten war, wahrscheinlicher jedoch, überlegte sie, hatte es mit Steve zu tun. Sie ging zum Fenster und schaute über den Garten zu den Feldern hinüber, wo sie früher einmal die Ponys gehalten hatten, und noch weiter zu den Wäldern, hinter denen sich die Hazelwood Farm verbarg, die sie von ihrem Platz aus nicht sehen konnte. Sie fragte sich, was aus Angie, ihrer Schulfreundin, geworden war, die ihr Vater immer seine Gloucestershire-Maid genannt hatte. Ob sie wohl noch lebte?

Angie kam nach dem Ende des Krieges vorbei, um auf Wiedersehen zu sagen. Sie hatte gerade einen Piloten der frankokanadischen Luftwaffe geheiratet.

»Hast wohl nicht erwartet, daß ich einen Ausländer heiraten würde, was?« Sie saßen zusammen im Salon und tranken Tee. »Er sagt, mein Französisch ist schrecklich, aber es kann gar nicht schlimmer sein als sein Englisch. Dad versteht ihn überhaupt nicht, und Mum war anfangs entsetzt. Erinnerst du dich noch, wie sie gesagt hat, alle Ausländer seien schlecht, und du sie ausgelacht hast? Aber als er ihr erklärt hat, daß ihr Gebäck einfach himmlisch ist, hat sie ihm verziehen, daß er ein Froschfresser ist.« Lucy erinnerte sich, daß sie damals beide gelacht hatten.

»Schön, dich wiederzusehen, Angie«, sagte sie. »Du schaust so glücklich aus.«

»Und du siehst gut aus, Lucy.« Angie stellte ihre Tasse ab, als wolle sie zu einer größeren Tat schreiten. »Das war schon schrecklich – die Nachricht, daß du Witwe bist, Lucy. Es hat uns allen so leid getan. Aber jetzt, wo du das Baby hast, wird alles besser.«

»Wahrscheinlich hast du recht.« Lucy nippte an ihrem Tee und lächelte Angie, einer geborenen Optimistin, über den Rand ihrer Tasse hinweg aufmunternd zu.

»Hast du die Sache mit meinem Bruder Teddy gehört?« fragte Angie. »Weißt du, er ist ertrunken – auf dem Weg nach Indien. Ein U-Boot hat sein Schiff im Truppenverband torpediert. Er ist ins Wasser gesprungen, als es kenterte. Dabei hat er gesehen, wie eine weibliche Marineangehörige den Kopf schreiend aus einem Bullauge herausgestreckt hat. Er hat sie im Fallen an den Haaren gepackt und sie durch sein Gewicht herausgezogen. Sie hat uns später geschrieben. Anscheinend hatte sie sich an Bord mit ihm angefreundet. Man hat sie später aus dem Wasser gefischt. Schon merkwürdig, daß sie überlebt hat und er nicht.«

Lucy zuckte zusammen bei dem plötzlichen Gedanken an Teddys nackte Arme mit den goldblonden Haaren darauf, die über dem Wasser glitzerten, während er die Hände flehend hochstreckte. Auch sie stellte die Tasse ab und blickte Angie an. Wortlos fielen sie einander in die Arme und weinten. Sogar auf Angies sonniges Gemüt hatten sich für einen Moment Schatten gelegt.

Lucy seufzte bei dem Gedanken an die Hazelwood Farm. Sie hatte die neuen Bewohner kennengelernt, sich aber nicht die Mühe gemacht, sie zu besuchen. Es war zu traurig, daran erinnert zu werden, wie es früher dort ausgesehen hatte. Das alte Haus, das jetzt auf seiner winzigen grünen Insel ruhte wie ein liegender Löwe aus einem jakobäischen Wappen, wurde von der umliegenden Wohnsiedlung in die Ecke gedrängt. Der alte Obstgarten war verschwunden. Auf dem hügeligen Feld, auf dem sie in einem Januar vor vielen Jahren zusammen mit Teddy und Angie Schlitten gefahren war und wo sie vor Freude gejuchzt hatten über die Geschwindigkeit auf dem verharschten Schnee, standen jetzt dicht an dicht kleine rote Backsteinhäuser. Auch die flatternden Schwärme kalkblauer Schmetterlinge, die sich im Juni dort immer auf den wilden Wicken niedergelassen hatten, waren verschwunden.

Lucy schlüpfte in ihre neuen mitternachtsblauen Schuhe. Sie hoffte, daß ihr die Zehen am Abend nicht allzu weh tun würden. Nein, es war Steve, kam ihr in den Sinn, den Beena geliebt hatte, Steve, der so gut mit Pferden umgehen konnte und Beena das Springen beibrachte. Er lieh ihr ein Zelt und zeigte ihr in dem Wäldchen unterhalb des Gartens, wie man es aufstellte, damit sie damit bei dem Zeltlager, das Beena und ihre zwei Pfadfinderfreundinnen zusammen mit ihrer Gruppenführerin am Meer aufschlugen, keine Schwierigkeiten hatte.

Lucy hörte Steve gern zu. Er war Lehrer, hatte eine angenehme, sanfte, überzeugende Stimme, auch wenn er hin und wieder vielleicht ein wenig zu salbungsvoll wirkte. Doch seine Geschichten waren häufig so voller Spannung und Magie, daß ihm seine Schüler wahrscheinlich mit Begeisterung an den Lippen hingen.

»Ich habe wirklich keine großen Probleme mit ihnen«, gab er zu. »Die Jungen hören immer gern blutrünstige Mordgeschichten. Und die Geschichte ist voll davon.«

Den größten Teil des Jahres wohnte er in seinem Zimmer in dem Jungeninternat, wo er Geschichte unterrichtete; doch die Ferien und auch das eine oder andere Wochenende verbrachte er in einem Cottage in der Nähe von Frenester, das ihm gehörte. Steve verstand etwas von Pferden. Er hatte ein Jagdpferd auf einer Weide in der Nähe von High House; wenn er im Winter in der Gegend war, schloß er sich der örtlichen Jagd an. Dabei lernte Beena ihn auch kennen. Sie stürzte bei einem Sprung. Er war direkt hinter ihr, fing ihr Pferd wieder ein und trabte damit zu Beena zurück, die stöhnend im Schmutz lag. Sie hatte sich das Schlüsselbein gebrochen. Als er sie nach High House zurückbrachte, wurde er dort voller Dankbarkeit und mit einem Glas Sherry empfangen. Danach kam er mehrmals vorbei, um zu sehen, wie die Verletzung heilte, und schon nach kurzer Zeit wurden seine Besuche Gewohnheit.

An dem Abend, an dem er Beena dabei geholfen hatte, das Zelt am unteren Ende des Gartens aufzustellen, saß er noch mit Lucy bei einem Glas Tio Pepe in der Küche, während die Kinder es sich für die Nacht bequem machten. Nach Einbruch der Dunkelheit gingen Lucy und er hinunter zum Zelt, um sicherzugehen, daß bei den Mädchen alles in Ordnung war. Aus den Schlafsäcken im Innern des Zeltes drangen Kichern und eine leise Stimme, die bei dem Versuch, eine Geschichte zu erzählen, immer wieder unterbrochen wurde. Draußen vor dem Zelt lagen verstreut die Reste des Abendessens, darunter eine offene Dose Kondensmilch, auf der mindestens ein halbes Dutzend Fliegen klebte. Lucy entfernte sie mit einem Löffel und deckte die Dose mit einem Unterteller zu.

»Hallo!« rief sie. »Alles in Ordnung?«

»Alles in Ordnung!« lautete die Antwort. »Es ist alles bestens! Großartig!«

»Na dann, gute Nacht!« Der Klang von Mädchenkichern begleitete die Erwachsenen zurück zum Haus.

Beena hatte Steve offenbar erzählt, wovon sich ihr Name ableitete, denn er sagte: »Sabrina war eine Flußgöttin in der vorrömischen Zeit.« Dann erklärte er Lucy, wie Locrin, ein keltischer König, laut Geoffrey of Monmouths Geschichte von Britannien seine Frau Gwendoline verstoßen und sich eine Geliebte genommen hatte, mit der er ein Kind namens Sabra zeugte. Die wütende Königin hatte darauf ein Heer zusammengerufen und ihn zur Schlacht herausgefordert, in der er fiel. Dann hatte sie die verhaßte Rivalin und ihre kleine Tochter im Fluß Severn ertränken lassen, doch Sabra war wieder aufgetaucht als geisterhafte Beherrscherin der Fluten.

Steve half den Mädchen, das Zeltlager wieder abzubrechen. Sie warfen alle Sachen in Louises Schubkarren, während er das Zelt ordentlich zusammenlegte und es dann darüberbreitete. Dann nahm er eine der Zeltschnüre und spannte sich damit selbst vor den Karren. »Ich bin ein müder alter Klepper«, sagte er. »Ich mache keinen Schritt.« Beena und ihre Freundin ließen sich nicht lange bitten, nahmen Zweige in die Hand und trieben Steve damit an: »Hü! Hü!« Als er sich in Bewegung setzte, folgten sie ihm und versetzten ihm immer wieder Hiebe, bis sie atemlos und lachend alle am Haus anlangten. Hier streifte er sein Geschirr ab, drohte, ihnen den Hintern zu versohlen, und jagte ihnen hinterher, doch sie rannten in gespieltem Schrecken Haken schlagend im Garten herum und versteckten sich hinter den Büschen, bis er aufgab.

Beena war ganz vernarrt in Steve. Er war so etwas wie ein Ersatzvater für sie; sie verstanden sich so gut, daß auch Louise und Lucy Steve einfach gern haben mußten. Mit Beena unterhielt er sich über Pferde, mit ihrer Mutter über Geschichte. Das hätte Jahre so weitergehen können, wenn nicht Beena eines Samstagnachmittags in der Küche den Mund aufgemacht hätte. Steve und sie bearbeiteten gerade neben dem Aga-Herd ihre Sättel mit Sattelseife, Lucy strich am Tisch Butterbrote, und Louise goß Milch in einen Krug.

»Ich wollte, Steve wäre mein Vater«, sagte Beena plötzlich, und an ihre Mutter gewandt: »Warum kannst du ihn nicht zu meinem Daddy machen?«

Lucy ließ in ihrer Verwirrung das Brotmesser fallen und lachte: »Das würde Steve sicher nicht passen!« Doch zu ihrer Überraschung antwortete Steve: »O doch, das wäre durchaus in meinem Sinn!«

Vielleicht hatte er nur höflich sein wollen, vielleicht hatte Beena ihn auch genauso in Verlegenheit gebracht wie Lucy. Er war Junggeselle, vierzig Jahre alt, Lucy achtunddreißig. In ihrer Blauäugigkeit und, um der Wahrheit die Ehre zu geben, auch aus mangelndem Interesse an seinem Privatleben, hatte sie sich nie gefragt, warum er nicht verheiratet war. Man schrieb das Jahr 1951. Beena war mittlerweile zehn Jahre alt. Wie schnell doch die Zeit vergangen war, dachte Lucy – wie sehr sich die Welt verändert hatte! Die Rationierung nach dem Krieg war noch nicht lange aufgehoben, der strenge militärische Schnitt der Kleidung wurde abgelöst vom New Look (bauschige, wirbelnde Röcke aus verschwenderisch viel Stoff) und einer neuen Weiblichkeit. Eine sozialistische Regierung war abgewählt worden, doch es herrschte nach wie vor eine gewisse unschuldig-altruistische Grundstimmung; die Menschen hielten an dem Glauben fest, daß sich die Gesellschaft doch noch irgendwie zum Nutzen aller ordnen ließe. Entschuldigte all das Lucys Blindheit, die sich im nachhinein, wie sie zugeben mußte, als Blödheit entpuppte?

Lucy fragte Louise, was sie von Beenas Idee hielt. Louise schaufelte gerade Gartenkompost in einen Karren. Es war November und schon ziemlich kalt, und sie wollte die Wurzeln ihrer alten Buschrosen mit Mulch abdecken.

»Das mußt du selbst wissen, Lucy, Liebes«, sagte sie und strich sich dabei eine lose Strähne ihres weißen Haares hinters Ohr. Zwar machte sie inzwischen ein bißchen langsamer, aber sie ließ es sich noch immer nicht nehmen, schwere Lasten zu befördern und die Erde umzugraben. »Beena tut er gut. Und vielleicht ist es für euch beide nicht schlecht, wenn ein Mann im Haus ist. Magst du ihn genug, um dich darauf einzulassen?«

»Ich kann ihn gut leiden.«

Im nachhinein betrachtet, erschien es Lucy höchst merkwürdig, daß sie das damals wirklich so gemeint hatte. Aber wenn Steve da war, war die Atmosphäre einfach entspannter. Seine Anwesenheit erhöhte auf seltsame Weise ihre eigene Zufriedenheit. Er schien das Beste aus ihnen allen herauszuholen; sie gingen freundlicher miteinander um, empfanden ein größeres Gefühl der Zusammengehörigkeit, lachten mehr, wenn er da war. Und so wurde Lucy ganz allmählich durch Beenas Wunsch, die Zustimmung ihrer Mutter und Steves einschmeichelnde Stimme, die, wie sie zugeben mußte, erotisch auf sie wirkte, in ihre zweite Ehe gedrängt. Von Liebe sprachen sie nie. Das Schicksal war ihr in dieser Hinsicht ohnehin gewogener gewesen als den meisten, bevor das kurze Glück ein abruptes Ende gefunden hatte, dachte Lucy. Aber Steve war immer freundlich zu ihr, und sie wußte das zu schätzen. Wenn er ihr sanft und gleichzeitig beschützend die Hand auf die Schulter legte und mit seiner angenehmen Stimme etwas zu ihr sagte, bekam sie tatsächlich weiche Knie. Wahrscheinlich hatten die viktorianischen Ladys mit ihren Stützkorsetts beim Opernbesuch etwas ganz Ähnliches empfunden: eine köstliche Schwäche angesichts der gesellschaftlich sanktionierten musikalischen Erotik eines italienischen Tenors.

Steve gab ihr zur Begrüßung und Verabschiedung immer einen brüderlichen Kuß. »Weißt du, ich bin bekennender Christ, deshalb halte ich mich an das Gebot der Keuschheit vor der Ehe«, sagte er ihr einmal. Das klang fast entschuldigend.

Am Ende der Sommerferien, im September 1952, heirateten sie in der Kirche von Frenester. Eigentlich war es eher Beenas Hochzeit als Lucys. Sie bestand auf allen üblichen Zeremonien. Lucy weigerte sich, Weiß zu tragen, akzeptierte aber den Brautstrauß aus Rosen. Beena hätte sich wahrscheinlich eine Pfadfinderwache gewünscht, die das Paar beim Verlassen der Kirche durch einen Bogen aus Zeltstangen hätte schreiten lassen, doch schließlich gab sie sich damit zufrieden, zusammen mit ihren drei besten Freundinnen Brautjungfer zu spielen, alle mit blauen, rüschenbesetzten Kleidern und künstlichen Vergißmeinnichtkrönchen auf dem Kopf. Beena mußte sich damals gerade einer kieferorthopädischen Behandlung unterziehen, so daß auf den Hochzeitsfotos überall ihre Zahnspange blitzte, wenn sie lächelte. Doch sie strahlte vor Freude. Sie war ein Einzelkind, das sich nach einem Familienleben sehnte.

Steve erzählte nie etwas von seiner eigenen Familie, grub aber wenigstens einen Halbbruder aus, der bei der Hochzeit anwesend war, und Charlotte kam von Paris herüber, um »ihn sich mal anzuschauen«, wie sie es ausdrückte. Sie sagte nicht, was die Prüfung ergeben hatte. Vielleicht, so dachte Lucy später, ließen düstere Vorahnungen sie damals den Mund halten. Die Brautjungfern jedoch waren allerbester Laune. Sie kicherten die ganze Zeit und stopften sich so unmäßig mit Hochzeitstorte voll, daß ihre Eltern, die zu einem kleinen Empfang in High House geladen worden waren, sich regelrecht schämten. Die Mädchen ließen das glückliche Paar hochleben, nachdem Steve jedem von ihnen eine Goldbrosche in Form eines Hufeisens geschenkt hatte, auf der ihre Namen und das Datum eingraviert waren. Lucy überreichte er zur Hochzeit den Schmuck seiner Mutter in einem roten, mit tiefblauem Samt ausgeschlagenen Lederkästchen. Es waren so viele schöne Stücke darin, daß es Lucy den Atem verschlug; das war wenigstens übriggeblieben, dachte Lucy. Und Beena würde das alles von ihr erben.

Steve zog einen scheußlichen gestreiften Pyjama an, bevor er sich zu ihr in das große Doppelbett legte, also schlüpfte auch sie in ein Nachthemd. Es fiel ihr auf, wie fest er die Schnur seiner Pyjamahose zuzog. In jener Nacht hielt er sie im Arm, küßte sie auf die Augenlider und murmelte: »Du bist eine wundervolle Frau, Lucy! Eine wundervolle Frau!« Dann drehte er sich um und schlief ein. Das war es nicht, was sie sich unter ihrer Hochzeitsnacht vorgestellt hatte, und das hatte sie sich, dachte sie ein bißchen wehmütig, in ihren geheimen Träumen auch nicht ausgemalt. Sie lag lange wach und starrte die Decke an. Sie war fassungslos.

Am Morgen erklärte er ihr, er müsse wegen einer wichtigen Angelegenheit zu seinem Cottage.

»Ist schon gut, Steve, mein Schatz. Ich warte hier auf dich.« Sie hatten ausgemacht, die letzte Woche der Sommerferien oben im Lake District zu verbringen, doch am späten Morgen rief er sie an, um ihr mitzuteilen, daß er ein Telegramm vom Direktor seiner Schule bekommen habe und sofort wieder dorthin zurück müsse, weil irgend etwas Unerwartetes vorgefallen war. Natürlich bedauerte er das. Das galt auch für Lucy. Wie dieser unerwartete Vorfall aussah, erklärte er ihr nicht näher. Klar war nur, daß offenbar wieder alles im Lot war, als sie ihn das nächste Mal sah – in den Weihnachtsferien. In der Zwischenzeit besuchte sie eine medizinische Fachbibliothek und las ein paar Bücher über die Kunst der Liebe. Nicky hatte in dieser Hinsicht nie eine Anleitung gebraucht; er war immer zu allen Schandtaten bereit gewesen. Doch wahrscheinlich war Steve unerfahren und schüchtern, also beschloß sie, das nächste Mal die aktive Rolle zu übernehmen.

Sie flößte ihm beim Abendessen ziemlich viel Alkohol ein in der Hoffnung, ihn aufzutauen, seine Ängste und Hemmungen oder was es auch immer war, das seinen Geschlechtstrieb dämpfte, abzubauen. Als sie ins Bett gingen, waren sie beide ein bißchen angetrunken. Sobald sie die Tür hinter sich geschlossen hatten, begann sie, ihn auszuziehen. Er wehrte sich nicht; es schien ihm zu gefallen. Als er nur noch in der Unterhose dastand, meinte er: »Zieh dich auch aus, Lucy.«

»Zieh du mich aus«, erwiderte sie. Er fing an, sie vorsichtig zu entkleiden, doch als er bei ihrem rosafarbenen Spitzenslip angelangt war, hörte er auf.

»Du gefällst mir so«, sagte er. »Bitte bleib so.« Sie umarmten einander eine Weile. »Tust du mir einen Gefallen, Lucy, Schatz?« fragte er mit seiner schmeichelnden Stimme.

»Aber natürlich, Steve.«

Er bückte sich und holte ein Paar Kofferlederriemen aus der Tasche seiner Hose, die auf dem Boden lag.

»Das ist so was wie ein Spiel, Lucy. Würdest du mir bitte die Handgelenke am Ende des Betts festbinden?« Das Bett war aus Holz, die beiden

Pfosten zu weit auseinander, also band sie beide Handgelenke an einen. Er fiel auf die Knie, vergrub das Gesicht in ihrem Slip und bettelte sie an: »Und jetzt schlag mich, Lucy! Schlag mich!«

Sie zuckte entsetzt zurück, doch als sie spürte, wie Zorn in ihr aufstieg, gab sie ihm mit der linken Hand eine schallende Ohrfeige.

»Nein! Nein!« beschwerte er sich gereizt. »Nicht so! Du mußt mich mit etwas Hartem schlagen!«

Panik ergriff sie. Sie wollte es ihm recht machen, war aber verwirrt und wütend über seine merkwürdigen Forderungen. Sie rannte zur Frisierkommode, nahm ihre Bürste und schlug ihm mit dem harten Holzrücken mehrmals heftig auf die Schultern. Er hob den Kopf, durch sie hindurchschauend. Auf seinem Gesicht lag das geheimnisvolle archaische Lächeln alter griechischer Statuen.

»Und jetzt bind mich los!« befahl er ihr. Nachdem sie getan hatte, was er von ihr verlangte, umfaßte er ihre Hüften und preßte seinen Kopf gegen ihren Spitzenslip. Dann ejakulierte er mit einem leisen Stöhnen über ihre nackten Füße, während sie, über ihn gebeugt, sein Haar zerzauste und ihre Tränen in einer unheiligen Taufe über ihre Hände tropften.

In den Weihnachtsferien versuchte er es nicht noch einmal. Während der Schulzeiten lebten sie getrennt. Er unterrichtete, und sie assistierte Dr. Gillow, einem praktischen Arzt in der Gegend, für den sie kleine operative Eingriffe vornahm und Hausbesuche machte. Diese Tätigkeit paßte ihr gut, weil sie sich wunderbar mit der Haushaltsführung in High House und der Erziehung von Beena vereinbaren ließ, die die örtliche Primary School der Church of England besuchte und sich auf die Prüfungen für die Grammar School vorbereitete. Außerdem mußte Lucy für Louise kochen, die nur wenig Interesse für den Haushalt aufbrachte, weil sie ihre ganze Energie auf den Garten verwendete. Sie war voll und ganz mit der Pflege ihres kleinen Waldes beschäftigt, in dem sie immer wieder Unkraut jäten mußte, um den Kampf gegen die Dornen und Hecken nicht zu verlieren, sowie mit dem Beschneiden ihrer Rosen oder dem Festbinden ihrer Staudenrabatte. Sie hatte sich für teures Geld einen Rasenmäher mit Motor gekauft, auf dem sie während der Sommermonate triumphierend über die Rasenflächen fuhr, eine Spur welken Grases hinterlassend.

Um Ostern schien Steve beschlossen zu haben, daß seine Auffassung der Ehe für Lucy akzeptabel war. »Weißt du, es ist ein Spiel«, sagte er immer. »Und wir machen doch oft ein Spiel aus ernsten Dingen, nicht wahr?« Da sie weder seine Gefühle verletzen noch sich zur Richterin über ihn aufwerfen wollte, war sie ihm zu Willen. Sie begann, ihn als raren medizinischen Fall zu betrachten, der einem offensichtlich nicht allzuoft begegnete. Ihre medizinische Ausbildung hatte sie jedenfalls nicht auf so etwas vorbereitet. Sie wußte nicht, was sie tun sollte. Sie dachte daran, mit Dr. Gillow darüber zu sprechen, aber ihr war klar, daß ihm dieses Thema schrecklich peinlich sein würde, außerdem hatte sie Angst, dadurch ihr angenehm ungezwungenes Arbeitsverhältnis zu zerstören. Sie konnte sich nicht mit Louise darüber unterhalten, die lediglich schockiert und erschüttert wäre, ihr aber nicht helfen könnte. Sie hoffte, mit Geduld und Zuneigung Steve dazu bringen zu können, daß er sie so liebte, wie sie es sich wünschte. Also schwieg sie. Sie fing an, die Situation zu verabscheuen. Auch ihn haßte sie manchmal, und einmal oder zweimal, wenn sie die kleine Peitsche schwang, die ihr Steve gegeben hatte, packte sie die Wut, und sie schlug so fest zu, wie sie nur konnte. Danach zitterte sie vor Angst und Scham, weil sie kommen sah, daß es ihr eines Tages vielleicht wirklich gefallen würde, ihn zu quälen. Diese Farce setzte in ihr ein primitives Verlangen nach Gewalt frei, das ihre Erziehung verschüttet hatte. Sie ekelte sich vor ihm, und, ja, sie hatte Angst vor sich selbst.

Zu Beginn des Sommerhalbjahres, als Steve und auch Beena wieder in die Schule zurück mußten, beschloß Lucy, Urlaub zu machen. Sie regelte alles Nötige mit Dr. Gillow, bat Louise, auf Beena und das Haus aufzupassen, und schickte Charlotte in Paris ein Telegramm, die sofort antwortete: »Der Türke holt Dich in Le Bourget ab. Alles Liebe, Charlotte.« Einen sanfteren Mann als den von Charlotte hätte man sich nicht vorstellen können, aber sie nannte ihn »den Türken«, weil sein Vater Türke, seine Mutter Französin gewesen war. Er hieß Anatole.

In der neuen Turbo-Prop-Maschine wurde Lucy plötzlich von unerklärlicher Aufregung befallen. Ihr Puls raste, sie bekam einen trockenen Mund. Sie winkte ab, als die Stewardeß ihr das Essen brachte, ordentlich angerichtet auf einem Plastiktablett wie ein Kinderspielzeug, aber sie nahm die winzigen Salz- und Pfeffer-Streuer, um sie Beena mitzubringen.

»Für meine kleine Tochter«, erklärte sie. »Ich bin zu nervös. Ich kann jetzt nichts essen.« Die Stewardeß fragte sie belustigt, ob sie das erste Mal fliege.

»Nein«, antwortete Lucy. »Ich hätte gern einen Kaffee.« Ihr fiel ein, wie sie im ersten Semester – sie war damals gerade achtzehn – an einem Samstagnachmittag mit einem Maschinenbaustudenten ausgegangen war. Sie waren mit einer alten Klapperkiste, die sich »Auto« schimpfte, hinaus zum Croydon Aerodrome gefahren und hatten für fünf Shilling im offenen Cockpit eines alten Doppeldeckers eine Spritztour gewagt. Sie hatte sich damals überhaupt nicht gefürchtet. Im Gegenteil: Sie erinnerte sich, vor Freude gejuchzt zu haben, als der Wind an ihrem Kopf vorbeiheulte, als sich die Haarnadeln in ihrem Knoten lösten, so daß ihr langes Haar herumflatterte wie bei einer Hexe auf dem Besen. Flip Collins – so hatte der junge Mann geheißen. Er war ganz verrückt nach Flugzeugen gewesen und Mitglied in einem Amateurfliegerverein. Wahrscheinlich hatte ihn die Royal Air Force während der Luftschlacht um England geholt, als alle Piloten eingezogen wurden, deren man habhaft werden konnte. Flip Collins ... er war mit ziemlicher Sicherheit in diesem Krieg gefallen ... Sie schaute aus dem runden Fenster hinaus auf eine dichte, cremefarbene Wolkenbank. Sie sah aus, als könne man darauf gehen. Plötzlich fiel ihr Nicky ein, und sie wurde fast überwältigt von ihrer Sehnsucht nach seiner Zärtlichkeit. Was war sie doch für eine Närrin gewesen, noch einmal zu heiraten!

Charlottes Pariser Haus war voll von herrlichen Orientteppichen, die Anatole sammelte. Als er sah, wie Lucy eine kleine, blaßblaue Brücke an der Wand des Salons betrachtete, strich er liebevoll über den Seidenflor und sagte: »Das ist ein Nain. Flach wie ein Spiegel.«

Der Teppich zu ihren Füßen war noch schöner.

»Kommt der aus Persien?« fragte sie.

»Das ist mein Lieblingsstück«, antwortete er. »Ein Keshan. Ein Gebetsteppich, ganz aus Seide.« Die Grundfarbe war gedämpftes Rosé, das von einem Strauß feiner schwarzer Linien durchbrochen wurde, die sich zu einem zarten, cremefarbenen Blumenregen öffneten. »Aber ich zeige dir noch einen älteren.« Er führte sie quer durchs Zimmer und deutete auf einen türkischen Gebetsteppich auf dem Boden: »Der ist aus Wolle. Hier in der Mitte dieses Blumenfeldes siehst du die *mihrab*, auf der man zum Beten niederkniet. Dort muß man den Boden mit der Stirn berühren. Der Teppich wird immer in Richtung Osten, nach Mekka, ausgelegt.«

Nach dem Essen ging er früh zu Bett, so daß die beiden Frauen sich unterhalten konnten; doch bevor er sich zurückzog, nahm er die blaue Brücke von der Wand und rollte sowohl den Keshan als auch den türkischen Gebetsteppich auf. Mit den Teppichen unter dem Arm sagte er: »Im Nachbarhaus ist letzte Woche eingebrochen worden; aber die hier kriegt mir kein Dieb.«

Charlotte stieß den Rauch ihrer Zigarette aus und sagte: »Er versteckt sie nachts unterm Bett. Die Teppiche sind seine Geliebten.« Lucy mußte lachen. Ihre Ehe war also nicht die einzige, in der es im Schlafzimmer Obsessionen zu verbergen gab.

Sie nippte nachdenklich an ihrem starken, schwarzen, süßen türkischen Kaffee und versuchte, zuerst noch stockend, ihre Not zu schildern. Charlotte hörte ihr schweigend zu, bis sie die Sache mit der Bürste erfuhr. Dann prustete sie los. Sie drückte ihre Zigarette aus, sprang vom Sofa hoch, zog ihre hochhackigen goldenen Sandalen aus und begann, auf der Suche nach einem harten Gegenstand, im Zimmer herumzutänzeln. Schließlich fand sie einen Elfenbeinfächer auf einem Beistelltischchen.

»Hat er Haare auf der Brust?« wollte sie wissen. »Ach, es geht doch nichts über Männer mit Haaren auf der Brust!« Sie schleuderte eine Nackenrolle in einen Sessel und begann, darauf mit dem Fächer kleine, kreisende Bewegungen zu machen. »Waschen und Legen?« rief sie. »Oder wie wär's mit einer sehr, sehr heißen Brennschere? Dabei könnte dir ja die Hand ausrutschen, Lucy«, meinte sie. »Das würde ihm sicher gefallen!« Dann stürzte sie sich auf die Nackenrolle und bearbeitete sie stürmisch mit dem Fächer, bis sie sich erschöpft nach Luft schnappend, aber immer noch lachend, aufs Sofa fallen ließ und Lucy umarmte. »O je, arme Lucy!« keuchte sie schließlich. »Wo bist du da wieder reingeraten!« Doch sie wußte auch keinen Rat. Obwohl Lucy mitlachte, fand sie das alles nicht sonderlich komisch.

Charlotte mußte Anatole die Geschichte noch am gleichen Abend anvertraut haben, denn am nächsten Morgen behandelte er Lucy bei Kaffee und Croissants so vorsichtig und zuvorkommend wie ein krankes Kind.

»Heute würde ich euch gern verwöhnen«, sagte er. »Ich lade euch beide zum Pferderennen ein. Da könnt ihr euch die schönen Tiere anschauen, und zwischen den Rennen könnt ihr die eleganten Französinnen beobachten.« Er setzte zu diesem Anlaß ein keckes Béret auf und zog dazu eine gelbe Seidenkrawatte mit Fuchsköpfen an. »Wir können uns auch einen Brandy zwischen den Rennen gönnen, wenn ihr wollt.« Dann küßte er sie beide ernst auf die Stirn.

Lucy war ganz aufgeregt ob all der schönen Dinge, die der Türke ihr für Longchamps versprochen hatte, doch am Nachmittag merkte sie durch das angenehm warme Gefühl hindurch, das ihr der kleine Schwips verschaffte, daß etwas Heißes, Feuchtes zwischen ihren Oberschenkeln herunterlief, und sie dachte: Mein Gott! Meine Tage! Die emotionalen Turbulenzen der letzten Zeit hatten offenbar das empfindliche Gleichgewicht ihrer Hormone durcheinandergebracht. Diese Blutungen kamen verfrüht und unerwartet. Sie eilte in die nächste Damentoilette und sah sich nach einem Automaten mit Binden um, konnte aber keinen entdecken. Eine dicke Frau saß an einem Tisch mit einem Unterteller voller Kleingeld. Lucys Französisch reichte nicht aus, um ihr mitzuteilen, was sie brauchte. Also hastete sie wieder hinaus zu Charlotte, flüsterte ihr etwas ins Ohr, worauf Charlotte ihrerseits dem Türken etwas ins Ohr flüsterte, der galant die Hand auf seine Krawatte legte.

»Sie kann meine Krawatte haben!« bot er ihr an.

»Danke, Anatole«, meinte Lucy. »Das ist wirklich sehr freundlich, aber ich habe Angst vor Füchsen.«

Dann nahm Charlotte sie am Arm und dirigierte sie zurück zu den *Dames,* wo ihr ausgezeichnetes Französisch und ein paar Münzen die dicke Toilettenfrau dazu bewegten, das, was Lucy brauchte, aus einem verschlossenen Schrank zu holen.

Am Flughafen Le Bourget küßten die beiden Lucy noch einmal zum Abschied auf die Wange. Charlotte murmelte dabei: »Ich halte dir die Daumen. Laß dich nicht unterkriegen, meine Liebe.« Und Anatole, der sich mit dem Zeigefinger verschwörerisch gegen die Nase tippte, zischte: »Er ist *grosse merde* – ein großes Arschloch – ein riesengroßes, um genau zu sein!«

Als Lucy wieder zu Hause war, wurde ihr klar, daß ihr kurzer Besuch in Paris eine therapeutische Wirkung gehabt hatte, denn sie dachte jetzt anders über die Situation. Sie war nicht mehr länger bereit, Steves Spielchen mitzumachen, und das würde sie ihm auch mitteilen, wenn er in den nächsten Ferien nach High House käme.

»Weißt du, dieses Spiel macht mir keinen sonderlichen Spaß«, sagte sie, als er die Arme um sie legte.

»Was meinst du damit, Lucy?«

»Offenbar macht dir das Spaß, aber du versuchst nie, mich auch zu befriedigen.«

Es herrschte langes Schweigen. Er löste seine Arme von ihr und setzte sich aufs Bett.

»Meinst du, du könntest versuchen, auch einmal ganz ... normal mit mir zu schlafen?«

»Weißt du, Lucy ... du bist eine wundervolle Frau – und obendrein noch ein liebenswürdiger Mensch –, aber ich könnte nie ... schon der Gedanke daran ekelt mich an. Ich habe gedacht, du verstehst das vielleicht, weil du doch Ärztin bist.«

»In meiner Ausbildung bin ich auf so etwas nicht vorbereitet worden«, sagte sie verbittert. (Sie fragte sich, ob Joanna heutzutage mehr über solche Dinge lernte. Hoffentlich, dachte sie.)

»Tut mir leid, altes Mädchen«, sagte er. Er hatte nie zuvor »altes Mädchen« zu ihr gesagt. Ließ er sie hiermit fallen wie eine heiße Kartoffel? Nach nachdenklichem Schweigen meinte er: »Ich verletze mit meiner Art niemanden – höchstens mich selbst.«

Lucy war sich da nicht so sicher. »Ich bin noch nicht so alt. Ich könnte noch ein Kind bekommen«, erwiderte sie.

»Möchtest du denn noch ein Kind?« Er wirkte aufrichtig überrascht.

»Ja, ich hätte gern noch einmal ein Baby. Beena wünscht sich auch einen kleinen Bruder oder ein Schwesterchen.«

»Ach, Beena!« Er sagte eine ganze Weile nichts, dann meinte er plötzlich voller Verbitterung und Hohn: »Mein Gott, wie habe ich mich täuschen lassen!«

Sie ließ sich nicht von ihm provozieren und blieb vollkommen ruhig und vernünftig, was ihn wahrscheinlich rasend machte. »Das glaube ich nicht, Steve. Ich denke, *ich* habe mich täuschen lassen.«

»Ich bin enttäuscht von dir, Lucy – und das jetzt, wo ich den Eindruck hatte, daß du endlich anfängst, Fortschritte zu machen.« Nach einer Weile fügte er hinzu: »Weißt du, eigentlich liebe ich den Erlöser.«

»Macht es einen Unterschied, ob dieser Erlöser ein Mann oder eine Frau ist?« fragte sie, doch er gab ihr keine Antwort. Während des langen Schweigens, das nun folgte, stellten sich ihr zahlreiche andere unbeantwortete Fragen. Hatte Steve bei diesem merkwürdigen Spielchen noch andere Partner – Männer, Frauen, vielleicht sogar

Jungen? Und spielte er es auch während seiner langen Abwesenheiten von High House? Erst jetzt merkte sie, daß sie sehr wenig über ihn wußte. Sie wußte nicht einmal so recht, was er den größten Teil des Jahres trieb. Plötzlich kam sie sich verloren vor in seiner merkwürdigen Gefühlswelt und fragte sich, ob sie nur so etwas wie ein Zeitvertreib für ihn war in den Schulferien. Noch schlimmer: Hatte er sie hauptsächlich wegen High House mit seinen Weiden und Stallungen geheiratet? Waren ihm die Sicherheit und Behaglichkeit des Familienlebens wichtiger als sie selbst? Oder – konnte es sein, daß er eigentlich Beena liebte?

»Hast du schon mal daran gedacht, deswegen zu einem Psychiater zu gehen? Schließlich mußt du zugeben, daß das nicht – nun ja, die biologisch natürliche Form der Sexualität ist, oder?«

»Und wie sollte mir ein Psychiater helfen?« Seine Stimme klang feindselig.

»Ich glaube, man nennt das ›Dekonditionieren‹. Man versucht, unangenehme Gefühle in dir wachzurufen, indem man dir im Zusammenhang mit deiner Form der Sexualität unangenehme Bilder zeigt, bis du die Freude daran verlierst.«

»Aber das garantiert doch noch lange nicht, daß ich Freude an anderen Formen der Sexualität hätte, oder?«

»Das weiß ich nicht. Vielleicht verwendet man

ja angenehme Reize in Verbindung mit dem normalen Liebesakt.«

»Dem *normalen* Liebesakt!« rief er wütend. »Ich *will* keinen ›normalen‹ Liebesakt!« Nach einer Weile streichelte er ihren Arm. »Tut mir leid, Lucy, Schatz. Ich hatte gedacht, dir würden meine kleinen Eigenheiten nichts ausmachen.«

Mittlerweile begriff sie nur zu gut, was er brauchte. Er suchte nicht die Wärme ihres Körpers und auch nicht ihre liebenden Arme, die ihn umschlossen; er war seinerseits auch nicht in der Lage, sie zu wärmen oder ihr ein Gefühl der Sicherheit zu vermitteln. Was er brauchte, war das Bild einer Frau im Seidenslip (ihm war es, so dachte sie, wichtiger, den weiblichen Körper zu verhüllen als ihn zu enthüllen), ein Bild, das Schmerzen zufügte oder jedenfalls so tat. Sie war keine Geliebte, auch keine Ehefrau, sondern lediglich ein erotisches Symbol. Sie war nichts anderes als ein Sexobjekt.

Am Ende der Sommerferien erhielt sie seinen Brief.

»Liebe Lucy, ich habe viel nachgedacht, seit wir uns das letzte Mal gesehen haben, und ich bin zu dem Schluß gekommen, daß es das beste ist, wenn wir uns trennen. Die Situation ist für uns beide ausweglos. Das sehe ich jetzt ein. Wir sollten uns gegenseitig keine Vorwürfe machen. Ich werde Dich nie vergessen. Ich weiß, das klingt ziemlich abgedroschen, aber ich meine es so. Alles Liebe, Steve.« Als sie den Brief in ihre Tasche gleiten ließ, dachte sie: Ich werde ihn auch nie vergessen. Wie auch? Die Vergangenheit in uns läßt sich nicht auslöschen. Sie ist Teil unserer Seele; daraus bestehen wir.

Sie hörte nie wieder etwas von ihm. Er verkaufte sein Cottage und ließ das Pferd von der Weide holen. Sie wurden nie offiziell geschieden. Sie waren auch nie richtig verheiratet gewesen – die Ehe war nicht vollzogen worden, hätte man früher dazu gesagt. Außerdem kam eine Scheidung auch nicht in Frage, weil sie keine Ahnung hatte, wo er steckte. Er verschwand einfach aus dem Leben von High House und seinen Bewohnern. Irgendwann hörten sie noch das Gerücht, er unterrichte in einem arabischen Land. Lucy nahm wieder den Namen aus ihrer ersten Ehe an. Sie konnte nicht behaupten, daß sie todunglücklich war. Sein Verschwinden erleichterte sie eher; doch irgendwie hatte sie auch das Gefühl, versagt zu haben. Obendrein konnte sie sich des Gedankens nicht erwehren, daß sie zum Narren gehalten worden war.

Auch Louise verlor nicht gerade die Fassung. Ihr war es recht, wenn Steve sich im Haus aufhielt. Er konnte sich nützlich machen, wenn der Rasenmäher nicht ansprang und sie ihn darauf mit Flüchen bedachte, die, wie er meinte, unheimlich klangen aus ihrem Munde und außerdem so gar nicht zu den Funktionen eines Rasenmähers passen wollten. Dann übernahm er ruhig das Ruder, behob den Fehler – das falsche Treibstoffgemisch oder die defekte Zündung – und brachte das Gerät wieder zum Laufen, bevor er es ihr mit einem freundlichen Lächeln erneut überließ. Doch er konnte nichts mit ihren Kamelien anfangen, er hatte auch kein Verständnis für die transzendente Schönheit der Pfingstrosen und ihre mystischen Qualitäten in der alten chinesischen Kunst. Deshalb hatte sie ihm auch nie die Zuneigung geschenkt, die den Auserwählten vorbehalten war: denen, die bis zu einem gewissen Grad ihre Hochachtung vor den Spielarten der Natur und der Fügung in das große Ganze teilten. Sie fragte Lucy nicht einmal, was passiert war, weil sie davon ausging, daß es sich um eine beiderseitige Enttäuschung auf sexuellem Gebiet handelte – ansonsten hätte man ihr mehr erzählt.

Beena war die einzige, die ihn wirklich vermißte. Aus ihrer Frage: »Wann kommt Steve wieder zurück?« wurde nach ein paar Monaten: »Warum kommt Steve nicht zurück?« Auch später noch ertappte Lucy sie manchmal bei der unausgesprochenen Frage auf den Lippen: »Was hast du bloß gemacht? Warum kommt er nicht zurück?«

Steves Verschwinden aus ihrer beider Leben

überschattete das Verhältnis von Beena und ihrer Mutter lange Zeit. Vielleicht stellte sie sich noch immer die Frage, warum sie sich getrennt hatten. Lucy und Beena schürten gegenseitig auf einer irrationalen, kaum faßbaren Ebene Schuldgefühle. Lucy, weil sie ihn geheiratet, Beena, weil sie ihn verloren hatte. Doch die Episode hatte Lucy gezeigt, wie wenig sie über die menschliche Psyche wußte. Sie entwickelte die Vorstellung, vielleicht von den Psychiatern etwas lernen zu können. Ihre Erfahrung mit Steve brachte sie dazu, sich mit Psychiatrie zu beschäftigen und sich beruflich neu zu orientieren, während Beena langsam heranwuchs und Louise älter wurde.

Louise fiel es immer schwerer, die Gartenarbeiten zu bewältigen, weshalb schließlich Bailey nach High House kam. Er radelte zwei- oder dreimal pro Woche von Frenester herüber. Er konnte lesen und schreiben, ohne wirklich gebildet zu sein. Da er in der Kindheit schreckliche Dinge erlebt und dann mehrere Jahre in einem Heim verbracht hatte (wo er, so erzählte er Louise, alles außer Liebe bekam), war sein Wesen verschlossen, bisweilen sogar düster. Doch er arbeitete gern im Garten, und er mochte Louise. Und weil er Beete mit dickblättrigen Gemüsen anlegte, weil er alle Pflanzen achtete, niemals etwas ausgrub, ohne vorher darüber nachgedacht zu haben, und weil er sich fast genauso über die

Formen und Farben der Gewächse freute wie Louise, erwiderte sie seine Zuneigung. Sonntags entspannte er sich beim Lesen der ›News of the World‹, die über alle Schrecken dieser Welt berichtete. Er suhlte sich in düsteren Prophezeiungen, und gräßliche Morde erfüllten ihn mit Befriedigung. Einen größeren Pessimisten als ihn gab es nicht; doch in Louises Augen gehörte er zu den Auserwählten, weil er trotz seiner freudlosen Lebensauffassung in der Lage war, ein wenig von ihrem eigenen allumfassenden Weltverständnis zu begreifen. Wahrscheinlich, so meinte Lucy, wurde man als Gärtner angesichts all der natürlichen Feinde, mit denen man sich auseinandersetzen mußte, ganz automatisch ein bißchen sauertöpfisch: Blattläuse, Vögel, Schnecken, Fruchtfliegen, Rüsselkäfer, Rote Spinnen, Drahtwürmer und nicht zuletzt das Wetter mit seinen unerwarteten Frosteinbrüchen. Als Lucy ihn eines wundervollen Frühlingstages auf den Knien rutschend beim Unkrautjäten mit der Feststellung begrüßte: »Na, Bailey, heute können Sie sich aber nicht übers Wetter beklagen, oder?«, antwortete er: »Das ist noch nicht raus!« Der arme Bailey! Seine traurige Kindheit und die Plagen, die seinen Garten bedrohten, verstellten ihm wohl den Blick für die freundlicheren Seiten des Lebens.

Louise war bedeutend optimistischer als er. »Wissen Sie«, hörte sie Lucy einmal zu ihm sagen, »Orpheus hat die Laute so gut gespielt, daß sich sogar die Bäume vor ihm verneigten.« Bailey schwieg verächtlich. »Natürlich bin ich nicht so musikalisch, aber mit dem Spaten und der Kelle und ziemlich viel Nachdenken mache ich mir die Pflanzen auch gefügig. Natürlich sind immer auch ein paar störrische dabei.«

Louise hatte, abgesehen von den auf geschnitzten Holzkamelen ruhenden Beistelltischchen – eines davon verwendete Lucy, um ihr Frühstückstablett darauf abzustellen – und dem großen Teppich im Salon, der in einer Haftanstalt in Patna gewebt worden war, auch weniger Greifbares aus Indien mitgebracht. Sie sah noch immer den kleinen Jungen vor sich, der etwa ihr Alter gehabt (sie war sechs oder sieben) und auf einem Brett über dem Webstuhl gesessen hatte. Vielleicht war er der Sohn eines Wächters, vielleicht das Kind eines Kriminellen, möglicherweise auch das eines politischen Häftlings (denn es war die Zeit von Gandhis gewaltlosem Widerstand), den Daddy zusammen mit ihr in seinem großen, offenen Overlander-Wagen besuchte. Sie sah noch das rote Wollknäuel in den braungebrannten Händen des kleinen Jungen, das gleiche Rot, das inzwischen ein bißchen von der Zeit ausgebleicht war, einem aber immer noch hie und da ins Auge sprang, wenn man über den Teppich schritt. Louise sagte immer, Indien habe alle geprägt, die einmal dort gelebt hätten. Sie persönlich brachte die hinduistische Vorstellung der Reinkarnation mit, die sie sich nach ihren Bedürfnissen zurechtbog. Sie glaubte nicht daran, daß die Seelen auf einer Skala animalischen Lebens hinaufwanderten, aber sie schloß sich der Auffassung an, nach der sie aus denselben Elementen bestand wie alle anderen organischen Dinge, was bedeutete, daß sie nach ihrem Ableben im Grundelement Erde eins werden würde mit ihren geliebten Pflanzen. *Staub zu Staub, Asche zu Asche.* Dieser Gedanke bereitete ihr keinen Schrecken. Vielmehr tröstete es sie, daß sie auf greifbare Weise der Natur angehörte, Teil von ihr war. Ihr Körper würde die anderen Teile nähren, neue Lebensformen hervorbringen.

Plötzlich war sie bei Lucy, fast als sitze sie in Fleisch und Blut auf dem Ruhebett unter dem Klimt-Porträt. Sie starrte Lucy mit ihren traurigen Augen an, die so unnatürlich groß wirkten in ihrem ausgezehrten Gesicht – mit diesen flehenden Augen, wie Lucy immer sagte. Sie wußte, daß sie im Sterben lag. Die Metastasen, gegen die sie seit zwei Jahren angekämpft hatte, breiteten sich jetzt auf die Leber aus, und ihre Haut begann sich gelb zu verfärben. Sie hatte keine Schmerzen, aber auch keinen rechten Appetit, und ihre Lebenslust, die immer so groß gewesen war, schwand dahin. Dr. Gillow sah täglich nach ihr.

Offenbar hatte er ihr die Wahrheit gesagt. Fast hätte sich Lucy damals in ihn verliebt. Dieser Mann, dem es schrecklich peinlich gewesen wäre, mit dem Problem abweichender sexueller Praktiken konfrontiert zu werden, wußte gelassen mit dem Tod umzugehen. Er stärkte Lucy den Rücken und war für Louise in jenen letzten Wochen so etwas wie ein guter Geist.

»Ich wollte dir da noch etwas erklären«, sagte Louise. »Ich habe es dir die ganzen Jahre über verschwiegen und es auch deinem Vater nie gesagt – ich meine Herbert –, aber ich glaube, du solltest es jetzt erfahren ...«

Wahrscheinlich, so dachte Lucy, verspürte sie den Drang zu beichten, beim Abgang ein reines Gewissen zu haben. Was sie wollte, war, daß ihre Tochter ihr vergab, aber wenn Lucy nie etwas erfahren hätte, hätte sie auch nichts vergeben müssen. Louise beugte sich vor und zog eine abgegriffene und ziemlich verstaubte alte Pappschachtel unter ihrem Ruhebett hervor.

»Da«, sagte sie. »Es ist alles da drin. Du mußt es lesen. Ich wollte es eigentlich verbrennen, aber wie du siehst, habe ich es nicht getan. Ich weiß nicht, warum. Vielleicht habe ich gedacht, du solltest eines Tages die Wahrheit erfahren.«

Es handelte sich um eine Art Tagebuch, einen Bericht über jene Reise nach Indien, die sie im Jahre 1919 unternommen hatten, in einer Zeit, die für Lucy einem *ancien régime* vor der Epoche der Autos und des Frauenstimmrechts angehörte. Die vergilbten Seiten waren mit mittlerweile ausgeblichener Tinte aus Louises altem Waterman-Füller beschrieben und wurden von hellrosafarbenen, ehemals roten Klebebändern zusammengehalten. Lucy nahm das Tagebuch mit ins Bett und verbrachte fast die ganze Nacht mit seiner Lektüre.

3
Louises Tagebuch

7. Dezember

Backbord hin, Steuerbord heimwärts – so bist du schon immer gereist, und genauso mache ich es.

Der arme Herbert. Als er so plötzlich aus seinem Urlaub zurückbeordert worden war, mußte er mit Steuerbord vorliebnehmen. Die deutschen U-Boote hatten viele von unseren Schiffen versenkt, und er konnte bei der Buchung der Koje nicht wählerisch sein. Die Heißwetterperiode begann gerade, wahrscheinlich litt er schrecklich unter der Hitze. Für Lucy und mich gab es keinen Platz, weil wir nicht zum wichtigen Personal gehörten. Außerdem wollte Herbert nicht, daß wir ihn begleiteten, weil er das für zu gefährlich hielt; nach der Versenkung der Lusitania und dem Tod dieser vielen Frauen und Kinder hatte ich selbst auch ziemliche Angst. Da Du damals so krank warst, blieb ich sowieso lieber bei Dir in London, liebe Mutter.

Jetzt ist alles anders. Der Krieg ist – Gott sei Dank! – endlich vorbei; und da ich inzwischen ein nettes Sümmchen auf meinem eigenen Bankkonto bei der Standard Chartered angehäuft habe, kann ich mir mit Lucy ein bißchen Luxus auf der Reise erlauben. Obwohl es im Moment ziemlich kalt ist auf See und wir froh sind um unsere Sergeröcke und -jacken, weiß ich jetzt schon, daß ich wahrscheinlich Lust verspüren werde, sie über Bord zu werfen, sobald wir in Suez ankommen. Aus Erfahrung weiß ich außerdem, wie dankbar wir sein werden für jedes Fleckchen Schatten, das wir im Roten Meer auf der Backbordseite finden können.

Ich bekam die Idee, Dir diesen Brief zu schreiben, am dritten Tag unserer Reise. Erfahrene Reisende wissen, daß die Passagiere, sobald sie zusammen mit dem Schiff den Nebel und das Getöse sowie alle vertrauten Wahrzeichen des guten alten schmutzigen London hinter sich gelassen haben und bei Ebbe aus den Tilbury Docks hinaus in die Schiffahrtsstraße gleiten, in eine neue, kleine, aber in sich abgeschlossene Welt eintauchen: Das Schiff und seine Passagiere sind dann alle plötzlich aus ihrer gewohnten Umgebung herausgelöst, ja, in gewisser Hinsicht von ihr befreit. Näher bin ich dem Gefühl, frei zu sein, wohl nie gekommen.

Im Gefühl dieser neugewonnenen Freiheit möchte ich Dir Dinge schreiben, die ich Dir nie habe sagen können. In unserer Familie gibt es, so meine ich, mehr Gründe als in manch anderer für unsere extreme Zurückhaltung. Die Ayahs und Kindermädchen zwischen Dir und uns, als wir noch ganz klein waren, und später die Trennung von Dir, als man uns einfach in englische Internate steckte, in denen wir uns dann selbst durchschlagen mußten, mit den sonntäglichen Briefen als einzigem Bindeglied, erzeugten unweigerlich Entfremdung. Natürlich verstehe ich Deine Gründe für all das und möchte Dir nicht die Schuld dafür geben. Die Ayahs – die meine liebte ich heiß und innig – waren nötig, damit Du genügend Bewegungsfreiheit hattest, um die wichtigen gesellschaftlichen Pflichten der Ehefrau eines englischen Verwaltungsbeamten in Indien zu erfüllen. Außerdem brauchte Dich Vater ja so sehr. Vielleicht warst Du sein einziger Trost in einer fremden, feindseligen Welt. Dann war da noch dieser Mythos, daß weiße Kinder im keimverseuchten Staub von Indien einfach dahinwelkten und starben oder, wenn sie überlebten, zu bleichen, dürren, vergnügungssüchtigen Nichtsnutzen heranwuchsen. Irgendwie, so dachten die Weißen, beeinträchtigte Indien das moralische Rückgrat der Jugend. Also mußten wir in einem nördlicheren Klima heranwachsen, das nicht nur für eine gewisse Robustheit sorgte und gesünder war, sondern auch einsamer. Ich kann Deine Ängste gut verstehen, wenn ich an die Grabsteine all der kleinen Kinder denke, die auf den Friedhöfen zwischen Simla und Madras begraben liegen, und wenn ich mich daran erinnere, daß

Deine Mutter ihre ersten drei Kinder während eines heißen Sommers in Bombay in ebenso vielen Wochen verlor. Soweit ich weiß, war es nicht die Cholera, aber die Krankheiten waren schlimm genug, sie alle dahinzuraffen.

Überrascht es Dich, daß ich meine kleine Lucy bei mir haben möchte? Ich werde sie nicht nach Hause ins Internat schicken. Sie wird die örtliche Klosterschule besuchen. Du brauchst Dir keine Sorgen zu machen: Wir werden dem religiösen Mumpitz, mit dem sie dort vielleicht konfrontiert wird, umgehend entgegenwirken. Genau wie ich wird sie eine Menge von Herbert lernen. Niemand könnte einen besseren erzieherischen Einfluß ausüben als er mit seinem breiten Wissen, seiner liberalen Gesinnung und seiner Liebe zu den persischen Dichtern und allen schönen Künsten überhaupt. Wir werden Lucys Bett mit einem Moskitonetz schützen, damit sie keine Malaria bekommt, und ihr Chinin geben, falls sie sie tatsächlich aufschnappen sollte. (Wollen wir hoffen, daß das nicht passiert!) Sie wird nie ungechlortes Wasser oder nicht abgekochte Milch trinken. Sie wird nie unter der Einsamkeit leiden, unter der ich bei Fremden gelitten habe, und ich hoffe, daß sie ohne die psychologische Kluft aufwachsen wird, die uns beide voneinander trennt und die ich nun zu überbrücken versuche.

Die Unfähigkeit, miteinander zu reden, wurde

durch Deine zwiespältige Einstellung der Wahrheit gegenüber verstärkt. Ich weiß noch, wie ich mich während des einjährigen Heimaturlaubs, den Du mit Vater bei uns im Kensingtoner Haus verbracht hast, mit der Nachbarstochter gestritten habe, die im Kinderzimmer mit uns Tee trank. Ich hatte ihr gesagt, sie habe Kaninchenzähne und solle lieber Karotten knabbern statt unseren guten Rührkuchen. Du hast mich damals streng getadelt wegen meiner schlechten Manieren.

»Aber es stimmt doch!« habe ich daraufhin protestiert. »Sie hat schon die Hälfte davon aufgegessen, bevor wir noch unsere Butterbrote fertig hatten!«

»Meine liebe Louise«, hast Du mir dann später etwas freundlicher erklärt, nachdem mein Zorn verraucht und das Mädchen nach Hause gegangen war, »wenn wir anderen immer das sagen würden, was wir denken, würde die Welt stehenbleiben. Gute Manieren ölen die Räder der Gesellschaft und sorgen dafür, daß die Welt sich weiterdreht.«

»Heißt das, daß gute Manieren nichts anderes sind als Lügen?« habe ich Dich empört gefragt.

»Wenn du willst, Notlügen«, hast Du mir erklärt. »Und wenn Notlügen bedeuten, daß man nett sein muß zu anderen Leuten, ihre Gefühle nicht verletzen darf und sich bemühen muß, sie bei Laune zu halten – tja, dann darf man eben nicht vor ihnen zurückschrecken.«

Erst viel später habe ich verstanden, welch breiten Raum Deine Notlügen in unserem Leben einnahmen. Ich versuchte, zu einem ruhigen, beherrschten kleinen Mädchen mit guten Manieren heranzuwachsen. Mühevoll erlernte ich all jene gesellschaftlichen Regeln, die die heutige junge Generation einfach kurzerhand über Bord wirft. Mit zunehmendem Alter und Geschick fand ich mich mit den großen und kleineren Täuschungen des Lebens ab, lernte, mit ihnen umzugehen; doch sie bildeten eine Kluft zwischen uns.

Als ich ein kleines Mädchen war, also noch bevor ich nach England in die Schule geschickt wurde, hast Du mit Vater immer Hindustani gesprochen, wenn ihr nicht wolltet, daß ich verstehe, worüber ihr redet; da ich aber mit fünf Jahren besser Hindustani konnte als ihr, mußtet ihr euch auf euer Schulfranzösisch zurückziehen, wenn es, so erschien es mir jedenfalls, interessant wurde. Ich fühlte mich ausgeschlossen. Jahre später, als ihr beide Heimaturlaub hattet und wir einen ganzen langen, heißen Sommer miteinander in dem langgezogenen, niedrigen Bauernhaus mitten in einem Weizenfeld in Kent verbrachten, hast Du Dich mit Vater in einer Art Codesprache voller Understatements und kleiner Scherze unterhalten, die ich nicht verstand. Ihr habt geschwiegen und damit Kritik oder Ironie ausgedrückt und über Dinge gelacht, die für mich keinen Sinn ergaben. Ihr habt ganz klar gemacht, daß ich in eurem eigenen kleinen Garten nichts zu suchen hatte. Der Sommer verklärte sich in meiner Erinnerung durch eure Anwesenheit, durch wochenlangen Sonnenschein, durch fröhliche Fahrradausflüge mit Tom und durch ausgelassenes Plantschen im Meer mit der kleinen Victoria, doch er war auch überschattet von dem, was an seinem Ende mit Tom passierte.

Meine Lucy, die Du so geliebt hast, weil sie Deiner Meinung nach Deine Schönheit, Deinen Stil und vor allen Dingen Dein rotgoldenes Haar geerbt hatte (Du hast es immer Dein präraffaelitisches Vermächtnis von Großmama Dambresac genannt), hat von mir den leidenschaftlichen Drang, immer die Wahrheit zu erkunden. Ich habe nicht die Absicht, diesen Drang zu zügeln. Natürlich führt das für sie und für mich zu schrecklich peinlichen Situationen. Sie hat bereits mehrere *faux pas* begangen, und Mrs. Vexham, meine Nachbarin am Kapitänstisch, nennt sie nur noch das *enfant terrible*.

»Ein richtiges *enfant terrible*«, meinte Mrs. Vexham. »Ich möchte nicht wissen, was das Mädchen jetzt wieder ausheckt. Aber sie ist reizend, ganz ohne Frage.«

Mrs. V. sagte das, ohne zu lächeln. Ihr Mann ist

der Leiter des Instituts für Maschinenbau am neuen Hindu College von Sunderband. Er hat sich bis jetzt noch nicht im Speisesaal blicken lassen. Soweit ich weiß, verträgt er Schiffsreisen nicht.

Als wir durch den Ärmelkanal tuckerten, saß Mrs. Vexham oben an Deck, den Stuhl nahe an einem Schornstein, weil es dort am wärmsten war, die Knie in eine Decke gehüllt. Die steife Brise trug den Rauch weg, so daß die Rußpartikel nicht auf ihr landeten. Sie trug einen altmodischen schwarzen Strohhut, den sie mit einem Kopftuch unter dem Kinn festgebunden hatte, so daß er aussah wie eine Haube. Sie beobachtete uns über den Rand ihrer Brille hinweg, als wir auf sie zukamen, und suchte in den Tiefen ihrer schäbigen schwarzen Handtasche nach einem in Papier eingewickelten Karamelbonbon. Lucy ließ Peter Pushkin, ihren abgewetzten, eselsohrigen Stoffhasen, fallen, um das Bonbon auszupacken. Dann lutschte sie genüßlich daran und musterte Mrs. V. mit jenem Blick, den Du einmal unerbittlich und entnervend aufrichtig genannt hast.

»Du schaust aus wie ein Wolf«, sagte sie schließlich.

Ich muß zugeben, daß es mir die Sprache verschlug. Einen Augenblick lang suchte ich verzweifelt nach einer passenden Erklärung. Wie konnte ich diese Beleidigung nur abmildern?

»Das liegt an Ihrem schwarzen Strohhut«, erklärte ich, »und an Ihrer Brille. In Lucys Buch mit der Geschichte vom Rotkäppchen ist ein Bild. Sie erinnern sich sicher: Der Wolf setzte den Hut und die Brille der Großmutter auf, nachdem ... nachdem ...«

»Ich erinnere mich«, erwiderte sie. Sie nahm die Sache ziemlich gelassen, lachte sogar ein bißchen. »Ich hoffe bloß, daß ich dich nicht verspeisen muß, Lucy«, fügte sie hinzu, »denn ich habe den Eindruck, daß du ein ziemlich zäher Brocken wärst.«

Lucy ließ sich durch die Drohung, von Mrs. V. verspeist zu werden, nicht beeindrucken.

»Das Bonbon schmeckt gut«, meinte sie, bevor sie wegrannte. Ich hatte kaum noch Zeit, ihren Hasen vom Boden aufzuheben und mich zu entschuldigen, bevor ich ihr nachhastete. Du weißt ja, Lucy ist so schrecklich aufgeweckt und neugierig, daß sie einen ständig auf Trab hält.

Die Leute hier sind besonders freundlich zu uns, vielleicht, weil ich Schwarz trage. Ich weigere mich, Lucy ebenfalls etwas Schwarzes anzuziehen, doch um ihren Respekt vor den Toten zu zeigen, trägt sie eine Trauerbinde am Arm. Sie ist ungeheuer stolz darauf und zeigt sie wildfremden Menschen mit der Erklärung: »Meine Großmutter ist nämlich gestorben.«

Ich war ziemlich überrascht, als ich erfuhr, daß

Du mir nicht nur soviel Geld, sondern auch noch das Haus in Kensington hinterlassen hast. Ich hatte immer gedacht, Victoria sei Dein Liebling. Aber natürlich war ich nach Toms Tod die Älteste.

Er wollte mit seinem Pony über ein Gatter mit fünf Querbalken springen, was ihm Vater ausdrücklich verboten hatte. Er wollte mir und Victoria gegenüber angeben. Ich glaube, er hatte Vater davon erzählen hören, daß dies die Prüfung für junge Männer sei, die als Kolonialbeamte nach Indien wollten: Sie mußten mit verschränkten Armen, die Steigbügel über Kreuz, über ein Gatter mit fünf Querbalken springen. Tom sprang im gestreckten Galopp über das Gatter, aber als er schon darüber hinweg war, glitt er plötzlich mitten in der Luft aus dem Sattel und stürzte. Zu unserem Entsetzen sank er einfach auf dem Gras in sich zusammen und rührte sich nie wieder. Ich war überrascht, wie schnell man sich das Genick brechen kann, und ich weiß noch, wie still mein Vater hinterher war. Er sagte tagelang kein Wort mehr. Ich erinnere mich auch noch, wie geistesabwesend er wirkte, als er sich am Ende seines langen Heimaturlaubs von uns Mädchen verabschiedete, wie traurig und distanziert. Wir wußten damals nicht, daß dies sein letzter Urlaub und sein letzter Abschied sein würden. Er war immer distanziert gewesen, ich hatte ihn nur zu besonderen Gelegenheiten gesehen, zum Beispiel, wenn mich jemand aus dem Kinderzimmer holte und auf sein Knie setzte. Später, als ich die Schule in England besuchte, arbeitete er in Indien in der Hitze der Ebenen. Und weiter denn je entfernt war er schließlich, als er in Nepal beim Klettern von einem Felsen stürzte und das Bewußtsein nie mehr wiedererlangte.

Unser dritter Tag auf See war rauh und windig, wie nicht anders zu erwarten im Golf von Biskaya. Sogar Mrs. Vexham verzog sich unter Deck. Nur sehr wenige Passagiere erschienen zum Mittagessen im Speisesaal, doch Lucy ließ sich wie immer nicht ins Bockshorn jagen. Also saßen Lucy und ich mit dem Kapitän allein am Tisch.

Er behandelt mich voller Hochachtung und Höflichkeit. Manchmal frage ich mich, ob er mich für ein zerbrechliches Porzellanpüppchen hält. Ich glaube, er hat auch ein bißchen Angst vor mir, deshalb hat er wohl Lucy als Puffer zwischen uns plaziert. Auf der anderen Seite steht Mr. Vexhams leerer Stuhl. Er ist der einzige andere Mann am Tisch. Er ist seit dem ersten Tag seekrank und hat sich bis jetzt nicht blicken lassen. Das Schiff ist voll von Frauen und Kindern, die sich nach der langen, kriegsbedingten Trennung (es konnten keine Schiffe für zivile Zwecke erübrigt werden) wieder zu ihren Männern und Vätern gesellen wollen. Dazu kommen ein paar alleinstehende, nicht mehr ganz junge Damen, die sich auf den Weg in die Kolonien machen, um dort vielleicht doch noch die Liebe und einen Mann zu finden. Das ist im Jahre 1919 eine sehr kluge Entscheidung, denn es gibt etwa eine halbe Million Frauen, die dazu verurteilt sind, alte Jungfern zu werden, weil die Männer, die vielleicht ihre Geliebten oder Ehemänner geworden wären, tot im Schlamm von Belgien liegen.

Der Kapitän spricht das »Mrs. Brunoye«, mit dem er mich immer begrüßt, in sanftem, etwas altmodischem Tonfall aus. Wenn Lucy einen Spielkameraden findet, habe ich oft Zeit zum Lesen und Schreiben oder schaue einfach aufs Meer hinaus. Wenn der Kapitän mich dann auf dem Weg zur Kommandobrücke entdeckt oder mit einem seiner Offiziere auf Deck herumgeht, verneigt er sich leicht in meine Richtung, wenn er an mir vorbeigeht, und fragt besorgt, aber ohne den Schritt zu verlangsamen, jedesmal wieder: »Alles in Ordnung, Mrs. Brunoye?« Und ich antworte immer: »Alles in Ordnung, Kapitän. Danke.«

Ich vermute, daß er insgeheim starke Gefühle hegt, die er gern mitteilen würde. Er weiß um meine Trauer, aber er hat Angst, seine Anteilnahme zu deutlich zu zeigen. Sein Gesicht ist alles andere als schön. Es wird von tiefen Furchen durchzogen. Er hat einen kurzen Stoppelbart, und über seiner Nase breiten sich nach beiden Seiten dichte, eisengraue Augenbrauen aus. Seine Augen sind nicht freundlich im engeren Sinne, obwohl sie funkeln, wenn er lacht, meist über Lucy, die ihn sehr zu amüsieren scheint. Er weiß alles über Deine Familie und sagt, daß er als blutjunger Offizier einmal mit Deinem Großvater Dambresac, dem Richter, gereist ist. Ich glaube, er betrachtet Dich und vielleicht auch mich als Teil einer klassischen, immer seltener werdenden Spezies: Wir gehören für ihn der großen Zeit des Raj, der Zeit der britischen Verwaltung Indiens, an. Vielleicht hängt seine Hochachtung vor mir mit der Tatsache zusammen, daß ich Trauer trage. Ich muß insgeheim lachen, wenn ich mir vorstelle, wie seine Stimme schärfer werden und vor Schreck umkippen würde, wenn er wüßte, daß Mrs. Brunoye trotz all ihrer illustren Vorfahren eine labile, hysterische Frau ist, die nachts in ihrer Koje wach liegt, erbarmungslos von den Wogen der Biskaya hin- und hergerüttelt wird, während Lucy, in den Schlaf gewiegt wie ein Baby, in der Koje gegenüber ruht. »Arme Mrs. Brunoye! Alles in Ordnung, Mrs. Brunoye? Der Schock war zuviel für sie. In den alten Familien des britischen Raj hat es einfach zuviel Inzucht gegeben. Das macht die Menschen empfindlich. Sie schreibt einen langen, ganz und gar aufrichtigen Brief an eine Tote.«

Am vierten Tag, nachdem wir die nordspanische Küste umrundet hatten, erschienen auch die anderen zum Mittagessen. Ich sah erstmalig Mr. Vexham. Er ist eher einer von der schweigsamen Sorte. An unserem Tisch sitzt noch eine andere Dame namens Mrs. Chinkwell, eine Witwe, die für ihren ledigen Bruder den Haushalt führen wird. Er pflanzt Tee: Ich wünsche ihm Glück dabei. Sie gehört zu den Menschen, die immer kränkeln und dabei steinalt werden. Sie spricht die ganze Zeit über ihre zahlreichen, bisweilen bizarren Wehwehchen und hegt sie wie interessante Haustiere, deren Fortschritte und Eigenheiten sie voller Genuß beschreibt. Sie kennt kaum andere Gesprächsthemen und würde wahrscheinlich vor Langeweile sterben, wenn sie plötzlich kuriert wäre. Sie hat mir anvertraut, daß sie so etwas wie eine medizinische Dokumentation für jeden Haushalt entworfen hat. Sie will sie patentieren lassen und Chinkwell's Clinical Chart nennen. Darauf sollen die morgendliche und abendliche Körpertemperatur, der Puls während des Tages, die Atemgeschwindigkeit sowie andere, delikatere Dinge verzeichnet werden. Ich habe Mrs. Chinkwell nach dem Sinn des Unternehmens gefragt, und sie hat mir erklärt, so habe ihr Arzt immer einen Überblick über ihre medizinischen Daten.

»Aber«, wandte ich ein, »er weiß doch, daß an den meisten Tagen des Jahres alles ganz normal ist.«

Darauf wirkte sie beleidigt und hat mir – Gott sei Dank, muß ich gestehen – nicht wie versprochen ein Muster dieser Dokumentation mitgebracht. Wahrscheinlich hat sie das Thema für ein anderes Opfer aufgespart. Dafür spricht sie nun wieder über ihren Borborygmus, der am fünften Tag bei ihrer Kopfhaut angelangt ist, die sich während der Nacht aufgeworfen hat. Sie sagt, sie habe das Gefühl, als trage sie einen Teller mit Spaghetti auf dem Kopf.

Ich war nicht geistesgegenwärtig genug, um Lucys Frage im Keim zu ersticken: »Was sind Spaghetti?«

»Klebrige weiße Würmer, meine Kleine!« bellte daraufhin unvermutet der Kapitän. »Ein ganzer Teller davon!« Und alle lachten erleichtert – ob über sie oder den Kapitän, blieb ganz der Einschätzung von Mrs. Chinkwell überlassen.

Lucy starrte immer wieder Mrs. Chinkwells Kopf an, so daß ich ganz nervös wurde vor Angst, daß sie etwas Unverzeihliches sagen könnte; doch zum Glück hielt sie den Mund bis zum nächsten Tag, und dann war es der Kapitän, nicht Mrs. Chinkwell, der zum Opfer ihrer kritischen, unerbittlichen Neugierde wurde.

»Warum«, fragte sie in einer Gesprächspause, »hast du Haare in der Nase?«

Sogar Mrs. Chinkwell brachte das mindestens fünf Minuten lang zum Schweigen. Der Kapitän, der durch ein Bullauge auf der anderen Seite das Meer beobachtet hatte, konzentrierte sich widerwillig auf Lucy und betrachtete sie mit ernstem Blick.

»Die sind sehr nützlich«, erklärte er. »Sie sagen mir, wie stark der Wind ist und aus welcher Richtung er kommt. Bei Stürmen könnte ich ohne sie nicht überleben. Ich rieche damit sogar, wenn einer herannaht.«

Lucy nickte ernst.

»Und woher«, fragte sie, »wissen dann die Leute, die keine Haare in der Nase haben, woher der Wind weht?«

»Tja!« seufzte er. »Die wissen das wahrscheinlich nicht. Aber weißt du«, fuhr er fort und beugte sich verschwörerisch zu ihr hinunter, »für *mich* ist es sehr wichtig, etwas über die Winde zu wissen. Wenn ich Gegenwind habe, wird das Schiff nämlich langsamer.«

»Und dann kommen wir zu spät nach Kalkutta, was heißt, daß Daddy am Kai warten muß«, fügte ich mit einem Lachen hinzu, das halb verlegen und halb erleichtert war.

»Daddy hat ein neues Auto«, verkündete Lucy. »Es heißt Overlander.«

»Das ist ein sehr schönes Auto«, meinte Mr. Vexham.

»Ich wünschte, er hätte statt dessen einen Elefanten gekauft«, brummelte sie. »Ich sitze lieber in einer *howdah.*« Während wir noch alle über ihre Feststellung lächelten, meinte sie nachdenklich: »Wenn Elefanten gehen, sieht das aus wie bei einem dicken Mann.«

Der Kapitän mußte lachen.

»Da hast du völlig recht!« rief er aus. »Die kleine Lucy ist wirklich eine scharfe Beobachterin.«

Ich ertappte ihn dabei, wie er mich ansah, und zu meiner Überraschung errötete er. Da wurde mir klar, daß dieser erfahrene Seemann wahrscheinlich Angst vor Frauen hat, sie wahrscheinlich nicht einmal sonderlich leiden kann, obwohl er offenbar meine kleine Tochter mag.

Während des faden, zähen Essens überlegte ich, was ihn wohl an den Frauen störte. Waren es ihre Schliche und ihre Zwiespältigkeit, die der erfrischend offenen Lucy fehlten? Wenn meine Vermutung stimmte, war das aber uns gegenüber alles andere als fair. Männer wie er schließen die Frauen aus ihrem Leben aus. Sie fangen uns ein und halten uns in einer Schachtel mit dem Namen »Daheim« gefangen. Zu besonderen gesellschaftlichen Gelegenheiten zeigen sie uns dann stolz vor wie Schmetterlinge, die lediglich ihre Flügel anlegen und darauf warten können, freigelassen zu werden. Aber wie sah die Alternative aus? Wenn sie freigelassen wurden, landeten sie unweigerlich beim nächsten Mann, der, wenn sie

Glück hatten, nett zu ihnen war. Andere Möglichkeiten haben wir Frauen doch noch immer nicht, oder? Wir werden aus dem Gefängnis der Kindheit in die Bewährung der ehelichen Pflichten entlassen.

Ein paar Tage lang war ich ziemlich verärgert über ihn, bis ich mich fragte, ob ich vielleicht sogar ein wenig eifersüchtig auf meine eigene kleine Tochter war. Da ich im Moment nicht sonderlich ausgeglichen bin, habe ich mich in diese Gefühle hineingesteigert. Jedenfalls kann ich das allgemein übliche Spiel der Geschlechter ganz gut mitspielen, wenn es nötig ist, da Du mir beigebracht hast, wie ich die Regeln zu meinem Nutzen anwenden kann. Natürlich, darüber sind wir uns wohl beide einig, führt das zu einer gewissen Zwiespältigkeit gegenüber der Wahrheit.

Die Wahrheit, die ganze Wahrheit und nichts als die Wahrheit! Insgeheim muß ich lachen. Wer kennt schon die Wahrheit? Wenn die eigenen Gefühle betroffen sind, sieht der Mensch die Dinge nicht mehr objektiv, sondern so, wie er sie sich wünscht. Dann wäre da noch die Wahrheit über uns selbst. Lernen wir die je kennen? Wir sehen uns selbst nur dann in einem Spiegel, wenn wir darauf vorbereitet sind. Wenn wir uns jedoch von diesem Spiegel entfernen, uns, in alle möglichen Gedanken vertieft, im Zimmer bewegen, sehen wir uns nicht – was vielleicht die Überraschung erklärt, mit der wir oft auf Fotos reagieren. Manchmal erhaschen wir einen Blick auf uns selbst im Gesichtsausdruck eines anderen; doch dem Menschen, der es sich zur Aufgabe macht, anderen die Wahrheit über sie selbst zu sagen, glauben wir nie. Wir meinen, er habe noch ein Hühnchen mit uns zu rupfen, leide unter Komplexen, sei auf einen Streit aus oder genieße es einfach nur, eklig zu anderen zu sein.

Herbert glaubt natürlich an die Wahrheit. Das Gesetz, so sagt er, basiert auf ihr. Die Demokratie gründet sich auf eine Führung des Landes nach Gesetzen, die die Mehrheit akzeptiert, und genau das wollen wir auch Indien vermitteln, nicht wahr?

Ich betrachte das Gesetz als eine Art Netz, das wir über den Dschungel geworfen haben, und die Wahrheit ist der Pflock, der es am Boden festhält.

Als er nicht nur als Friedensrichter, sondern auch als Beamter für die Regelung von Besiedelungsfragen oben im Norden arbeitete, hatte er oft Probleme, die Wahrheit zu finden. Manchmal, das gibt er zu, ist ihm das wahrscheinlich überhaupt nicht gelungen, weil es von Meineiden und bestochenen Zeugen nur so wimmelte. Um die Fakten auszugraben, waren Geduld, ein scharfes Auge und ein offenes Ohr nötig, und all das hatte Herbert. Er besaß überdies die Fähigkeit, die weitschweifigen Erläuterungen eines Zeugen zu straffen, ohne diesen zu sehr zu verletzen. Die Erfahrungen jener frühen Tage, sagt er, haben ihn gelehrt, daß es keine Freiheit ohne Gerechtigkeit geben kann, keine Gerechtigkeit ohne Gesetz und kein Gesetz ohne Wahrheit.

Akbar der Große vereinte das in sich zerstrittene Indien für zweihundert Jahre unter dem Mogulenreich. Er führte die Religionsfreiheit ein in einer Zeit, in der die Tudors Menschen auf die Folterbank zwangen und sie zerstückelten, wenn sie anderen Glaubens waren. Herbert hofft, Indien in keinem schlechteren Zustand zu verlassen, als er es bei seiner Ankunft angetroffen hat.

Ich höre geradezu, wie Du spöttisch lachst. Du sagst, sobald wir Indien verlassen, fangen die Hindus und die Moslems an, sich gegenseitig die Gurgel durchzuschneiden. Viele Leute haben Angst davor, aber Herbert fürchtet sich nicht. Er meint, daß Indien nach dem Gemetzel zu einer eigenen blühenden Form der Demokratie gelangen wird.

Doch Herbert hätte sicher Angst, wenn ich bei ihm wäre und er wüßte, was ich mache. Er würde mich in Kaschmirtücher hüllen (die von Deiner Mutter im übrigen) und mich dazu zwingen, stundenlang müßig auf einem Rohrstuhl auf der Veranda zu sitzen, wenn es kühl genug dazu wäre. Während der Tageshitze müßte ich mich ins Bett legen. Diese ausgedehnte Ruhe würde seiner Meinung nach dazu dienen, mich vor dem Wahnsinn zu schützen – ich persönlich habe eher den Eindruck, daß sie genau dazu führt. In seiner Familie sind keine Fälle von Geisteskrankheit bekannt, obwohl alle seine Angehörigen von einem starken Missionierungseifer beseelt waren, was dazu führte, daß es in seiner Verwandtschaft nur so von frühchristlichen Namen wimmelte. Es war der reine Zufall, daß seine Mutter in den letzten Tagen ihrer Schwangerschaft ein Gedicht von George Herbert las, das ihr so gut gefiel, daß sie beschloß, ihn nach dem Dichter zu nennen, statt Theoderich, wie es sein Vater vorhatte.

In unserer Familie jedoch gab es schon die eine oder andere merkwürdige Figur, nicht wahr? Da war zum Beispiel Tante Josephine, die alles, was sie hatte, den Armen gab und selbst ins Kloster ging. Zum Glück besaß sie wenigstens genug gesunden Menschenverstand, sich einen anglikanischen Konvent auszusuchen, so daß sie zumindest nicht den unwiderruflichen Fehler beging, sich Rom zuzuwenden. Und was ist mit Großonkel Louie aus Bristol, der nicht gänzlich zufällig von Brunels Hängebrücke in den Avon Gorge fiel? Über sie schwieg sich die Familie aus. Der Wahnsinn war, genau wie die Tuberkulose, ein Schandmal auf dem Familienwappen. Traten sie auf, verringerte sich das gesellschaftliche Ansehen der Familie auf merkwürdige Weise. Wenn etwas darüber bekannt wurde, reduzierten sich die Chancen einer jungen Frau auf einen passablen Ehemann beträchtlich.

Nun, ich bin jedenfalls nicht wahnsinnig. Im Gegenteil: Ich bin trotz meiner Trauer und des Schlingerns des Bootes erstaunlich stabil. Gestern jedoch, das muß ich zugeben, habe ich einen Schock erlitten, und ich wurde ganz blaß, als ich zusammen mit Lucy an Deck ging. Ich zitterte so sehr, daß ich mich aus Angst davor, auf unschöne und ungelenke Weise hinzufallen, auf einem Liegestuhl niederlassen mußte.

Das passierte, als die See ziemlich unruhig war. Ich wollte mich gerade gegen den Wind stemmen, als ich aus der anderen Richtung Greg auf mich zukommen sah. Seine Rockschöße und Knickerbocker bauschten sich dabei so sehr, daß er aussah, als würde er gegen seinen Willen auf ein paar Ballons vorangetrieben. Das war ziemlich absurd. Lucy, die gerade eine Elfenkönigin darstellte, versuchte zu fliegen, doch der Versuch endete abrupt, weil sie mit ihm zusammenstieß und er sie auffangen mußte, damit sie nicht hinfiel.

Anfangs erkannte ich ihn wegen der dichten Mähne und des Bartes nicht, die ihm der Wind ins Gesicht blies, doch ich lächelte ihn an und bedankte mich bei ihm.

»Gern geschehen, Mrs. Brunoye«, brüllte er. »Immer zu Diensten!«

»Wie bitte?« rief ich zurück, weil der Wind unsere höflichen Worte erfaßte und über die Wellen ausstreute wie Asche aus einer Urne.

»Gern geschehen!« rief er noch einmal. »Mrs. Brunoye ... Louise ... gern geschehen!«

Also kannte er meinen Namen.

Als ich an ihm vorbei war, schlug seine Stimme eine tiefe, vertraute Saite in meiner Erinnerung an. Seine leuchtend blauen, funkelnden Augen, mit denen er mich angeschaut hatte, zerrten, wenn auch widerstrebend, plötzlich so heftige Bilder an die Oberfläche meines Gedächtnisses, daß sich mein Puls beschleunigte und sich mir die Kehle zuschnürte. Konnte das tatsächlich Greg sein, jener junge subalterne Offizier, den Du damals, als ich noch ein dickes, unbeholfenes Schulmädchen war, mit so wohlwollenden Blicken betrachtet hast, wenn er in dem großen, kalten Salon des Kensingtoner Hauses neben Dir am Klavier stand und sang:

»Ich weiß, sie mag mich,
Denn das hat sie mir gesagt.
Sie ist meine Lilie von Laguna,
Sie ist meine Lilie, meine Rose.«

Die meiste Zeit beugte er sich dabei über Dich, lächelte Dich an, sprach so sanft und zärtlich mit Dir, daß ich ihn im Verdacht hatte, mit Dir, einer immer noch schönen Witwe, die allerdings doppelt so alt war wie er, zu flirten. Doch einmal lächelte er über deinen Kopf hinweg zu mir herüber und erzeugte einen solchen Aufruhr in meinem jungen Herzen, daß ich die ganze Nacht nicht schlafen konnte.

Nun, Greg hat sich wirklich verändert. Er ist nicht mehr der junge Adonis mit den üppigen rotgoldenen Locken, der an jenem Weihnachtsfest lange vor dem Krieg mit seinen zahllosen Toten in Europa mit uns beiden geflirtet hatte.

Ich sah die Affäre als ein viktorianisches, sentimentales Gemälde, reizvoll in seiner angeblich realistischen und eine Geschichte erzählenden Art, das jedoch bei genauerer Betrachtung so unrealistisch und falsch war, wie man es sich nur vorstellen konnte. Um der Wahrheit die Ehre zu geben, muß ich auch meine Person unter einem anderen Blickwinkel sehen: Ich war damals fünfzehn, pummelig (Babyspeck nannte man das), nicht allzu hübsch und hatte glattes, braunes Haar, das zu einem Pferdeschwanz zusammengefaßt war. Unter den Achseln roch dieses Mädchen ein wenig streng, weil es die Treppe voll jugendlicher Energie auf und ab gerannt war, ohne die Folgen ausreichend mit Lavendelwasser zu bekämpfen. Er hingegen war mit seiner Offiziersuniform der umwerfendste, bestaussehende junge Mann, der mir je unter die Augen gekommen war.

Mein Gott! Das war die Zeit des Burenkriegs, und Königin Victoria saß noch auf dem Thron, auch wenn sie schon ziemlich alt war und nur noch selten ausfuhr in ihrem offenen Wagen, in dem sie mit ihren matronenhaften schwarzen Kleidern und dem schrecklichen schwarzen Strohhut saß, der Schatten über ihre Hängebacken und ihre runden, liebeheischenden Spanielaugen warf!

Ich weiß noch, was Du gesagt hast, als die glotzäugige Victoria dann doch irgendwann gestorben ist.

»Aber natürlich war sie *gut*. In der Bibel heißt es über die tugendhafte Frau, daß sie mehr wert ist als Rubine. Außerdem war sie eine große Königin. Daran besteht kein Zweifel, trotzdem ist es eine angenehme Abwechslung, wenn Alexandra auf den Thron kommt. Sie versteht es wenigstens, sich zu kleiden.«

Ich träumte mehrere Jahre lang von Greg, stellte mir vor, wie er von Buren oder aufständischen indischen Sepoys verwundet wurde und daß ich ihn gesundpflegte. Ich hielt dabei eine Lampe in der einen Hand und einen Verband in der anderen, und ich murmelte aufmunternde, hoffnungsvolle Worte in seine lockenbedeckten Ohren. Im Laufe der Jahre verblaßten seine Gesichtszüge in meiner Erinnerung immer mehr, bis er schließlich die Gestalt einer jener Statuen nackter junger

Götter annahm, an denen wir schnell vorbeigescheucht wurden, wenn wir an Regentagen ins British Museum gingen.

Bin ich wirklich der gleiche Mensch wie dieses schüchterne, verträumte, launische Mädchen? Ein Gefühl der Unwirklichkeit überkommt mich, wenn ich an sie denke. Das ist wie in dem Alptraum, den ich als Kind oft hatte und in dem ich mich eine lange, gerade Straße hinuntergehen sah, immer weiter von mir weg, bis ich schließlich so klein geworden war, daß ich schreckliche Angst bekam, einfach zu verschwinden, und schließlich weinend aufwachte. Das ist ein Symbol des Lebens, wenn man in seiner Mitte auf das allmählich verschwindende, fremd anmutende frühere Ich zurückblickt, aber es ist auch ein Symbol des Todes, eine Vorahnung der Zeit, wenn man zusammen mit seiner Epoche abtritt.

Hat Greg Dich enttäuscht? Hattest Du Dir erhofft, ihn während seines nächsten Heimaturlaubs von der Armee in Indien wiederzusehen, als Du noch jung genug gewesen wärst, Dich zu verlieben oder Dich zumindest auf eine nicht allzu ernste Affäre einzulassen? Oder hast Du ihn als potentiellen Schwiegersohn betrachtet? Schon ein paar Jahre nach diesem Weihnachtsfest war ich heiratsfähig. Doch er ließ sich nie wieder blicken.

Ich habe Dir nie erzählt, daß ich ihn viele Jahre

später wiedergesehen habe. Das war während meiner Reise zu meinem geliebten Herbert, der nach seiner Werbung und unserer Verlobung in London acht Monate auf mich gewartet hatte und mich nun heiraten wollte. Das war im Jahre 1912. Ich war achtundzwanzig, und Du hast Dir begreiflicherweise allmählich Sorgen gemacht, daß ich sitzenbleiben könnte, insbesondere deshalb, weil Victoria, die jünger und natürlich auch hübscher war als ich, bereits verheiratet war und zwei Babys hatte.

Greg hatte es mittlerweile zum Hauptmann gebracht und sah immer noch gut aus mit seinem flotten, wunderschön gepflegten Schnurrbart. Die üppigen, rotblonden Locken seiner Jugend hatte er sich kurz schneiden lassen, passend zu seinem forschen, soldatischen Schritt. Er reiste damals wie heute Steuerbord. Ich hatte mich seinerzeit schon längst von meiner mädchenhaften Schwärmerei für ihn erholt, freute mich jedoch darüber, von einem so gutaussehenden Begleiter verwöhnt zu werden, besonders bei den Tanzveranstaltungen, weil ich, obwohl verlobt und dem Treffen mit meinem geliebten Herbert entgegenfiebernd, schrecklich schüchtern war und furchtbare Angst davor hatte, als Mauerblümchen zu gelten. Greg sorgte dafür, daß das nie passierte.

Also erinnert er sich nach einer Zeit von – wieviel? – sieben Jahren noch immer an mich, was mir natürlich schmeichelt, doch ich erkannte ihn anfangs nicht. Das liegt daran, daß er sich sehr verändert hat. Der Krieg, den er in Indien überdauert hat, statt sich in die blutige Schlammschlacht in Belgien stürzen zu müssen, hat einen völlig anderen Menschen aus ihm gemacht. Er ist stämmiger, hat einen kleinen Bauch über dem Bund seiner Knickerbocker, wirkt derber. Die Haut seiner Wangen ist von winzigen blauen Venen durchsetzt, und seine Unterlippe, die früher so göttlich voll war, hängt jetzt purpurfarben und ein bißchen locker herunter. Vielleicht läßt sich sein Aussehen auf die kalten Winde schieben, die ihm in den Rücken bliesen, doch vermutlich hängt es eher mit den sieben Jahren in Indien zusammen, in denen er mit lauter Stimme seine verschreckten Untergebenen – Schwarze wie Weiße – angebrüllt hat, ohne daß diese etwas verstanden hätten. Möglicherweise haben auch die zahlreichen doppelten Whisky-Chota-Pegs zu seiner Veränderung beigetragen. Obwohl ich mir nichts mehr aus ihm mache, finde ich es traurig, daß sich mein junger Adonis in diesen frühzeitig gealterten Bacchus verwandelt hat.

Ich beschloß, ihn bei der nächsten Begegnung mit der einer Dame geziemenden Freude zu begrüßen, die inzwischen sieben Jahre verheiratet ist und jemanden aus der glücklicheren Zeit ihrer Kindheit wiedertrifft. Trotzdem brachte mich das Treffen irgendwie aus der Fassung. Ich hatte weiche Knie, als ich die messingverzierten Stufen zum Speisesaal hinunterging, der Gott sei Dank beinahe leer war. An unserem Tisch saßen lediglich Lucy und ich und der Kapitän. Er warf mir unter seinen dichten Augenbrauen einen kurzen Blick zu.

»Alles in Ordnung, Mrs. Brunoye?«

»Ja«, lächelte ich ihn an. »Allmählich werde ich seefest. Lucy scheint damit überhaupt keine Probleme zu haben.«

»Tja, das ist ja auch kein Wunder, oder?« meinte er. »So was liegt im Blut. Schließlich sind ja schon viele Generationen Ihrer Familie immer wieder zwischen England und Indien hin- und hergefahren.«

Nach dem Essen nahmen Lucy und ich den Kaffee im Salon, wo sich Greg zu uns gesellte. Da er keine Uniform trug, konnte ich nicht sagen, welchen militärischen Rang er hatte, doch er hat uns mitgeteilt, daß er jetzt Major ist.

»Wie ich sehe, trinkt Lucy ihren Kaffee schwarz wie eine junge Dame«, meinte er. Seine Stimme, das fiel mir auf, war noch immer wohltönend.

Lucy genoß seine Aufmerksamkeit wie eine zufriedene Katze mit dem Bauch voll Sahne.

»Sie haßt Dosenmilch«, erklärte ich. »Das kann

ich ihr nicht verdenken. Die ist wirklich gräßlich. Sie ißt sogar ihren Porridge ohne Milch.«

»Ich mag lieber Sirup dazu«, mischte sich Lucy ein. »Den lasse ich von ganz oben von meinem Löffel rinnen. Und dann schreibe ich mit dem Sirup ein großes ›L‹ auf den Porridge, bevor ich ihn esse.«

»So schmeckt er auch am besten«, pflichtete er ihr bei. »Und die beste Art, den Kaffee zu trinken, ist die türkische.«

»Und wie ist die?« wollte sie wissen.

»Türkischer Kaffee ist süß wie ein Engel, schwarz wie der Teufel und heiß wie die Hölle!« antwortete er, und wir mußten alle lachen.

»Magst du auch Sirup über den Haferbrei?« erkundigte sich Lucy.

»Ich bleibe lieber bei meinem Chota-Peg«, antwortete er.

»Statt der Milch«, bohrte sie weiter.

»Ja«, sagte er. »Ich mag keine Milch und auch keinen Porridge.«

»Eins schmeckt mir wirklich beim Frühstück«, sagte ich. »Und das ist die Marmelade. In London hat man am Ende des Krieges einfach keine gute Marmelade bekommen können. Ich glaube, sie wurde hauptsächlich aus pürierten Steckrüben gemacht!«

Greg nickte und meinte dann: »Weißt du, Louise, ich habe zuerst gedacht, du hättest mich nicht erkannt. Um ehrlich zu sein, habe ich einen Augenblick geglaubt, du wolltest mich nicht kennen.«

»Aber Greg! Natürlich nicht!« Und schon erzählte ich eine kleine Notlüge. »Das war der Wind in meinen Augen, die salzige Gischt hat mich einen Moment nichts sehen lassen!« Ich nannte ihn Greg, als hätte ich ihn am Tag zuvor das letzte Mal gesehen.

»Gut, das freut mich zu hören«, sagte er. »Ich hab' schon gedacht, du verhältst dich wie die Gouverneurstochter in dieser alten Geschichte.«

»Ich glaube, die kenne ich nicht.«

»Die Tochter des Provinzgouverneurs hat einen kleinen Offizier einmal an Deck eines Schiffes wie Luft behandelt, und das hat alle überrascht, weil sie beim Kostümball den ganzen Abend mit ihm getanzt hatte und sogar dabei beobachtet worden war, wie sie am nächsten Morgen seine Kabine verließ. Sie erklärte, sie sei ihm ja schließlich nicht vorgestellt worden, und soweit sie wisse, zähle, wenn man mit einem Mann schliefe, dies nicht als formelle Vorstellung.«

Sehr zu meinem Verdruß wurde ich rot, worauf Greg noch mehr über seine eigene Geschichte lachte. Gelinde ausgedrückt, handelte es sich um eine geschmacklose Anekdote in Anwesenheit von Lucy. Zum Glück war sie durch ein anderes kleines Mädchen namens Sophie, das auf dem Boden mit einer großen französischen Puppe spielte, abgelenkt gewesen. Zu Lucys Überraschung quäkte diese Puppe »Mama!«, wenn man sie aufsetzte, und wenn man sie hinlegte, schlossen sich schwarze, langwimprige Lider über ihre blauen Augen. Lucy war hingerissen. Es dauerte nicht lange, bis die beiden kleinen Mädchen miteinander spielten.

Jetzt konnte ich Greg von Deinem Tod erzählen und auch von meinem geliebten Herbert, mit dem ich so glücklich verheiratet bin. Greg hörte freundlich und aufmerksam zu, und obwohl er ziemlich verwegen aussieht und gewagte Dinge von sich gibt, hatte ich das Gefühl, einen echten Freund vor mir zu haben.

11. Dezember, auf See

Mr. Vexham hat sich als weniger schweigsam als befürchtet erwiesen. Ich habe festgestellt, daß ich ihn mit dem Thema Dampfschiffe aus der Reserve locken kann. Die seien sein Steckenpferd, erklärte mir seine Frau. Das traf sich gut, denn die anderen beteiligten sich eifrig an dem Gespräch und erzählten Geschichten darüber, wie ihre Vorfahren früher mit sehr viel langsameren Schiffen gereist waren. Der Kapitän war als Kind mit der Ravenna gefahren. Sie war zu der Zeit das größte Schiff seiner Art, das erste mit einem Rumpf aus Stahl, und galt damals nicht nur wegen der Doppeltreppe aus Eiche, die aus einem Salon mit weiß-goldener Decke zu einem eichengetäfelten Speisesaal führte, als Gipfel des Luxus, sondern auch deshalb, weil in den Nischen der Treppe überall Topfpflanzen standen. Dort drückten die Herren hastig ihre Zigarren aus, wenn sie einer charmanten Dame auf dem Weg nach unten begegneten.

»Die Geschwindigkeit betrug dreizehn Knoten«, sagte Mr. Vexham.

Dann begann Mrs. Chinkwell, die urplötzlich aus dem Meer ihrer zahlreichen hypochondrischen Leiden auftauchte, von ihrem Urgroßvater, der, lange bevor die Idee des Suezkanal überhaupt geboren war, nach Bombay gereist war, in jenen Tagen, in denen für die lange Fahrt rund ums Kap noch Kühe an Bord mitgenommen wurden, damit es immer frische Milch gab, dazu Geflügel, wegen der Eier und eines gelegentlichen *coq au vin* für den Küchenchef. Er und ein anderer junger Bursche – sie hatten sich von der alten Ostindischen Kompanie als Schreiber anheuern lassen – richteten an Deck einen Hahnenkampfplatz ein und nahmen Wetten auf die kämpferischen Qualitäten zweier ausgesprochen aggressiver Hähne an. Das linderte die Langeweile auf der langen Reise etwas, insbesondere deshalb, weil einer der Hähne in einem Wutanfall auf eine Dame im Publikum zuflatterte und sich auf eine leuchtend rote Kirsche auf ihrem Hut stürzte.

»Sechs Monate oder noch länger hat das damals in den Tagen der Segelschiffe noch gedauert«, sagte Mr. V.

»Ich wünschte, wir hätten jetzt auch eine Kuh an Bord«, sagte Lucy. »Dann hätte ich richtige Milch für meinen Porridge, nicht dieses eklige Dosenzeug.«

Der ganze Tisch mußte lachen. Als wir das Mittelmeer erreichten, verstanden wir uns alle prächtig, weil wir uns verbunden fühlten durch die Handelswege, auf denen unsere Vorfahren generationenlang gereist waren. Wir hatten erkannt, daß wir in mehrerlei Hinsicht in einem Boot saßen.

Greg (die anderen sagten »Major« zu ihm) sitzt an einem Tisch hinter mir, weshalb ich ihn anfangs auch nicht bemerkt hatte. Er leistet dem Schiffsarzt Gesellschaft, einem schlanken jungen Mann mit berechnendem Blick und stahlhartem Körper. Irgendwie erinnert er mich unangenehm an ein Skalpell. Bei ihnen sitzt Miss Kelly, und neben ihr befindet sich ein leerer Stuhl, der vermutlich für die Tante gedacht war, die sie dann doch nicht begleitet hat. Miss Kelly ist eine Amerikanerin irischer Abstammung. Sie ist außergewöhnlich hübsch, wahrscheinlich nicht älter als zwanzig, und kleidet sich immer nach der neuesten Mode. Die Taille ihres Kleides ist so tief angesetzt, daß sie die Rundungen ihres Hinterteils betont. Ihr Rock ist viel kürzer als die Röcke der anderen Frauen an Bord; sie zeigt eine ganze Menge Bein. Und sie hat Beine, die sich wirklich sehen lassen können: schlank und wohlgeformt mit fein geschwungenen Fesseln. Sie trägt die glatten, schwarzen Haare in Form eines Pagenkopfes mit Stirnfransen. Ihre großen blauen Augen sind ausdrucksvoll und sanft. Sie gehört zu den Frauen, nach denen sich die Leute auf der Straße umdrehen. Die Amerikaner würden wohl sagen, sie habe Starqualitäten. Aber ich weiß, daß sie kein Filmstar ist. Sie ist die Tochter eines kleinen New Yorker Hoteliers, die ihre erste Reise nach Kalkutta macht, um dort ihren Verlobten, einen Polizeibeamten, zu heiraten.

»Nun, jedenfalls ist sie keine von *uns*!« teilte mir Mrs. V. verschwörerisch mit, als wir zusammen auf Deck saßen und Miss Kelly am Arm des Majors an uns vorbeiging.

»Er ist beinahe alt genug, um ihr Vater zu sein!« sagte ich.

Wir trafen sie wieder zusammen in den Alameda-Gärten, als wir am Felsen von Gibraltar anlegten. Dort nahmen wir Frischwasser und köstliche Orangen an Bord, die seither im Speisesaal gereicht werden. Lucy wollte unbedingt die berühmten Affen von Gibraltar sehen. Als sie es müde war, ihnen zuzuschauen, spazierten wir in die hübschen Gärten, wo es ziemlich warm war. Die Lilien standen in voller Blüte, und die duftenden Mimosen hingen von einem zierlichen Baum, auf dem Lucy einen schwarzen Vogel mit scharlachrotem Schwanz entdeckte, dessen Namen ich nicht kannte.

Wir plauderten mit Greg und Miss Kelly, die, das muß ich zugeben, reizend war. Obwohl sie tagsüber Make-up trug, was Du mit Sicherheit »gewöhnlich« nennen würdest, fand ich sie ziemlich unverdorben und natürlich. Sie scheint allein zu reisen, was Dich vielleicht bei einer so jungen, unverheirateten Frau überrascht. Sie hat Lucy sofort mit ein paar Süßigkeiten für sich gewonnen.

»Warum malst du dir die Nägel nicht rosa an wie Rose?« fragte mich Lucy, als sie mich später in unserer Kabine dabei beobachtete, wie ich meine Fingernägel manikürte. Danach polierte ich sie mit einem Gamsledertuch.

»Großmama würde das vulgär finden«, sagte ich und fügte aus Angst vor Lucys lockerem Mundwerk schnell hinzu: »Rose ist nicht aus England. In Amerika sind die Sitten und der Geschmack anders.«

Ich kann Lucy nicht daran hindern, daß sie Rose und dem Major nachläuft, der ständig an ihrer Seite ist. Sie scheinen sich über ihre Anwesenheit zu freuen, und ehrlicherweise bin ich froh, sie hin und wieder los zu sein, obwohl mir natürlich klar ist, daß sie sie hoffnungslos verwöhnen. Ich brauche auch hin und wieder ein bißchen Ruhe.

Lucy plappert beim Essen Halbsätze nach, die sie von ihnen aufgeschnappt hat. Das ganze Schiffspersonal wie auch die Passagiere sind ganz aus dem Häuschen wegen der Geschichte mit Rose und dem Major. Auf jeder Seereise gibt es Affären und Flirts. Da kommt mir einer Deiner französischen Lieblingsaphorismen in den Sinn: *De deux amants il y a toujours un qui aime et un qui se laisse aimer.* Das trifft auf jeden Fall an Bord dieses Schiffes zu. Der Kapitän hat sich in Deine Enkelin Lucy verliebt und sie wiederum in Rose. Der Major ist dabei, sich in Rose zu vergucken, während sie sich wahrscheinlich nach ihrem Polizisten in Kalkutta sehnt.

Früher hieß es, keine Reise nach Indien würde ohne eine Heirat oder ein Duell enden, manchmal auch mit beidem. Nun, wir werden sehen. An Bord gibt es zahlreiche Kleinkinder, doch nur Sophie ist im richtigen Alter, um eine Spielkameradin für Lucy zu sein. Die älteren Kinder sind wohl zu Hause gelassen worden, in der Schule oder bei Großmüttern, Tanten, Kindermädchen und so weiter. Als Mr. Vexham heute sah, wie Lucy und Sophie mit ihren Puppen spielten, fragte er sie, ob diese brav gewesen seien.

»Belinda ist unartig gewesen«, antwortete Sophie, doch Lucy, die auf dem Boden saß und ihrer Puppe die Haare bürstete, meinte: »Mavis hat echte Haare.«

»Sie heißt also Mavis?« erkundigte er sich freundlich. »Das ist ein hübscher Name. Weißt du, das heißt eigentlich Drossel. Und die Drossel ist ein Singvogel.«

»Ich habe in den Alamma-Gärten einen schwarzen Vogel mit einem roten Schwanz gesehen«, sagte Lucy.

»Alameda«, korrigierte ich sie.

Mr. Vexham wandte sich mir zu.

»Das muß ein Rotschwanz gewesen sein. Die überwintern im Mittelmeerraum.« Er schien entzückt und erklärte Lucy, sie müsse mit ihren scharfen Augen Ausschau halten nach dem Albatros. Sie müsse aufpassen, daß dieser Unglücksvogel dem Schiff nicht folge. Als er sich erhob, um uns zu verlassen, strich er Lucy übers Haar. Lucy, so scheint es, wird von den Männern fast genauso umschwärmt wie Rose. Die Damen finden wohl eher, daß sie eine vorwitzige kleine Angeberin ist. Jedenfalls halten sie mit ihrer Kritik an Rose nicht hinterm Berg, die sie ausschweifend und flatterhaft nennen. Sie sagen, sie führe sich auf wie ein Vamp und flirte viel zuviel für eine verlobte junge Frau. Außerdem zerreißen sie sich das Maul über ihre kurzen Röcke, ihr übertriebenes Make-up und ihr »loses« Mundwerk.

So dampfen wir also bei ruhiger See, leichter Brise, blauem Himmel und angenehm warmen Lufttemperaturen über das Mittelmeer, während die Passagiere sich neue Freunde oder Feinde suchen. Ich selbst spüre, wie sich die Ängste und Sorgen, ja, auch der Druck des vergangenen Jahres im Verlauf der Reise verflüchtigen, ich bin sogar in der Lage, belustigt und auch ein wenig distanziert (meine Trauer hindert mich daran, mich selbst allzu aktiv daran zu beteiligen) die Dramen, die sich noch an Bord abspielen werden, zu beobachten.

»Hast du schon gewußt«, fragte mich Lucy eines Morgens beim Frühstück und stellte ihren Tee, in den der Steward Milch gegeben hatte, mit angewidertem Gesicht weg, »daß Rose *raucht*?«

Die frühmorgendliche Lethargie verflog sofort, angesichts dieses neuerlichen Beweises für Miss Kellys Emanzipation.

»In ihrer Kabine«, fuhr Lucy fort. »Sie hat ein hübsches blaues Schmetterlingskästchen für die Asche. Darin bewahrt sie auch ihre Zigaretten auf.«

»Zigaretten?« wiederholte Mrs. Chinkwell, durch die Erinnerung an vergangene Genüsse aus ihren hypochondrischen Überlegungen gerissen.

»Ich habe mir früher auch hin und wieder eine genehmigt. Natürlich nur zu Hause. Aber bloß, bis ich festgestellt habe, daß ich vom Rauchen Herzflattern bekomme.«

»Sie hat sie in der Handtasche«, meinte Lucy, als habe Mrs. Chinkwell überhaupt nichts gesagt. »Der Aschenbehälter ist wirklich hübsch.«

»Sie meint den Aschenbecher für ihre Handtasche.«

»Ja. Er ist aus Silber, und auf dem Deckel ist ein blauer Schmetterling.«

Als der Kapitän mich heute allein und in Trauerkleidung an Deck erspähte, fragte er mich im Vorübergehen: »Alles in Ordnung, Mrs. Brunoye?« Ich antwortete wie üblich: »Alles in Ordnung, Kapitän. Danke.« Um den Schein zu wahren, hielt ich ein Buch in der Hand, aber ich las kaum eine Seite, weil ich zu sehr damit beschäftigt war, über all die Dinge nachzudenken, die ich jahrelang verdrängt habe. Einige dieser Gedanken versuche ich jetzt, für Dich aufzuschreiben.

Die Japaner, habe ich gehört, pilgern alle Jahre zu den Gräbern ihrer Vorfahren, wo sie, nachdem sie Sake- und Wasseropfer dargebracht haben, mit den Toten sprechen, ihnen von den Ereignissen des vergangenen Jahres erzählen, ihnen die positiven Entwicklungen anvertrauen, aber auch ihre Irrtümer und ihr Versagen eingestehen. Plötzlich spüre auch ich dieses Bedürfnis.

Mein lieber Herbert zum Beispiel – warum habe ich ihn geheiratet? Nun ja, Du wolltest es so, und er wollte es auch. Ich war schon fast achtundzwanzig, und die Verehrer fielen mir nicht gerade zu Füßen wie die Herbstblätter in Kensington Gardens. Viel länger konnte ich nicht mehr warten auf den Richtigen. Ich mußte irgend jemanden heiraten. Soviel war klar. Außerdem mußte ich einen passenden Mann heiraten, und das war Herbert, er war freundlich, höflich und sah auch nicht schlecht aus. Er hatte eine gute Stellung, eine vielversprechende, vielleicht sogar glänzende Karriere vor sich, weil seine Intelligenz, seine Integrität und sein Pflichteifer ihn, so hatte man uns gesagt, für die höchsten Ränge im indischen Kolonialdienst prädestinierten. Warum hat er mich geheiratet? Er sagte, ich hätte große, ernste Augen und verstehe es, mich anmutig zu bewegen (damit, so erfuhr ich später, meinte er meinen wohlgeformten Busen und mein kleines, hübsches Hinterteil). Er sagte, ich sei die einzige junge Frau in seinem Bekanntenkreis, die zu verstehen schien, wovon er redete. Er sagte, ich hätte irgendwie etwas Französisches an mir, was, so dachte ich, wahrscheinlich mit Deinem entfernten Verwandten zusammenhing, der so tapfer bei Pondicherry gekämpft hatte. Dieser französische Einschlag, erklärte Herbert, harmoniere wunderbar mit den gallischen

Instinkten, die er von seinen hugenottischen Vorfahren ererbt hatte. Außerdem gefiele ihm meine Unabhängigkeit in dem, was ich dachte und sagte.

Damals war er noch Deputy District Commissioner in der Wildnis von Chota Nagpur und hatte herzlich wenig Geld, weshalb er Steuerbord, wahrscheinlich auch zweiter Klasse zurückfuhr. Als er 1911 verlobt nach Indien zurückkehrte, wurde er in einen zivilisierteren Teil von Bihar versetzt, wo er einen viel größeren, kühleren Bungalow zur Verfügung bekam. Während der acht Monate unserer Trennung bereitete er alles für mich vor, so gut er konnte. Als ich ankam, stellte ich fest, daß dieser Bungalow innerhalb eines ummauerten Gartens stand, an dessen einer Seite Pfirsiche wuchsen. Die Auffahrt endete mit einem hübschen schmiedeeisernen Tor, das auf eine ordentlich ausgebaute Straße ging. Diese Straße wiederum führte zu der nur ein paar Kilometer entfernten, weitläufigen Stadt Patna, zu dem kleinen Ort Bankipore mit seinen Märkten und zum Ufer des Ganges. Ich ging gern hinunter zu dem großen Fluß, wo es immer etwas zu sehen gab: eine Feuerbestattung mit klagenden Frauen, ein Fest mit den Abbildern vielhändiger, geschmückter Götter oder einfach nur Menschen, die sich selbst und ihre Kinder badeten.

Das Haus ist geräumig und hat im Lauf der Zeiten nicht nur ein beträchtliches Maß an Würde erlangt, sondern ist auch architektonisch angenehm gestaltet mit seinen säulenflankierten Veranden. Es wurde vor mehr als hundert Jahren von der Ostindischen Kompanie für den örtlichen Reiseinnehmer gebaut und befindet sich nicht allzuweit entfernt vom Gola, einem Reisspeicher, der aussieht wie ein riesiger, schlammfarbener Flaschenkürbis, ein merkwürdiges Bauwerk, errichtet auf Geheiß von Warren Hastings höchstpersönlich. Wahrscheinlich hatte es ehedem als Sicherheit gegen schlechte Ernten und die Hungersnöte gedient, die seinerzeit immer wieder grassierten.

Du hattest mir ein glanzvolles gesellschaftliches Leben versprochen, auf das Du in den Tagen vor Deiner grauen Witwenschaft in jenem hohen, grauen, gräßlich kalten Kensingtoner Haus einen schon fast professionellen Eifer verwendet hast. Vielleicht erinnerst Du Dich noch, daß wir vor meiner Abreise noch eine Menge hübsche Kleider kaufen mußten, um mich entsprechend auszustatten. Schließlich würde ich nichts davon in Patna bekommen. Doch schon bald stieß ich in Bankipore auf die Tochter eines Stellwerkswärters, die mit gutem Geschmack und Auge elegante, originelle Kleider nähte. Sie belächelte meine englischen Kleider und zog es vor, Modelle aus französischen Modemagazinen zu kopieren. Sie wußte immer besser als ich selbst, was mir stehen würde, und überredete mich schon bald, mich auf die prächtigen indischen Sari-Seiden einzulassen, deren goldgesäumte Borten sich besonders gut an Abendkleidern machten. Leider hatte ich weniger Gelegenheit, diese herrlichen Kleider zu tragen, als es mir – und mit Sicherheit Dir – lieb war. Schon bald stellte ich fest, daß Herbert sich kaum für gesellschaftliche Ereignisse interessierte. Er findet so etwas langweilig und läßt sich bei möglichst wenigen offiziellen Anlässen blicken.

Wenn wir Abendeinladungen geben, überläßt er die Organisation mir. Er lacht über meine Überlegungen bezüglich der Sitzordnung und der Reihenfolge beim Betreten des Speisezimmers. Bei offiziellen Anlässen ist es noch schlimmer. Die Monotonie des Protokolls erschöpft ihn. Er hat sich noch nie mit Narren abfinden können, am allerwenigsten mit solchen in hohen Positionen, und haßt es, jemanden wegen seiner gesellschaftlichen Stellung bevorzugt zu behandeln. Er urteilt lieber nach persönlichen Werten und Charme. Natürlich ist ihm klar, daß die Provinzgouverneure dem Vizekönig und dem Generalgouverneur nachgeordnet sind (ihn bekommen wir ohnehin nie zu Gesicht), aber wenn es beim Besuch eines wichtigen Würdenträgers darum geht, ob ich den Senior Chaplain der Kirche vor oder nach dem Commissioner of the Central Salt Bureau einteile, ist ihm das egal. Einmal erklärte er mir lachend, er sei sich ganz, ganz sicher, daß der Assistant Director of Public Health und der Senior Income Tax Officer in Bombay sich an den bescheidensten Orten die Hände reichten. Ob das stimmte oder ob er sich lediglich lustig über mich machte, habe ich nie erfahren, weil das Buch, in dem man über diese Dinge nachlesen konnte, zu der Zeit, als ich es brauchte, von einer anderen Memsahib aus der Bibliothek ausgeliehen worden war. Zum Glück tauchte der Mann aus Bombay nie auf, so daß ich mir unnötig Sorgen gemacht hatte.

Ich habe ihn mehr als einmal darauf hingewiesen, daß es zu Feindseligkeiten führen könnte, wenn er Kollegen oder auch Untergebene brüskiert, was wiederum möglicherweise ein Hindernis für seine Beförderung und die Verwirklichung seiner Ziele bedeuten könnte. Er nickt dann zögernd, wenn ich ihm das erkläre, zeigt aber weiterhin seine Abneigung gegen öffentliche Veranstaltungen, offizielle Anlässe und die Intrigen, die dort so oft ihren Ursprung haben. Er kann auch nichts mit der hektischen Geschäftigkeit der gehobenen Verwaltung anfangen, die er »viel Lärm um nichts« nennt.

Manchmal wünscht er sich, er könnte wieder

als Deputy District Commissioner arbeiten wie früher. Damals war er praktisch allein für ein riesiges Gebiet verantwortlich, wo er nicht nur die Funktion eines Friedensrichters innehatte, sondern auch Steuereinnehmer, Inspektor für industrielle Erschließung und Strafvollzug war und sich obendrein noch um die landwirtschaftliche Produktion der Orte kümmerte. Seine Integrität galt dort als unangreifbar. Wer nicht in den Verdacht geraten wollte, bestechlich zu sein, durfte an Geschenken lediglich Obst und Blumen annehmen. In jenen Tagen mußte er nur Gott und seinem eigenen Gewissen gegenüber Rede und Antwort stehen, wogegen er jetzt diplomatisch handeln, gleichzeitig den britischen Snobs um den Bart gehen und aufpassen muß, daß er hinsichtlich des Hindu-Kastensystems keine Fauxpas begeht. Er muß nicht nur bei den Kollegen von der britischen Kolonialverwaltung, sondern auch bei ihren Memsahibs lieb Kind spielen.

In dieser Hinsicht hat er mir viel zu verdanken, denn ich weiß, »wie der Hase läuft«. Ich bin, sagt er, die geborene Diplomatin.

»Du kannst besser beurteilen als ich, was die Leute denken«, hat er mir einmal gesagt. »Manchmal frage ich mich, ob du das Zweite Gesicht hast. Oder ist das bloß weibliche Intuition? Du scheinst dich in die Gedanken anderer Menschen versenken und ihre Motive herausfiltern zu können.«

Ich behielt lieber für mich, daß die weibliche Intuition meiner Meinung nach eine Fähigkeit ist, die mit unserer Gesellschaftsstruktur zu tun hat, in der die Mädchen an die Peripherie des Lebens gedrängt werden und von ihnen erwartet wird, daß »sie lieb und nett sind und ansonsten die machen lassen, die wirklich was davon verstehen«. So stehen wir Frauen immer als Beobachterinnen am Rande, die mitverfolgen, was die Aktiven im Ring gerade treiben. Mädchen werden Zeugen, wie ihre Brüder sich hitzköpfig in den Kampf stürzen, und wenn sie nur einen Funken natürlicher Intelligenz besitzen, lernen sie, Herz und Geist des Menschen, seine Motive und potentiellen Handlungen zu deuten.

Ich verließ London damals voller Freude und Hoffnung. Ich könnte nicht sagen, daß ich verliebt war, weil ich seinerzeit noch keine Ahnung hatte, was Liebe ist. Aber ich freute mich darauf, Herbert wiederzusehen und mir mit ihm eine neue Existenz aufzubauen. Ich war erleichtert, aus Deinem Haus wegzukommen, das für mich zu einem Gefängnis geworden war, aus dem ich möglicherweise nie mehr würde entfliehen können. Auf jener Reise, als ich allein und aus meiner gewohnten Umgebung gelöst war, lernte ich zum erstenmal kennen, was es bedeutet, frei zu sein. Und diese Freiheit überraschte mich, sie war berauschend. Ich betrank mich fast an all diesen neuen Eindrücken und Empfindungen und dem Wissen, daß ich mich endlich von Dir und der schweren Last der Familientraditionen, von dem, was *comme il faut* war, befreit hatte. Endlich nahm ich mein Schicksal selbst in die Hand. Das dachte ich jedenfalls.

Ich habe Dir schon gesagt, welches Glück ich hatte, Greg auf meiner ersten Reise mit dem Schiff zu treffen. Er war ein wundervoller Tänzer. Man schrieb das Jahr 1912, der schreckliche Krieg war noch nicht über uns hereingebrochen, unsere vertrauten Gewohnheiten waren noch nicht gewaltsam weggefegt worden. Doch aus Amerika war schon der Ragtime herübergeschwappt, und da wir einen begnadeten Pianisten sowie einen genialen Schlagzeuger an Bord hatten, tanzten wir die halbe Nacht. Ich fand den neuen Ragtime schrecklich aufregend, aber wir tanzten auch die altmodischen Walzer. Greg wirbelte mich im wahrsten Sinne des Wortes aus der sicheren Kinderstube, in der ich aufgewachsen war, in seine eigene, merkwürdige, gefährliche Welt.

Heute blicke ich erstaunt auf diese kurze Episode zurück. War dieses trunkene Mädchen wirklich ich? Ich kann es nicht verhehlen, also muß ich wohl oder übel die Verantwortung für das übernehmen, was geschah. Und doch, und doch – vielleicht standen junge Soldaten, die sich zum erstenmal inmitten eines Feuerwerks aus Bomben und Granaten befanden, genauso erstaunt da wie ich. Erfahrene Offiziere sagen, daß oft die jungen, unerfahrenen Soldaten im ersten Granatfeuer vom Tod überrascht werden, während diejenigen, die schon einmal überlebt haben, wissen, wo und wann sie Deckung suchen müssen. Ich sah mich einem Bombardement von völlig neuen körperlichen Empfindungen ausgesetzt. Ich sehnte mich so sehr nach Gregs Hand auf meiner Taille, danach, daß sein Haar meine Haut streifte, daß sich alle normalen, gewohnten Gedanken einfach aus meinem Kopf verflüchtigten. Ich bewegte mich wie in Trance. Plötzlich war ich in meiner Kabine, ohne zu wissen, wie ich die Gangway herunter gekommen war. Ich aß, ohne zu merken, was ich aß. Ich zog mich an und steckte mir die Haare hoch und sah dabei nur Gregs Augen im Spiegel. Ich hatte keine Ahnung, wie ich mich schützen sollte; ich hatte nie darüber nachgedacht. Ich war wie unter Drogeneinfluß.

Als ich in Kalkutta ankam und Herbert mit seinem weißen Segeltuchanzug und seinem weißen Tropenhelm mit dem grünen Innenrand, der seine blauen Augen vor dem Sonnenlicht schützte, sah, konnte ich nicht mehr zurück. Ich ließ mich einfach von ihm in die Arme nehmen, zärtlich und vorsichtig, als sei ich eine zerbrechliche

Lilie, die man in Seidenpapier packen mußte, um sie vor groben Fingern, dem Frost oder der sengenden Hitze zu schützen. Er wußte nicht, erriet auch nie, daß ich kaum vierzehn Tage zuvor gepackt und auf eine der unteren Kojen gestoßen worden war, daß mein Kleid zerrissen worden war, mein Körper erforscht, gestreichelt, ja, daß ein Mann rauh, aber ohne auf Widerstand zu treffen, in ihn eingedrungen war. Ich ging nicht als Jungfrau in die Ehe.

Meine Ehe begann also mit einer Lüge. Darüber hinaus entdeckte ich außerdem, daß Herbert ein Fremder war, den ich erst kennenlernen mußte. Er schwieg oft, erschöpft nach der Arbeit des Tages, und wollte am Abend nur noch in aller Ruhe auf der Veranda sitzen, seine Chota-Peg trinken und rauchen, um die Stechmücken abzuhalten. Ich saß neben ihm, atmete den Duft des Rauchs ein, den ich mochte, und manchmal streckte er die Hand aus den Tiefen seines Korbstuhls zu mir herüber, berührte die meine und sagte, ich sei eine Lilie, ein wunderbares, kühles, anspruchsloses, stilles Mädchen. Dann mußte ich im Halbdunkel schlucken vor Scham bei dem Gedanken an die untere Koje. Gegen sein Schweigen hatte ich nicht allzuviel, denn je weiter meine Schwangerschaft fortschritt, desto mehr verloren sich meine innere Unruhe und mein Hang zu hastigen Bewegungen, und mich erfüllte stoische Ruhe. Wenn er mich sanft und zögernd berührte, schienen mich Liebe und Vergeben zu durchfluten. Allmählich vergaß ich jene letzten aufwühlenden, erschreckenden Tage an Bord des Schiffes. Ich glaube nicht, daß sich die Erinnerung daran geregt hätte, wenn ich Greg nicht vor ein paar Tagen auf diesem Schiff wiederbegegnet wäre.

12. Dezember, im Mittelmeer

Herbert arbeitete 1912 für das Land Reform Department. Er wollte die Leibeigenschaft abschaffen, jene traditionelle indische Form der Sklaverei, in der ein armer Mann ein Stück Land von einem *zemindar* kauft für seine eigene Arbeitskraft und die seines Sohnes, allerdings zu einem Preis, den zu bezahlen weder er noch seine Nachkommen jemals in der Lage sein werden.

Ich höre Dich schon lachen.

»Wie sollen wir die Leibeigenschaft abschaffen?« höre ich Dich sagen. »Es gibt sie in Indien seit Jahrhunderten. Indien wird sich nie verändern.«

Aber das Raj hat das *suttee* abgeschafft. Die Witwen lassen sich nicht mehr zusammen mit ihren toten Männern begraben. Und der Geheimbund von Schlägern, der die Blutgöttin Kali verehrte, ist schon vor vielen Jahren durch entschlossene Polizeieinsätze ausgerottet worden.

Die Reisenden werden nicht mehr des Geldes wegen auf der Straße überfallen und erdrosselt. Warum sollte es uns nicht gelingen, auch diese Form der Sklaverei abzuschaffen?

Wahrscheinlich ist es für Dich ein Schock, wenn Du erfährst, daß Herbert ein engagierter Fabier war, als ich ihn geheiratet habe – für Dich, die Du so fest an das Empire und seine gottgegebene Vormundschaft über einen ganzen Subkontinent und Millionen von Indern glaubtest (Herbert selbst gibt zu, daß die Pax Britannica den sich bekriegenden Rassen und Religionen von Indien nicht nur dauerhaften Frieden, sondern durch die Eisenbahn und die besseren Handelsmöglichkeiten auch wachsenden Wohlstand sowie eine Verminderung der Krankheiten und Hungersnöte und daraus folgend eine höhere Lebenserwartung gebracht hat). Trotz seiner altmodischen Manieren und trotz seines untadeligen familiären Hintergrundes hat Herbert neumodische Gedanken, die Du wahrscheinlich als gefährlich, vielleicht sogar als subversiv, erachten würdest. Er glaubt an eine zeitlich begrenzte britische Verwaltung von Indien und hofft, daß wir unsere Theorien über Verfassung, Gesetz und Erziehung vermitteln können, ist aber der Ansicht, daß wir, sobald es genügend indische Verwaltungsbeamte gibt, die das Land führen können, verschwinden sollten.

Ich kann mir schon denken, was Du zu alledem sagen würdest: »Wenn wir Indien verlieren, sind die schlechten Manieren schuld daran. Die Inder begreifen unser Klassensystem, denn sie haben selbst eines. Ihr Kastensystem ist sogar noch strikter als unseres. Und außerdem respektieren sie unsere Zurückhaltung. Sie lassen sich ungern verachten. Ein altes Hindu-Sprichwort lautet folgendermaßen: ›Der Stachel der Verachtung durchdringt sogar den Panzer der Schildkröte.‹ Wenn du Respekt vor der menschlichen Würde hast, solltest du einem anderen Menschen gegenüber nie deine Verachtung zeigen. Das wären schlechte Manieren.«

Ich weiß, in jeder Gesellschaftsschicht und Rasse gibt es Rüpel. Leider haben sich manche Briten in Indien alles andere als manierlich aufgeführt.

Du hast gesagt, sobald wir Indien verlassen, wird es zu einem großen Gemetzel kommen. Deiner Meinung nach werden sich die Inder nach ihrem Bürgerkrieg als unregierbar erweisen, weil jene klugen Bewohner der Gangesebenen, die vielleicht nach der Herrschaft trachten würden, durch das Klima schwach, schwatzhaft und entscheidungsschwach geworden sind und deshalb nichts mit der Disziplin anfangen können, die das Regieren erfordert. Herbert meint, Du unterschätzt die Bengalen.

Dann wäre da noch dieser Gandhi, der vor ein paar Jahren aus Ostafrika zurückgekehrt ist. Er ist ein völlig neues Phänomen in der Geschichte, weil er eine bisher unbekannte Idee verbreitet. Revolution durch gewaltlose Verweigerung der Kooperation. Mir ist die Waffe als Mittel zur Beilegung von Interessenskonflikten immer dumm, unwirtschaftlich und sinnlos erschienen. Die Auseinandersetzungen werden dadurch nicht beseitigt, sondern für eine Weile verdrängt, so daß sie weiter im Untergrund schwelen.

Großmama Dambresac hätte diese Gedanken jener Erweichung von Gehirn und Rückenmark zugeschrieben, unter der bisweilen sogar die rechtschaffensten, intelligentesten Beamten litten, wenn sie zu lange in Indien gelebt hatten. Das lag ihrer Meinung nach an dem entnervenden Klima und insbesondere an der Wirkung der Sonne auf das Rückgrat der Europäer. Wegen dieser Gefahr brachte sie Großpapa nicht nur dazu, einen weißen Tropenhelm auf dem Kopf, sondern auch einen wattierten Rückgratschoner aus Filz unter seiner Jacke zu tragen. Wir haben den Rückgratschoner zusammen mit anderen lang gehegten Mythen abgeschafft, aber es werden noch viele andere verschwinden müssen.

Ich meine jedoch durchaus, daß etwas von dem Fatalismus der Inder, von ihrer Gegenwart und Zukunft umfassenden Sicht der menschlichen

Existenz, von ihrem Glauben an künftige Reinkarnationen, von ihrer Verachtung gegenüber materiellen Dingen auf uns abgefärbt hat. Nachdem ich ein paar Jahre in Indien gelebt hatte, vertraut war mit den Bedürfnissen der Leute dort, mit eigenen Augen die zahlreichen Kinderbestattungen gesehen hatte, schämte ich mich der Verschwendung und des Luxus, die in manchen englischen Familien herrschten.

Du weißt, daß ich mir selbst nie übermäßigen Luxus zugestanden habe, weil Du das sowieso als ungehörig erachtet hättest.

Herbert würde es sehr bedauern, wenn die Machtübergabe in Aufständen und Blutvergießen enden würde. Er hofft, daß sie stufenweise und zivilisiert vollzogen wird, daß Briten und Inder als Freunde voneinander scheiden. Vielleicht wird das mit Gandhi an der Spitze des Kongresses gelingen, doch wenn es ein zweites Amritsar gibt, ist es unmöglich.

Ich kehre nach der schrecklichen Angelegenheit Anfang dieses Jahres, die Du wegen Deiner Krankheit nicht so recht wahrgenommen hast, nach Indien zurück. Wenn dem so gewesen wäre, hättest Du sicher zu den vielen gehört, die General Dyer mit seiner Forderung unterstützten, in die Menge unbewaffneter, offenbar friedlich demonstrierender Menschen zu feuern. Diese Reaktion hätte mich nicht überrascht, denn ich weiß, daß Dein Vater während des Aufstandes in Agra verwundet und Deine Tante Fanny in Cawnpore hinterhältig hingemetzelt wurde.

Herbert schreibt, manche Zivilisten meinen, die Gefahr sei minimal gewesen und hätte sich von einem Schullehrer mit einem Rohrstock im Zaum halten lassen, andere sagen, General Dyer sei krank gewesen, sein Urteilsvermögen getrübt, wieder andere sind der Ansicht, daß er einfach die Nerven verloren hat und daß er verdammt dumm gewesen ist, so etwas anzuordnen, doch die Armee steht geschlossen hinter ihm. Wir müssen das Ergebnis der offiziellen Untersuchung abwarten, bevor wir beurteilen können, was wirklich passiert ist, aber Herbert schreibt, daß die Sache ein Schandfleck in der britischen Geschichte ist, der nie vergessen oder vergeben werden wird. Du siehst also, daß ich in einer Zeit der Angst und politischen Unruhe nach Patna zurückkehre.

Unser erster Heimaturlaub verzögerte sich wegen des Krieges und des Mangels an Schiffen für kriegsunwichtige Personen. Als wir schließlich Anfang 1918 doch nach Hause kamen, mußten wir mit Bedauern feststellen, daß die Krankheit Dich bereits geschwächt hatte. Da Du Dich jedoch in weiser Voraussicht um ein Kindermädchen gekümmert hattest, das zu alt war, um noch

Kriegsdienste zu leisten, aber noch nicht zu alt, um Lucys Lebhaftigkeit gewachsen zu sein, konnte ich mir zusammen mit Herbert ein paar Tage in London gönnen. Natürlich war das Essen ziemlich eintönig, und die Bananen, Zimtäpfel und Mangos von Indien sowie vor allen Dingen die köstlichen Pfirsiche, die in unserem Garten in Bankipore wuchsen, fehlten mir sehr.

Nach unserer langen Abwesenheit sind Herbert und mir bei unserer Rückkehr nach England letztes Jahr viele Veränderungen in der Lebenseinstellung der Menschen, insbesondere der jungen Frauen, aufgefallen. Alle hatten so etwas Übermütiges an sich. Die Ernsthaftigkeit schien sich zusammen mit den Granaten verflüchtigt zu haben, und überall wütete eine wahre Tanzepidemie. Wenn wir Freunde besuchten, egal, ob zum Mittagessen, zum Tee oder zum Abendessen – nach der Mahlzeit wurde der Teppich zurückgerollt, das Grammophon wurde aufgezogen, und alle tanzten. Die ganze Nation schien plötzlich von einer Unruhe der Beine ergriffen. Lag das daran, daß die Frauen zum erstenmal seit Jahrhunderten zugaben, daß sie überhaupt so etwas wie Beine hatten?

Herbert und ich wurden ebenfalls von der Begeisterung angesteckt, und wir gingen in ein paar der Tanzklubs, die überall wie Pilze aus dem Boden schossen. Der erste, den wir besuchten, hieß »Gilt Edge« – »Goldborte« –, doch trotz seines Namens gingen die Betreiber schon bald pleite. Als wir eines Abends dort tanzen wollten, mußten wir feststellen, daß die Jalousien heruntergezogen, die Türen vernagelt und die Fenster dunkel waren. Der nächste Klub, den wir aufsuchten, hatte zwar einen volkstümlicheren Namen, nämlich »Ham Bone« – »Hinterkeule« –, aber er hielt sich länger. Ein- oder zweimal gingen wir in dem vornehmen »Embassy« in der Bond Street tanzen, wo wir auf dem überfüllten Parkett einen Blick auf den Prince of Wales erhaschten, der zusammen mit Adele Astaire den *turkey-trot* tanzte. Der *turkey-trot* galt als frivol und wurde, glaube ich, vom Papst verurteilt, weil er seiner Meinung nach zur Unsittlichkeit anstiftete. Doch der Prince of Wales und seine hübschen Begleiterinnen hatten keine Einwände, also folgten Herbert und ich seinem Beispiel und dem Rat des immer noch beliebten Songs ›Everybody's Doing It Now‹.

Ich besuchte meine alte Schulfreundin Alice Pillinger, die, wie Du weißt, an einem frühen Sonntagmorgen im Jahr 1912 den Spruch STIMMRECHT FÜR FRAUEN mit weißer Farbe auf den Gehsteig von Piccadilly gepinselt hatte und ungeschoren davongekommen war. Sie war schon in der Armee, als ihre Hoffnungen endlich erfüllt und das Gesetz mit der Bezeichnung »Woman's

Disability, Removal of« – »Rechtsunfähigkeit der Frau, Beseitigung der« – verabschiedet wurde, so daß wir, da wir beide über Dreißig waren, schließlich doch noch das Stimmrecht erhielten.

Ich weiß, daß Du meine Verbindungen zu den Suffragetten immer mißbilligt hast, die Du bestenfalls als töricht und schlimmstenfalls als verrückt betrachtet hast. Ich weiß, Du hast immer geglaubt, die Frauen bräuchten das Stimmrecht nicht, weil sie ohnehin das stärkere Geschlecht seien, in ihrem Bereich die intelligenteren, in einem Bereich, der wichtiger sei als die Domänen der Männer, weil er damit zu tun hat, den Nachkommen Kultur zu vermitteln. Frauen hätten eine höhere Lebenserwartung und besäßen größere Charakterstärke. Das hinge mit der Schwäche und Unberechenbarkeit des körperlich stärkeren Mannes in Liebesangelegenheiten zusammen. Die leidenschaftliche Liebe, so Deine Meinung, macht den Mann zum Narren.

»Vielleicht ist der Mann derjenige, der die Pionierleistungen vollbringt«, hast Du immer gesagt, »aber die Frau ist verantwortlich für die Zivilisation.« Als Beleg für diese Ansicht hast Du angeführt, daß die Frauen die Prärie Amerikas wesentlich effektiver zivilisiert hätten als die waffenschwingenden Sheriffs, denn schließlich waren es die Frauen, die die verrückten, gefährlichen, Whisky schluckenden, scharf schießenden, unbrauchbaren, bis dahin nomadischen Cowboys des Wilden Westens domestiziert und aus ihnen Hausbesitzer und Familienoberhäupter gemacht haben.

»Jede Mutter ist ein kulturelles Bindeglied zwischen den Generationen«, habe ich Dich sagen hören, meist im Zusammenhang mit folgendem Zitat: »Die Hand an der Wiege beherrscht die Welt.« Jede Frau, die ihr Geld wert ist, könne ihre Familie und ihren Mann lenken. Sie müsse lediglich die Regeln im Spiel des Lebens lernen und ihre Karten richtig ausspielen. Die Frau ist Deiner Meinung nach die *éminence grise*, die die Fäden der Gesellschaft im Hintergrund zieht, während der großspurige kleine Mann gern im Rampenlicht der öffentlichen Bühne herumstolziert.

Trotzdem hast Du an die Bildung der Frau geglaubt, weil Du dachtest, gebildete Frauen mit einem geordneten Verstand könnten besser mit dem Kapital der Familie umgehen und dafür sorgen, daß die Gesundheit, das Wohlbefinden und die Bildung der kommenden Generationen gesichert sind.

Herbert hat mir gegenüber einmal die Worte des weisen alten Samuel Johnson zitiert, nach denen das Gesetz der Frau wenig Macht gibt, weil die Natur ihr zuviel verliehen hat. Ich habe jedoch den Eindruck, daß nur wenige Frauen diese große Macht auch tatsächlich besitzen. Was ist aber mit der großen Mehrheit, die sich, so gut es geht, durchs Leben schlägt, obwohl sie, zumindest noch vor dem Krieg, in Schlafzimmern, Küchen und Kinderzimmern eingesperrt war?

Hier sollte ich fairerweise Herberts Einwurf anführen, daß die Männer ebenfalls einen großen Teil ihres Lebens in Büros oder Fabriken eingesperrt sind und nur wenig Bewegungsfreiheit haben, auch wenn sie glauben, sie beherrschten die Welt. Selbst in einer Demokratie sei ihre Freiheit eingeschränkt, meint er. In einer zivilisierten Gesellschaft ist man lediglich so frei, wie es die Freiheit der anderen zuläßt und so weiter. Außerdem, korrigiert er mich (wie Du weißt, kann Herbert manchmal ziemlich pedantisch sein), verleiht das Stimmrecht keine Freiheit, sondern lediglich eine begrenzte politische Wahlmöglichkeit.

Ich bin zu dem Schluß gekommen, daß einzig und allein Geld Freiheit bringt. Frauen, die zu Hause sitzen, verdienen nichts. Das ist der Unterschied. Ich besitze ein gewisses Maß an Freiheit, weil ich dank des Geldes, das Du mir so großmütig überlassen hast, finanziell unabhängig bin oder es zumindest sein könnte.

Du hast die Suffragetten verachtet, weil sie Deiner Meinung nach schrecklich viel Wirbel um etwas ganz und gar Nebensächliches machten.

»Eine Hausangestellte gibt der Frau mehr Freiheit als das Stimmrecht«, hast Du gesagt. Daran ist viel Wahres. Doch nur die Wohlhabenden konnten sich vor dem Krieg Hausangestellte leisten; heutzutage findet sich niemand mehr, der als Bediensteter arbeiten möchte, und wenn, ist er unbezahlbar (das gilt natürlich nicht für Indien). Die Hausangestellte gehört einer aussterbenden Spezies an. Außerdem werden die Ideen der Elektroingenieure ihre Dienstleistungen ohnehin durch die Erfindung von Haushaltsgeräten überflüssig machen. Auch jedes Auto ersetzt einen Kutscher mitsamt Wagen. Vielleicht wird jede Arbeiterfrau eines Tages ihren eigenen Bodenputzer und ihre eigene Waschfrau auf Knopfdruck haben, und jeder männliche Arbeiter kann mit dem eigenen Wagen zur Arbeit fahren. Möglicherweise werden alle Frauen auf diese Weise ein gewisses Maß an Freiheit erlangen.

Als Herbert und ich von den Lehren Marie Stopes' hörten, war uns sofort klar, daß sie den Frauen aller Schichten eine weit praktischere Freiheit bot als alle anderen, denn es ist offensichtlich, daß sowohl in Indien als auch bei uns Frauen durch zahllose ungewollte Schwangerschaften körperlich und geistig ausgelaugt werden und daß diese ihre ohnehin schon kargen Mittel auffressen und immer wieder zu unterernährten, vernachlässigten und undisziplinierten Generationen von Jugendlichen führen.

Soweit ich mich erinnere, hast Du nie etwas von Geburtenkontrolle erwähnt. Vielleicht hast Du sie ja nicht praktiziert. Zu Hause haben sich immer alle über Sex ausgeschwiegen. Hast Du möglicherweise geglaubt, daß Frauen ihre Stärke verlieren könnten, wenn sie ein gewisses Maß an sexueller Freiheit erlangten und sich deshalb auf *l'amour fou* einlassen konnten?

Ich hätte ›Married Love‹ nie gelesen, wenn wir nicht zu jenem berühmten Spezialisten in der Harley Street gegangen wären (auch darüber habe ich nie mit Dir gesprochen). Herbert wollte nämlich einen Sohn, und da ich seit Lucys Geburt nicht mehr schwanger geworden war, hatten wir uns darauf geeinigt, den Rat eines Fachmannes einzuholen, wenn wir in England wären.

Ich war nervös, also begleitete Herbert mich. Er saß in einem Ledersessel in einem Wartezimmer mit schweren Vorhängen, wo die Dunkelheit nur durch einen leuchtend roten türkischen Teppich aufgelockert wurde, von dem Herberts schwarze Schuhe mir noch einmal aufmunternd zublinzelten, als ich über die Schulter zurücksah. Ich wurde von einer Schwester mit gestärkter Uniform und faltigen Wangen ins Sprechzimmer gebracht. Wahrscheinlich arbeiteten alle jungen Schwestern in Frankreich oder in Militärkrankenhäusern. Frauenkrankheiten waren damals von sekundärem Interesse.

Mr. Probert erhob sich hinter seinem massiven Mahagonischreibtisch, reichte mir die Hand und bedeutete der Schwester, sich zu entfernen. Ich erklärte ihm unser Problem. Ja. Lucys Geburt war 1913 im indischen Ranchi völlig normal verlaufen. Ja. Ich war von einem europäischen Arzt behandelt worden. Nein. Ich hatte weder unter Kindbettfieber noch unter Phlegmasia alba dolens gelitten, es hatte keinerlei Komplikationen gegeben. Ich sagte ihm mein Alter, vierunddreißig. Hatte ich seither irgendwelche empfängnisverhütenden Mittel benutzt?

»Ich fürchte, ich verstehe nicht, was Sie meinen«, antwortete ich.

»Keine Vaginaldusche? Keine spermizidhaltigen Pessare?«

»Nein.«

»Ach! Sie haben also auch nicht das Buch von Marie Stopes gelesen? Vielleicht waren Sie ja noch in Indien, als es herausgekommen ist. Wissen Sie, es hat hier ziemlichen Aufruhr verursacht und sich heftige Kritik gefallen lassen müssen, aber es ist auch viel darüber geschrieben worden.«

Er drückte auf eine Klingel, um die Schwester herbeizurufen, die mich zu der Untersuchungsliege hinter einem Chintzwandschirm mit Blumenmuster führte. Mr. Probert war so höflich, förmlich, steif und dennoch vorsichtig, daß mir meine unwürdige Stellung auf der Couch fast schon natürlich vorkam. Am Ende der Untersuchung erklärte er mir, es sei in jeder Hinsicht alles in Ordnung bei mir.

»Meinen Sie, mein Mann sollte sich auch untersuchen lassen?« fragte ich, als ich mich wieder ihm gegenüber an den Schreibtisch setzte.

»Ihr Mann? Nun, ich denke ... Er hat schließlich schon ein Kind gezeugt, also dürfte kein Grund bestehen ...«

»Das gleiche gilt für mich«, meinte ich.

»Ja, natürlich. Aber das ist doch etwas ganz anderes, meinen Sie nicht auch?«

»Tatsächlich?«

»Ja, das würde ich doch meinen.« Ich sah, wie er sich Notizen machte.

»Der Unterleib einer Frau«, erklärte er, »ist anfälliger für Infektionen und Obstruktionen wie zum Beispiel Puerperalsepsis, was zu sekundärer Sterilität führen kann. Das ist bei Ihnen nicht der Fall. Es könnte auch mit dem Partner zusammenhängen.« Er sah mich einen Moment über seinen Schreibtisch hinweg an und wiederholte: »Nein. Bei Ihnen nicht.«

Nachdem er eine Weile weitergekritzelt hatte, sagte er: »Ich sehe keinerlei Grund, warum Sie keinen Sohn haben sollten, Mrs. Brunoye. Sie sind noch jung und erfreuen sich bester Gesundheit. Ich bin mir sicher, daß Sie einen Sohn bekommen werden. Aber das dauert natürlich alles seine Zeit. Vielleicht sollten Sie sich ja ein bißchen besser über den ehelichen Akt informieren? Es gibt einen optimalen Zeitpunkt dafür, besonders geeignete Tage im Monat, das wissen Sie doch?«

Wir erhoben und verabschiedeten uns. Die Schwester begleitete mich zurück zu Herbert und dem roten türkischen Teppich.

»Er sagt, es ist alles in Ordnung«, sagte ich, als wir zu der glänzend schwarzen georgianischen Tür hinaustraten. »Er meint, es ist lediglich eine Frage der Zeit.«

Herbert drückte meinen Arm. Ich sah, wie erfreut er war. Er schlug vor, das Ergebnis der Untersuchung zu feiern. Also lud er mich zum Mittagessen ins Savoy ein, wo wir inmitten von Topfpflanzen einem Trio lauschten, das sentimentale Musik spielte. Bei dem beliebten Stück der Byng Boys stießen wir an und summten zusammen die Melodie mit:

»Wenn du das einzige Mädel wärst auf der Welt
Und ich der einzige Bursch' …«

Wir waren glücklich und voller Hoffnung.

»Mr. Probert hat etwas von einem Buch mit dem Titel ›Married Love‹ von einer Marie Stopes erwähnt«, sagte ich.

Ich bestellte das Buch und merkte beim Kauf, daß es offenbar berühmt-berüchtigt war, denn der Buchhändler reichte es mir mit umgedrehtem Schutzumschlag, damit die anderen Kunden den Titel nicht lesen konnten – als ob die eheliche Liebe etwas Unschickliches wäre! Was für eine Heuchelei! Als ich das Buch aufschlug, sah ich, daß es schon ziemlich viele Auflagen davon gab, also wurde es offensichtlich auch von vielen Leuten gekauft und gelesen.

Mir erscheint es alles andere als unmoralisch. Ganz im Gegenteil. Die Widmung der Autorin: »Allen, die wollen, daß unsere Rasse stärker und schöner wird«, halte ich für ehrenwert, wenn nicht sogar nobel. Sie scheint eine seriöse, hochgeistige Person zu sein, der vielleicht ein Schuß Humor fehlt und die sich in ernster, wagnerianischer Weise mit dem Geschlechtsakt beschäftigt. Wahrscheinlich hätte sie große Vorbehalte gegenüber der Ausgelassenheit von Rabelais' Tier mit den zwei Rücken. Was würde sie wohl dazu sagen, daß Herbert einmal eines Abends die Schlafzimmertür verschlossen, den Schlüssel aus dem Schloß gezogen und dann an seiner Schnur über sein erigiertes Glied gehängt hat, bevor wir einander lachend in die Arme fielen?

Ich verstehe nicht so ganz, warum der berühmte Gynäkologe aus der Harley Street wollte, daß ich das Buch lese. Dachte er, Herbert und ich schliefen nicht oft genug miteinander? Meinte er, ich litte unter Großmamas Abscheu vor dem Sex, den sie nach den Flitterwochen entwickelt hatte (ich erfuhr zufällig davon, als ich heimlich in ihrem Tagebuch ganz hinten in einer Schublade in Vaters Bücherei las), und weise Herbert zurück? Wenn er solche Dinge vermutete, warum fragte er mich dann nicht offen heraus? Ehrliche Fragen und Antworten ersparen oft Kummer und Ungewißheit.

Alice Pillinger, deren Bruder Arzt ist, erklärte mir später, daß die Schulmedizin Marie Stopes so sehr ablehnte, daß jeder Arzt, der Methoden der Empfängnisverhütung oder auch nur die Lektüre des Buches empfahl, Gefahr lief, seine Arbeit im Krankenhaus zu verlieren. Deshalb war Mr. Probert also so vorsichtig gewesen! Das schockiert mich zutiefst. Wie kann es sein, daß eine Gruppe hochgebildeter Männer, die sich der Bekämpfung von Schmerzen und der Förderung des menschlichen Wohlbefindens verschrieben hat, die Bedeutung dieser Erfindung für den Menschen, insbesondere für die Frau, ignoriert? Vielleicht liegt genau darin der Grund: Sie können sich die Bedürfnisse der Frauen einfach nicht vorstellen.

Meiner Meinung nach stammt der einzige schockierende Absatz des ganzen Buches von einem bekannten deutschen Professor der Gynäkologie: »Bei der normalen Frau, insbesondere, wenn sie einer höheren Schicht angehört, ist der Sexualtrieb erworben, nicht angeboren. Wenn er angeboren ist oder von selbst erwacht, liegt eine Abnormität vor. Da Frauen diesen Trieb vor der Ehe nicht kennen, vermissen sie ihn auch nicht, wenn sie keine Gelegenheit haben, ihn zu erlernen.«

Natürlich wird dieses Zitat von der Autorin widerlegt. Sie selbst setzt sich ein für »die sakramentale regelmäßige Ausübung der körperlichen Vereinigung die ganze Ehe hindurch als Akt höchsten Eigenwertes, unabhängig von seinem Wert als Voraussetzung für die Zeugung von Kindern«. Soll das eine Verfehlung sein? Sie betrachtet es lediglich als unmoralisch, wenn einer ausgelaugten Frau, »einer widerstrebenden Frau und einer überlasteten Welt« kränkelnde und unerwünschte Kinder aufgezwungen werden. Ich gebe ihr völlig recht.

Die Fruchtbarkeit in den Griff zu bekommen gelang im gleichen Jahr, in dem die Frauen das Stimmrecht erhielten. Wahrscheinlich läßt sich darüber streiten, was der Frau größere Freiheit verschafft hat. Da ich persönlich offenbar nicht so leicht empfange, schätze ich das Stimmrecht höher ein, aber ich könnte mir vorstellen, daß alle Frauen, die so absurd fruchtbar sind, der Geburtenkontrolle einen größeren praktischen Nutzen bei der Bekämpfung ihrer Abhängigkeit beimessen.

Herbert und ich hatten kein allzu schlechtes Gewissen dabei, uns in London dem Vergnügen hinzugeben, weil Du Dich zu Beginn unseres Heimaturlaubs noch so wohl gefühlt hast, daß Du Deinen üblichen Tätigkeiten nachgehen konntest. Als Herbert jedoch im September 1918 zum Leiter des neu eingerichteten Land Reforms Department ernannt wurde, warst Du nicht mehr in der Lage, Deinen Haushalt selbst zu führen. Ich habe Dir damals gern mehr Zeit gewidmet.

Anfangs vermißte ich Herbert nicht sonderlich. Vielleicht war ich zu beschäftigt mit Deinem Haushalt, mit jenen quälend schleppenden Spaziergängen mit Dir im Garten, später damit, Dir vorzulesen, bei Dir zu sitzen, mit Dir über die Vergangenheit zu reden. Doch nach einer Weile kam ich mir vor wie im Gefängnis. Ich fing an, mich nach Herbert zu sehnen. Am meisten gingen mir seine Liebenswürdigkeit und seine kleinen, schrulligen Scherze ab, zum Beispiel, daß er mich »Madam« nennt, sobald wir allein sind. Das gehört zu seinen erotischen Phantasien – er betrachtet mich gern als eine große Dame und sich selbst als kleinen Jungen. Manchmal sagt er sogar *Madamji* zu mir, eine ironische Mischung aus Englisch und Indisch.

Zum Glück hattest Du die treue Seele Dolly

für die Küche und das gezierte kleine Ding, das immer so entrüstet dreinschaut, wenn es die Treppen fegen oder das Geschirr spülen muß. Also konnte ich Dir als Vertraute und Krankenschwester beistehen.

Im Frühjahr hast Du dann schließlich ziemlich viel Hilfe gebraucht. Obwohl Du Dich jeden Nachmittag redlich bemüht hast, zum Tee in den Salon zu kommen, und sogar Besucher empfangen hast, die Dir, so sagtest Du, dabei halfen, den Kontakt zur Außenwelt nicht zu verlieren, bist Du doch vor unseren Augen immer hinfälliger geworden.

Wahrscheinlich hat lediglich Lucy Dich so lange am Leben erhalten. Jedesmal, wenn sie mit frischem Teint und glühenden Wangen von ihrem Spaziergang mit ihrer Kinderschwester zum Tee kam, hast Du offenbar ein bißchen von ihrer Vitalität aufgesaugt. Nach einem Gespräch mit ihr hast Du ihr immer eine von Deinen besonderen Süßigkeiten gegeben und ihr voller Freude dabei zugeschaut, wie sie sie verspeist hat, dann hast Du Dich lächelnd in Dein Schlafzimmer zurückgezogen. Es war fast, als wolltest Du Dein Leben in dem ihren versiegen lassen.

Vielleicht hast Du Deinen Besitz eigentlich Lucy hinterlassen, und ich verwalte ihn nur, bis sie erwachsen ist. Sei beruhigt, ich werde sorgsam damit umgehen. Lucy wird alles irgendwann einmal erben. Herbert ist so ehrenhaft, daß er nie etwas davon verlangen würde. Da er sich nicht besonders für Geld interessiert und auch kein sonderliches Geschick bei seiner Verwaltung hat, wahrscheinlich den größten Teil davon verschenken würde, wenn es ihm gehörte, kümmere ich mich zusammen mit Deinem Börsenmakler darum. In der Zwischenzeit habe ich das Kensingtoner Haus langfristig vermietet und einen Betrag für Dolly angelegt, so daß sie bis zu ihrem Tod eine kleine Rente erhält. Arme Dolly! Sie vermißt Dich schrecklich. Sie lebt jetzt bei ihrer verwitweten Schwester in Camberwell, sie ist also wenigstens nicht allein.

In Marseille haben wir die Post an Bord genommen, es war ein Brief für mich dabei von Alice Pillinger. Alice, deren feministische Ansichten Du zu Lebzeiten so mißbilligt hast, hat mir nach Deinem Tod am meisten geholfen. Sie war gerade aus dem Kriegsdienst entlassen worden und wußte nicht, wo sie unterschlüpfen sollte, also habe ich ihr angeboten, daß sie ein paar Monate bei mir wohnen könnte, was sie sehr gefreut hat. Sie war sehr geschickt, was rechtliche Fragen wie zum Beispiel die Vermietung des Hauses oder die Buchung der Kabinen auf diesem alten, langsamen Postschiff nach Kalkutta für mich und Lucy anbelangte.

Eines Abends im Oktober besuchten wir zusammen die Queen's Hall, wo ein neues Werk von Elgar Premiere hatte. Es handelte sich um ein Cellokonzert, das ganz anders war als seine sonstige Musik, die Du so sehr liebtest. Verschwunden war der majestätische Bombast seiner Vorkriegsmärsche. Das war klagende Musik, in der nicht nur Stolz, sondern auch Verzweiflung mitschwang. Beim Zuhören spürte ich, daß diese Musik nicht nur meine persönliche Trauer um Dich und meine Kindheit ausdrückte, sondern auch die Klagen einer ganzen Generation von jungen Männern, die in Flandern umgekommen waren. Mit ihnen verschwand eine Lebensart, die ein Teil von Dir war – diese selbstbewußte, extravagante, ja auch frivole Vorkriegswelt, die Du, so erscheint es uns jetzt, sehr geliebt hast. Die Musik war so stark Ausdruck des Zeitgeistes, daß ich hemmungslos weinte und die Tränen auf das Programm in meinem Schoß fielen.

Alice verstand meine Gedanken und Gefühle so gut, daß sie mir keine Fragen stellte, doch als wir das Auditorium verließen, sagte sie: »Die neue Welt, die wir dabei sind aufzubauen, wird besser sein, du wirst schon sehen.«

Insgeheim war ich ihr für ihr Einfühlungsvermögen und ihren Optimismus dankbar. Es ist schade, daß die große Kluft zwischen Mann und Frau es so schwer macht, unsere Gedanken und Gefühle mitzuteilen, obwohl die Geschlechter durch Biologie und gesellschaftliches Verdikt aneinandergekettet sind, während die Frauen einander wirkliche Freunde sein können, genau wie die Männer.

Als ich ein paar Tage später die Zeitung las, war ich überrascht, wie schlecht die Kritiker dieses Werk von Elgar aufgenommen hatten, das Alice und mir als der unübertreffliche musikalische Ausdruck der Nachkriegsseele erschienen war.

Alice erklärt mir fröhlich, sie sei die »New Woman«, ein Nachkriegsmodell, d. h. die ewige Junggesellin. Offenbar macht ihr das überhaupt nichts aus, vielleicht, weil sie gelernt hat, in dieser neuen Welt für sich selbst zu sorgen. Sie kennt die neuen Spielregeln genausogut wie Du die alten.

Weißt Du, wir leben wirklich in einer neuen Welt. Das hängt mit der Lebenseinstellung zusammen, Mutter. Das ist die große Veränderung. Der Krieg und die Toten haben uns erschüttert, sie haben uns freigeschüttelt aus einer ganzen Menge stocksteifer Gewohnheiten, Vorurteile, Schrullen, ja, sogar aus unseren Vorstellungen darüber, was richtig oder falsch ist; sie haben unsere Welt auf den Kopf gestellt. Doch Alice meint, daß es mehrere Generationen dauern wird, bis wir all unsere eingefahrenen Vorurteile und Gewohnheiten los sind, die mit der Stellung der Frau und ihren Fähigkeiten zu tun hatten.

Nun, wir werden es ja sehen!

Sonntag, 14. Dezember, Malta

Heute morgen sind wir auf Malta angekommen, und obwohl es Sonntag ist, mußten wir unseren Brennstoffvorrat auffüllen, was mit ziemlich viel Dreck verbunden ist. Die Kohlekähne kamen längsseits, und eine Schar geschwärzter Gestalten strömte in unser Schiff und ließ die Säcke von ihren Rücken in die Kohlenöffnung gleiten. Sie sehen alle gleich aus wegen der Schicht aus Kohlenstaub auf ihren Körpern. Danach schrubbten die Laskar-Deckshelfer die Decks, bis unser Schiff wieder blitzblank war.

Ich bewundere, wie sie es hinbekommen, trotz der schmutzigen Arbeit in ihren blauen Baumwollkitteln, den weißen Hosen und ihren hübschen roten Turbanen so adrett auszusehen. Dabei habe ich gehört, daß sie sehr beengt untergebracht sind.

Unsere Stewards, die von Goa stammen und laut Aussage von Mr. Vexham sehr religiös sind, haben übrigens ihre eigene kleine katholische Kapelle mit Figuren der Jungfrau Maria und der Heiligen an Bord, doch die Kerzen vor dem Altar dürfen wegen der Brandgefahr nur während der Messen im Hafen angezündet werden. Am heutigen Sonntag ist ein katholischer Padre von Malta an Bord gekommen, um die Messe für sie zu lesen.

Kurz nachdem wir Malta verlassen hatten, entdeckten wir Delphine, die man so häufig als Motiv griechischer Plastiken oder römischer Mosaiken findet.

»Seht mal, da drüben sind Tümmler!« rief jemand.

Alle hasteten an die Reling, um den Schwarm Tümmler zu sehen, fünf gebogene Rücken, die aus dem Meer hochsprangen. Lucy, die ihren Kopf zwischen meiner Taille und der eines Nachbarn durchgedrückt hatte, um besser sehen zu können, zählte sie vergnügt, als sie einer nach dem anderen auftauchten.

16. Dezember

Wir kamen zur Frühstückszeit in Port Said an, wo man uns mitteilte, daß wir keine Zeit hätten, an Land zu gehen. Schon bald waren wir von einer ganzen Armada von Proviantbooten mit Händlern umgeben, die wild gestikulierend ihre Waren feilboten. Mrs. Chinkwell war so beunruhigt über den Lärm, daß sie wie eine aufgeregte Henne auf mich wirkte. Sie beschrieb mir ihr Herzklopfen mit so zappeligen Bewegungen und wackelnden rosafarbenen Backen, während sie die Serviette zerknüllte und ihr gekochtes Ei aufschlug, daß es mich nicht gewundert hätte, wenn sie sich darauf niedergelassen und zu brüten angefangen hätte. Ich war froh, als ich ihr entfliehen und an Deck gehen konnte.

Draußen war die Luft so warm wie in England mitten im Sommer. Ich stand auf dem Achterdeck an der Reling, um soviel wie möglich von der Brise einzufangen, als ich eine Gauklertruppe an Bord schwärmen sah. Alle Kinder, Lucy im Schneidersitz in der ersten Reihe, durften ihre Vorstellung sehen, und die anderen Passagiere standen daneben, im gleichen Maße belustigt über die Reaktionen der Kinder wie über die Zauberkünstler selbst, die viele von den Erwachsenen natürlich schon einmal gesehen hatten.

Lucy ließ sich am stärksten durch den Schwertschlucker beeindrucken, der Feuerschlucker machte ihr ein wenig Angst, und sie war entzückt, als einer der Männer mit einer ganzen Flut geschickter Bewegungen plötzlich ein Küken unter Mrs. Chinkwells Achsel hervorzauberte. Sie gackerte aufgeregter als das Küken: »Du lieber Himmel! Du lieber Himmel!« und versuchte, puterrot, sich abzuwischen, als sei sie von oben bis unten mit Federn bedeckt.

Lucy klatschte in die Hände und rief aus: »Noch mal! Noch mal!«

Dann stellte sich der Mann mit offener Handfläche vor die Leute und sagte: »Aufgepaßt, aufgepaßt! Golduhr, bitte – bitte, Sir – oder Madam. Aufgepaßt, aufgepaßt! Wollen Sie Zauber? Golduhr bitte, Sir ...«

Widerwillig ließ Mr. Vexham es zu, daß der

Zauberer seine Uhr von der Kette an seiner Weste losmachte. Dann wurde sie auf übelste Weise mißhandelt. Der Gaukler schleuderte sie aufs Deck, trampelte auf ihr herum, schlug mit einem Krocketschläger darauf ein und warf schließlich die zerbrochenen Einzelteile über Bord. In das erschreckte Schweigen hinein rief der Zauberer: »Taugt jetzt nichts mehr!«

Er blieb vor Lucy stehen und zog sie hoch. »Jetzt schau mal her, Missy«, sagte er. »Leg Hand da drauf.« Er deutete auf die Tasche seiner fleckigen, ausgefransten Jacke. Mit spitzen Fingern griff sie hinein und holte Mr. Vexhams Uhr unbeschädigt heraus, die der Gaukler ihr aus der Hand riß und hochhielt, damit alle sie sehen konnten, bevor er sie ihrem erleichterten Eigentümer zurückgab.

Andere Passagiere verhandelten mittlerweile, über die Reling gebeugt, mit den Männern in den Booten unter ihnen. Sobald man sich auf einen Preis geeinigt hatte, warf man ein Seil hinauf, das, nachdem es um das Geländer gewunden worden war, als Flaschenzug für den Transport der Waren diente. Offenbar gab es wegen der vielen wartenden Schiffe, die nicht nur aus England, sondern auch aus Frankreich, Norwegen und Japan kamen, Verzögerungen bei der Freigabe für den Kanal, so daß manche von uns doch noch in kleine Boote klettern konnten, in denen wir an Land gerudert wurden.

Lucy und ich gingen nach Rose und dem Major die Gangway hinunter. Wir waren ganz froh um den Ausflug, weil sich die Männer von den Frachtbooten um uns drängten und versuchten, ihre Waren lauthals an den Mann zu bringen: »Hier bitte! Hier bitte! Wieviel? Wieviel?« Ich hörte sogar, wie einer von ihnen einem Schiffsoffizier hinter mir für eine geringe Summe seine Schwester anbot. Doch dieser Vorschlag hätte sich praktisch überhaupt nicht durchführen lassen, weil unser Aufenthalt an Land so kurz war.

Wie schön, wieder einmal festen Boden unter den Füßen zu haben und zwischen den leuchtenden Farben und merkwürdigen Düften der Marktstände hin und her zu gehen. Ich kaufte mir eine hübsche Bernsteinkette für fünf Pfund und Lucy ein ebenso hübsches Türkis-Silberarmkettchen. Ich sah, daß Greg für Rose einen Silberreif erwarb, während sie selbst Geld für eine auffällige, smaragdgrün gefärbte Straußenfeder ausgab, die farblich genau zu einem ziemlich eleganten Zierband mit Glasschnalle paßte, welches sie manchmal um die Taille gewunden, gelegentlich auch um den Hals trägt.

Dieser kurze Landausflug und das Lachen und die gehobene Stimmung, die er erzeugte, schien die letzten Barrieren zwischen uns Passagieren einzureißen. Nach diesem Tage gingen wir alle freundlicher miteinander um. Mrs. Chinkwell sprach weniger über ihre Wehwehchen, die Gespräche wurden lebhafter und offener, und Greg gab noch öfter Witzchen zum besten, wenn wir nach dem Essen beim Kaffee beieinandersaßen und Lucy sicher im Bett lag und tief und fest schlief. Allmählich hatte ich das Gefühl, Rose besser zu verstehen, die trotz ihrer gespielten Weltläufigkeit in mancher Hinsicht genauso kindlich zu sein schien wie Lucy.

Sie fragte mich: »Wie ist es dort wirklich? In Indien, meine ich?«

Ich betrachtete ihr hübsches Gesicht und fragte mich, ob es ihr wohl gelingen würde, ihren wißbegierigen Blick von der Armut abzuwenden. Was wußte sie schon von den zahllosen, stummen, passiven und schicksalsergebenen Armen in Indien? Armut in diesen Ausmaßen war für kein weißes junges Mädchen aus einer wohlhabenden Stadt vorstellbar, noch weniger wahrscheinlich würde sie eine Möglichkeit sehen, sie zu mildern. Doch auch das ausgelassenste, flatterhafteste Wesen konnte nicht durch Orte und Basare gehen, ohne die kleinen nackten Kinder mit den streichholzdünnen Beinchen und den aufgeschwollenen Bäuchen oder hie und da die Leprakranken mit den fehlenden Nasen oder Fingern wahrzunehmen: Außerdem besaß Miss Kelly trotz ihrer Koketterie nicht nur den Wunsch, sondern auch die innere Bereitschaft, Gutes zu tun. Im Laufe der Zeit würde sie vielleicht nicht nur sehen, wie die Dinge lagen, sondern auch, welche den Fortschritt behinderten, und würde möglicherweise helfen, Reisschalen zu füllen, Wasser aufzufangen, Trinkwasser zu reinigen, Malaria zu bekämpfen und Pockenimpfungen zu ermöglichen. Mit einem Male wurde mir klar, daß man den indischen Frauen am ehesten dabei helfen konnte, das bißchen Gesundheit und Wohlstand zu bewahren, das sie hatten, wenn man sie mit den Lehren von Marie Stopes vertraut machte. Wahrscheinlich würde Miss Kellys religiöse Überzeugung das nicht zulassen, ganz zu schweigen davon, daß es unmöglich gewesen wäre, eine so delikate Angelegenheit zu besprechen. Also beantwortete ich ihre Frage ziemlich kurz: »Hauptsächlich gibt es dort Staub und Hitze, Sie werden schon sehen. Und Gerüche. Nicht alle davon sind schlecht. Da wäre der Duft von Jasmin in der Nacht …«

»Meinen Sie, ich könnte mich nützlich machen?« fragte sie mit irritierend naiver Stimme und großen, unschuldigen Augen, die mich unsicher anschauten. »Ich meine, schließlich ist meine Generation ja schon etwas freier als die Ihre …«

Was meinte sie wohl damit? Sie war kaum zehn Jahre jünger als ich und redete, als gehörte ich bereits zum alten Eisen, nicht nur, was die Amüsements der Jugend anbelangte (das nehme ich aufgrund meiner Trauerkleidung noch hin), sondern auch hinsichtlich der Arbeit, die ich für die Verbesserung der Lebensumstände in Indien leisten konnte! Wußte sie überhaupt, daß nur ein paar von den amerikanischen Staaten der Westküste den Frauen das Wahlrecht gewährten, die an der Ostküste jedoch gar nicht, während ich in Großbritannien ein politisches Mitbestimmungsrecht habe und es auch nutzen werde, sobald sich die Gelegenheit ergibt?

»Glauben Sie, Sie bekommen bald das Wahlrecht?« fragte ich schroff.

»In der Politik kenne ich mich nicht so aus«, gab sie zu. »Aber in anderer Hinsicht sind wir freier.« Sie fuhr fort: »Der Krieg hat eine ganze Menge überholter Vorstellungen aufgebrochen, nicht wahr? Also werde ich mich dort wohl unters Volk mischen können, meinen Sie nicht auch?«

Das Mädchen ist ganz schön naiv, dachte ich. Sie hat einfach keine Ahnung, auf was sie sich da einläßt. Wieviel Freiheit wird sie noch haben, wenn erst einmal zwei oder drei kleine Kinder an ihrem Rockzipfel hängen? Das heißt, falls die lieben Kleinen es überhaupt schaffen, den Saum ihrer gefährlich kurzen Röcke zu erreichen.

»Ihr Mann wird Ihnen helfen, sich zurechtzufinden«, sagte ich. »Außerdem werden Sie eine Ayah haben, wenn Sie sie brauchen.«

»Ja. Jimmy wird natürlich da sein«, pflichtete sie mir bei und errötete.

Sofort schämte ich mich für meine Verärgerung. Gott sei Dank hatte ich nichts von Marie Stopes gesagt. Ich mochte Miss Kelly trotz ihrer dreisten und gleichzeitig naiven Art gern, also fügte ich umgänglicher hinzu: »Sie sollten ihn überreden, daß er Sie zu den Tanzveranstaltungen der Einheimischen mitnimmt. Das würde Ihnen sicher gefallen. Was es da an komplizierten Rhythmen und merkwürdigen Bewegungen gibt! Es wirkt sehr fremd, aber schön.«

Sie sah mich dankbar an.

»Glauben Sie ... glauben Sie, man wird mich akzeptieren ... wo ich doch eine Fremde bin?«

»Mit dem Namen Kelly werden Sie gleich ganz zu Hause sein«, antwortete ich. Wir mußten beide lachen. Wußte sie, fragte ich sie, daß auf der Hälfte der Grabsteine von Männern, die im Kampf gegen die Aufständischen gefallen waren, irische Namen wie Murphy, Daly, Keegan, Regan oder Riley standen?

»Tatsächlich?«

Ich erklärte ihr lieber nicht, daß diese irischen Namen hauptsächlich gemeinen Soldaten gehört hatten und daß die Iren kaum jemals in die höheren Ränge von Armee und Regierung aufgestiegen waren, doch ich fügte hinzu: »Der General, der Cawnpore verteidigt hat, war Ire. Er hieß Wheeler.«

»Wheeler? Wurde er getötet?«

»Ja. Sie wurden alle getötet. Auch meine Großtante Fanny wurde in Cawnpore ermordet. Nachdem die Belagerung aufgehoben worden war, damit die Frauen und Kinder herauskonnten, wurde sie aus einem Ruderboot gezerrt und zusammen mit den anderen ins Gefängnis geworfen. Die Sepoys weigerten sich, sie zu töten, mit der Begründung, sie seien Soldaten, die keine Frauen und Kinder ermordeten. Also wurden vier Metzger vom Markt für die Arbeit angeheuert. Sie haben alle Gefangenen mit Metzgermessern niedergemetzelt. Die Leiche von Großtante Fanny wurde in einen Brunnen geworfen.«

»O Gott«, rief sie aus. »Das ist ja unglaublich!« Doch offenbar glaubte sie es doch, weil sie ganz blaß wurde, nervös den Knoten packte, zu dem sie die Kette an ihrem Hals gebunden hatte, und aufgeregt die grünen Perlen daran durch die Luft wirbelte.

»Wir waren auch nicht gerade zimperlich«, fuhr ich unerbittlich fort. »Nach dem Aufstand wurde manch einer von den Rebellen an die Mündungen von Kanonen gebunden, die die britischen Soldaten dann abfeuerten.« Sie steckte ein paar von den grünen Perlen in den Mund, was sie noch mehr wie ein kleines Kind aussehen ließ.

»Aber das ist lange her«, sagte ich.

Da wir an dem Tag wegen des Landausflugs noch kein Mittagessen bekommen hatten, durfte Lucy zum Abendessen aufbleiben. Dabei teilte sie mir mit, daß Rose ihr das Tanzen beibringen wolle.

»Sie hat ein Grammophon in ihrer Kabine.«

»In ihrer Kabine?« wiederholte Mrs. V.

Wir wußten, daß Rose eine eigene Kabine hatte, weil die englische Tante, die sie auf der Reise begleiten sollte, ein paar Tage vor der Abreise die Treppe heruntergefallen war und sich das Bein gebrochen hatte. Mit eingegipstem Bein hatte sie Rose in ihrem Krankenbett zum Abschied auf die Wange geküßt und ihr erklärt, daß nicht einmal ein gebrochenes Bein den Liebenden im Weg stehen dürfe, daß Rose ohne sie reisen müsse. Soviel wußten wir bereits von Lucy. Die Tatsache, daß Rose einen großen Teil ihres Lebens bei ihrer englischen Tante verbracht hat, erklärt, warum ihr Akzent nur leicht ist und man sie kaum als Amerikanerin erkennt. Ihr Grammophon steht offenbar auf einer Kommode.

»Manchmal darf ich es aufziehen«, erklärte Lucy. »Es ist wunderschön. Sie bringt uns den ›Shake‹ bei.«

»*Uns*?« fragte Mrs. Vexham entgeistert.

»Ja. Uns beiden. Knickebein und mir.«

Es herrschte kurzes Schweigen, doch dann witterte sogar Mrs. Chinkwell einen Skandal.

»Wer ist denn Knickebein?« wollte sie wissen.

»Na, der Major natürlich!« rief Lucy ungeduldig aus, als wären wir alle ziemlich dumm. »Sie nennt ihn Knickebein, weil er es nicht so gut kann wie ich.«

»Ziemlich passender Name, was?« mischte sich Mr. V. ein. Wir mußten lachen, weil uns allen aufgefallen war, wieviel Zeit der Major damit verbrachte, sein Glas zu füllen, auszutrinken und wieder zu füllen, doch Lucy, die die Anspielung nicht verstand, fuhr fort:

»Sie nennt den Tanz den ›Shake‹, weil sie sich dabei die ganze Zeit schüttelt. Sie zittert am ganzen Körper wie die Planken über dem Schiffsmotor.«

Der Kapitän sah sie lange und durchdringend an. »Du meinst, sie tanzt den ›Shimmy‹?«

Lucy runzelte die Stirn. »Nein, so heißt das nicht.«

»Ist es vielleicht der *›turkey-trot‹*?« fragte der Kapitän.

»Nein, nein!« rief Lucy verächtlich. »Der ist doch schon seit der Steinzeit nicht mehr modern.«

»Tja, die ist allerdings schon ziemlich lange her«, pflichtete er ihr bei.

»Aber es ist schon so was wie ein Tanz«, sagte Lucy. »Das, was sie mit ihren Beinen macht.«

Es herrschte langes, erschrecktes Schweigen.

Der Kapitän brach es schließlich mit der Feststellung: »Wahrscheinlich ist das eine neue Art ›Shimmy‹.«

»Ihr altes schwarzes Kindermädchen hat ›shakin' out ya' feet‹ dazu gesagt«, meinte Lucy und bekam einen Lachanfall, als sie daran dachte. »Ihre grüne Halskette fliegt dabei in der Gegend herum. Und sie bringt es uns bei!« verkündete sie triumphierend.

»Vielleicht hat sie gerade erst entdeckt, daß sie überhaupt Beine hat«, sagte ich. »Schließlich durften die meisten unserer Mütter das nicht zugeben.«

»Ach was, Mrs. Brunoye, das ist aber jetzt wirklich übertrieben«, widersprach mir Mr. Vexham.

»Nicht die Beine haben sie abgestritten«, bemerkte Mrs. Chinkwell überraschend logisch, »sondern die Dinge, die man damit machen kann. Uns hat man als Kindern immer gesagt, wir sollen uns körperlich ertüchtigen. Schauen Sie sich doch bloß Suzanne Lenglen an! Gegen die hat doch auch niemand etwas einzuwenden.«

»Also wirklich!« mischte sich Mr. V. ein. »Sie jagt in ihrem weißen Seidendress und ihren

Strümpfen auf dem Tennisplatz dem Ball nach wie eine gierige Katze einem Vogel!«

»Sie verwendet ihre Beine zum Zwecke der Bewegung«, sagte seine Frau mit strenger Stimme, »nicht als Dekoration.«

»Und auch nicht zum Zwecke der Verführung«, fügte Mrs. Chinkwell hinzu.

»Hat Verführung etwas mit Tanzen zu tun?« erkundigte sich Lucy.

»Aber ja«, meinte der Kapitän. »Irgendwie schon. Beides hat einen süßen Beigeschmack, wie ein Geburtstagskuchen.« Er lächelte sie an. Lucy nickte. Ich hatte Angst, daß sie die nächsten Jahre Verführung mit Zuckerguß verwechseln würde, aber ich mischte mich nicht ein.

Mrs. Chinkwell meinte dann schließlich noch: »Sie ist eben noch jung und flatterhaft! Die Beinschüttelei wird schon aufhören, wenn sie erst verheiratet ist!«

Rose lachte, als ich ihr Teile des Gesprächs wiedergab.

»Tja, wahrscheinlich schüttle ich mich wirklich«, gab sie zu. »Den Tanz hat mir unsere alte Negerköchin beigebracht, als ich ein Kind war. Sie hat mich auf den Tisch in der Küche gestellt und in die Hände geklatscht, während ich getanzt habe. Sie kam aus dem Süden, aus Charlestown. Für sie war das ein Tanz der Fröhlichkeit. ›Wenn Sie lustig sind, Miss Rose‹, hat sie immer gesagt,

›dann tanzen Sie einfach Ragtime!‹ Aber als meine englische Tante mich dabei gesehen hat, war sie entsetzt. Sie hat gesagt, das sei verkommen.«

Sie lachte, doch dann wurde ihr kindliches Gesicht plötzlich ernst.

»Wissen Sie, was ich glaube, Mrs. Brunoye? Die Musik ist eine Sprache, die die Menschen überall auf der Welt verstehen, egal welcher Muttersprache. Und der neue Jazzrhythmus drückt alles sogar noch deutlicher aus, besonders für uns junge Leute. Er wird uns alle vereinen.« Jetzt lachte sie wieder ganz unbekümmert, aber ich war beeindruckt von der Ernsthaftigkeit, die ihrer Aussage zugrunde lag.

»Das ist ein interessanter Gedanke«, sagte ich und fragte mich insgeheim, was Jazz war.

Natürlich wurde Lucy von Rose als eine Art Anstandsdame mißbraucht, aber auch als Tarnung, hinter der sie und der Major sich um so besser amüsieren konnten. Mrs. Vexham ergriff die erste Gelegenheit, mich beiseite zu nehmen und mich unter Hinweis auf meine Verantwortung in der Angelegenheit zu warnen.

»Wollen Sie wirklich zulassen, daß Lucy so oft mit ihnen zusammen ist?« fing sie an. »Sie hat schon ein paar ziemlich fragwürdige Ausdrücke aufgeschnappt. Und glauben Sie nicht, daß Miss Kelly ein bißchen zu lockere Moralvorstellungen hat? Schließlich ist sie verlobt.«

»Vielleicht ist sie einfach nur jung und möchte etwas erleben«, sagte ich. »Außerdem kenne ich Greg schon eine ganze Weile. Ich will damit sagen ...«, fügte ich schnell hinzu, als ich merkte, wie Mrs. V. plötzlich die Ohren spitzte, »... wir kennen ihn noch aus der Zeit, in der er ein junger subalterner Offizier war. Eine Zeitlang hat er meiner Mutter seine Aufwartung gemacht.«

»Ach, tatsächlich? Ich hatte keine Ahnung, daß Sie sich von früher kennen. Dann ist die Sache natürlich anders«, mußte sie zugeben. »Ist er eigentlich verheiratet?«

»Das weiß ich nicht«, antwortete ich. »Ich habe ihn so viele Jahre nicht gesehen, daß ich ihn das nicht fragen möchte, aber er reist allein, und er spricht nie von Frau und Kindern.«

»Aha«, meinte Mrs. V., womit sie sagen wollte, daß man ein so seltsames Tier im Auge behalten mußte – einen alleinstehenden Mann über Vierzig mit einer Vergangenheit, die niemand kannte.

»Er hat sich seit damals sehr verändert«, sagte ich. »Er ist so alt geworden, daß ich ihn fast nicht erkannt hätte.«

»Und er trinkt zuviel«, fügte sie in scharfem Tonfall hinzu.

Sonntag, 21. Dezember

Lucy war enttäuscht über das Rote Meer. Sie schob ihren Kopf zwischen den Stäben der Reling durch und schaute mit wütendem Blick hinunter.

»Warum heißt es denn das Rote Meer, wenn es doch grün ist?« wollte sie wissen.

»Es schwimmt ziemlich viel roter Seetang darauf herum«, erklärte ich ihr. »Vielleicht heißt es deshalb so.«

»Das ist nicht fair«, meinte sie, nachdem sie vielleicht eine Minute aufs Wasser gestarrt hatte. »Ich hab' gedacht, es ist richtig rot – wie Blut.«

»Was für ein schrecklicher Gedanke«, sagte ich, doch sie hatte bereits das Interesse verloren und rannte Sophie nach, die zusammen mit ihrer Mutter einen geruhsamen Verdauungsspaziergang rund ums Schiff machte.

Am 21. kamen wir in Aden an. Der Aufenthalt war nur kurz, deshalb gingen wir nicht an Land, hatten aber viel Spaß mit den somalischen Jungen, die unermüdlich von ihren Einbäumen ins Wasser sprangen. Abgesehen von ihren Lendenschurzen waren sie nackt. Ein dicker roter Brei aus Henna und Kalk schützte ihr krauses Haar gegen das Wasser. Lucy warf eine Vier-Anna-Münze hinunter, und einer der Jungen stürzte sich in das klare grüne Wasser, um sie heraufzuholen. Nach, wie es uns erschien, ziemlich langer

Zeit tauchte er mit der Münze zwischen seinen blendend weißen Zähnen wieder auf. Wir machten uns Sorgen, weil es in der Gegend Haie gab. Im gleichen Kanu saß ein anderer schwarzer Junge, der nur einen Arm hatte. Er erhob sich, deutete auf den Stumpf und rief grinsend herauf: »Hai hat Arm gefressen!«

An dem Abend, nachdem wir Aden verlassen hatten, wurden ein Klavier, eine Violine und ein Cello an Deck gebracht, so daß wir nach dem Essen dort tanzen konnten. Es war sehr angenehm in der kühlen Nachtluft; sogar ich ließ mich überreden. Greg ist immer noch ein wundervoller Tänzer, und Mr. Vexham kann zu meiner Überraschung den Foxtrott. Mit dem Dritten Offizier, der für die Post zuständig ist, habe ich den Walzer versucht. Er hat mir in Marseille Alices Brief gegeben.

Seit wir den Golf von Aden erreicht haben, ist es natürlich ziemlich warm. Die Ventilatoren an den Decken der Gemeinschaftsräume sind jetzt in Betrieb, aber da es in den Kabinen keine gibt, wird es ab Mittag ungemütlich darin. Rose tut mir leid. Auf der sonnigen Steuerbordseite muß es fast unerträglich heiß sein.

Ich bestehe darauf, daß Lucy mindestens zweimal pro Woche vor dem Schlafengehen badet. Wie Du Dich zweifelsohne erinnerst, ist dies wegen des Wassermangels ein ziemlich umständliches Ritual, denn man muß sich vorher in eine Liste eintragen und nicht nur Seife, Handtuch und Schwamm in das Gemeinschaftsbad mitnehmen, sondern auch die Nachtgewänder. Lucy sitzt gern in dem warmen Salzwasser, doch ich muß ihr helfen, wenn sie aufsteht, um sich einzuseifen, und sie kreischt lauthals, wenn ich den Schaum mit dem kühlen, frischen Wasser abspüle, das mir die Bademeisterin reicht. Sie macht auch viel Lärm, wenn sie aus dem Zuber heraus ist und mit den Fersen auf den Holzlatten der Badematte herumstapft.

»Knickebein nennt sein Bad den Königszuber«, erzählte sie mir.

Ich mußte lachen. Der Ausdruck klingt so altmodisch, als gehöre Greg noch ganz und gar der viktorianischen Zeit an.

Das warme Bad beruhigt Lucy, wenn sie aufgedreht ist, und sie schläft danach meist sehr schnell in ihrer Koje ein, so daß ich genügend Zeit habe, mich zum Abendessen umzuziehen. Nachdem ich die Kabinentür geschlossen und unserem Steward gesagt habe, daß Lucy schläft, kann ich die Gangway hinaufgehen.

Ich bin ruhig und selbstsicher, wenn ich den Speisesaal betrete, und fühle mich weniger matronenhaft, denn meine Abendkleider sind, obwohl schwarz, mit Spitze verziert und weit ausgeschnitten. Ich halte es nicht für unziemlich,

Deine Perlen zu tragen, und ich habe sogar manchmal die Bernsteinkette angelegt, die ich in Port Said gekauft habe. Die großen, goldenen, halb durchsichtigen Steine sehen gut aus zu dem Schwarz. Ich genieße den kühlen Luftzug in meinem Nacken, wenn ich unter den Ventilatoren zwischen den Säulen hindurchgehe, und ich weiß, daß sich das Schwarz im sanften Licht des Speisesaals weniger kraß von meiner Hautfarbe abhebt als in der grellen Sonne des Tages. Ich habe manchmal an Deine letzte Reise gedacht, die Du nach Vaters Tod in der Hitze unternommen hast. Du hast damals ebenfalls Trauer getragen, und es gab noch keine Ventilatoren, sondern nur schläfrige *punkah-wallahs*, die im Schneidersitz auf dem Boden der Gemeinschaftsräume saßen und mit den langen Vorhängen Luft hereinfächelten. Zweifellos hast Du damals wunderschön ausgesehen mit der glitzernden Diamantbrosche an Deinem schwarzen Spitzenkleid, die Du Victoria geschenkt hast, aber die Hitze muß fast unerträglich gewesen sein.

Die Langeweile des nächsten Reiseabschnitts, in dem wir kein Land zu Gesicht bekamen, wurde ein wenig aufgelockert, als wir begannen, ein Schiff der British India Line zu überholen, das ungefähr einen Kilometer vor uns dahinfuhr und das uns Passagiere zu einem Kegelwettbewerb aufgefordert hatte. Sofort wurden auf dem

Vorderdeck entlang der Reling Segeltuchplanen gezogen, damit die Kugeln nicht über Bord fielen, die Kegel wurden im Bug aufgestellt, und eine Mannschaft, angeführt vom Major, erklärte sich sehr schnell zu einem Spiel bereit. Es war wirklich sehr amüsant, dabei zuzusehen. Da das Vorderdeck sich während der Fahrt ein wenig aufstellte, rollten die Kugeln entlang der Dollborde wieder zu den Spielern zurück. Der jeweilige Spielstand wurde telegrafisch zwischen den Schiffen ausgetauscht. Wir verloren, und am Ende des Spiels gratulierten wir den Siegern durch dreimaliges Betätigen der Schiffssirene, bevor wir uns von ihnen trennten. Danach gingen alle Spieler und viele der Zuschauer an die Bar.

Sie ist offensichtlich der Lieblingsort von Greg.

23. Dezember

»Großmutter ist tot«, verkündete Lucy heute morgen, »aber wir werden sie eines Tages wiedersehen. Vielleicht, wenn wir wieder Heimaturlaub haben. Vielleicht auch im Himmel.«

Mrs. Vexham war sichtlich gerührt von Lucys Gefühlen und lächelte sie über den Tisch hinweg an.

»Hast du deine Großmama sehr gern gehabt, Schätzchen?« fragte sie.

»Ja«, sagte Lucy. »Sie war nett. Sie hat mir

immer feine Süßigkeiten geschenkt. Aber sie war auch krank. Sie war die ganze Zeit krank.«

Mrs. V.s Lächeln wurde säuerlich. Jetzt erst wurde mir klar, daß sie nie selbst Kinder gehabt hatte und deshalb nicht an ihre sprunghafte Gesprächsführung gewöhnt war. Sie ist der Ansicht, kleine Mädchen kommen bereits als junge Ladys auf die Welt oder sollten es zumindest. Für sie sind Kinder kleinere, süßere, unschuldigere Erwachsene, nicht, wie ich glaube, junge Menschen mit einem Blick, der noch nicht durch schlechtes Gewissen und Heuchelei verstellt ist.

Lucys Bemerkungen bei Tisch bringen Mrs. Vexham oft aus der Fassung, doch allmählich merkt sie, daß Lucy ihr eine Menge Leckerbissen vom Schiffsklatsch zuträgt. Mrs. V. gehört zu den Leuten, die sich wie Schmarotzer vom Leben anderer Leute ernähren. Die Handlungen, Gespräche und Schrullen anderer, insbesondere, wenn sie von ihrer eigenen Vorstellung von Richtig und Falsch abweichen, sind ein gefundenes Fressen für sie. Als wir das weite, hitzeflirrende Arabische Meer überquerten, stellte sie Lucy während der Essenszeiten schon von sich aus Fragen.

»Wie war denn der Major heute morgen?«

»Böse.«

»Böse? Und warum?«

»Er wollte nicht, daß ich den Gauklertrick mit seiner Uhr mache.«

»Das will ich auch hoffen!«

»Na ja, sie ist ja nicht mal aus Gold, sagt Rose.«

»Ach, wirklich?«

»Er ist wütend davongestampft.«

»Und – war Rose deswegen aufgebracht?« erkundigte sich Mrs. V.

»Wir haben bloß gelacht.«

»Wir?«

»Rose und ich. Und der Doktor.«

»Der Schiffsarzt?« wollte Mrs. Chinkwell wissen.

»Er heißt Morton«, antwortete Lucy. »Er starrt immer so.«

Mir war das auch schon aufgefallen. Morton ist ein großer, schlanker, asketischer junger Mann, der seine Ausbildung noch nicht lange hinter sich hat, aber trotz seiner Jugend irgendwie beeindruckend wirkt. Mit ziemlicher Sicherheit wird er eines Tages ein angesehener Arzt in London sein. Im Augenblick sammelt er Reiseerfahrungen und Kenntnisse über die gängigsten Erkrankungen von Reisenden. Er sieht gut aus in seiner Uniform. Seine Stimme ist leise, doch manchmal lacht er ganz plötzlich, nicht freundlich, sondern kurz und höhnisch. Dem wachsamen, durchdringenden Blick seiner hellen blauen Augen entgeht kaum etwas.

Vielleicht hatte dieses Starren und nicht die Angelegenheit mit der Uhr Greg dazu gebracht, wütend davonzustampfen. Während des Kegelwettbewerbs mit der SS Manitoba war Morton, das hatte ich gesehen, an Roses Seite gewesen, dann hatte er mit ihr zusammen einen kleinen Spaziergang gemacht, während der Major die Runde der Verlierer zu einem Drink an die Bar geleitete.

Mittlerweile macht noch ein dritter Mann Rose den Hof. Er sitzt nicht an ihrem Tisch, hat sich aber unserem immer größer werdenden Kreis angeschlossen, der sich im Salon zum Kaffee trifft. Ihr dritter Verehrer ist ein schüchterner Junggeselle mittleren Alters, der erstaunlich gut Klavier spielt. Er hat Rose neulich abend nach dem Essen begleitet, als sie ›Little Dolly Daydream‹ für uns gesungen hat. Wir haben alle in den Refrain eingestimmt. Es war bei dieser Gelegenheit – als sich Rose ganz ungehemmt diesem Vergnügen hingab –, daß ich den Doktor beim Starren ertappt habe. Er sang nicht, sondern stand still wie ein Mäuschen da und beobachtete sie mit merkwürdig intensiven Blicken, als wolle er sie verschlingen. Ich war dadurch so irritiert, daß ich ebenfalls mit dem Singen aufhörte.

Jetzt ist mir klar, daß der Major im Kampf um die Gunst von Rose mindestens zwei Rivalen hat und sich vielleicht an den Rand gedrängt fühlt.

Doch diese Beobachtungen behalte ich für mich. Soll sich Mrs. Vexham die Geschichte doch selbst zusammenreimen.

Es war nach dem Konzert an Deck, daß Greg zum erstenmal eifersüchtig reagierte. Lucy, die an dem Abend aufbleiben durfte, saß zwischen uns. Der Pianist begann mit einem hervorragenden Vortrag von Sibelius' ›Valse Triste‹. Kurz darauf folgte eine rundliche schottische Sopranistin, die Dvořáks ›Als die alte Mutter mich noch lehrte singen‹ so anrührend zum besten gab, daß ich weinen mußte, weil mich das Lied an die Abende erinnerte, die ich zusammen mit Tom und Victoria singend am Klavier verbracht habe, während Du uns begleitet hast. Dann folgten drei nicht mehr allzu junge Schulmädchen in japanischen Kimonos, die mit hoher Stimme zirpten, auf und ab wippten und ganz wie in ›Mikado‹ mit ihren Fächern hin und her wedelten. Als Rose auftrat, ging ein gedämpftes Murmeln durch die Zuschauerreihen, das zum Teil auf die Bewunderung für ihre Schönheit, zum Teil aber auch auf den Schock über Roses gewagte Kleidung zurückzuführen war. Sie trug ein sehr kurzes weißes Kleid mit drei Reihen weißer Seidenfransen, die bei jeder Bewegung glänzten. Ihre Arme und Schultern waren nackt, und ihre Beine in den dünnen Seidenstrümpfen sahen zumindest so aus. Die lange grüne Kette hatte sie vor der Brust zu einem Knoten geschlungen, und während sie sang, spielte sie mit einer Hand an dem Knoten herum und ließ die Kette kreisen. Mit der anderen fächelte sie sich mit der smaragdgrünen Straußenfeder aus Port Said Luft zu. Ein leuchtend grünes Band hielt ihr glänzend schwarzes Haar zusammen, und grüne Satinschuhe mit modisch geschwungenen Absätzen umfingen ihre Füße.

Ihr eifriger Begleiter konnte nicht nur Ragtimes, sondern auch gesetzte Walzer spielen. Offenbar hatten sie viel miteinander geübt, denn jetzt begannen sie einen Wirbel neuer Rhythmen und Bewegungen zu entfachen, die mir völlig verrückt erschienen. Das war alles schrecklich aufregend und so gut gemacht, daß ich mich zu fragen begann, ob das nicht vielleicht Roses eigentlicher Broterwerb war.

Ihr Auftritt begann mit einer Burleske. Drei Seeleute folgten ihr auf der Bühne, und alle flehten sie an, ihr Tanzpartner werden zu dürfen. Ihr Song war amüsant und hatte seinen Ursprung wohl in den beliebten Nachmittagstees mit Tanz. Alle stimmten in den Refrain ein: »You can't make your Shimmy shake on Tea!« Einer ihrer Verehrer holte einen Flachmann mit Brandy aus der Tasche und bot ihr einen Schluck an, worauf sie eine Seltersflasche packte, die ihr aus der Kulisse gereicht wurde. Als alle niederknieten, um sie um den nächsten Tanz zu bitten, streckte sie einen nach dem anderen mit einem Spritzer Sodawasser nieder.

Nachdem die Seeleute von der Bühne gekrochen waren, gab sie mit klarer, harter Stimme, die sich sehr von der der munter trällernden Sopranistin unterschied, einen Song zum besten und schob dabei Tanzeinlagen ein, bei denen sie ihre Gliedmaßen, genau wie Lucy gesagt hatte, schüttelte. Der Titel des Liedes war ›Movin' On!‹ und sie sang es mit so aufrichtiger, energischer Stimme, daß es für ihre Zuhörer nicht nur den Übergang zu einem neuen, schnellen Rhythmus illustrierte, sondern auch den in ein neues, unmittelbar bevorstehendes Jahrzehnt: »We're going to break the bad old world, We're breakin' out!« versprach sie uns. Wir waren alle verzückt, und als sie sich verbeugte, wollten die Zuschauer eine Zugabe.

Ich beugte mich zu Greg hinüber und rief begeistert aus: »Sie ist einfach wunderbar, findest du nicht auch? Was hat sie doch für einen Elan!«

Der Blick, den er mir schenkte, war alles andere als vergnüglich. Der unterdrückte Zorn, ja, man kann sagen: der Haß in seinen Augen bestürzte mich so sehr, daß meine Freude einen Moment wie weggeblasen war. Doch all das war vergessen, als sie noch einmal auf die Bühne kam, um eine Zugabe zu geben. Sie warf ihre Feder weg und nahm statt dessen einen Stock in die Hand. Auf ihrem Haar saß, mit Klammern befestigt, eine weiße, spitze Kappe. Diesmal marschierte sie die Bühne zum Klang von ›Alexander's Ragtime Band‹ auf und ab, einem Song, den der Pianist mit erstaunlicher Geschwindigkeit und Energie improvisierte. Als sie ihren Auftritt unvermittelt mit einer Steptanznummer beendete, folgte donnernder Applaus.

Ich merkte, daß eine ganze Reihe von Schiffsoffizieren am hinteren Ende des Raumes stand, und als ich einen Blick durch das Fenster warf, entdeckte ich mehrere Laskar-Deckshelfer. Auf ihren Gesichtern war entzücktes Erstaunen zu lesen. Wenn Rose als Alleinunterhalterin auftritt, schenkt sie allen unschuldiges Vergnügen. Sie verstärkt die kleinen Freuden des täglichen Lebens, überzieht sie mit besonderem Zauberglanz.

Als nach dem Auftritt alle hinausdrängten, wurde ich gegen Mrs. Vexham gedrückt.

»Sie macht die düstere alte Welt ein bißchen heller, nicht wahr?« sagte ich.

Doch Mrs. V. fand die Sache nicht amüsant.

»Es ist gefährlich, wenn man alle Konventionen auf einmal über den Haufen wirft wie sie«, sagte sie mürrisch. »Diese Tanzerei – also wirklich! Das ist ja wie eine afrikanische Orgie!«

Sie sind eine widerliche, alte Frau mit schmutziger Phantasie, wollte ich sagen, Sie kippen Ihre

Mißbilligung dort aus, wo Sie insgeheim selbst gern teilhaben würden; aber meine Entrüstung war schwächer als die guten Manieren, die Du mir beigebracht hast. »Ich kann nichts Schädliches daran finden«, meinte ich deshalb nur.

»Wir werden ja sehen …«, murmelte sie in unheilverkündendem Tonfall.

Was werden wir sehen? fragte ich mich. Welche düsteren Vorahnungen hegte die Kassandra des Schiffes wohl in ihrem Busen? Ich hatte keine Zeit, das herauszufinden, weil ich Lucy ins Bett bringen mußte. Auch Rose sah ich in jener Nacht nicht mehr, also konnte ich ihr erst am Morgen zu ihrem Auftritt gratulieren.

»Lucy ist ganz aus dem Häuschen wegen der Steptanzeinlage. Sie hat versucht, es Ihnen oben an Deck nachzumachen.«

»Okay«, sagte Rose. »Ich zeige ihr, wie es geht. Wissen Sie, Mrs. Brunoye, sie ist einfach süß und eine gute Tänzerin obendrein. Vielleicht sehen wir irgendwann einmal ihren Namen in Leuchtbuchstaben am Broadway.«

Ich sah Lucy zweifelnd an. Wahrscheinlich würde Herbert nicht allzuviel von diesem Gedanken halten, doch der Major, der zwischen ihnen stand und immer noch dreinschaute wie ein gereizter Stier, strich Lucy übers Haar. Ich merkte, wie sein Blick plötzlich schmolz, warm und leidenschaftlich wurde wie damals bei mir.

Nach dem Essen traf ich ihn allein an, wie gewöhnlich einen Brandy in der einen Hand, eine Zigarre in der anderen. Er sah mürrisch und unglücklich aus, als ich mich neben ihn setzte.

»Wo ist Rose?« fragte ich.

Er gab mir keine Antwort, statt dessen wiederholte er wütend meine Worte vom vorhergehenden Abend, als habe er die ganze Zeit darüber nachgedacht: »Elan! Elan! Warum verwendest du eigentlich immer französische Ausdrücke? Obwohl ich eigentlich nichts gegen die Froschfresser habe. Haben tapfer gekämpft bei Verdun – die armen Teufel!«

Er schwieg, und ich wartete.

»Sie hat keinen Elan, sondern eine animalische weibliche Anziehungskraft. Sexuelle Anziehungskraft.«

Ich sagte nichts.

»Aber daraus macht sie sich nichts. Ich meine, aus den sexuellen Vergnügungen. Dafür ist sie ganz versessen auf Rhythmen. Für sie sind sie so etwas wie ein Fetisch, ein religiöser Ritus, wie eine tibetanische Gebetsmühle oder so was. Sie sagt, ich hätte ihn nicht im Blut.« Er leerte hastig sein Glas. »Rhythmus, sagt sie, ist ein Gottesgeschenk. Offenbar wurde es mir nicht in die Wiege gelegt und auch nicht allzu vielen anderen, wenn ich mir's recht überlege«, schloß er düster.

Ich wollte ihm widersprechen.

»Für mich ist das Tanzen ein Mittel, um Mädchen kennenzulernen, aber für sie ist es das Leben! Und weil ich es nicht habe – dieses Gefühl für den Ragtime oder so –, bin ich ein *harayan*, ein Geächteter.«

»Vielleicht liegt es nicht nur am Rhythmus«, meinte ich. »Vielleicht hat es auch mit eurem Altersunterschied zu tun.«

»Was soll das heißen? Ein Mann ist nie zu alt!«

»Ach, Greg! Wie durch und durch viktorianisch du doch bist! Rose steht in ihrer Betrachtungsweise der Welt Lucy näher als dir. Das meine ich mit dem Altersunterschied.«

Er schwieg eine ganze Weile, bevor er wieder etwas sagte. »Du bist eine harte Frau, Louise. Du hältst mit deiner Meinung nicht hinterm Berg – aber wahrscheinlich hast du recht.«

»Und was die Geschichte mit dem Geächteten angeht – das ist Unsinn! Du hast von der Natur viele Tugenden mitbekommen. Mein Gott! Damals, als du noch ein subalterner Offizier warst, da habe ich dich für den bestaussehenden Mann von ganz London gehalten! Du hast mir damals ganz schön den Kopf verdreht …«

Er sah mir ins Gesicht und dann durch das gegenüberliegende Bullauge hastig hinaus aufs Meer. Es war das erste Mal, daß einer von uns unsere frühere Zuneigung zueinander zur Sprache brachte.

»Das ist lange her, Louise. Viele Jahre sind vergangen, das war in einem anderen Leben.«

Die Erinnerung daran ließ ihn offenbar ziemlich kalt, denn schon bald wandte er sich wieder der Gegenwart zu.

»Sie scheint für den Rhythmus zu leben. Sie gerät dabei fast in Trance – für sie ist das Tanzen wie eine Sucht.«

»Sie ist eine ausgezeichnete Tänzerin«, sagte ich.

»Was soll das alles überhaupt?« brummte er. »Die Wilden haben schließlich auch Rhythmus, oder? Sie schlagen die Trommeln und so. Sie ist bloß eine verdammte Yankee-Trommlerin. Sie trommelt mit den Füßen!«

»Ist sie eine professionelle Tänzerin? Ich meine, tritt sie auf der Bühne auf?«

»Das wollte sie mal, aber ihr Vater hatte was dagegen. Er sagte, das sei primitiv, dabei lerne sie schlechte Männer kennen und würde dem Sumpf der Unmoral verfallen. Er wollte, daß sie eine Lady wird. Dann hat sie den Kerl von der Polizei in Indien kennengelernt.«

»Wie hat sie ihn kennengelernt?«

»Anscheinend war er letzten Sommer Gast im Hotel ihres Vaters in New York. Er hatte Heimaturlaub und hat sich schier den Hals ausgerenkt, als er die Wolkenkratzer gesehen hat. Wahrscheinlich war es für ihn eine Erleichterung, als er den Kopf wieder gesenkt und dann Rose vor Augen hatte.«

Er stieß einen tiefen Seufzer aus.

»Wahrscheinlich hast du recht. Ich werde wirklich alt.«

»Du bist nicht alt«, widersprach ich ihm. Doch dann wurde mir bewußt, daß er zweimal so alt war wie Rose, in ihren Augen also vermutlich tatsächlich alt.

Ich sah, daß er litt. Die üppigen Locken, die er früher kurz geschnitten getragen hatte, fielen ihm jetzt in die Stirn, als er den Kopf senkte. Er sah fast aus wie ein Löwe, dachte ich, als er zuerst mich mit seinen blutunterlaufenen Augen anschaute und dann sein leeres Glas, wie ein wütender Löwe, der seine Wunden mit Alkohol auswusch.

»Sie ist noch sehr jung«, sagte ich. »Fast noch ein Kind. Wahrscheinlich genießt sie zum erstenmal ihre Freiheit, und das gefällt ihr. Das Flirten, meine ich.«

Genau wie ich damals, dachte ich, aber keiner von uns sagte es.

Er warf mir einen giftigen Blick zu, erhob sich und torkelte zur Bar hinüber, um sein Glas nachfüllen zu lassen. Er fragte mich nicht, ob ich auch einen Drink haben wollte.

Ich verließ den Raum kurz nach ihm und ging hoch an Deck. Es war eine ruhige, milde Nacht, und die Sterne leuchteten so hell, daß sie in der tropischen Dunkelheit zu explodieren schienen. Ich stand an der Reling und lauschte auf die schwarzen Fluten, die am Stahlrumpf unseres Schiffes leckten, während es von den stampfenden Motoren vorangetrieben wurde. Sie pulsierten wie ein riesiges menschliches Herz, und die Tage verrannen wie all unsere Tage; sie verschmolzen im Ozean der Vergangenheit. Ich ließ meine Gedanken mit ihnen dahindriften.

Die Erinnerung an meine Schulmädchenliebe für Greg vor zwanzig Jahren war angenehm, ja sogar amüsant. Schwerer fiel es mir da schon, daran zu denken, daß ich vor nur sieben Jahren während einer ähnlichen Reise auf einem anderen Schiff fast vier Wochen ununterbrochen in seiner Gesellschaft verbracht hatte. Das war vor dem Krieg gewesen, der so erstaunliche Veränderungen in unserer Lebenseinstellung bewirkt hat. Ich war achtundzwanzig, verlobt, unterwegs zu Herbert, um seine Frau zu werden. Doch war diese junge Frau, die ich nach nur sieben Jahren als Fremde betrachte, tatsächlich ich? Wie Greg richtig gesagt hat: Das ist lange her, und das Leben hat sich verändert.

Wahrscheinlich war ich trunken von meiner plötzlichen Freiheit, der Lösung aus den Fesseln, die die allgemein gültigen, jedoch oft absurden gesellschaftlichen Werte darstellten. Ich war trunken von der Freude an meiner Jugend, von dem Gefühl, die salzige Gischt auf meinen Wangen zu spüren, wenn ich an Deck im Wind stand, gleich neben Greg, und dem Kielwasser nachschaute, das sich irgendwo hinter uns verlor wie die Zeit: Tage voller Ekstase, die verrannen und uns immer näher an Kalkutta und den unvermeidlichen Abschied heranführten, denn Greg hätte mich natürlich nie geheiratet. Das wußte ich, aber es war mir egal. Greg … Wenn ich bloß seinen Ärmel berührte, durchzuckte so etwas wie Wahnsinn meinen Körper. Wenn er mich küßte, klammerte ich mich zitternd an ihn. In seiner Gegenwart sah ich keine anderen Menschen mehr. Ich nahm sie verschwommen wahr, aber ich scherte mich überhaupt nicht darum, was sie über mich sagten oder dachten. Die anderen Passagiere sind in meinem Gedächtnis nur noch vage Gestalten, dunkel im Vergleich zu dem leuchtenden Himmel oben an Deck, wenn ich in dem Schatten einer Gangway hinunter zu meiner Kabine stolperte, um ein Buch zu holen, mich zum Essen umzuziehen, all die tausend kleinen Dinge zu tun, die ich ganz automatisch machte, die langweiligen Pflichten des Alltags, die ich zuvor voller Begeisterung erfüllt hatte, die aber jetzt angesichts meiner intensiven Gefühle in jener merkwürdigen Zeit so trivial und nebensächlich wurden. Alle meine Verbindungen mit der Realität lockerten sich, wurden vage, das Innerste wurde nach außen gekehrt. Mein einziger Orientierungspunkt war Greg.

Die Liebe ist so etwas wie eine Krankheit, *l'amour fou* … Sie macht die Männer verrückt. Und die Frauen ebenfalls, wie ich mich erinnere. Jetzt, da ich wieder vernünftig bin, fällt es mir schwer zu glauben, daß dieses verrückte Mädchen damals ich war.

Gerade als ich aufhörte, an dieses verrückte Mädchen zu denken und in die Gegenwart zurückzukehren, gesellte sich Greg zu mir. Es war so dunkel, daß ich sein Gesicht nicht erkennen konnte, aber an seiner unsicheren Hand, die die Reling packte, und an seiner drängenderen, rauheren und schlierigeren Stimme merkte ich, daß er nicht nur mehr als angetrunken, sondern auch wütend war.

»Frauen!« sagte er gerade. »Hab' sie nie richtig leiden können, weißt du. Natürlich lieb' ich sie, will sie – brauch' sie! Das ist bloß natürlich. Aber nicht lang …« Er brach in höhnisches Gelächter aus.

»Und was magst du nicht an den Frauen?« fragte ich.

»Frauen?« fragte er, als habe er vergessen, daß er von ihnen gesprochen hatte. »Die Art, wie sie an einem drankleben«, antwortete er nach einer Pause. »Sie kleben an einem wie die Kletten. Das mag ich nicht. Sie wollen die ewige Liebe. Als ob jemand lieben könnte, bis daß der Tod uns scheidet!«

Da ich mich selbst aus meinem früheren Ich geschält hatte wie eine Schlange aus ihrer Haut und zu einer ganz anderen Frau geworden war, verstand ich, wie absurd das Heiratsversprechen war, denn der Mensch, der jetzt schwört, einen anderen Menschen zu lieben, ist in sieben Jahren möglicherweise nicht mehr der gleiche. Und auch der Geliebte hat sich vielleicht verändert. Wie können wir also auf eine Zukunft schwören, die wir nicht kennen? In Gesundheit und Krankheit, in Wohlstand wie in Armut, ja, vielleicht, aber wie sollen wir eine Garantie für unseren Charakter und unsere Lebenseinstellung geben? Doch Greg verfolgte seine eigenen Gedanken, nicht die meinen.

»Die können nicht auf eigenen Füßen stehen. Nicht wie du, Louise. Du bist anders. Unabhängig und offen. Stellst keine Ansprüche.«

Stellte Rose etwa Ansprüche? überlegte ich, fragte ihn aber nicht. Ich verfolgte das Thema nicht weiter, weil er mich plötzlich am Ellbogen packte.

»Ich muß dir noch was sagen, Louise«, platzte es aus ihm heraus.

»Etwas über Rose?«

»Nein, nein!« Er machte eine heftige Bewegung, als wolle er einen Stapel Papier hinaus aufs Meer fegen. »Über dich, Louise, über uns.«

Ich spürte, wie ich rot wurde, und war froh, daß es dunkel war. »Mein Gott, Greg! Das ist Jahre her!« widersprach ich.

»Ich weiß, ich weiß. Aber ich möchte, daß du etwas begreifst.«

»Was? Ich war völlig vernarrt in dich, das ist alles.« Ich redete von der Liebe, aber meine Stimme klang rauh.

Er zog seine Hand von meinem Arm weg. Es herrschte langes Schweigen. Als er schließlich wieder etwas sagte, klang seine Stimme gedämpft, fast traurig.

»Ich habe mich immer nach Liebe gesehnt. Als Kind habe ich nicht viel davon bekommen.«

Ich ließ ihm Zeit.

»Als du sie mir geschenkt hast, durfte ich sie nicht annehmen.«

»Du *durftest* nicht?«

»Das Gesetz – die Gesellschaft – all die Dinge, die du so sehr achtest. Sie können grausam sein, Louise.«

»Ja?«

»Heirat ausgeschlossen«, mühte er sich weiter ab. »Und so. Verboten. Sogar unschicklich.«

»Unschicklich?« wiederholte ich. »Was meinst du damit?« Und dann dämmerte mir endlich, daß er mir folgendes zu erklären versuchte: Er war früher Dein Liebhaber gewesen und konnte das Mädchen, dessen Mutter seine Geliebte gewesen war, nicht heiraten.

»Du meinst, du hast meine Mutter geliebt?«

Langes Schweigen. Dann lachte er schallend.

»Nein, nein. Es war alles ganz anders.« Er legte mir den Arm um die Schultern. »Sie war auch meine Mutter. Ich war nämlich ein Bastard. Sie hat mich in Pflege gegeben, ihren Familiennamen durfte ich nicht annehmen. Weißt du, ich war nie ein feiner Pinkel.«

Mir verschlug es die Sprache. Ich war wütend, entsetzt. Ich schüttelte seinen Arm ab und hielt mich mit beiden Händen an der Reling fest.

»Das glaube ich nicht«, sagte ich.

»Tja, das kann ich dir nicht verdenken.«

So standen wir eine ganze Weile schweigend da, bis leises Mitleid meine Feindseligkeit aufzuweichen begann.

»War sie nett?« fragte ich. »Deine Pflegemutter?«

»Hat auf der anderen Seite des Flusses gewohnt«, antwortete er kurz angebunden. Seine Beichte schien ihn ernüchtert zu haben, denn nun sprach er schneller und verständlicher. »Sie war sehr, sehr sauber, aber nicht wohlhabend. Zu religiös. Fair ... aber nett? Tja, könnte man sagen. Mein Pflegevater war liebevoller. Er war ein kleiner Bauunternehmer. Mutter – meine richtige

Mutter – hat mich manchmal besucht, wenn sie Heimaturlaub hatte. Sie hat für meine Schulausbildung bezahlt. Wenn sie vorbeigeschaut hat, hat sie mir Geschenke mitgebracht, Süßigkeiten und Taschengeld. Ein- oder zweimal hat sie mit mir zusammen etwas unternommen. Ich weiß noch, wir sind oben in einem Bus gefahren. Damals wurden die Busse noch von Pferden gezogen. Und einmal sind wir in einem Einspänner zum Tee mit Muffins durch den Hyde Park in ein Teegeschäft gezockelt. Meine Mutter – deine Mutter – hat mir beim Abschied immer einen Kuß gegeben.«

Für Greg war das eine ziemlich lange Ansprache. In meiner Vorstellung erzeugte sie ein erschreckendes Bild von seiner Kindheit: von seltenen Zusammenkünften mit seiner Mutter, von wenigen Freuden, die sich über die Jahre verteilten, von traurigen Abschiedsküssen.

»In der Armee war ich glücklich«, sagte er dann, als wollte er das Bild wieder zurechtrücken. »Mutter hat mir geholfen, aufgenommen zu werden – indirekt. Sie hat ein paar Verbindungen spielen lassen, hast du das gewußt?«

Ich hatte es gewußt. Die *éminence grise* im Hintergrund …

»Ja, ich habe sie geliebt. Sie war so schön. Aber immer distanziert.«

»Also sind wir verwandt?« fragte ich, noch immer ungläubig.

»Du bist meine einzige lebende Verwandte, Louise. Aber in deinen Augen bin ich wohl immer nur ein Tunichtgut gewesen.«

Was er sagte, ärgerte mich. Victoria war ebenfalls seine Schwester, aber sie hatte er vergessen. Ich hatte das Gefühl, als schließe sich eine Falle über mir. Alle möglichen neuen Loyalitäten, Pflichten und Vorstellungen von Schicklichkeit umklammerten mich und drückten mich nieder.

»Dann bist du mein Halbbruder?« fragte ich und dachte: Er hat es vor sieben Jahren bereits gewußt, ich aber nicht. »Es war also Inzest, nicht wahr?«

Zu meiner Überraschung lachte er unbekümmert.

»Du redest nie um den heißen Brei herum, was, Louise? Ich weiß, das muß ein ganz schöner Schock für dich sein, aber ich mußte es dir einfach sagen.«

Ohne ein weiteres Wort, jedoch immer noch lachend, wandte er sich von mir ab und ging.

Offenbar hatte er mich verletzen wollen. Warum sonst hätte er mir dieses gräßliche Geheimnis offenbart? Er wollte mich dafür bestrafen, daß ich ehelich geboren war und auf der richtigen Seite des Flusses leben durfte. Nun, das war ihm gelungen. Als ich in die brodelnde See blickte, wußte ich, daß ich die Last, die mir so unerwartet aufgebürdet worden war, allein, ohne

Hilfe, schweigend bis ins Grab tragen müßte. Ganz allmählich stiegen Wut und auch Haß auf Dich, meine liebste Mutter, in mir auf. Nun sah ich Dich mit den klaren Augen von Alice Pillinger und verdammte Dich. Sie hätte Dich eine Heuchlerin genannt, hätte Dir vorgeworfen, daß Du Fremde beauftragt hast, Deinen Jungen großzuziehen. Natürlich hätte sie Dir weniger Vorwürfe gemacht für Deine Leidenschaft, die Dich dazu brachte, den unbekannten Liebhaber damals in Dein Bett zu lassen. (Oder war es ein dunkler, duftender Winkel eines indischen Gartens in einer schwülen Nacht kurz vor dem Ausbruch des Monsun gewesen?)

Du hättest mit hoch erhobenem Kopf rebellieren sollen. Du hättest einen Weg finden müssen, Dein Kind mit Deiner Hände Arbeit großzuziehen, auch wenn das Armut bedeutet hätte. Ein Teil von mir macht Dir den gleichen Vorwurf, daß Du nämlich Deine gesellschaftliche Stellung und das leichte Leben der Sorge um Dein erstes Kind vorgezogen hast. Doch dann fallen mir Großmama Dambresac (die Alice nie kennengelernt hat) mit ihrer spitzen autoritären Nase und Großpapa Dambresac ein, dessen Übersetzungen der Urdu-Dichter damals in den englischen Zeitungen für solchen Aufruhr gesorgt haben. Alice Pillinger hat die alten Familienfotos nie gesehen. Sie hat nie begriffen, was all die geschlossenen

Reihen bärtiger, Kricket spielender oder rudernder Onkel bedeuteten, linke Hand in die linke Hüfte gestemmt, in ihrer unbewaffneten Familientreue genauso eisern wie ein Korps gewappneter Ritter, und sie hat auch nie die Tanten kennengelernt mit dem Stift in der Hand, der genauso schnell gezückt werden konnte, um ein neues botanisches Exemplar zu beschreiben, wie um den Namen einer Dame von der Einladungsliste zu streichen.

Da ich im Laufe der Jahre stark von Herberts mäßigendem Verstand geprägt worden bin, von seiner Fähigkeit, alle Seiten eines Problems zu sehen, kann ich nicht so streng sein, aber trotzdem frage ich mich, wie Du all die Jahre mit Dir selbst klargekommen bist, nachdem Du in gesellschaftliche Ungnade gefallen warst, und wie – und wo? – Du jenem schönen, aber schändlichen Zeugnis dieses Falls das Leben geschenkt hast. Hast Du Dich selbst als böse, als schuldig erachtet? Oder hast Du gegen die Gesellschaft gewettert, mit den Fäusten gegen ihre verschlossenen Türen gehämmert? Wahrscheinlich ist es Dir irgendwie gelungen, die beiden widersprüchlichen Gefühle miteinander zu vereinbaren. Du bist nie eine Rebellin gewesen, die gegen die Ansichten der Gesellschaft anging, aber andererseits warst Du auch keine schuldgebeugte Frau. Im Gegenteil: Du warst selbstbewußt, freundlich und ehrlich und hast anderen geholfen, wo immer es ging – und all das voller Fröhlichkeit und Lebenslust.

Herberts Gegenwart hat meinem Zorn die Schärfe genommen, aber trotzdem fühle ich mich immer noch unrein. Ich weiß, daß ich anderen gegenüber nie wieder so selbstbewußt auftreten kann wie früher. Ich kann Dir natürlich keine Vorwürfe wegen meiner eigenen Affäre mit Greg machen, trotzdem tue ich es. Ich bin wütend und hasse Dich. Mir wird übel, wenn ich daran denke, daß Du sie hättest verhindern können. Wenn ich gewußt hätte, wer Greg ist, hätte ich mich nie in ihn verliebt. Weißt Du, das war Inzest. Das ist ein gräßliches Wort. Deswegen wurde Lord Byron aus allen Londoner Salons und allen Landhäusern in England verbannt und mußte ins Exil nach Italien. Schließlich ist Inzest das letzte Tabu, und Du hast es mich – obwohl Du natürlich nichts davon wußtest – brechen lassen.

Ich ging langsam hinunter in meine Kabine. Ohne das Licht einzuschalten, wusch ich mir Gesicht und Hände in dem lauwarmen Wasser aus dem Krug. Dann legte ich mich in voller Bekleidung auf meine Koje.

Wer war Gregs Vater? Du mußt ihn vor Deiner Heirat gekannt haben, denn Greg ist ein paar Jahre älter als ich und auch älter, als Tom jetzt wäre. Vielleicht hast Du Gregs Vater in Indien kennengelernt, als Du nach der Schule mit der Fischereiflotte hingefahren bist, um dort Deine erste Saison zu verbringen? Vielleicht war er die große romantische Liebe Deines Lebens, und vielleicht ist das auch der Grund, warum Du möchtest, daß man Deine Haare nach Indien zurückschickt und zusammen mit Deiner Jugend verbrennt. Warum hast Du ihn dann nicht geheiratet?

Hat Vater gewußt, daß Du einen Sohn von einem anderen hattest? Wenn ja, muß das nach Toms Tod ziemlich bitter für ihn gewesen sein. Oder hast Du ihm dieses Geheimnis Dein ganzes Leben lang vorenthalten? Haben wir Greg deshalb erst bei uns zu Hause empfangen, als Du schon Witwe warst? Vater tut mir leid. Aber nein. Ich erinnere mich noch, wie glücklich und mit welcher Vertrautheit ihr miteinander umgegangen seid. Ihr habt einander geliebt. Vielleicht wußte er also um Deinen jugendlichen Fehltritt und hat ihn Dir verziehen.

Ich werde wohl nie eine Antwort auf meine Fragen bekommen, egal wie lange ich lebe oder wie oft ich darüber nachdenke.

Ich war schrecklich müde, doch ich wußte, daß ich wegen meiner Wut und meines Ekels vor Dir nicht würde schlafen können. *Comprendre tout c'est pardonner tout*, hast Du immer gesagt, also habe ich, um zu einem besseren Verständnis zu gelangen, versucht, mir Deine Gefühle für den schönen, rotschopfigen Jungen vorzustellen, für Dein erstes Kind, das Du in die Obhut anderer geben mußtest. Ich habe versucht, Deine Jugend nachzuvollziehen. Als Du in Indien warst und ich im Internat in England, mußt Du ihm genauso Briefe geschrieben haben wie mir, und wenn Du zum Urlaub nach Hause kamst, hast Du ihn besucht, bevor ich in den Ferien heimkehrte. Während ich heranwuchs, hast Du die ganze Zeit den Gedanken an jenes andere Kind in Dir getragen. Oder ist es Dir gelungen, es monatelang zu vergessen? Wenn Du Dich voller Schuldgefühle daran erinnert hast, hast Du Dich dann hingesetzt und ihm geschrieben? Vater hat Dich vermutlich ermutigt, freundlich zu sein, wenn auch nur aus der Ferne. Ihr habt Euch darauf geeinigt, ihn aus Eurem Familienleben und Euren gesellschaftlichen Kreisen zu verbannen. *Weißt du, ich war nie ein feiner Pinkel.* Ich dachte daran, wie wenig ich Dich gekannt habe. Wie wenig wir doch alle die Geheimnisse derjenigen kennen, die uns am nächsten stehen!

Rose ist weder in Greg noch in irgend jemanden sonst an Bord verliebt; das freut mich für sie. Ich frage mich, ob Greg sich tatsächlich in sie verliebt hat oder ob sein Schmerz von verletztem Stolz herrührt. In mich war er jedenfalls nie verliebt. Er war immer der Ansicht gewesen, daß mein Platz in Herberts Armen sein würde. Gott sei Dank sind sie einander nie begegnet.

Obwohl Rose, wie Mrs. Vexham sagt, keine von *uns* ist, hat sie sich aufgrund ihres erfolgreichen Auftritts in unserem improvisierten Theater einen eigenen Platz erkämpft. Sie hat eine magische Aura. Das läßt sich schon an der Art und Weise ablesen, wie ihr viele Blicke folgen, wenn sie einen Raum betritt, und auch daran, wie die Männer aufspringen, um ihr einen Stuhl zu holen oder einen Drink, oder wie die Stewards sie mit besonderem Pflichteifer behandeln. Manches davon, fürchte ich, färbt auf Lucy ab. Allmählich mache ich mir Sorgen, daß sie verzogen wird.

»Das ist alles wegen dem Sex«, hat sie am Essenstisch verkündet. »Rose hat Sex. Das sagt jedenfalls Knickebein.«

Ich begegnete dem Blick des Kapitäns, und diesmal errötete ich.

Später nahm der Major, der ohne Rose nicht allzuviel mit sich anzufangen wußte (sie machte gerade mit ihrem neuen Freund, dem Pianisten, ihren Verdauungsspaziergang an Deck), Lucy mit hinunter zu den Schiffsmotoren. Weil die Gefahr bestand, daß sie in die Maschinerie hineinfiel, durfte sie niemals allein dorthin.

Lucy war sichtlich verschreckt, als sie wieder an Deck kam.

»Es hört überhaupt nicht auf!« rief sie, als sie auf mich zugelaufen kam. »Es mampft und stampft die ganze Zeit!«

Der Motor war für sie so etwas wie ein mächtiges, unkontrollierbares Ungeheuer – ich weiß, wie sie sich gefühlt haben muß. Wenn man sieht, wie sich die großen Räder drehen, wie sich die Kolben auf und ab bewegen, wie das Messing glänzt, das schwarze Öl einen schmierigen Film hinterläßt, und dabei spürt, wie alles ruckelt und zittert, wie der Boden unter den Füßen vibriert, wenn man den schrecklichen Lärm hört und die überwältigende, atemberaubende Hitze fühlt, fragt man sich, wie die Schiffsingenieure da unten überleben, geschweige denn arbeiten können.

Lucy vergaß ihre Angst schon bald wieder und rannte zu Sophie, um mit ihr zu spielen, aber offenbar hatte das Erlebnis doch einen nachhaltigeren Eindruck hinterlassen, denn in der Nacht wachte sie schreiend auf. Ich sprang aus meiner Koje und fing sie auf, gerade als sie versuchte, aus ihrer eigenen zu klettern.

»Der Albatros–der Unglücksvogel!« schluchzte sie. »Der Major hat mich ganz fest gehalten und mich gezwungen, ihn anzusehen!«

Ein wenig von ihrem Schrecken übertrug sich auf mich. Wahrscheinlich hatten sich Gregs rote Mähne, sein wütendes Gesicht und seine haßerfüllten Augen in ihrem Gedächtnis mit dem Anblick und dem Klang der unerbittlichen Maschinenkraft verbunden. Vielleicht hatte sie Angst gehabt, er würde sie in den Motor hineinstoßen, wo sie dann zerfetzt würde. Dieses Bild der Hölle war so mächtig gewesen, daß auch ich ihre Angst spürte, als sie zitternd in meinen Armen weinte. Wenn wir mitten in der Nacht aufwachen, ist der Verstand aus dem Gleis, und die Phantasie macht Sprünge, manchmal in Richtung der Wahrheit. Auch ich sah plötzlich für einen Moment Greg vor mir, nicht wie er in das Innere des Schiffs schaute, sondern in seine eigene Seele. Vermutlich war ein Teil seines emotionalen Aufruhrs, seiner Verzweiflung, seiner Wut auf die Welt auf Lucy übergesprungen, als er ihre Hand gehalten hatte.

»Es ist doch bloß ein Motor«, sagte ich. »Natürlich ein sehr großer, weil er ein sehr großes Schiff durchs Meer schieben muß. Der Dampf in den Kesseln und die Kolben, die sich die ganze Zeit auf und ab bewegen, treiben die Räder an, die die Paddel im Wasser in Bewegung setzen.« Mittlerweile schniefte sie schon weniger. »Das ist wie beim Schwimmen«, fügte ich hinzu. »Du schiebst das Wasser mit den Armen weg wie mit Paddeln, und so bewegst du dich vorwärts.«

»Bloß daß ich nicht dampfe«, meinte Lucy, wieder ganz ruhig und vernünftig.

»Lesen wir noch eine Geschichte über den frechen Peter Rabbit«, schlug ich vor, »und wie Flopsy, Mopsy und Cottontail alle miteinander zum Brombeerenpflücken gegangen sind.«

So besänftigte Beatrix Potter also unsere Ängste mit Bildern aus ihrer wohlgeordneten Welt der kleinen Tiere, bis Lucy, am Ohr ihres eigenen abgewetzten Peter Pushkin kauend, in meinen Armen einschlief.

Ich legte sie sanft in ihre Koje zurück und ließ sie schlafen. Weil es inzwischen ziemlich heiß ist, habe ich mir nicht die Mühe gemacht, sie mit einer Decke zuzudecken. Ich habe mein Briefpapier herausgeholt und schreibe weiter an dem Brief an Dich. Trotz allem, was mit mir passiert ist, und obwohl ich mich in gewisser Hinsicht unrein fühle, ja sogar wie eine Verbrecherin, wenn meine Phantasie mit mir durchgeht, werde ich versuchen, wieder zu der tagtäglichen Routine zurückzukehren, die ich mir selbst auferlegt habe. Gewohnheit und tägliches Einerlei lassen uns schwierige Situationen meistern. Also werde ich mich genauso verhalten wie gestern und vorgestern, und Greg wird nicht die Genugtuung haben, mich verzweifelt oder verwirrt zu sehen. Auch die anderen Passagiere werden nicht das Vergnügen haben, herumrätseln zu dürfen, was vorgefallen ist.

30. Dezember

Heute haben wir in Colombo angelegt. Es ist ziemlich heiß und schwül. Viele der Passagiere sind von Bord gegangen, manche von ihnen traurig und widerstrebend, insbesondere die jüngeren Frauen, die mitbekommen haben, daß die unterhaltsamsten Dinge sich um Neujahr herum ereignen werden. Besonders leid tut es ihnen, den Kostümball an Silvester zu verpassen. Nach der Aufregung um das Schiffskonzert ist das Leben auf See ein wenig eintönig geworden. Die einzigen nennenswerten neuen Ereignisse sind die fliegenden Fische, die silbern gischtig über die Oberfläche des Indischen Ozeans springen.

Lucy liest nach dem wochenlangen Aufenthalt an Bord schon viel besser. Sie ist jetzt nicht nur in der Lage, die Geschichte von Peter Rabbit laut vorzulesen, sondern auch einen großen Teil von ›Jemima Puddleduck‹. Im Rechnen ist sie ebenfalls nicht schlecht. Sie beginnt allmählich, mit dem Addieren und Subtrahieren zurechtzukommen. Ich belästige sie allerdings nicht zu lange am Stück damit, weil sie sonst wütend werden oder sich langweilen könnte und sich dann womöglich wie ein störrisches Pony vor einem neuen Sprung weigert, sich dem Problem zu stellen.

Weihnachten ist ruhig und in guter Stimmung vorbeigegangen. Ich habe Chintzkissen und -überzüge für ein winziges Korbsofa und dazugehörige Sessel genäht und dazu die Kleider von den darauf sitzenden zwei kleinen japanischen Puppen. Dann habe ich alles ordentlich in rotes Crêpepapier eingepackt und in einen großen Sack gesteckt, den der Weihnachtsmann nach unserem Freiluftgottesdienst am Weihnachtsmorgen mit ernstem Gesicht über Deck zerrte. Als er Lucy ihr Päckchen überreichte, fragte sie mich flüsternd: »Wer ist denn das?«

Schon bald erriet sie, daß es sich um Dr. Morton handeln mußte. Nicht einmal die rote Kapuze und der weiße Wattebart konnten seine stahlblauen Augen vollkommen kaschieren.

Im Speisesaal der ersten Klasse wurde für alle Kinder an Bord eine Weihnachtsteeparty veranstaltet. Erwartungsgemäß gibt es in der zweiten Klasse viel mehr Kinder, doch ist mir aufgefallen, daß sich auf dieser Fahrt die Klassenunterschiede vermischen, sowohl beim Tanz nach dem Abendessen als auch bei den Spielen an Deck. Die einzige wirkliche Trennung scheint während der Mahlzeiten stattzufinden. Beim Kinderfest freute sich Lucy besonders über die Eiskrem und die gekühlte Limonade. Glücklicherweise gibt es bei Tisch genügend Eis, seit wir uns im Indischen Ozean befinden. Die Kinder bekamen alle ein Papierknallbonbon bei der Party. Lucy drehte sich um und hielt dem Major, der hinter ihr stand, das andere Ende hin, damit dieser daran zog. Er tat so, als habe er ein Rätsel darin gefunden, das er laut vorlas:

»Warum ist das Kamel so gelassen, obwohl es in der Hitze arbeiten muß? Antwort: Weil es mehrere Tage lang ohne Drink auskommt!«

Alle Erwachsenen lachten, manche von uns ein wenig verlegen, weil wir den Witz schon kannten, andere, weil sie wünschten, Greg würde sich das Kamel zum Vorbild nehmen.

Alle beginnen jetzt, sich auf das neue Jahr zu freuen. Offenbar glauben wir alle, daß 1920 eine neue Ära in der Geschichte einläuten, zu einem besseren Gespür in der Politik und einer gerechteren, menschenfreundlicheren Gesellschaft führen wird. Ob sich unsere Hoffnungen für das neue Jahrzehnt erfüllen, wird sich zeigen.

Unsere Reise neigt sich dem Ende zu, und ich versuche, weniger an die Vergangenheit, dafür mehr an Herbert zu denken, der am Kai in Kalkutta auf uns warten wird. In meinem Schrankkoffer habe ich, geringelt wie eine weiße Schlange in dem geschnitzten Sandelholzkästchen, den Zopf versteckt, den ich nach Deinem Tod aus Deinem schönen Haar geflochten habe. Ich habe ihn niemandem gezeigt, weil er unser Geheimnis ist. Dein Haar wird Deinem Wunsch gemäß am Ufer des Ganges verbrannt. Somit kehrt ein Teil Deiner Asche nach Indien zurück, das Du so sehr geliebt und dem Du Dich zugehörig gefühlt hast.

1. Januar 1920

Rose war genauso begeistert über den Kostümball am Silvesterabend wie Lucy. Sie hat mir dabei geholfen, Lucy wie Little Miss Muffet auszustaffieren. Wir haben ihr sogar aus acht Pfeifenreinigern, die wir in Tinte getaucht haben, eine große, scheußliche Spinne gebastelt, die Lucy über die Hände und Gesichter der anderen Leute huschen ließ. Rose selbst trug das weiße Kleid, das beim Konzert solches Aufsehen erregt hatte, doch dazu hatte sie eine breite Schärpe um die Hüften gelegt mit der Aufschrift »Miss 1920«.

Lucy durfte bis zehn Uhr abends aufbleiben, damit sie einen Teil der Tanzveranstaltung miterleben konnte. Rose war offenbar ganz aus dem Häuschen vor Freude über die vielen Männer, die sich um das Privileg stritten, mit ihr zu tanzen, doch sie nahm statt dessen Lucy bei der Hand und führte sie ein paarmal übers Parkett, bevor sie ihr einen Gutenachtkuß gab.

Nachdem ich Lucy ins Bett gebracht hatte, erhaschte ich durch die Tür einen Blick auf Gregs Rücken. Er stand mit einer ziemlich auffällig karierten Hose und einem Bowlerhat an der Bar. Wegen seiner roten Nase, dem Ergebnis etlicher Wochen starken Alkoholkonsums, wäre er leicht auch ohne Kostüm als Clown durchgegangen, aber Lucy meinte, er wolle eigentlich als Buchmacher gehen. Am einen Ende des Tanzsaals beobachtete ich Rose dabei, wie sie eine ganze Schar Männer mit einem Glas in jeder Hand auf Distanz hielt. Sie hob sie beide hoch, als ich auf sie zukam, und rief:

»Das kann sich Miss 1920 daheim nicht erlauben, wenn die Sache mit der Prohibition erst einmal durch ist!« Dann leerte sie die beiden Gläser schnell hintereinander.

Einen Augenblick lang machte ich mir Sorgen, weil sie sich so leichtsinnig gab. Wahrscheinlich hätte ihre englische Tante nichts gegen ein Gläschen Champagner so früh am Abend einzuwenden gehabt, aber gleich zwei? Doch schließlich bin ich nicht ihre Tante.

Plötzlich wurde mir schrecklich heiß. Ich merkte, daß ich leichtes Kopfweh bekam, also beschloß ich, nicht mehr aufzubleiben, um das neue Jahr mit Champagner zu begrüßen. Deshalb zog ich mich bereits vor Mitternacht zurück und sah Rose nie mehr wieder.

Die zwanziger Jahre haben nicht gerade verheißungsvoll begonnen. Im Gegenteil: Der Neujahrstag ist angstvoll und bedrohlich verlaufen. Der Speisesaal war beim Frühstück fast leer. Wahrscheinlich schliefen die meisten Passagiere die Exzesse der Nacht aus. Lucy und ich saßen allein an unserem Tisch, doch sogar sie wirkte blaß und niedergeschlagen. Der Tisch des Arztes hinter mir blieb leer. Etwas Schreckliches ist passiert.

Ich weiß nicht so recht, wie ich es Dir erzählen soll, weil ich mir nicht sicher bin, was genau geschehen ist.

Lucy ist heute morgen früh aufgestanden und hat sich angezogen, um zu Rose zu rennen, die ihr zum Neujahrstag ein Geschenk versprochen hatte. Schon wenige Minuten später kam sie allerdings wieder zu mir zurück. Ich saß gerade vor dem Spiegel und bürstete mir das Haar. Sie war ziemlich durcheinander, schluchzte und erzählte mir eine wirre Geschichte.

»Sie ist nicht da!« weinte sie und klammerte sich an meinem Arm fest.

»Vielleicht nimmt sie gerade ein Bad«, meinte ich. »Wir gehen später zu ihr. Mach dir keine Sorgen, Lucy, Schatz, du bekommst dein kleines Geschenk nach dem Frühstück.«

»Das Grammophon ist kaputt. Es ist umgefallen und liegt auf dem Boden. Und die Platte ist zerbrochen.«

»O je! Das ist aber wirklich schade!«

»Aber nicht bloß das. Ihr Kleid liegt auch auf dem Boden – ganz zerrissen.«

»Ihr Kleid liegt auf dem Boden? Nun, da wird sie wohl zu müde gewesen sein, es wegzuhängen.«

»Nicht ihr Kleid!« rief Lucy ungeduldig aus. »Bloß die weißen Fransen – die sind abgerissen und liegen in dem ganzen Blut ...«

»Blut?« Diesmal versuchte ich nicht, sie zu beruhigen. »Wo?«

»Überall!« heulte sie. »Zerbrochenes Glas und Blut – im Waschbecken und überall auf dem Boden!«

Eine ganze Weile sagten wir beide nichts. Dann ließ Lucy meinen Arm los, als erinnere sie sich an etwas Wichtiges.

»Du kennst doch ihre grüne Halskette?« Ich nickte. »Die hängt am Griff von dem Bullauge. Und sie schwingt klick, klick, klick, klick hin und her.« Sie holte drei grüne Glasperlen aus ihrer Tasche, um sie mir zu zeigen.

»Dann ist also die Halskette auch kaputt«, sagte ich.

»Ja. Viele Glasperlen liegen auf dem Boden. Und der Spiegel ist gesprungen. Das bedeutet doch sieben Jahre Unglück, oder?«

Wir gingen Hand in Hand zu Roses Kabine und klopften an die Tür. Als niemand antwortete, drückte ich die Klinke herunter, aber die Tür war versperrt.

»Wahrscheinlich will sie ausschlafen«, sagte ich. »Vielleicht hat sie sich an der Hand geschnitten. Das kann ziemlich bluten. Es fehlt ihr schon nichts.«

Ich war entsetzt darüber, wie unpassend meine Erklärung klang, aber Lucy schien sie zu genügen, jedenfalls hörte sie auf zu weinen.

»Ich glaube, wir sollten einander jetzt hoch und heilig versprechen, den Mund zu halten, Lucy«, sagte ich und trocknete dabei ihre Augen mit meinem Taschentuch. »Wir werden niemandem etwas davon sagen, bevor wir Rose nicht gesehen haben. Versprochen?« Sie nickte. Wir standen in dem Flur zwischen den verschlossenen Kabinentüren und besiegelten unsere Abmachung per Handschlag.

»Großes Ehrenwort«, sagte sie.

»Und jetzt laß uns frühstücken.«

»Können wir hinterher zu ihr gehen?«

Ich antwortete ihr nicht, weil ich große Mühe hatte, meine zitternden Hände unter Kontrolle zu halten. Alle möglichen Gedanken gingen mir durch den Kopf. Hatte Rose vielleicht einen Einbrecher in ihrer Kabine ertappt? Hatten sich in den frühen Morgenstunden ein paar Seeleute dort geprügelt, nachdem die anderen Passagiere ins Bett gegangen waren? Wenn dem so war, mußte jemand den Krach gehört haben. War sie selbst in die Schlägerei verwickelt worden, und noch wichtiger: War sie verletzt? Vielleicht lag sie bereits in der Krankenstation. Dann wüßte mit Sicherheit Dr. Morton, was passiert war.

Doch was wäre, wenn Lucy lediglich die Anfänge einer Auseinandersetzung erlebt hatte? Ich fragte mich, ob ich den Verantwortlichen erzählen sollte, was sie gesehen hatte, doch dann dachte ich, daß Roses Steward ihr sicher den Morgentee gebracht und dabei bemerkt hatte, was vorgefallen war. Zweifelsohne hatte er auch seinen Vorgesetzten Bericht erstattet.

»Machen wir doch heute zuerst unseren Spaziergang und lesen wir später«, schlug ich vor, was Lucy sofort akzeptierte.

Wir begegneten auf unserem Weg hinauf an Deck dem Kapitän, der gerade zur Kommandobrücke unterwegs war. Ich wünschte ihm ein glückliches neues Jahr. Er erwiderte meine guten Wünsche, doch ich hatte den Eindruck, daß er geistesabwesend war.

Während unserer zweiten Runde merkte ich, daß die Maschinen gestoppt wurden. Wir wurden langsamer. Auch den anderen Passagieren fiel das auf, und alle eilten an die Reling, um zu sehen, was los war. Jemand rief »Mann über Bord!« – wahrscheinlich sollte das ein Scherz sein. Mein Herz begann unangenehm schnell zu schlagen, als ich dachte: Kein Mann, sondern eine Frau ist über Bord!

Dann begann das Schiff langsam zu drehen, und schon bald dampften wir wieder zurück. Während der verbleibenden Stunden des Tages behielten wir diesen Kurs bei. In der Zwischenzeit heftete der Zahlmeister eine Bekanntmachung ans Anschlagbrett, die schließlich auch ich, nachdem sich die ersten sensationshungrigen

Passagiere davor zerstreut hatten, zu lesen bekam.

»Mit großem Bedauern müssen wir das Verschwinden einer Passagierin bekanntgeben, die uns beim Schiffskonzert alle entzückt hat: Miss Rose Kelly. Es besteht die Befürchtung, daß sie über Bord gefallen ist. Wir werden die Suche so lange wie nötig fortsetzen. Unser Funker hat alle Schiffe in diesem Gebiet gebeten, Ausschau zu halten. Wir bedauern es sehr, daß dieser Zwischenfall unsere Ankunft in Kalkutta verzögern wird.«

Arme Rose! Wie eine Sternschnuppe war sie kurz aufgeleuchtet und dann ins Meer gefallen.

2. Januar

Eine zweite Bekanntmachung wurde an das Anschlagbrett geheftet: »Mit großem Bedauern müssen wir mitteilen, daß wir von der Vermißten keine Spur entdecken konnten. Wir haben deshalb die Suche aufgegeben und nehmen wieder den ursprünglichen Kurs auf. Wir hoffen immer noch, daß ein anderes Schiff in diesem Gebiet sie an Bord genommen hat. Im Augenblick haben wir keine weiteren Neuigkeiten.«

Auch vom Major ist nichts zu sehen. Ich fürchte, daß es ihm nicht gutgeht. Lucy und ich haben uns in der Krankenstation nach ihm erkundigt, jedoch erfahren, daß er zu krank ist, um

Besucher zu empfangen. Einem anderen Passagier wurde mitgeteilt, er hielte sich überhaupt nicht dort auf. Aber wo steckt er dann? Sein Tisch ist leer. Rose ist ja nicht mehr da, und der Doktor mag offenbar nicht allein dort sitzen. Es wimmelt nur so von Gerüchten und Mutmaßungen. Mrs. Vexham hat uns erzählt, sie habe aus verläßlicher Quelle gehört, daß Rose laut lachend und sich brüstend, sie reite einen Derby-Sieger, in den frühen Morgenstunden des Neujahrstages auf der Reling gesehen worden sei. Der Gedanke daran versetzte mir einen Stich.

Lucy hat heute beim Mittagessen fast ihr Versprechen gebrochen. Sie hat nichts gesagt, aber die drei grünen Glasperlen aus der Tasche geholt und dem Kapitän gezeigt. Als sie merkte, daß ich sie ansah, hat sie sie schnell wieder eingesteckt. Er hat kein Wort gesagt, mich aber über den Tisch hinweg angeschaut. Sein Gesichtsausdruck war grimmig, sein Blick fragend. Ich wandte den meinen sofort ab. Er weiß jetzt, daß Lucy in Roses Kabine gewesen ist, bevor sie verschlossen wurde, doch bis jetzt hat er darüber keine Worte verloren. Er redet ohnehin nicht viel, und sein Gesichtsausdruck lädt nicht gerade zum Gespräch ein.

Auch Mrs. Vexham hält sich seit ihrer Geschichte mit dem Derby-Sieger zurück. Vor Roses Verschwinden war Lucy oft der Funke, der das Gespräch entzündete, jetzt ist sie das kalte Wasser, das es verlöschen läßt. Niemand will sich in Gegenwart eines kleinen Mädchens über die traurigen, vielleicht sogar schockierenden Einzelheiten der Angelegenheit auslassen, besonders deshalb nicht, weil dieses kleine Mädchen so gut mit der Hauptdarstellerin des Dramas befreundet war. Wenn Lucy und ich den Salon betreten oder an einer Gruppe von Passagieren vorbeikommen, die in ein lebhaftes Gespräch vertieft ist, verstummt dieses plötzlich. Die Leute richten sich auf und ziehen die Köpfe auseinander, und dann macht irgend jemand einen dummen Scherz, um die Stille zu überbrücken.

Doch Mrs. Chinkwell, das fällt mir auf, redet weiter, besonders mit Lucy. Wahrscheinlich verbirgt sich hinter ihrer Neurasthenie eine einfühlsame Seele. Sie will Lucy davor bewahren, das Schlimmste zu hören. Und das Schlimmste ist natürlich genau das, was ich befürchte.

4. Januar

Inzwischen sind drei Tage vergangen, und vom Major fehlt noch immer jede Spur. Heute morgen ist Dr. Morton an mich herangetreten und hat mir kurz und bündig folgendes mitgeteilt:

»Der Major ist sehr krank. Er ist in der Krankenstation und will Sie sehen. Würden Sie bitte mitkommen?«

Verblüfft erklärte ich mich sofort dazu bereit, ließ Lucy eine halbe Stunde lang in der Obhut von Sophies Mutter und folgte dem Doktor, nicht gleich zu Greg, sondern zuerst in die Kabine des Kapitäns.

»Ich habe gehört, der Major war ein Freund Ihrer Familie aus Kindertagen?« Er bot mir einen Platz und einen Drink an, den ich ausschlug, weil es noch zu früh am Tag war. Die beiden Männer schenkten sich jeweils einen Whisky ein, als hätten sie alle Zeit der Welt, sich mit mir zu unterhalten. Dann folgte ein langes, unbehagliches Schweigen, das schließlich vom Kapitän gebrochen wurde.

»Ich möchte Ihnen sehr für Ihre Diskretion in den letzten Tagen danken«, fing er an. »Wir wären Ihnen alle sehr dankbar, wenn Sie diese Angelegenheit weiterhin für sich behalten würden, Mrs. Brunoye. Mir ist natürlich klar, daß Sie Miss Kellys Kabine am Neujahrstag betreten haben.«

»Das habe ich nicht«, erwiderte ich. »Lediglich Lucy war in der Kabine. Als ich dort ankam, war die Tür bereits verschlossen.«

»Nur die kleine Lucy?« Er schien überrascht. »Nun, wie Sie wissen, ist Miss Kelly verschwunden. Spurlos verschwunden. Wir können eigentlich nur annehmen, daß sie über Bord gefallen ist.«

»Oder gestoßen wurde«, meinte der Doktor.

»Das müßten wir noch beweisen«, sagte der Kapitän.

Sie sahen mich an, wohl eine Äußerung des Entsetzens, einen Kommentar oder wenigstens betroffenes Murmeln erwartend. Doch den Gefallen tat ich ihnen nicht. Ich hatte mich innerlich bereits auf ihre Eröffnungen vorbereitet. Überdies riet mir mein Überlebensinstinkt zu schweigen. Ich kam mir vor wie beim Kreuzverhör.

»Den Major, der ihr – ihr Freund war, hat das ziemlich aus der Fassung gebracht«, fuhr der Kapitän fort.

»Sie werden ihn in gedrückter Stimmung vorfinden«, unterbrach Dr. Morton ihn. »Wir haben ihm Beruhigungsmittel gegeben, sonst hätte er sich zu sehr aufgeregt. Er war zu Beginn vollkommen außer sich.«

Der Kapitän hob den Blick von seinem Glas und sah mit düsterem Gesicht durch das Bullauge über meinem Kopf hinaus aufs Meer.

»Er möchte Sie sehen, Mrs. Brunoye«, sagte er. »Wir sind der Ansicht, daß es ihm guttun würde, wenn er mit jemandem sprechen könnte. Das können wir ihm nicht verwehren.«

»Haben Sie ihn denn in Haft genommen?« fragte ich in scharfem Tonfall.

Wieder langes Schweigen.

»Sie wissen, daß ich das Gesetz repräsentiere, solange wir uns auf See befinden«, sagte der

Kapitän schließlich. »Aber der Doc hat sich um ihn gekümmert.«

»Er hat gedroht, sich umzubringen«, erklärte der Arzt. »Anfangs war er ziemlich gewalttätig. Wir haben ihm ziemlich viel Paraldehyd verabreichen müssen, um ihn zu bändigen, aber jetzt hat er sich ein wenig beruhigt. Sie brauchen sich keine Sorgen zu machen. Ich bleibe während des ganzen Besuches in Ihrer Nähe. Wenn Sie Hilfe brauchen, müssen Sie nur die Stimme heben.«

Ich nickte. Jetzt verstand ich, warum sie dachten, ich könnte vor dem Zusammentreffen mit dem armen Greg einen Drink vertragen.

»Ist es die Trauer oder Delirium tremens?« fragte ich.

»Seine Gefühle, wie sie auch immer aussehen mögen, sind untrennbar mit seinem Delirium tremens verbunden«, klärte mich der Arzt ein wenig gespreizt auf. »Aber wir versuchen, ihn trocken zu bekommen. Heute haben wir ihm Chloralhydrat verabreicht, und er ist sanft wie ein Lämmchen. Sie werden die Veränderung bemerken.«

Greg hatte sich tatsächlich ziemlich verändert. Er saß aufrecht im Bett und sah so dünn aus, als wäre er in der Wäsche eingegangen, doch die Hauptveränderung stammte daher, daß man ihm den Bart an der linken Gesichtshälfte abrasiert hatte, so daß eine Schnittwunde zum Vorschein kam, die genäht worden war. Sie erstreckte sich von seiner linken Wange über seine Lippen und das Kinn bis hinunter an den Hals. Außerdem hatte er blaue Flecken im Gesicht, und seine rechte Hand und sein Handgelenk waren verbunden.

»Schön, dich zu sehen, Louise«, sagte er. »Entschuldige mein Aussehen.« Er deutete mit der linken Hand zitternd auf die Wunde. Seine Lippenverletzung erschwerte ihm ein bißchen das Reden. »Ich kann es dir erklären.« Er schloß müde die Augen.

Er mußte mir nichts erklären. Gleich als ich ihn sah, ahnte ich, wie es passiert war. Das war Rose gewesen. Sie hatte ihren Wasserkrug gepackt und ihn gegen den Rand ihres Waschbeckens geschlagen. Dann hatte sie die scharfe Kante als Waffe benutzt, um sich zu verteidigen. Es war also Gregs Blut gewesen in ihrer Kabine, nicht ihres.

Ich setzte mich neben das Bett und nahm seine Hand. Sein Atem roch unangenehm süßlich, ein bißchen nach Früchten. Wahrscheinlich war das das Chloralhydrat.

»Was ist passiert?« fragte ich.

»Sie war das!« rief er aus, entrüstet wie ein Kind, das sich ungerecht behandelt fühlt. »Mit einer Glasscherbe. Wie eine Wildkatze hat sie sich auf mich gestürzt.« Er schwieg und zog mir die Hand weg. »Sie hätte mir … sie hätte mir die Gurgel durchgeschnitten, wenn ich nicht … wenn ich nicht …«

»Wenn du sie nicht festgehalten hättest?« sagte ich.

»Wenn ich sie nicht umgebracht hätte.«

Ich saß ganz still da, die Hände gefaltet, und wiederholte stumm, was ich soeben gehört hatte. War das wirklich wahr?

Ich hörte mich selbst sprechen und wunderte mich dabei über den steten Fortgang meiner Gedanken und meine ruhige Stimme. Meine erstaunliche Gefaßtheit in dieser Krise war mit Sicherheit das Ergebnis Deiner Bemühungen, mir Selbstbeherrschung einzuimpfen. Das ist es, was Herbert den Panzer der Dambresacs nennt. »Wie hast du es getan?« fragte ich.

»*Thuggee*«, sagte er ruhig. »Auf alte indische Art.«

Ich wartete. Wahrscheinlich hatte ich geschwitzt, denn jetzt wurde mir kalt.

»Ich hatte plötzlich die Schärpe von ihrem Kostüm in der Hand. Genau das Richtige.«

Erst jetzt verspürte ich das dringende Gefühl wegzurennen. Ich fing an zu zittern und hatte Angst, mich übergeben zu müssen, doch ich zwang mich zu sprechen.

»Wieso hast du das getan, Greg? Ich meine – habt ihr euch gestritten?«

»War eigentlich eher ein Versehen ...«, murmelte er.

Ich warf ihm einen Seitenblick zu und sah, daß

ihm die Augen zufielen. Sein Bedürfnis zu sprechen kämpfte gegen das Chloralhydrat an. Ich beschloß zu gehen und versuchte, mich zu erheben, aber er packte mich am Ärmel.

»Geh nicht. Ich brauche dich, Louise ...«

»Ich komme morgen wieder, Greg«, sagte ich, doch erst als ich ihm mein Ehrenwort darauf gab, ließ er mich los.

Ich muß ziemlich blaß ausgesehen haben, als ich aus der Krankenstation herauskam, denn Dr. Morton, der draußen wartete, ergriff meinen Arm und führte mich in die Kabine des Kapitäns, wo er mich auf einen Stuhl drückte.

»Legen Sie den Kopf auf die Knie«, wies er mich an.

Ich tat, was er mir sagte. Diesmal nahm ich auch den Whisky an, den er mir anbot.

Sie sagten nichts, sondern warteten darauf, daß ich mich erholte, doch als ich mich wieder besser fühlte, wurde ich nur vorsichtiger und feindseliger ihnen gegenüber. Offenbar wollten sie, daß ich redete. Vielleicht brauchten sie meine Aussage, um Greg unter Anklage stellen zu können. Ich war entsetzt über die Aussicht, als Zeugin vor Gericht erscheinen zu müssen, wo Dinge aus meiner eigenen Vergangenheit ans Licht der Öffentlichkeit gezerrt werden würden, während Herbert sich das alles als Zuschauer im Gerichtssaal anhören müßte.

»Mein Gespräch mit dem Major war absolut vertraulich«, erklärte ich deshalb.

»Keine Angst, Mrs. Brunoye«, sagte der Kapitän. »Niemand wird Sie bitten, eine Aussage zu machen.« Er hatte meine Gedanken also erraten. Nachdem er einen Augenblick gezögert hatte, fügte er hinzu: »Da Sie selbst Miss Kellys Kabine am Neujahrstag nicht betreten haben, könnten Sie vor Gericht ja nur sagen, was Lucy Ihnen erzählt hat.«

»Und das würde natürlich als Beweis nicht ausreichen«, mischte sich der Doktor ein. Er klang enttäuscht.

»Wir würden nie daran denken, die kleine Lucy in den Zeugenstand zu rufen.«

Also hatten sie doch gehofft, meine Aussage verwenden zu können. Ich hatte recht gehabt mit meinen Befürchtungen. Lediglich die Tatsache, daß Lucy an jenem Morgen allein zu Roses Kabine gerannt war, während ich mir die Haare bürstete, hatte mich davor bewahrt, vor Gericht aussagen zu müssen. Ich nahm ein Taschentuch aus meiner Tasche und rollte es zwischen den Fingern zu einem Ball.

Dann erklärte mir der Kapitän, zwei Passagiere, deren Kabinen sich gegenüber der von Rose befanden, hätten in den frühen Morgenstunden des Neujahrstages ziemlich viel Lärm, Rufen, Singen und Lachen auf dem Flur gehört, dann das Zuschlagen einer Tür. Auch ein paar jüngere Schiffsoffiziere hatten zugegeben, zu der Gruppe gehört zu haben, die sie zu ihrer Kabine begleitet hatte. Das war um zwei Uhr früh gewesen. Ihr Steward fand ihre Kabine um sieben Uhr morgens leer und völlig verwüstet vor. Folglich hatten sie bestenfalls sechs oder sieben Stunden nach den Geschehnissen ihr Verschwinden bemerkt (ein bißchen Luft für die Durchsuchung des restlichen Schiffes eingerechnet).

»Wir haben alle Beweise, die wir brauchen«, erklärte der Doktor. »Der Major selbst behauptet, Miss Kelly getötet zu haben, obwohl seine Anwälte wahrscheinlich darauf plädieren werden, daß er sein Geständnis im Delirium tremens abgegeben hat – mit all den Realitätsverzerrungen und Halluzinationen, die das mit sich bringen kann. Wir glauben, daß sie ihren Wasserkrug zerschlagen und ihn damit angegriffen hat, aber er hat uns seine Verletzungen nicht gemeldet. Am ersten Januar wurde er, halb ohnmächtig wegen des starken Blutverlustes, gegen sieben Uhr früh auf dem Boden seiner Kabine liegend aufgefunden. Wir mußten ihn auf einer Tragbahre in die Krankenstation bringen. Sobald er zu sich kam, mußten wir ihn festbinden. Er war verwirrt und hat sich gewehrt. Außerdem hat er schreckliche Angst gehabt.«

»Wir wissen nur nicht«, sagte der Kapitän, »was er mit Miss Kelly gemacht hat, bevor ...«

»Bevor sie verschwunden ist?«

»Genau.«

Thuggee, dachte ich, und bekam eine Gänsehaut – denn das war der alte Ritus der Strangulation zu Ehren der Blutgöttin Kali. Doch ich hatte nicht die Absicht, ihnen das zu erklären.

»Ich auch nicht«, meinte ich. »Sie ist einfach verschwunden.« Ich nippte an meinem Whisky. Auch ich wollte mehr wissen. »Ich habe ihm versprochen, ihn morgen noch einmal zu besuchen«, sagte ich nach kurzem Zögern.

»Ach!« seufzten sie beide.

»Offenbar hat er das Bedürfnis, sich über die Vergangenheit zu unterhalten. Das kann ich verstehen. Aber wenn er möchte, daß ich ein wenig Zeit mit ihm verbringe, muß ich etwas für Lucy arrangieren.«

»Ich bringe ihr das Schachspielen bei«, erbot sich Dr. Morton. »Das wird sie genauso beschäftigen wie das Tanzen.«

»Das wäre mir eine große Hilfe.« Ich warf ihm einen dankbaren Blick zu, doch ich sehnte mich danach, von ihnen wegzukommen, allein zu sein, nachzudenken und, ja, mit Vernunft gegen all die schrecklichen Bilder anzukämpfen, die mir durch den Kopf gingen.

Natürlich konnte ich in jener Nacht nicht schlafen. Ich lag auf meiner Koje und starrte hinauf zur dunklen Decke. Ich spürte das Stampfen der Motoren unter mir und das leichte Schwappen des Wassers unter dem Schiff. Banditen erdrosselten ihre Opfer mit einem Strick. Das war ein Stammesritus, diente aber auch räuberischen Zwecken. Hatte Greg Rose etwas geraubt? Nein, jedenfalls nicht vor ihrem Tod, denn sie hatte sich offenbar heftig gewehrt. Daß er es versucht hatte, lag wegen der heruntergerissenen Fransen an ihrem Kleid und der Schärpe, die er laut eigener Aussage in der Hand gehabt hatte, nahe. Aber war es möglich – hatte er es vielleicht getan, nachdem sie tot war? Vergewaltigung heißt das Wort, sagte ich mir, du mußt den Tatsachen ins Auge blicken. Die Vergewaltigung einer Leiche. Was für ein schrecklicher Gedanke.

Mich hatte er nicht vergewaltigt. Ich hatte mich nicht gewehrt. Vielleicht bin ich deshalb heute noch am Leben. Rose, die sich so viel Kritik von den Mrs. Vexhams dieser Welt hatte gefallen lassen müssen, hatte gekämpft wie eine Löwin; sie hatte ihr Leben gegeben für ihre Tugend wie eine christliche Märtyrerin. Aber nein ...! sagte ich mir schnell. Mit mir hätte er so etwas nicht gemacht. Zum einen hatte er vor sieben Jahren noch nicht so viel getrunken. Wahrscheinlich, so dachte ich, hatten ihn Alkohol und Leidenschaft gleichermaßen ins Verderben gestürzt.

Am meisten erstaunte mich sein Mangel an Schuldgefühl. Offenbar wollte er reden, gestehen, doch ein großes Schuldempfinden schien er nicht zu haben, denn er klang merkwürdig sachlich. *Ich hatte plötzlich die Schärpe von ihrem Kostüm in der Hand. Genau das Richtige.*

Diese merkwürdige Emotionslosigkeit war noch deutlicher zu spüren, als ich ihn am nächsten Tag besuchte. Er sah jetzt viel besser aus. Der Schiffsbarbier hatte ihn ordentlich rasiert und ihm die Haare gewaschen, die fast wieder in ihrem alten Glanz erstrahlten. Obwohl er nicht mehr so ganz wie der griechische Krieger von früher aussah, ähnelte sein Haar doch zumindest wieder dem kupferfarbenen Helm.

Er war auch weniger schläfrig. Er schien sich über meinen Besuch zu freuen und lächelte, als ich mich neben ihn setzte. Ich war nervös, nicht, weil ich, wie Dr. Morton dachte, einen Angriff fürchtete, sondern deswegen, weil ich Angst hatte vor dem, was Greg mir möglicherweise erzählen würde. Trotzdem wollte ich es unbedingt hören.

»Wie geht's Lucy?« erkundigte er sich.

»Sie spielt Schach mit Dr. Morton«, antwortete ich. Ich erwähnte nichts davon, daß ein Pfleger für ihn die Wache vor der Tür übernommen hatte.

Er nickte, fast schon glücklich.

»Wie fühlst du dich heute?« Ich nahm seine Hand.

»Besser, besser ...« Und dann seufzte er, obwohl er nicht traurig aussah.

»Ich stecke im Schlamassel, Louise.«

»Wie hat das alles angefangen? Ich meine, am Silvesterabend?«

»Ich war betrunken.«

»Mehr als sonst?«

»Wenn du so willst«, meinte er mit verzogenem Gesicht. »Ich bin wütend gewesen auf Rose. Weißt du, sie hat alle Männer an der Nase herumgeführt. Ihnen zuerst den Mund wäßrig gemacht und ihnen dann die Tür vor der Nase zugeschlagen. Bin nicht an sie rangekommen, der Andrang war zu groß.«

»Ja. Sie scheint viel Erfolg gehabt zu haben auf der Tanzfläche.«

»Also bin ich runter in ihre Kabine. Weißt du, die hat sie nie abgesperrt. Ich hab' mich mit einer Flasche Whisky hingesetzt und auf sie gewartet.« Er ließ meine Hand los. »Sie haben sie alle zur Kabine begleitet«, fuhr er in dem brummendknurrenden Tonfall fort, den ich schon früher gehört hatte. »Waren eine ganze Menge. Haben gelacht und gesungen. Haben gesagt, sie wollten einen Kuß. Wollten sie ausziehen. Wollten sie ins Bett bringen. Ich hab' sie gehört. Draußen vor der Tür.«

»Sind sie in die Kabine gekommen?«

»Nein. Irgendwie hat sie's geschafft, sie loszuwerden. Hat ihnen die Tür vor der Nase zugeschlagen. Dann hat sie mich gesehen. Auf ihrem Bett.«

Er schwieg und schloß müde die Augen.

»Wahrscheinlich war sie sehr müde und wollte schlafen«, meinte ich.

»Keineswegs«, erwiderte er. »Sie ist durchgedreht. Hat mir die Flasche aus der Hand gerissen und sie zum Bullauge rausgeworfen. Hat mich beschimpft. Sie kann manchmal verteufelt grausam sein.«

Er hielt inne und seufzte.

»Ich stecke ziemlich im Schlamassel, Louise«, wiederholte er nach einer Weile.

»Was hast du mit ihrer Leiche gemacht?« fragte ich ihn kühl.

»Ich hab' sie durchs Bullauge geschoben«, antwortete er prompt. »Ist leichter, als man meinen möchte. Aber Rose ist natürlich auch zierlich.« Er redete von ihr in der Gegenwart, als sei sie noch am Leben. »Kopf zuerst, dann die Schultern. Beim Hinterteil hab' ich ein bißchen nachhelfen müssen.« Man hätte meinen können, er rede von einem Fußballspiel, so sachlich sprach er.

Plötzlich fiel mir ein, daß Lucy mir von der kaputten grünen Halskette erzählt hatte, die am Griff des Bullauges gebaumelt hatte. *Klick, klick,*

klick, klick. Ich sah ihn an, betrachtete sein Gesicht genauer. Vielleicht dämpfte das Chloralhydrat seine Empfindungen. Oder hatte der Whisky seine Schuld fortgewaschen?

Dämonische Energie besaß er, so viel stand fest, aber kein Mitleid.

Ich sah ihn an, seinen Kopf, der auf den aufgeschüttelten Kissen ruhte, sein großflächiges, schwabbeliges, fülliges Gesicht mit den wütenden, enttäuschten Augen, und dachte: Wie konnte ich diesen Mann nur früher lieben? Mit Sicherheit ist er krank, wahrscheinlich ist er mein Halbbruder, aber ich bin nicht seine Hüterin. Vielleicht wollte er in seiner Verzweiflung mich und durch mich Herbert und dessen Position in Indien für seine Zwecke nutzen. Aber Greg bettelte nicht. Er war auch nicht verzweifelt. Er schien keine Gefühle zu besitzen.

»Auf Wiedersehen, Greg«, sagte ich und streckte ihm die Hand hin. Die Höflichkeit ist eine alltägliche Sache, manchmal gibt sie einem auch Sicherheit.

»Mußt du gehen, Louise?«

Ich ging.

5. Januar

Heute bekam ich beim Mittagessen nichts herunter, auch dem Gespräch bei Tisch folgte ich nicht so recht, doch der Kapitän tat sein möglichstes, es durch kleine Scherze mit Lucy in Gang zu halten, die unablässig übers Schachspiel plapperte.

»Das Pferd kann seitlich und nach vorn hüpfen.«

»Der Springer«, berichtigte Mr. Vexham sie.

»Und der Läufer kann quer übers Brett laufen«, meinte Lucy.

»Ach«, meinte Mr. Vexham und fragte: »Und was ist mit der Königin?«

»König und Königin kann ich noch nicht«, räumte sie ein.

Obwohl ich müde und lustlos war, machte ich mich von meinen düsteren Gedanken frei und zwang mich, mit Lucys Hilfe unsere Schrankkoffer zu packen. Als wir auf dem Boden der Kabine knieten, reichte sie mir ein Paar Socken.

»Weißt du, Rose kann schwimmen«, sagte sie.

Ich zuckte zusammen.

»Die Leute sagen, sie ist über Bord gefallen. Vielleicht«, meinte sie nachdenklich, »vielleicht hat sie sich nicht mehr so gut an der Reling festhalten können, weil sie sich an der Hand geschnitten hatte.«

Ich nickte.

»Mrs. Chinkwell meint, sie haben ihr einen Rettungsring ins Wasser geworfen, damit sie nicht untergeht.«

»Das könnte gut sein …«

»Und das Wasser ist warm, sagt sie. Das heißt,

wenn sie sich über Wasser halten kann, bis ein Rettungsboot sie sieht, ist alles in Ordnung.«

Ich segnete Mrs. Chinkwell insgeheim für ihre Bemühungen.

»Mrs. Chinkwell sagt, es gibt viele Schiffe im Golf von Bengalen. Da wird sie sicher jemand sehen.« Lucy glättete gerade ein Unterhemd und legte es zusammen. »Und dann holt man sie aus dem Wasser.«

»Das müssen wir einfach hoffen«, sagte ich.

Als Lucy endlich in ihrer Koje schlief, lag ich in der meinen noch wach. Ich ging an jenem Abend nicht zum Essen hinauf, sondern blieb in der dunklen Kabine, ließ die Bilder von Marionetten mit leblosen Gliedern auf mich einwirken, hin und her schlenkernden Gliedern, geschoben und gezerrt, sich sperrend, schließlich nach draußen gleitend. Ich mußte eingeschlafen sein, denn plötzlich wachte ich auf und hatte das Gefühl, hilflos in einen Strudel unerbittlich wirbelnder Maschinen gezogen zu werden. Ich schüttelte mich und setzte mich auf. Aber nein! Natürlich war das nicht Louise, die fiel, sondern Rose.

7. Januar

Vermutlich sah ich am nächsten Morgen beim Frühstück erbärmlich aus, denn eine ganze Reihe von Leuten warf mir besorgte Blicke zu. Zweifelsohne sind sie entzückt, Stoff für Klatsch gefunden zu haben. Lucy hat allen erzählt, daß ich Knickebein besuche, der sehr krank im Schiffskrankenhaus liege. Ich bin zu müde, mich zu fragen, was die Leute mutmaßen; ich bin sogar zu müde zum Lächeln. Wahrscheinlich hat Lucy mittlerweile (vielleicht Mrs. Chinkwell gegenüber?) ein paar Andeutungen bezüglich der Kabine und des Blutes fallenlassen.

Ich trank schwarzen Kaffee beim Frühstück und entwickelte wieder ein wenig Lebenskraft. Dr. Morton kam an unseren Tisch und forderte Lucy für zehn Uhr zu einer Partie Schach heraus. Ich sah ihn flehend an und hatte den Eindruck, daß seine kühlen Augen ein wenig freundlicher wirkten, doch er sagte leise: »Der Major läßt fragen, ob Sie heute morgen bei ihm vorbeischauen.«

Plötzlich kam mir der schreckliche Gedanke, daß er vielleicht in seinem Delirium vor der Entziehung Dr. Morton gegenüber alle möglichen Dinge über unsere Affäre, vielleicht sogar über unsere Familienbande, ausgeplaudert hatte. Wenn dem so war, erklärte es zumindest dessen Bereitschaft, ja sogar Eifer, mir Besuche bei seinem Patienten zu gestatten.

»Natürlich«, sagte ich, obwohl ich große Angst vor einem weiteren Zusammentreffen mit ihm hatte.

Der Pfleger brachte mich in den Raum, bevor

er sich vor der Tür postierte. Greg saß voll bekleidet auf einem Stuhl. Seine Hände zitterten immer noch, aber sein Atem roch nicht mehr nach Chloralhydrat.

»Welcher Tag ist heute?« fragte er.

»Mittwoch«, antwortete ich und setzte mich ihm gegenüber hin. »Wir sollen morgen ankommen.«

»Wie geht's Lucy?«

»Sie spielt Schach mit Dr. Morton.«

Er nickte anerkennend und lächelte glücklich. Fast hatte ich den Eindruck, daß er sich jetzt, wo er mir von der Vergangenheit erzählt, sie sich sozusagen von der Seele geredet hatte, nichts mehr daraus machte. Auf höchst merkwürdige Weise schien er die gräßlichen Ereignisse der vergangenen Woche als unvermeidbar zu erachten, vielleicht sogar (als wäre das überhaupt möglich!) als natürlich.

Dann zog er aus seiner Tasche Roses kleinen silbernen Aschenbecher mit dem blauen Emailschmetterling auf dem Deckel.

»Das ist Lucys Schmetterlingsdose«, sagte er. »Rose wollte sie ihr zum Neujahrstag schenken. Hebst du sie für sie auf und gibst sie ihr irgendwann?«

Er bürdete mir die Last auf, Lucy alles zu erklären, bettelte mich an, die Erinnerung an ihn für sie zu bewahren. Ich war entrüstet. Lucy würde nicht in diese Angelegenheit hineingezogen, dafür würde ich sorgen.

»Das war nett von Rose«, sagte ich.

Er seufzte und verfiel in Schweigen.

Der Pfleger klopfte und brachte zwei Tassen Tee herein.

»Gibt's keinen Whisky?« lachte Greg.

»Nicht erlaubt, Sir!«

»Nicht erlaubt? Schande! Schande!« Greg verzog das Gesicht.

»Es ist wirklich eine Schande«, stimmte der Seemann zu. »Aber schließlich müssen wir doch wieder auf die Beine kommen, oder?«

Wenn das Schiffspersonal ihn als Gefangenen ansah, behandelte es ihn wenigstens freundlich, doch seine Lage würde sich zum Schlechten ändern, soviel war klar. Denn an Land wäre er kein Patient mehr, sondern ein Mordverdächtiger, der einem Aufgebot der indischen Polizei überantwortet werden würde.

Wir tranken unseren Tee.

»Ich gebe sie Lucy«, versprach ich ihm. »Sie wollte sie immer gerne haben. Sie ist wirklich hübsch.« Ich drehte sie herum, drückte den Verschluß auf und öffnete den Deckel, unter dem sich ein kleines Häufchen Asche verbarg.

»Sag Lucy, daß es dem alten Knickebein besser geht«, meinte er. »Mehr brauchst du ihr nicht zu sagen.«

»Natürlich.« Ich stand auf. »Auf Wiedersehen, Greg. Und viel Glück!«

»Das werde ich brauchen«, grinste er. »Du bist ein guter Kerl, Louise. Ein Prachtroß!«

Durch den Vergleich fühlte ich mich nicht sonderlich geschmeichelt, denn er verdeutlichte einmal mehr, wie wenig wir geistig zusammenpaßten und wie sehr sich unser gesellschaftlicher Hintergrund unterschied. Doch ich nahm sein Kompliment als solches hin. Ich streckte ihm die Hand entgegen, die er ergriff. Dann erhob er sich plötzlich und küßte sie unbeholfen.

Ich verschwand, so schnell ich konnte, und rannte schnurstracks in meine Kabine. Ich würde weder dem Kapitän noch Dr. Morton etwas von dem erzählen, was Greg mir anvertraut hatte. Was den Mord an Rose und die Beseitigung ihrer Leiche anbelangte – darüber können sich die beiden den Kopf zerbrechen bis zum Sankt-Nimmerleins-Tag. Was ich weiß, werde ich für mich behalten.

Ich konnte nicht ewig in meiner Kabine sitzen bleiben, denn ich mußte noch zu Ende packen. Lucy hatte weder ihre Lese- noch ihre Rechenübungen gemacht, ich mußte sie noch waschen und ihr Haar bürsten vor dem Abendessen, und schließlich mußte ich sie ins Bett bringen. Sie war ganz aufgeregt, weil sie ihren Daddy am nächsten Tag wiedersehen würde, aber zum Glück müde genug nach einem langen Tag, um schnell einzuschlafen.

Ich beschloß, mich nicht umzuziehen, um zum Essen zu gehen, weil ich den Gedanken an den Speisesaal mit all den starrenden Blicken nicht ertrug. Also knipste ich das Licht in der Kabine aus und ließ mir all die Ereignisse der vergangenen Tage durch den Kopf gehen, die natürlich heftige Gefühle auslösten. Nach einer Weile wurde ich ein wenig ruhiger. Herbert wartete in Kalkutta auf uns – das waren nur noch zwölf Stunden –, und ich würde ihm, verwirrt an Geist und Seele, das Gesicht verzerrt vor Sorge und vom Schlafmangel gezeichnet, gegenübertreten müssen. Ich sehnte mich nach Schlaf, doch der wollte sich nicht einstellen. Es war jetzt schon die dritte Nacht, die ich ohne auskommen mußte.

Wie lange ich so dasaß, weiß ich nicht, doch als ich zu Lucy hinüberschaute und ihren regelmäßigen Atem hörte, war es ziemlich dunkel. Ein bißchen Licht vom Himmel draußen fiel auf ihre Kleidung, die ordentlich zusammengelegt am Fußende ihrer Koje lag, bereit, am nächsten Tag angezogen zu werden: ihr neuer weißer Drillich-Matrosenanzug mit dem breiten Kragen und dem weißen Strohhut. Plötzlich wußte ich, was ich zu tun hatte.

Ich zog meine Trauerkleidung aus und legte alles einzeln zusammen. Dann schlüpfte ich in meinen Morgenrock und meine Pantoffeln und ging, die schwarzen Sachen unter dem Arm, hinauf an Deck. Es war verlassen. Ich wußte, daß Angehörige des Personals Wache schoben und daß sie mich vielleicht als Schatten wahrnahmen, aber ich konnte niemanden entdecken. Ich eilte zum Heck des Schiffs und starrte einen Augenblick hinunter in das mondbeschienene Kielwasser. Die Tage, wie sie verrannen … Wie viele Millionen winziger Meeresgeschöpfe taumelten wohl in jener phosphoreszierenden Schleppe des Schiffes, die die Turbinen aufgewühlt hatte? Irgendwo da draußen in der Weite des Golfs von Bengalen, inmitten der anderen Leichen, der Cholera- oder Hungeropfer, der armen Elenden, die vom Hugli hinausgeschwemmt wurden, trieb auch Rose dahin. In ihrem feuchten Grab. Sechs Tage entfernt.

Ich nahm meine Trauerkleider, rollte sie zusammen und warf sie eines nach dem anderen ins Wasser. Während ich zusah, wie sie sich drehten und schließlich sanken, spürte ich, wie meine Laune sich allmählich hob. Dann verließ ich die Reling und ging das Deck entlang. Ich war ruhig, ja sogar glücklich, nach dem, was ich getan hatte. Eine Bestattung zur See. Jetzt würde ich schlafen können, das wußte ich.

Ich habe eine rituelle Bestattung durchgeführt, die Beisetzung meines früheren Ich zelebriert.

Ich bin nicht mehr länger Deine gehorsame, unterwürfige Tochter, aber ich glaube, Dich besser zu verstehen. Ich bin auch nicht mehr jenes Mädchen, das beim Anblick eines gutgeschnittenen Gesichts, hinter dessen Maske weiß Gott welche haßerfüllten Gefühle der Erniedrigung auf ihre Rache lauern, weiche Knie bekommt. Ich bin auch nicht mehr jene junge Frau, die sich für kurze Zeit in ein Geflecht von persönlichen und familienbedingten Emotionen verstricken läßt, welche sie überhaupt nicht verstehen kann. Ich bin nicht einmal mehr die zögerliche junge Ehefrau, die immer ihrem Mann gefallen will. Endlich bin ich ich selbst.

Die ganze elende Vergangenheit liegt hinter mir, reingewaschen im Kielwasser der verrinnenden Zeit. Morgen werde ich ganz von vorn anfangen. Morgen werde ich ein neues Kleid tragen, ein hübsches, cremefarbenes Baumwollkleid mit rüschenbesetztem Kragen. Es ist ausgesprochen modisch, kurz, der Saum geht bis knapp unters Knie. Die Taille ist lose geschnitten und umschmeichelt meine Hüften. Aus meiner Hutschachtel werde ich meinen neuen, cremefarbenen Strohhut mit der großen, roten Seidenrose nehmen. Ich werde die Gangway hinunterschreiten zu Herbert wie eine junge Braut. Ich werde Herberts Frau sein, die Frau jenes jungen, integren Deputy District Commissioner, von dem die Leute sagen, er werde eine Rolle in der Geschichte des Landes spielen. Ich werde in Zukunft ebenfalls eine Rolle spielen für Herbert, doch auch für mich selbst.

15. Januar

Ich muß, gleich nachdem ich in meine Koje gekrochen war, eingeschlafen sein. Danach habe ich so lange und so tief geschlafen, daß ich nicht einmal hörte, wie Lucy aufstand und hinaus ins Bad lief. Als ich dann schließlich aufwachte, merkte ich, daß ich zu spät zum Frühstück kommen würde. Die meisten Passagiere hatten den Speisesaal bereits verlassen, um ihre Überseekoffer abzuschließen und ihre Abholung vor der Landung zu überwachen.

Fast hatte ich schon gedacht, wir würden nie alles in den großen, zinkverstärkten Holzkasten bringen, ja, ihn nicht einmal schließen können, doch als Lucy sich schließlich daraufsetzte und darauf herumhüpfte, gelang es mir doch, die Verschlüsse zuschnappen zu lassen und den Schlüssel im Schloß zu drehen. Danach blieben uns nur noch unser kleiner Koffer für die Dinge, die wir in letzter Minute benötigten, sowie meine Hutschachtel mit einigen zerbrechlichen Kreationen, mit denen ich nicht nur Herbert, sondern ganz Bankipore blenden wollte.

Obwohl wir bereits spät dran waren, ließ ich

mir beim Ankleiden Zeit, denn ich wollte mich für Herbert von meiner Schokoladenseite zeigen. Nach allem, was ich durchgemacht, nach allen Häuten, aus denen ich mich geschält hatte, streifte ich nun ein neues Ich über. Vielleicht zum erstenmal überhaupt konnte ich wirklich seine Ehefrau sein.

Während ich meinen hübschen, breitkrempigen Strohhut mit einer langen Hutnadel feststeckte, fing Lucy zu jammern an. Ihr geliebter Peter Pushkin war nirgends zu finden, in keiner Ecke, auch nicht unter den Kojen. Ich sah, wie Lucys Verzweiflung wuchs. Ich wollte nicht, daß unsere Ankunft durch Tränen verdorben würde, und ich wußte, daß sie Peter Pushkin brauchte, der sie nicht nur abends ins Bett, sondern auch bei allen neuen, abenteuerlichen Unternehmungen begleitete, denn er beruhigte sie mit seinem vertrauten, abgewetzten Fell, und er gab ihr Mut. Gerade als sie in Tränen auszubrechen drohte, klopfte der Badesteward an unsere Tür und hielt uns das vermißte Stoffkaninchen an den schlaffen Ohren entgegen. Lucy entriß es ihm mit einem Freudenschrei.

Dann kam ein Deckshelfer, um unser Gepäck abzuholen. Eigentlich hätten wir fertig sein sollen, doch plötzlich sagte Lucy, sie müsse auf die Toilette, und da sie sich wand und sich über Bauchschmerzen beklagte, wußte ich, daß es dringend war. Das alles hatte zur Folge, daß wir zu den allerletzten Passagieren gehörten, die das Schiff verließen.

»Ah! Mrs. Brunoye!« grüßte mich der Kapitän für meine Begriffe in ziemlich ängstlichem Ton, als ich mich der Gruppe am oberen Ende der Gangway näherte. Ich folgte seinem Blick zum Kai hinunter, wo ich bereits Herbert in seinem schmucken weißen Anzug und seinem Tropenhelm entdeckt hatte, der sich uns von der linken Seite näherte. Ich wußte, er würde nach einer Frau in Trauerkleidung Ausschau halten. Gerade wollte ich ihm winken, um seine Aufmerksamkeit zu erregen, als der Kapitän, der ein wenig vor dem Zahlmeister stand, Lucys Hand nahm.

»Auf Wiedersehen, Lucy«, sagte er. »Es war wirklich ein Erlebnis, dich an Bord zu haben.« Klang seine Stimme wirklich etwas belegt, oder täuschte ich mich da?

Der Zahlmeister lachte. »Wir haben uns alle gefreut, daß du hier an Bord warst, Lucy«, sagte er.

Der Kapitän beugte sich tiefer, vielleicht um sein Gesicht zu verbergen, hob Lucys Hand an seine Lippen und küßte sie.

»Igitt! Das kitzelt!« gackerte sie, als seine Augenbrauen ihren Arm streiften.

»Auf Wiedersehen, Mrs. Brunoye«, sagte er, mit ernster Miene an mich gewandt.

»Auf Wiedersehen und danke, Kapitän.« Ich hätte noch mehr gesagt, doch Lucy trippelte bereits mit ihrem neuen weißen Matrosenanzug und ihrem weißen Strohhut die Gangway hinunter, so daß ich hastig ihren sicheren, schnellen, elfengleichen Schritten folgte.

Wären wir früher vom Schiff herunter gekommen, hätten wir Greg nicht gesehen. Wahrscheinlich hatte der Kapitän die Polizei an Land bereits vor unserer Ankunft telegrafisch informiert, weil mehrere Beamte warteten, darunter ein großgewachsener Mann, der sich mit unserem Schiffsarzt unterhielt, und zwei Polizisten, die Greg am unteren Ende der Gangway flankierten. Lucy erkannte ihn trotz der gründlichen Arbeit, die der Schiffsbarbier geleistet hatte, und trotz der bläulichen Narbe auf seiner Wange sofort. Sie rannte winkend auf ihn zu und rief ihm in bester Memsahib-Manier zu: »Ach, der Major! Was für eine nette Überraschung! Wie schön, Sie zu sehen!«

Er nahm Haltung an, doch als sie ihn erreichte, schien er plötzlich zu schmelzen und bückte sich, um sie zu begrüßen. An seinem Handgelenk blinkte es – erst jetzt sah ich, daß er Handschellen trug. Seine unerwartete Bewegung hatte einen der Polizisten mit ihm heruntergezogen. Lucy schlang Greg die Arme um den Hals und küßte ihn. Dabei fiel ihr der Hut vom Kopf, und ihre Haare kamen zum Vorschein. Ich sah die drei Gesichter, die so nahe beieinander waren, ganz deutlich, als sie zu mir heraufsahen: die momentane Überraschung auf dem des dunkelhäutigeren Polizisten, ein wenig tiefer die von Greg und Lucy, lachend, die porzellanblauen Augen auf mich gerichtet, die rotgoldenen Locken so eng beieinander, daß sie sich ineinander verhedderten. Mit einem Schlag erkannte ich die schreckliche Wahrheit: Sie hatten das gleiche Haar (Gott im Himmel, liebste Mutter!), so rotgold wie das Deine früher gewesen war. Das gleiche flüssige Familienfeuer ferner Vorfahren brach hier durch, das von Generation zu Generation weitervererbt wurde, von Großmama, deren präraffaelitische Gefolgschaft es immer so bewundert hatte, auf Dich und mich und schließlich auf Lucy. Daß Greg ihr Onkel war, wußte ich, ob er auch ihr Vater war, konnte ich nicht mit Bestimmtheit sagen. Doch die Ähnlichkeit zwischen beiden war unverkennbar.

Ein Gefühl der Panik flatterte in meinem Innern hoch wie ein verschreckter Vogel im Käfig. Herbert, der mittlerweile ziemlich nahe war, sollte, durfte sie nicht zusammen sehen. Ich versuchte, die Gangway hinunterzuhasten, stolperte aber und wäre beinahe hingefallen. Die besorgte Stimme des Kapitäns drang zu mir herunter.

»Alles in Ordnung, Mrs. Brunoye?«

Diesmal gab ich keine Antwort. Ich schaute nicht einmal mehr über die Schulter zurück, sondern versuchte zu rennen, obwohl meine geschwungenen Absätze sich in den Querlatten verfingen, die die Leute eigentlich am Rutschen hindern sollten. Es war wie in einem jener Alpträume, in denen man verzweifelt versucht, sich fortzubewegen, aber an den Knöcheln festgehalten wird. Mein modischer Hut mit der roten Rose begann mir in den Nacken zu rutschen, so daß ich ihn festhalten mußte, damit er mir nicht herunterfiel.

Greg erhob sich, als ich bei ihnen anlangte. Ich empfand höchste Erleichterung, als die beiden Gesichter sich trennten. Nachdem ich dem ein wenig verlegenen Polizeibeamten einen Blick zugeworfen hatte, überlegte ich, ob sich Roses Verlobter wohl auch am Kai befand.

»Auf Wiedersehen, Louise«, sagte Greg.

Ich sah ihn nicht an. Ich wagte es einfach nicht. Statt dessen packte ich Lucy mit einer Hand und hob mit der anderen ihren Strohhut auf, der in den Staub gefallen war.

»Plötzlich siehst du so jung aus, Louise«, sagte Greg gerade zu meinem Rücken. »Sei glücklich, ja?«

Das hoffte ich und hatte ich vor zu sein, doch im Moment fühlte ich mich gar nicht so, sondern hatte nur Angst, daß Herbert sich nähern könnte.

Jetzt wünschte ich mir, daß ich mich noch einmal umgedreht, ein paar Worte gesagt, vielleicht sogar gelächelt hätte. Greg hatte Freundlichkeit bitter nötig, doch meine eigenen Emotionen waren so stark, daß sie das Mitleid verdrängten. Ich hörte ihn sagen: »Gott segne euch beide!« Wollte er damit einen Anspruch auf uns erheben? Als ich Lucy wegzerrte, rief er uns nach: »Die junge Lucy wird Miss Twenties – sie wird die schlechte Welt so lange rütteln, bis sie aus den Fugen ist!«

Doch Lucy hörte ihn nicht mehr, denn sie hatte bereits Herbert mit Bearer Addul entdeckt, die Ringelblumenkränze für uns im Arm hielten, und lief mit dem Ruf »Daddy!« auf sie zu. Dann sah sie Agatha, die, die Hände in der *namaskar*-Geste respektvoller Begrüßung gefaltet, geduldig und bescheiden im Hintergrund darauf wartete, die Babamemsahib in die Arme zu schließen, worauf Lucy, mit dem abgewetzten Peter Pushkin herumwedelnd, auf sie zurannte.

Ich sank in Herberts Arme. Der liebe, Sicherheit vermittelnde, zuverlässige Herbert! Ich begann, hemmungslos zu weinen; alle Ängste und Anspannungen der vergangenen Woche ergossen sich mit einemmal auf das makellos weiße Sakko von Herbert.

»Nun beruhige dich mal, altes Mädchen!« wehrte er sich, erschreckt über diesen ungewohnten Ausbruch, doch auch erfreut über meine Gefühle, die für ihn im Zusammenhang mit unserer langen Trennung standen. »Immer mit der Ruhe, Louise! Ich weiß, du hast eine schwere Zeit hinter dir. Es hat einfach zu lange gedauert. Deine arme Mutter!« Er legte mir den Arm um die Taille und führte mich weg.

»Willkommen, Memsahib!« begrüßte mich Bearer und legte mir den Kranz um den Hals.

Ich begann zu lächeln, putzte mir die Nase, rückte meinen Hut zurecht, der trotz der Haarnadel verrutscht war und jetzt ziemlich unkleidsam auf meinem Kopf balancierte, weil ich mich Herbert so heftig in die Arme geworfen hatte, glättete mein Kleid, das schon verknittert aussah, und entschuldigte mich.

»Hoffentlich habe ich das Sakko nicht ruiniert, Herbert.«

»Das bißchen Salzwasser trocknet schon wieder«, versicherte er mir und dirigierte uns alle in Richtung Taxi. Während Bearer sich um Gepäckträger und Koffer kümmerte, meinte Herbert: »Ich bin froh, daß du die Trauerkleidung nicht mehr trägst, Louise. Wie vernünftig von dir. Außerdem siehst du wunderschön aus – sogar noch besser als bei deiner ersten Ankunft hier. Die Seereise hat dir gutgetan.«

»Das freut mich«, sagte ich.

Alles würde gut werden. Alles würde so kommen, wie ich es mir erhoffte.

»Wer war denn der Kerl da eben bei Lucy?« fragte er, als wir in dem Abteil des Nachtzugs nach Patna saßen, das er für uns reserviert hatte. Die Reise würde lang werden, die Luft warm und stickig, da es aber erst Januar war, war es noch nicht unerträglich. Ich merkte schon, wie unpassend ich für diese Fahrt gekleidet war. Während der letzten Tage hatte mein Verstand wohl nicht so richtig funktioniert, denn sonst hätte ich mich nicht für dieses brautkleidähnliche Gewand entschieden, das, falls wir die Fenster nicht ständig geschlossen hielten, schon bald voller Rußflocken von der Dampflok sein würde. Ich fragte mich, ob ich lächerlich aussah. Immerhin hatte ich keine seltsamen Blicke von anderen britischen Reisenden im Bahnhof bemerkt, vielleicht dachten sie, wir seien auf einer Hochzeit oder einem Gartenfest gewesen. Du, das weiß ich, hättest die Stirn gerunzelt. Mit Deinem feinen Sinn für dem Anlaß angemessene Kleidung hättest Du mir vorgeworfen, ich kleide mich extravagant, *outrée*, also geschmacklos, doch Herbert fiel nichts Ungewöhnliches auf. Er freute sich einfach, mich so hübsch zu sehen.

»Was für ein Kerl?« fragte ich, während ich die kalte Limonade an mich nahm, die Bearer aus dem Picknickkorb zog.

»Der Kerl zwischen den beiden Polizisten«, antwortete Herbert.

»Ach, der! Tja«, sagte ich und warf einen Blick auf Lucy, deren Aufmerksamkeit ganz dem Spiel galt, das sie mit ihrer Ayah spielte, »das ist eine lange Geschichte. Es würde Tage dauern, sie dir zu erzählen. Herbert, Schatz, wir haben eine ausgesprochen ereignisreiche und in mancher Hinsicht auch beunruhigende Reise hinter uns.« Ich beugte mich zu ihm hinüber und flüsterte ihm ins Ohr: »Er ist wegen Mordverdachts verhaftet worden.«

»Du lieber Himmel!« rief er aus und wäre wohl blaß geworden, wenn er von der Sonne nicht so gebräunt gewesen wäre. »Hast du den Mann gekannt? Ich meine, Lucy schien gerade auf dem Kai ziemlich vertraut mit ihm umzugehen.«

»Lucy hat keine Ahnung, was passiert ist«, versicherte ich ihm. »Doch, ich habe ihn gekannt. Sogar ziemlich gut.« Dann erzählte ich ihm von unserer Freundschaft in Kindertagen und von meiner mädchenhaften Schwärmerei.

»O nein! Wie schrecklich!« sagte Herbert mitfühlend. »Mein liebes Mädchen, wie gräßlich das alles für dich gewesen sein muß! Kein Wunder, daß ich den Eindruck hatte, du wärst ein bißchen daneben, als du angekommen bist!«

Als wir Patna erreichten, hatte ich ihm die Geschichte erzählt, jedenfalls die Teile davon, die er meiner Meinung nach erfahren mußte. Als wir auf dem Weg nach Norden, weg von den breiten, braunen Fluten des Gangesdeltas, waren, empfand ich sie schon nicht mehr als so dringlich. Statt dessen schweiften meine Gedanken zu Mutter Ganga, den heiligen Wassern der Heilung und des Vergessens.

Bereits in der ersten Woche nach unserer Ankunft in Bankipore kamen Herbert über Informanten im Basar und an den Flußkais, über die Handelsdampfer auf dem Fluß und die Bahnreisenden verschiedene Dinge zu Ohren. Nach vierzehn Tagen wurde dann das ganze Ausmaß des Skandals bekannt, von dem auch ich bisher nichts geahnt hatte. Offenbar war schon einmal eine Dame, die mit Greg befreundet gewesen war, eines plötzlichen Todes gestorben. Sie war in einem Hotel in Kalkutta die Treppe heruntergefallen und hatte sich das Genick gebrochen. Das schäbige Hotel mit Restaurant und Nachtklub, das schon seit ein paar Jahren existierte, hatte Greg gehört. Die gerichtliche Untersuchung hatte ergeben, daß es sich um einen Unfall handelte, aber seinerzeit hatte es auch Gerüchte gegeben, daß der Sturz nicht ganz so zufällig eingetreten war. Ein Zimmermädchen hatte ausgesagt, daß es wütende Stimmen im Zimmer der Dame gehört und Greg mit zornrotem Gesicht hatte herauskommen sehen. Die Dame mit dem gebrochenen Genick sei seine Frau gewesen, eine wunderschöne Eurasierin, sagten die Leute. Greg, der schon immer viel getrunken hatte, wurde nach diesem Zwischenfall endgültig zum Alkoholiker.

Außerdem erfuhren wir, daß er wegen eines nicht näher erläuterten Vergehens unehrenhaft aus der Armee entlassen worden war. Er war also kein Offizier, kein Major mehr. Diesen Rang hatte er sich selbst verliehen.

Inzwischen führe ich wieder mein normales Leben mit seinen vertrauten Pflichten: Ich kümmere mich um die Bediensteten, den Essenstisch, den Garten und um den tollkühnen Gärtnersjungen, der so leichtsinnig an dem Flaschenzug über dem Brunnen herumschwingt, daß Lucy aus Angst, er könnte hineinfallen, laut kreischt. Jetzt werde ich auch die Zeit finden, das Versprechen einzulösen, das ich Dir gegeben habe. Herbert wird mir dabei helfen. Er findet es nicht makaber. Er versteht Dich.

Herbert war viel zu feinfühlig, sich nach Deinem Testament zu erkundigen, obwohl er natürlich erwartet hat, daß ich ihn darüber informieren würde, wenn ich es für richtig hielte, was ich auch tat.

»Das Vermögen gehört dir, Louise, einzig und allein dir, und du kannst damit machen, was du möchtest.«

»Nun, du wirst mich beraten müssen«, sagte ich, was er gerne tat, vielleicht auch ein bißchen erleichtert, weil mein Erbe ihm einen Teil der

Last von den Schultern genommen hat, für unsere unsichere Zukunft in Indien sorgen zu müssen, das eines Tages unabhängig werden wird. Außerdem scheinen in Indien die weißen Männer nicht so alt zu werden wie ihre Frauen.

Wir haben beschlossen, mit einem Teil des Geldes einen Fonds einzurichten für die Ausbildung von zwei eurasischen Schwestern, deren Eltern bereits früh gestorben sind. Uns beiden liegt dieses Projekt sehr am Herzen, weil Herbert sich, wo es geht, für die Bildung im allgemeinen einsetzt und ich mich für die Bildung von Frauen im besonderen.

Wir werden das Sandelholzkästchen zusammen mit diesem Brief verbrennen. Ich werde ihn mit rosafarbenem Klebeband aus Herberts Büro zusammenbinden und ihn versiegeln, so daß er aussieht wie ein dickes offizielles Dokument. Wir wollen ihn morgen abend verbrennen, bei unserem täglichen Spaziergang durch das Grundstück. Ich habe dem Gärtner und seinem Jungen gesagt, sie sollen ein großes Feuer entfachen. Herbert habe ich erzählt, das rosafarbene Band halte Deine alten Liebesbriefe zusammen. Die geheimnisvolle, romantische Atmosphäre, die diese Notlüge erzeugt, läßt seine Augen leuchten. Er nimmt gern an dieser letzten Zeremonie für Dich teil. Für ihn ist sie wie ein Spiel. Auch Lucy wird ihre Freude daran haben. Sie wird sagen:

»Sind das wirklich Großmamas Haare?«, und sie wird mit großen Augen ganz ernst und gebannt zuschauen, wie die Flammen Deine langen weißen Locken kringeln, bis sie zu Asche zerfallen. Und ich werde an Dein Bildnis denken (das noch immer im Salon des Kensingtoner Hauses hängt und, wie ich hoffe, von den neuen Mietern geachtet wird). Auf diesem Porträt ist Dein rotgoldenes Haar auf Deinem Kopf zu einem Knoten zusammengefaßt, wie es in der Zeit Edwards modern war, schmucklos, aber glänzender als jedes Diadem. Wir haben beschlossen, die Asche nicht an den Ufern des Ganges zu verstreuen, denn das wäre zu auffällig, sondern unter den Pfirsichbäumen. Ich glaube, das wäre Dir recht. Vielleicht wird Dein Geist dann nach Indien zurückkehren, in die hinduistische Ganzheit aller Dinge.

Alles wird gut werden. Alles wird so werden, wie ich es mir erhofft habe. Und niemals, das schwöre ich nicht nur mir selbst, sondern auch Dir, werde ich ihm nach einem Streit sagen, daß Lucy wahrscheinlich nicht seine Tochter ist, daß nicht er das Kind gezeugt hat, daß ich vielleicht keinen Sohn von ihm bekommen werde. Ich werde Lucy auch nie, nicht einmal, wenn ich als alte, verbitterte Witwe in dem kalten, grauen Kensingtoner Haus lebe und sie mich verlassen hat (sie wird voller Lebenslust all jene Dinge tun, die der Jugend vorbehalten sind), rachsüchtig diese Verletzung heimzahlen, indem ich ihr die Wahrheit offenbare. Manche Wahrheiten sollten auf ewig begraben bleiben, besonders wenn sie mit Dingen zu tun haben, die ohnehin längst gestorben sind.

Louise sah ihre Tochter Lucy besorgt an, als diese am nächsten Morgen das Frühstückstablett in ihr Schlafzimmer brachte. Sie schlang die Arme um sie und klammerte sich einen Augenblick verzweifelt an sie, bevor sie sie wieder losließ.

»Ja«, sagte Lucy. »Ich habe alles gelesen. Und weißt du was? Ich glaube, du hast deine wahre Berufung verfehlt. Du hättest Schriftstellerin werden sollen. Ich war so gefesselt davon, daß ich es nicht mehr weglegen konnte!«

Die Anspannung wich aus Louises zerbrechlichem Körper, und sie lächelte. »So, so! Aber du bist keine unvoreingenommene Kritikerin.«

Lucy nahm die hübsche, blaßblaue Jacke, die Louise im Bett trug, und reichte sie ihr.

»Ich bin überrascht, daß du es so gelassen nimmst«, sagte Louise.

»Das hast du mir doch selbst beigebracht – angesichts heftiger Gefühle ruhig zu bleiben. Du hast immer gesagt, Macht kommt von Selbstbeherrschung. Weißt du noch?«

»Ich hatte Angst, es dir früher zu sagen. Ich dachte, das verzeihst du mir nie.«

»Ich bin froh, daß du es mir nicht gesagt hast, als ich noch ein Kind war. Damals hätte ich mir den Kopf darüber zerbrochen, heute werde ich, glaube ich, besser damit fertig. Vielleicht war Greg, genetisch betrachtet, mein Vater (obwohl du dir ja nicht absolut sicher bist, oder?), aber schließlich hat Herbert mich aufgezogen. Und Herbert war der Vater, den ich geliebt habe.«

»Er war ein herzensguter Mann!« seufzte sie, glättete die Tagesdecke über ihren Knien, senkte den Kopf und fügte hinzu: »Aber ich habe mein ganzes Leben lang die Last der Schuld mit mir herumgetragen, daß ich ihn hintergangen habe.«

»Natürlich hat das dein Gewissen belastet, aber Mummy, schließlich ist das alles längst vorüber! Was macht es jetzt noch aus? Was zählt, ist, daß Herbert dich geliebt hat und du ihn.«

Louise ließ sich in die aufgeschüttelten Kissen sinken und weinte hemmungslos.

»Erinnere dich lieber an die guten Dinge, die du getan hast«, drängte Lucy sie. »Du bist mir eine wunderbare Mutter gewesen. Und niemand hätte sich so um Daddy gekümmert, wie du es getan hast – all die Jahre, die du ihn gepflegt hast, auch wenn er manchmal wahrscheinlich schrecklich anstrengend gewesen ist.« Sie gab ihr ein Papiertaschentuch.

»Ich glaube«, sagte Louise schniefend, »daß ich meine Schuld gesühnt habe, indem ich mich während seiner schrecklichen Krankheit für ihn aufgeopfert habe, für ihn dagewesen bin bis zu seinem Tod. Jedenfalls hoffe ich das. Das war sicher Gottes Strafe.«

Lucy meinte entrüstet: »Wenn das stimmt, was du sagst, war es ausgesprochen unfair von Gott, Herbert noch härter zu bestrafen, wo er doch mit deinem Fehltritt überhaupt nichts zu tun hatte!«

Endlich lachte Louise – das war wieder ihr einzigartiges, energiegeladenes, frisches, spöttisches, tröstendes Lachen.

»So ist's schon besser«, sagte Lucy. »Das klingt eher nach der alten Louise!« Dann beugte sie sich über sie, schüttelte die Kissen frisch auf und arrangierte sie neu. »Und was ist mit dem Garten, den du angelegt hast? Aus dem hast du doch eine Gedenkstätte für ihn gemacht«, erinnerte sie sie. »›Einen Ort der Schönheit und der Freude auf ewig‹ – für alle, die darin spazierengehen. Eine Oase der Ruhe. Weißt du, du hast einen Ort der Genesung geschaffen für alle Menschen, die ihre Illusionen verloren haben und nicht mehr weiterwissen.« Sie versuchte, all das zu sagen, was Louise hören wollte.

»Du wärst eine gute Krankenschwester, Lucy«, sagte ihre Mutter. »Obwohl du nur eine Ärztin bist!«

»Ist er übrigens gehängt worden?« wollte Lucy wissen.

»Greg? Nein. Er ist an einem Herzanfall gestorben, während er auf seine Verhandlung gewartet hat.«

Als Lucy das Zimmer ihrer Mutter verließ und hinüber ins Arbeitszimmer ging, warf sie einen Blick auf das Porträt und stellte schockiert fest, wie prophetisch es war. Dieser Maler der Wiener Sezession um die Jahrhundertwende, der in Bildern die neue Woge von Gefühlen und Gedanken darzustellen versuchte, die das Korsett enger Konventionen und Zwänge wegriß, wie konnte er vorhersehen, daß sich die Frauen ihrer Familie so aneinanderklammern würden? Malte er etwas, das allen Frauen innewohnt und das sie von Generation zu Generation weitervererben? Lucy sträubte sich gegen die bedrohliche Seite des Gemäldes, sie wollte nur den großen, goldenen Mantel der Liebe sehen. Sie redete sich ein, sie würde den Maler überlisten, sogar noch den Tod mit einer Drohgebärde vertreiben. Louise hatte geliebt und viel gegeben. *Datta, dayadhvam, damyatta*: Geben, Einfühlung, Disziplin. Sie war den Grundsätzen der Upanischaden gefolgt, und mit Dr. Gillows und Lucys Hilfe würde ihr *Shantih* zuteil – der Große Friede. Lucy würde dafür sorgen, daß sie nicht mit einem Wimmern verwelkte, sondern in Glanz und Gloria abging, gelassen, erfüllt, frei von Schuld, ihr Körper auf einem dichten Flor aus all ihren geliebten Blumen, die sie angepflanzt hatte.

Später dachte Lucy ziemlich viel über die Zeitungen nach: Mord. Ihr Vater war also ein Mörder und sie das Produkt einer inzestuösen Beziehung. Jedesmal, wenn sie daran dachte, durchzuckte sie wieder Schrecken. Doch das war nicht der Weltuntergang. Sie versuchte, die emotionale Auswirkung dieser Eröffnung wegzuschieben, indem sie sie rein biologisch betrachtete. Sie konnte nicht absolut sicher sein, daß Greg, eine ziemlich lächerliche Gestalt, ihr Vater war. Sowohl sein als auch Herberts Sperma war in einem Zeitraum von fünfzehn oder sechzehn Tagen mit Louises Ovum in Kontakt gekommen. Welches davon das Rennen gewonnen hatte, ließ sich nach so langer Zeit kaum noch feststellen. Louise und Herbert heirateten im Januar 1913, Lucy kam im Oktober zur Welt, also standen die Chancen, daß Herbert ihr Vater war, gar nicht so schlecht. Sie fragte sich, ob Mörder sich sehr von anderen Menschen unterschieden, ob sie ein spezielles, weitervererbbares Gen in sich trugen oder ob wir alle unter besonderen Umständen, wenn wir uns in die Enge getrieben fühlen und keinen Ausweg mehr sehen, töten würden. Natürlich müßte eine Waffe zur Hand sein. Möglicherweise war das der Grund, warum Männer öfter zu Mördern wurden als Frauen; vielleicht lag es an ihrer größeren Körperkraft und Schnelligkeit, daß sie vor einer halben Million Jahren zu Jägern wurden, in den vergangenen Jahrhunderten zu Soldaten, vor noch nicht allzu langer Zeit zu schießwütigen Cowboys, und zu Mördern in unserem Jahrhundert, wenn gerade eine Waffe greifbar war. Vielleicht schlummert in uns allen der Instinkt zum Töten. Sie erinnerte sich an ihren geliebten Nicky, der die ganzen Messerschmitts abgeschossen hatte, jede davon mit einem lebenden deutschen Piloten. Das war so eine Art Schach über den Wolken – der Preis für den Sieger war das Überleben. Damals war das Töten eine Notwendigkeit, eine Verpflichtung zur Verteidigung in Ehren gehaltener Werte, sogar ruhmvoll. Damit verband sich keine Schuld – obwohl Nicky, vorausgesetzt, er hätte das alles überlebt, später wahrscheinlich unter Alpträumen gelitten hätte. Im Verlauf ihrer Arbeit in der Psychiatrie hatte Lucy einige Fälle von Männern mittleren Alters zu sehen bekommen, die Depressionen oder Nervenzusammenbrüche hatten, weil sie unter zwanghaften Schuld- und Reuegefühlen litten wegen der Dinge, die sie im Krieg getan hatten.

Sie dachte an Herbert – an einen der größten und besten Männer, die es gegeben hatte. Auch er hatte getötet, zwar nicht mit eigenen Händen, aber indirekt. Als er einmal im Norden des Landes in Chota Nagpur war, ermordeten zwei britische Soldaten einen Inder, der sie betrogen hatte. Sie versetzten ihm solange Tritte, bis er starb. Herbert als stellvertretender Friedensrichter befand sie für schuldig und verurteilte sie zum Tod durch Erhängen. Der Oberst ihres Regiments kam zu ihm, um ihn zu fragen, ob er die Strafe nicht irgendwie umwandeln könne, da das Hängen eine Schande sei, nicht nur für das Regiment, sondern auch für den guten Namen der Briten in den Augen der Völker unter britischer Herrschaft. Doch Herbert ließ sich nicht erweichen: Seiner Ansicht nach war der Mord, nicht die Strafe dafür, eine Schande. »Wir können das Gesetz nicht so hinbiegen, daß es zur Hautfarbe paßt«, sagte er. »Auch nicht, um das Gesicht des Regiments zu wahren.« Der Gerechtigkeit mußte Genüge getan werden. »Sie ist einer der Werte, die wir hier in Indien hinterlassen, wenn wir gehen«, sagte er. »Sie ist wichtiger als das Regiment – ja, sogar wichtiger als das Empire.« So war also auch er in gewisser Hinsicht schuldig: Töten durch richterliches Urteil, das war so etwas wie eine erlaubte Rache. Waren nicht auch die zwölf Geschworenen, die in englischen Mordprozessen über die Todesstrafe zu entscheiden hatten, verantwortlich für das Hängen? Sie übernahmen für uns alle die kollektive Entscheidung zu töten. Doch natürlich besteht ein Unterschied zwischen der Bereitschaft, in Verteidigung der eigenen Person, des Landes oder einer Ideologie zu töten, die die meisten von uns besitzen, und dem Mord im Affekt oder aus Habgier. Handelt es sich dabei um Instinkt oder das Fehlen von Mitleid oder vielleicht auch um ein Gen, das von wenigen vererbt wird? Wenn ja, gehörten Lucy und ihre Nachkommen zu diesen wenigen.

All diese Gedanken über das Geständnis ihrer Mutter beeinflußten das Bild nicht, das sie von nun an in sich trug: das Bild von einem elenden Kampf in einer heißen, stickigen Kabine, von der versuchten Vergewaltigung einer jungen Frau, die in ihrer Verzweiflung ein Glas zerbrach und die scharfe Kante dazu benutzte, sich gegen einen betrunkenen Mann zu wehren, mit dem der animalische Trieb durchgegangen war. Sie wurde getötet, und ihre Leiche wurde durch ein Bullauge in den Golf von Bengalen gestoßen.

Das würde sie Beena nie sagen können.

»Du sorgst doch dafür, daß mein Tagebuch vernichtet wird, ja?« fragte Louise sie.

»Es wird dich begleiten«, versprach ihr Lucy. Doch sie zögerte, als es dann tatsächlich soweit war. Wie schade, dachte sie, um diese kleinc Familienchronik – um dieses Stück Sozialgeschichte. Sie mußte an all die Frauen denken, die versucht hatten, die Sünden ihrer Geliebten oder Exgeliebten geheimzuhalten: Florence, die Hardy dabei half, Briefe, Notizbücher und Tagebücher auf einen großen Scheiterhaufen im Garten seines Hauses in Max Gate zu schlichten, um die Historie so zurechtzubiegen, daß eine autorisierte Version seines Lebens für die Nachwelt entstand; Lady Burton, die Feuer entfachte, welche noch Tage nach dem Tod ihres Mannes brannten und vieles, wenn auch nicht alles, vernichteten, was er an Reiseerzählungen und Erotika hinterlassen hatte; Lady Millbanke schließlich, Byrons Frau, die Initiatorin, vielleicht sogar die Brandstifterin selbst bei der Verbrennung von Byrons Memoiren durch Murray, seinen Verleger, und Moore (der arme Kerl!), seinen Freund, der immer so knapp bei Kasse war. Lucy betrachtete sie alle als Verräter an ihren Freunden und an der Wahrheit. Doch Louise war (Gott sei Dank!) keine literarische Größe, sie schuldete der Literatur kein Testament der Wahrheit. Sie war lediglich ihre Mutter, ein sehr privater Mensch. Also legte Lucy ihr das Tagebuch unter ihre Füße in den Sarg.

Lucy war froh, daß ihre Mutter im Juni starb, denn da standen ihre Pfingstrosen in voller Blüte. Im Englischen heißen sie *peonies* nach Paeon, dem griechischen Arzt, der die Wunden der trojanischen Krieger heilte. Lucy schnitt sie alle ab, große Sträuße von ihren Lieblingssorten; die volle, ein wenig zerzauste, pinkfarbene Sarah Bernhardt, die zarte, einfache White Wings und die offene, karmesinrote Bowl of Beauty mit ihrer erstaunlichen Krone von Staubgefäßen. Sie streute sie vor der Einäscherung eigenhändig über den Sarg. *Der Mensch, geboren aus der Frau, hat nur eine kurze Zeit hier auf Erden. Er wächst und wird abgeschnitten wie eine Blume*. Wie eine Blume ... Wie froh sie war, daß ihnen an jenem Tag die sonore Sprache der King-James-Bibel Trost spendete, nicht die hausbackene, fast schon schlampige Prosa der neuen Übersetzung, die sogar noch das große Drama des Todes auf die Ebene des Alltäglichen herunterzog! Sie gab Anweisung, die Pfingstrosen nicht in ein Altersheim zu schicken, wo sie in Vasen dahinwelken würden, ohne angesehen zu werden, sondern sie mit Louise zusammen zu verbrennen.

Beena war deswegen ziemlich außer sich.

»Urgroßmutter Dambresac hat ihr Haar nach Indien zurückgeschickt, damit es nach ihrem Tod dort verbrannt würde«, erzählte ihr Lucy. »Das war ein Tribut an das Land, in dem sie in ihrer Jugend gelebt und geliebt hat. Und die Pfingstrosen sind, zusammen mit ihrem eigenen Körper, Louises Geschenk an die Erde hier.« Sie verstreute die Asche rund um den Fuß der Statue am unteren Ende des Gartens, wo Louise immer gestanden und über das Tal von Frenester geblickt hatte.

»Ich finde das schrecklich, einfach schrecklich!« erklärte Beena.

Lucy hatte den Verdacht, Beena habe Angst, Louises Geist würde sich an ruhigen Herbstabenden zusammen mit den Nebeln vom Tal erheben. Vielleicht fürchtete sie sich auch vor dem Tod selbst ... doch warum nur, wenn sie doch so fest an die Wiederauferstehung des Fleisches und ein herrliches Leben im Himmel glaubte, fragte sich Lucy. Bailey hatte keine Angst vor Louises Geist, Lucy hatte sogar den Eindruck, daß er hoffte, sie wiederzusehen. Mit Sicherheit ließ ihn die Erinnerung an sie nicht los. Bailey weinte bei ihrer Beerdigung. Als alle sich erhoben, um zu singen: »Der Herr ist mein Hirte, mir wird nichts mangeln. Er weidet mich auf einer grünen Aue«, setzte sich Bailey plötzlich hin und vergrub das Gesicht in den Händen. Lucy konnte ihn von ihrem Platz auf der anderen Seite des Gangs aus sehen. Er half ihr, die Asche auszustreuen, so daß er wußte, wo sie lag. Er verbrachte ziemlich viel Zeit damit, dort zu sitzen und hinaus zum Horizont zu blicken, wo Himmel und Erde zusammenstießen. Als Lucy ihn einmal dort traf, sagte er: »Die Erde gebiert uns nicht nur, sie trauert auch um uns.« Also setzte sie sich neben ihn an den Fuß der Statue, und sie weinten ein bißchen miteinander.

Leider arbeitete Bailey nicht mehr für sie.

Beena beschäftigte daher ein paar Aushilfsgärtner, die ganz anderer Natur waren, vor allem sehr viel weniger Phantasie hatten.

Lucy zwang sich, wieder über die Gegenwart nachzudenken, als Beena ins Arbeitszimmer hastete, um das Frühstückstablett mitzunehmen.

»Schon wieder da?« fragte Lucy verträumt.

»Es ist nach zehn, und du bist noch nicht mal angezogen!« warf Beena ihr vor.

»Ich brauche ja bloß mein Kleid anzuziehen und dann noch ein bißchen mein armes altes Gesicht zu schminken. Wann wollten sie alle wiederkommen?«

»Um zwölf«, antwortete Beena. »Hoffentlich bleiben die zu dem kleinen Umtrunk Eingeladenen nicht zu lange, sonst müssen wir anderen den ganzen Nachmittag aufs Mittagessen warten.« Sie ging zur Tür, die sie mit einem Fuß aufhielt. Lucy eilte hinzu, um sie am Zuschlagen zu hindern.

Dieses ganze Theater um ihren achtzigsten Geburtstag war wirklich absurd. Natürlich konnte er ihr letzter sein; jedenfalls dachten dies alle. Vermutlich war das auch einer ihrer Gründe für diese Feier. Der Tag ihres Todes war nicht mehr allzuweit entfernt. Sie dachte durchaus an die Möglichkeit (schließlich hatte sie keine anderen Beschwerden als eine gewisse Steifheit der Glieder und ein wenig Atemnot, wenn sie die eineinhalb Kilometer von Frenester heraufging, was sie aber immer noch schaffte, obwohl sie bei den letzten zweihundert Metern ein bißchen langsamer machen mußte), daß sie sogar noch ihren fünfundachtzigsten Geburtstag erleben würde; aber – bitte lieber Gott! – nicht als tatteriges, vergeßliches altes Weibchen. Lieber Tod, komm schnell, wenn du kommst!, betete sie insgeheim. Ein Philosoph hatte einmal gesagt, der Tod sei kein Ereignis des Lebens, weil man ihn nicht erlebe. Sie erachtete das als ziemlich alberne Feststellung für einen Philosophen. Natürlich überstand man den Tod nicht, der ja das Ende war, die allerletzte Sackgasse, aber mit Sicherheit erlebte man ihn. Sie hatte keine Angst vor dem Tod wie Beena, nur vor dem Prozeß des Sterbens in all seinen möglichen Formen. Daran dachte sie nun tagtäglich, doch über dieses Thema konnte sie sich mit niemandem unterhalten. Der Tod ist das Tabu des zwanzigsten Jahrhunderts, dachte sie, genau wie es der Sex für die Viktorianer war. Wir decken ihn mit genauso vielen Schichten der Selbsttäuschung zu.

4
Die Geburtstagsfeier

Die drei Spaziergänger kehrten später zurück als geplant und mußten nach oben hasten, um sich noch rechtzeitig frisch zu machen und umzuziehen, bevor die für Mittag erwarteten Gäste eintrafen. Als Joanna hinaus auf den Flur trat, um die Treppe hinunterzugehen, sah sie Joss und Danielle an der letzten Biegung des Treppengeländers stehen. Danielle strich sich gerade eine Haarsträhne aus dem Nacken, während sich Joss über sie beugte und ihre Finger küßte. Joanna war so überrascht, daß sie stehenblieb und sich abwandte, so tat, als betrachte sie eine Radierung an der Wand. Den Titel konnte sie nicht erkennen, weil ihr plötzlich und unerwartet heiße Tränen in die Augen traten. Eigentlich weiß ich nicht viel über ihn, dachte sie, obwohl wir uns in den vergangenen sechs Monaten ziemlich oft mit großem Vergnügen geliebt haben. Er sprach selten über sich selbst. Sie wußte von dem Haus über dem Bahndamm, wo er aufgewachsen war, und sie wußte auch, daß er sich gerne illustrierte Kunstbände aus der Bibliothek am Ort ausgeliehen hatte. Seine Lehrerin, die ihn dabei ertappte, wie er über einer Biographie von Van Gogh saß, zeigte sich verblüfft und ein wenig argwöhnisch. Sie konnte verstehen, wenn Jungen eine Schwäche für Science-fiction hatten, sich vorstellten, in Plastikraumschiffen im All herumzureisen und Laserstrahlen auf andere Plastikraumschiffe abzuschießen, in denen sich Bewohner anderer Planeten befanden, doch daß einer ihrer Schüler sich mehr für die Pinselstriche von Van Gogh zu interessieren schien, machte ihr Sorgen. Joanna stand also da, starrte die gerahmte Radierung an, ohne sie wirklich zu sehen, und fühlte sich wie jene Lehrerin – beunruhigt und argwöhnisch. Es war klar, daß er viele sexuelle Erfahrungen gesammelt hatte, bevor er sie kennenlernte, um ein so guter und einfühlsamer Liebhaber zu sein, aber er sprach nie über andere Frauen, und Joanna hatte in ihrer Blauäugigkeit geglaubt, er habe alle anderen für sie aufgegeben. Er hatte ihr gesagt: »Du bist das netteste Mädchen, das ich kenne. Und das schönste und beste.« Das war ihr immer genug gewesen, doch plötzlich gingen ihr alle möglichen Fragen über ihn durch den Kopf, die sie sich bisher nicht gestellt hatte: Vielleicht liebte er sie doch nicht so sehr? Vielleicht betrachtete er sie nicht als seine beste Freundin und Gefährtin, sondern lediglich als bequeme und praktische Lösung. War diese Liebe, die sie wie einen Schatz gehegt hatte, lediglich eine kurze Affäre? Vielleicht war es wirklich vorbei. Sie stand noch einen Moment still, um sich die Tränen wegzuwischen, denn sie wußte, daß sie sich nicht davon überwältigen lassen durfte. Schließlich war dies Lucys großer Tag. Er mußte gut verlaufen, kein Wölkchen durfte ihr Glück trüben. Also schob sie ihre eigene Vorahnung persönlicher Katastrophen beiseite. Sie hatte die ganz besondere Fähigkeit, das zu tun. Joanna hob das Kinn, schüttelte das Haar zurück, glättete die Vorderseite ihres Kleides und ging ruhig und gefaßt nach unten. Joss und Danielle waren mittlerweile im Salon verschwunden. Als Joanna ebenfalls eintrat, umfing sie sofort freundliches Begrüßungsgemurmel.

Sie ging auf ihre Großmutter zu, die beim Kamin stand, ein Glas Champagner in der rechten Hand. Joanna fand, daß sie grandios aussah in ihrem losen, fließenden Kleid in Meergrün- und Nachtblautönen, die sich miteinander zu verbinden schienen, wenn sie sich bewegte, während an ihrer Brust der große Diamantstern glitzerte.

»Alles Gute zum Geburtstag, liebste Lucy!«

Lucy lächelte und bewegte den Mund wie zu einem Kuß, doch schon bald wurde ihre Aufmerksamkeit abgelenkt von den Neuankömmlingen, Nachbarn, einem Paar, das ein Cottage in der Nähe gekauft hatte, um dem hektischen Leben in der Stadt zu entfliehen, dann von einem Farmer und seiner Frau von der anderen Seite Frenesters, schließlich von zwei noch lebenden Arztkollegen, die, groß, dünn und knochig wie ein Paar ergrauter Reiher, einen gotischen Bogen bildeten, als sie sich zur Begrüßung über sie beugten.

»Nun, Lucy, meine Liebe, es muß doch eine große Befriedigung für dich darstellen, immer noch nicht so auszusehen, als seist du im Ruhestand, oder?«

»Du hast zu deiner Zeit eine ordentliche Portion Patienten geheilt, Lucy – sogar in der Psychiatrie, stimmt's?«

»Ich habe nie viel mehr getan als zuzuhören«, erwiderte Lucy. »Ich war, wenn ihr so wollt, eine Schüssel mit warmem Wasser, in der meine Patienten sich die Hände wuschen.«

»Ach, komm! Du bist viel zu bescheiden!«

Lucy lächelte sie an, diese professionellen Schönfärber, die sie nun ein wenig gönnerhaft behandelten, doch sie dachte: Den Menschen kann man nicht ändern. Wir bleiben, was wir sind. Manchmal kann man den Schmerz so weit lindern, daß er erträglich wird.

»Jedenfalls hast du sie und ihre Probleme überdauert, Lucy. Und das ist großartig«, sagte der eine.

»Obwohl man heutzutage auf diesem übervölkerten Planeten fast schon ein bißchen Schuldgefühle haben muß, wenn man alt wird und dabei gesund bleibt«, meinte der andere.

»Aber ein Gutes hat die Sache – wir sind längst nicht so verwöhnt wie die Jungen. Meine Enkel gehen offenbar mehr als verschwenderisch mit unseren Energieressourcen um, wenn ich mir meine Benzinrechnungen nach ihrem letzten Besuch bei mir so ansehe!«

»Erhaltung der Rohstoffe und Geburtenkontrolle – das sind die beiden wichtigsten Aufgaben für die Zukunft.«

»Für die Gegenwart«, meinte Lucy. »Wenn es nicht schon zu spät ist.«

»Es sieht fast so aus, als müßten wir uns in Zukunft um einen kranken Planeten kümmern, nicht um kranke Menschen.«

»Das hieße also: der Arzt als Umweltschützer?«

Die drei waren sich einig, daß die Medizin sich vielleicht in diese neue Richtung bewegen würde, und alle waren insgeheim froh, zu alt zu sein, um sich darum noch kümmern zu müssen.

Obwohl Beena beschäftigt war, den Gästen köstliche Räucherlachshäppchen, Oliven, gesalzene Erdnüsse und andere Leckereien zu reichen, vergaß sie nicht, ein Auge auf Danielle zu haben. Sie freute sich festzustellen, daß Danielle nicht bei Joss stand. Statt dessen hatte sie Duncan, den Kanadier mittleren Alters, mit ihrem glockenhellen Lachen und dem Geklimper ihrer Armreifen in eine Ecke gedrängt und konzentrierte ihren

Laserstrahl geballter Erotik auf ihn. Offenbar war er es nicht gewöhnt, auf Partys von Sirenen betört zu werden, denn er stand ein wenig dümmlich und rot vor Freude und Verlegenheit da, immer wieder an seinem Champagnerglas nippend, als klammere er sich an einen lebenswichtigen Strohhalm.

Joanna sah sie, als sie sich einen Weg durch die Menge bahnte, und dachte: Vielleicht ist Flirten für sie eine Art Sucht, vielleicht ist es auch ein Spiel, das sie da treibt, und Joss interessiert sie letztlich genausowenig wie Duncan. Sofort begann sich Hoffnung in ihr zu regen, daß Danielle Joss nach dem Wochenende vergessen und ihn in Ruhe lassen würde.

Beena schaute stolz und glücklich zu Joanna hinüber, obwohl sie sich fragte, ob diese etwas von Joss und Danielle ahnte. Joanna sah so gelassen und selbstbewußt aus, doch Beena wußte um die Willensstärke ihrer Tochter, die alle emotionalen Kümmernisse bezwang. Wenn sie es wollte, war in ihrem Gesicht kaum etwas von ihrem inneren Aufruhr zu lesen. Beena erkannte in Joanna etwas, das sie selbst nie besessen hatte, und sie fragte sich, ob diese Fähigkeit vielleicht der jüngeren Generation vorbehalten war.

Joss befand sich plötzlich in Gesellschaft eines etwa fünfzigjährigen Mannes, der sich klugerweise einen Bart hatte wachsen lassen, um sein fliehendes Kinn zu verdecken, und der fast schon schrie, um sich über den allgemeinen Lärm hinweg verständlich zu machen: »Havelock!« wieherte er und erklärte dann weiter: »Mein Name ist Havelock, Timothy Havelock.«

»Er ist unser Heimatkundler«, rief Beena, die mittlerweile neben ihnen stand und ihnen ein Tablett mit appetitlichen Leckerbissen hinhielt, von denen sich beide nahmen, bevor sie weiterging.

»Das Haus wurde von einem reichen Wollhändler gebaut«, erklärte Havelock Joss mit lauter, drängender Stimme. »Eigentlich stammt es aus dem sechzehnten Jahrhundert. Das sieht man noch an den alten Balken an der Rückseite. Aber es wurde teilweise niedergebrannt, als man im Bürgerkrieg ein paar Royalisten im Keller entdeckt hat.«

»Tatsächlich?« Joss trank die Hälfte seines Glases Champagner mit einem Schluck.

»Und im achtzehnten Jahrhundert hat man es in ein georgianisches Wohnhaus umgewandelt, um es dem steigenden Status seines neuen Besitzers anzupassen. Dieser war Tuchweber. Ihm hat die Mühle unten im Tal am Frene gehört. Ist alles vorzüglich dokumentiert. Langweile ich Sie?« Doch ohne auf eine Antwort zu warten, redete er weiter: »Wissen Sie, eine ganze Zeit war die Gegend hier ziemlich reich. Hatte alles mit unseren fetten Schafen zu tun. Unsere kleinen Orte hier in den Cotswold Hills werden seit Jahrhunderten von einer ziemlich wohlhabenden Mittelschicht bewohnt – aber natürlich lassen sich ein paar Arme nie vermeiden.« Wieder wieherte er.

»Wahrscheinlich haben die die Säcke mit Wolle geschleppt und sich von Flöhen beißen lassen müssen«, sagte Joss. »Und man hat ihnen gerade genug bezahlt, daß sie am Leben blieben.«

»Klar – klar«, stimmte Havelock ihm ein wenig gereizt zu und betrachtete ihn über den Rand seiner halbmondförmigen Brille. Er schätzte es nicht, in seinem Redefluß unterbrochen zu werden. Nun steckte er eines von Beenas Kanapees in den Mund. »Wissen Sie«, sagte er, »neulich hat mein Sohn mich doch glatt *bourgeois* genannt! Er hat das als Beleidigung gemeint. Aber ich frage Sie: Was ist so verkehrt daran, der Mittelschicht anzugehören?« Er breitete die Hände aus und wedelte ein wenig mit seinem Glas herum, während er die Bedeutung des Wortes in der Übersetzung leicht verschob. »Wenn man bedenkt, daß es letztlich immer die Mittelschicht gewesen ist, die uns reich gemacht, Dinge entdeckt oder erfunden und sogar alle Reformen initiiert hat. Jedenfalls die meisten. Wilberforce war einer der unseren. Natürlich war Aneurin Bevan Bergarbeiter, bevor er uns den National Health Service gegeben hat, aber Lord Beveridge war ein Verwaltungsbeamter aus der Mittelschicht. Er war nicht von Geburt an adelig, sondern wurde es erst, weil er so lange über unser Wohlergehen nachdachte.«

Joss hörte ihm nicht mehr zu, sondern beobachtete über seine Schulter hinweg Joanna, die sich wundervoll gelassen wie immer bewegte, lächelte und umwerfend aussah in ihrem engen schwarzen Kleid, dessen Kragen mit glitzernden grünen und silbernen Fäden bestickt war. Sie kannte jeden, und alle schienen sich zu freuen, wenn sie sie sahen.

Lucy saß in ihrem großen Sessel, als Ellen und Dewey ihr ein Päckchen gaben.

»Das ist zu deinem Geburtstag, Großmama«, sagte Dewey. »Von Ellen und mir.«

»Wie lieb von euch! Macht es doch bitte für mich auf. Sonst verschütte ich meinen Champagner.« Dewey öffnete das Päckchen, und zum Vorschein kamen ein kleines schwarzes Kästchen und winzige Kopfhörer.

»Was ist denn das?« fragte sie.

Dewey war verblüfft. Konnte es sein, daß sie nicht wußte, was ein Walkman war? »Hier steckst du deine Lieblingskassette rein«, erklärte er ihr. »Du schiebst ihn in die Tasche, und den Kopfhörer setzt du auf. Dann kannst du rumgehen und Musik hören, ohne sonst jemanden zu stören.«

Vielleicht, dachte Lucy, war diese neumodische

Apparatur interessant für die jungen Leute, die über so wenige Dinge nachdachten, doch sie, die sie noch so viele Erinnerungen Revue passieren lassen mußte, bevor es zu spät war, würde wenig Verwendung dafür haben.

»Wie lieb und aufmerksam von euch«, sagte sie mit ernster Stimme.

»Eigentlich bist du nicht meine richtige Oma, oder?« erkundigte sich Dewey. »Du bist so was wie eine Großtante.«

»Auch nicht«, erklärte Lucy. »Dein Großvater Robbie war ein Cousin ersten Grades. Ich bin zusammen mit Robbie und Charlotte und Patsy im gleichen Haus in Wimbledon aufgewachsen. Den größten Teil meiner Schulferien habe ich da verbracht. Weißt du, mein Vater war Invalide, und meine Mutter dachte, ich würde mich mit ihnen zusammen besser amüsieren. Also waren sie wie Geschwister für mich. Robbie war ein netter Mensch. Aber es macht mir nichts aus, für euch die Großmama zu sein. Überhaupt nicht. Ich bin es sogar gern.«

»Ich bin Joannas Tante Patsy«, sagte die ältere Frau, die Joss mit dem Glas zuprostete. Er wußte, daß sie Lucys jüngere Schwester war, also mußte sie Joannas Großtante sein. Sie machte ein Geheimnis um ihr Alter, sah aber tatsächlich längst nicht so alt aus wie Lucy. Sie war schlank und elegant gekleidet in einem milchkaffeebraunen Kostüm mit farblich genau abgestimmten Schuhen. Auch ihre Haare, die schimmerten wie vergoldeter Staub, waren perfekt frisiert. Neben ihr stand ihr Mann, der ein ganzes Stück jünger war als sie, aber längst nicht so gesund wirkte wie sie. Ein bißchen wie ein Schwein, dachte Joss. Er war das Muster des Briten dieser Tage. Nicht mehr John Bulldog fordert die Welt heraus, sondern das Schwein mit seinen Füßen im Trog, das sich den frühzeitigen Tod anfrißt. Er beäugte den Bauch des Mannes, der sich über seiner Hose wölbte.

»Bully, Schatz«, sagte Patsy, »würdest du mir bitte mein Glas nachfüllen?« Bully, der trotz seiner Fettröllchen ziemlich flink war, tat, wie ihm geheißen.

In der Küche saß Mrs. Colbert auf einem Stuhl in der Ecke, damit sie den vielen eiligen Füßen nicht im Weg war. Sie, die dachte, High House würde einstürzen, wenn sie nicht da wäre, mußte feststellen, daß sie nicht mehr unentbehrlich war. Sie hatte, obwohl es Sonntag war, darauf bestanden, zeitig zu kommen, um mithelfen zu können. Sie vertraute diesem neumodischen Partyservice nicht, und natürlich wollte sie das Fest und den Familientratsch, der sich immer damit verband, nicht verpassen. Sie hatte es noch geschafft, das größte weiße Damasttischtuch über dem Tisch im Speisezimmer auszubreiten, bevor der Partyservice eintraf, doch danach wurde sie einfach zur Seite gedrängt. Aber sie war glücklich, als das riesige Stück Rindfleisch in den Ofen geschoben wurde, denn sie mochte Roastbeef. Schließlich war der Sonntag genau dafür da, nicht wahr? Der Lammbraten an gewöhnlichen Sonntagen, der Rinderbraten zu besonderen Gelegenheiten. Dieses ganze Gerede von wegen Rinderwahnsinn würde sie nicht davon abbringen, weiter Rind zu mögen. »Ich glaube ja, daß die armen Tiere sich das von den Bauern holen«, sagte sie. »Und die ißt niemand!« Gegen diese Logik kam niemand an. Roastbeef und Yorkshire Pudding, dazu Bratkartoffeln – das war das richtige Essen für einen Festtag, außer an Weihnachten natürlich, denn da gab es Truthahn. Leider war es noch nicht die Saison für Rosenkohl, aber dieser neumodische Brokkoli taugte nicht schlecht als Ersatz. Auf das Fleisch sollte eine ganze Auswahl von verlockenden Desserts, darunter auch Himbeerflan, folgen. Es gab aufgetaute Himbeeren in Gelee von roten Johannisbeeren und viel Schokoladenmousse mit einem ordentlichen Schuß Brandy, serviert in sämtlichen kleinen Glasgefäßen, die sich im Haus fanden. Mrs. Colbert freute sich schon darauf, einen Bissen von den Resten zu erhaschen.

»Es sind bloß elf zum Mittagessen!« rief sie mit schriller Stimme aus ihrer Ecke, um sich bemerkbar zu machen. »Alle anderen müssen jetzt allmählich verschwinden.« Sie wandte den Kopf in die Richtung, aus der der Lärm kam.

»Das Problem ist bloß, daß die sich alle so lange Zeit lassen!« brummte der Koch, der das Essen fertig hatte und nicht wollte, daß das Fleisch zäh wurde.

Die Schar der Besucher dünnte ohnehin allmählich aus. Die beiden alten Ärzte drückten Lucy jeweils einen trockenen Kuß auf die Wange, holten ihre Frauen und gingen nach Hause, wo bereits das sonntägliche Mittagessen auf sie wartete. Der Historiker Havelock schenkte Lucy ein Exemplar seines neuesten Buches mit dem Titel ›Woolpack Inns of the Cotswolds‹ und verabschiedete sich, und dann machten sich auch die übrigen Gäste auf den Weg, manche widerwilliger als andere, so daß nur noch die Verwandten und Joss blieben, die sich schließlich zum Essen an den Tisch begaben.

Am einen Ende des langen Tisches saß Beena, mit Patsy und Bully als Tischnachbarn, am anderen Lucy, flankiert von Charlotte und Dewey. Sie erklärte ihm, daß es sich so gehöre, daß die jüngste anwesende Person neben der ältesten sitze, und füllte sein Glas mit einem sehr guten Châteauneuf-du-Pape. Lucy konnte hören, was Beena sagte, auch wenn sie nicht jedes Wort verstand.

»Das ist die Geschichte meines Lebens. So

gerate ich immer wieder in ein Schlamassel, aus dem ich nicht mehr herauskomme!« Allgemeines Gelächter.

Lucy war froh, daß Beena Zuhörer hatte, und auch Joanna, die in der Mitte des Tisches, gegenüber von Joss, saß, freute sich, denn da sie die Geschichte bereits kannte, brauchte sie nicht zuzuhören und konnte sich auf Joss konzentrieren. Der Rotwein ließ sein feingeschnittenes Gesicht ein wenig rot werden. Sie fragte sich mit unbehaglichem Gefühl, ob er mit Danielle füßelte, die neben ihm saß. Die zahlreichen Armreifen und Kettchen an ihren Handgelenken klimperten jedesmal, wenn sie sich bewegte. Joanna überlegte außerdem, wie lange es dauern würde, bis dieses unablässige Geklimpere ihn zum Wahnsinn treiben würde.

Beenas Geschichte handelte von einem dicken Mann, der sich in der Londoner District Line auf ihre Hand gesetzt hatte. Sie war zu schüchtern gewesen, sie unter ihm hervorzuziehen. Er hatte sich nicht beklagt, sondern war darauf sitzen geblieben. »Wir fuhren durch Wimbledon Park, Putney und Fulham Broadway, und er saß immer noch drauf, den Blick geradeaus gerichtet. Mir schlief die Hand allmählich ein, und ich hatte schon Angst, daß sie mir abstürbe und ich nicht mehr tippen könnte damit ... Aber in Earl's Court ist er dann endlich ohne ein Wort aufgestanden, hat sich nicht einmal mehr umgedreht und ist ausgestiegen. Seitdem ist Earl's Court für mich immer ein Ort der Erlösung gewesen.«

Dewey lachte laut und ein wenig beschwipst und rief dann: »Was für ein geiler alter Knochen!« Sein Vater lachte ebenfalls, meinte aber: »Laßt ihm doch sein Vergnügen!« Dewey trank seinen Rotwein nicht, weil er ihm zu stark war und er seinen Geschmack merkwürdig fand, aber er hatte bereits eine ganze Menge Champagner genossen, der ihn ganz aufgeregt machte, hauptsächlich deshalb, weil das das Zeug war, welches die Stars bei Sportübertragungen im Fernsehen immer überall verspritzten, wenn sie gewonnen hatten.

Patsy beobachtete Lucy durch ihre bifokale Brille, die sie beim Essen aufsetzen mußte. Sie dachte, daß Lucy wirklich schon halb tot aussah. Wie schade, daß sie sich nicht mehr schminkte! Schließlich war es die Pflicht einer jeden vernünftigen Frau, in Würde grau zu werden. Hätte Lucy sich ein bißchen mehr Mühe mit ihrem Gesicht gegeben, hätte sie nach der Katastrophe mit Steve vielleicht noch einmal einen Mann gefunden. Erst Jahre nachdem alles vorbei war, hatte Charlotte diesen dunklen Punkt der Familiengeschichte erhellt. Patsy warf Bully, der sich von allem noch einen Nachschlag geben ließ, über den Tisch einen Blick zu. Er war nicht gerade der Traum ihrer schlaflosen Nächte und aß wie immer zuviel, aber wenigstens knabberte er nicht nur Karotten oder grübelte über Ballaststoffe nach. Und er machte sich etwas aus ihr. Es machte ihr Freude, in Gesellschaft vorzuführen, wie gern er ihr alle möglichen kleinen Gefälligkeiten erwies. Aber Übergewicht hatte er, daran war nicht zu rütteln. Sie verglich seinen Teller mit dem von Ellen, die neben ihm saß. Über sie mußte sie auch ein wenig nachdenken. Sie war so reserviert und still, daß man nicht wußte, was in ihrem Kopf vorging. So eine Tochter hätte sie sich gewünscht – wohlerzogen, pflegeleicht, nicht so hübsch, daß sie ihre Mutter in den Schatten gestellt hätte. Patsy hatte aus ihrer ersten Ehe keine Kinder, und als ihr Bully über den Weg lief, war sie schon zu alt.

Ellen lachte über Beenas Geschichte – so ein heftiges Lachen hätte man von einem ansonsten so stillen Mädchen gar nicht erwartet. Lucy am anderen Ende des Tisches erschrak ein wenig, denn sie hatte dieses Lachen schon einmal gehört. Es war typisch für Louise gewesen, schneidend, fröhlich und doch ein wenig aggressiv, ein Lachen, das allen Bombast und alle Geziertheit in die Flucht schlug. Wie kam es, daß Ellen, die die Tote nie gesehen hatte, ihr nie begegnet war, ihr Lachen gelernt hatte? Lucy schoß die Möglichkeit durch den Kopf, daß es sich bei der Art zu lachen um ein vererbliches Familiencharakteristikum handeln könnte, das durch eine Gruppe von Genen weitergegeben wurde, im gleichen Maße wie die Gesichtszüge oder die Hautfarbe und -beschaffenheit. Dieses Rätsel würde sich vielleicht im nächsten Jahrzehnt lösen, wenn sie nicht mehr lebte.

Der Nachtisch war so gut, daß vorübergehend Schweigen eintrat. Lucy hatte einen lieblichen Wein zu diesem Gang bestellt, keinen Muscat de Beaumes de Venise, der gerade in Mode war, aber eigentlich zu teuer und selbst für den gegebenen Anlaß übertrieben, sondern einen wirklich ordentlichen Sauternes, der auf der Liste der Wine Society empfohlen wurde.

»Der Kaffee wird im Salon serviert«, verkündete Beena.

Einer nach dem anderen verließen sie den Tisch. Joanna ergriff die Gelegenheit, Mrs. Colbert zwei verschiedene Desserts in die Küche zu bringen. Sie kannte ihre Vorliebe für Süßigkeiten noch aus der Zeit, als sie bei Spaziergängen oder Einkäufen in Frenester zusammen Marsriegel oder Eislollys genascht hatten.

»Wie läuft's da drin?« wollte Mrs. Colbert wissen, die dann nach einer Pause hinzufügte: »Sie sehen wundervoll aus in dem Kleid, meine Liebe. Einfach hinreißend. Ich hoffe bloß, daß der junge Mann zu würdigen weiß, was er an Ihnen hat.«

»Ach, ich glaube schon, daß er das tut.«

»Und ich hoffe auch, daß Sie mit ihm nicht genauso gnadenlos umspringen wie mit mir, als ich Sie noch im Kinderwagen herumgeschoben habe.«

»Ach, ich habe genügend Erbarmen mit ihm«, antwortete Joanna.

Im Salon füllte ein Hausmädchen mit gestärkter weißer Schürze den Kaffee in kleine Tassen. Von dem Service waren nur noch zehn Tassen übrig und dazu neun Untertassen, aber Lucy wollte trotzdem, daß es heute verwendet wurde, weil es so hübsch aussah mit den sich auf dem feinen, fast durchsichtigen Porzellan rankenden edwardianischen Veilchen. Ellen und Dewey würden die gröberen Tassen bekommen, da sie die jüngsten, am wenigsten anspruchsvollen Gäste waren.

Duncan nahm seinen Kaffee zum Klavier mit, klappte den Deckel hoch und spielte ein paar Läufe auf der Tastatur. Er sah hinüber zu Lucy und wurde mit einem zustimmenden Lächeln bedacht. Also setzte er sich und begann gleich mit dem alten Jazzklassiker, den sie, wie er wußte, so gern hatte: »Singin' in the rain! I'm singin' in the rain!« Beifälliges Gemurmel und das Klappern der Tassen waren die Antwort auf die Melodie. Er sang laut und fröhlich: Das war das wahre Leben, das war es, was er eigentlich machen sollte, statt sich für seine Fluggesellschaft abzuplacken. Das Klavierspielen erfüllte ihn immer mit höchster Freude, und Jazzrhythmen brachten ihn eher dazu, seinen Nächsten zu lieben, als alle Predigten der Pfarrer.

»Ellen!« rief er. »Wie wär's – willst du ihnen ein Lied aus Montreal vorsingen?«

Lucy war entzückt, daß er so gut und mühelos spielte, alles auswendig und manchmal improvisierend. Er wechselte die Tonart und begann eine alte, Lucy vertraute Melodie zu spielen. Ohne jede Scheu sang Ellen nun auf französisch, mit einem Akzent, den Lucy Quebec zuordnete:

»Plaisir d'amour ne dure qu'un moment.
Chagrin d'amour dure toute la vie.«

Der unaffektierte Vortrag dieses bittersüßen Liedes ließ die Anwesenden verstummen; das Hausmädchen blieb in der halboffenen Tür stehen, und Mrs. Colbert und die anderen kamen in den Flur, um zuzuhören. Lucy traten die Tränen in die Augen. Das Lied erinnerte sie an einen lange vergessenen Abend in ihrer Schulmädchenzeit. Louise hatte das gleiche Lied in ebendiesem Raum gesungen. Die Verandatür stand offen, weil es Sommer war, und über die Kante der Terrasse konnten sie die schwer herunterhängenden Köpfe der scharlachroten orientalischen Mohnblumen sehen. Ihr Vater weinte in seinem Rollstuhl. Lucy wußte nicht warum. Louise, die seine Tränen sah, hörte sofort auf. »Louise, du bist grausam!« rief er aus. Lucy hatte noch immer den Schmerz in seiner Stimme im Ohr, aber sie hatte keine Ahnung, welche Grausamkeit ihre Mutter ihm zugefügt hatte. »Mein Liebster, mein Liebster«, hatte Louise geflüstert, sich über ihn gebeugt und seinen Nacken liebkost. »Ich wollte nicht – ich habe nicht gedacht ...« Und in diesem Augenblick hatte Lucy gemerkt, wie seine lange Krankheit sie beide veränderte. Sie zerstörte ganz allmählich ihre Liebe füreinander, vielleicht weil er impotent wurde, vielleicht auch aufgrund ihrer Erschöpfung, höchstwahrscheinlich spielten beide Faktoren eine Rolle.

Als Ellen ihren Vortrag beendet hatte, applaudierten die Zuhörer begeistert. Sie sah die Tränen in Lucys Augen, und da sie meinte, ihr Talent habe sie ihrer Großmutter entlockt, eilte sie hinüber zu Lucys Ohrensessel.

»Hat es dir denn gefallen, Großmama?«

»Du hast wunderschön gesungen«, antwortete Lucy.

Duncan wechselte nun Rhythmus und Land und spielte Albéniz' ›Granada Serenata‹. Charlotte stellte ihren Kaffee weg, erhob sich und schnippte mit den Fingern wie mit Kastagnetten.

Dazu stampfte sie mit den Füßen, drehte sich ein paarmal halb herum und warf den Kopf wie beim Flamenco zurück, dann rief sie plötzlich aus: »Spiel uns ein paar Synkopen, Duncan – was wirklich Schmissiges!« Übergangslos begann er ›I can't give you anything but love, Baby!‹. Er sang selbst dazu, charmant und zurückhaltend.

Lucy konnte sich des Gedankens daran nicht erwehren, daß die Zeiten sich doch geändert hatten. Welche Hoffnungen auf erwiderte Liebe durfte man sich am Ende dieses geldgierigen Jahrhunderts ohne Bankkonto (auch wenn's überzogen war) oder Aussicht auf einen gewissen Wohlstand noch machen? Wahrscheinlich, dachte sie, waren die meisten Leute in den dreißiger Jahren, als dieser Song sich besonders großer Beliebtheit erfreute, arm gewesen.

»Sollen wir ihnen den Charleston vorführen, Lucy? Sollen wir ihnen zeigen, was Tanzen wirklich ist?« rief Charlotte aus, zog Lucy hoch und meinte, als diese zögerte: »Zeig deine Beine, Lucy! Du hast immer noch gute Beine, also hab' keine Angst, sie zu zeigen!« Und bevor sie wußte, was sie tat, war Lucy schon dabei, ihre Füße »auszuschütteln« und ihre Arme dazu. Sie gab sich ganz und gar dem Vergnügen dieses Tanzes hin.

Alle anderen hielten sich den Bauch vor Lachen, also paßten ihre Bewegungen wohl nicht zu ihrem Alter und ihrem Aussehen; wahrscheinlich schauten sie aus wie Marionetten, deren hölzerne Gelenke man heftig an den Fäden hin und her schlenkerte, doch gleichzeitig hatte sie auch das Gefühl, wieder zwölf zu sein, den Charleston zusammen mit Charlotte zu tanzen, während Robbie mit einem Lineal den Takt am Treppengeländer angab wie ein Metronom.

Lucy hörte auf zu tanzen, als ihr plötzlich schwindelig wurde. Offenbar war sie ein wenig ins Schwanken geraten, weil das Lachen verstummte. Joanna stand auf, doch Dewey nahm sie schließlich am Arm und dirigierte sie mit dem Ausruf: »Wow! Du warst toll, Großmama! Einfach toll!« zu einem Stuhl. Duncan erhob sich jetzt vom Klavier und forderte eine Runde Applaus für die alten Wizz Kids ein.

Das Gespräch verlief danach ein wenig gedämpfter, und alle hatten das Gefühl, das Fest sei nun vorbei. Duncan versuchte, die Stimmung durch einen rasanten Vortrag von ›Putting on the Ritz‹ zu retten, doch Patsy entschied, daß es an der Zeit sei zu gehen.

»Bully, Schatz«, sagte sie, »könntest du wohl das Geschenk für Lucy aus dem Wagen holen?« Und während ihr gehorsamer Ehemann das Zimmer verließ, setzte sie sich zwischen Lucy und Charlotte, die sich eine Zigarette anzündete.

»Erinnerst du dich noch an damals in Wimbledon – wie in der Schule alle ganz verrückt nach dem Charleston waren?« fragte Patsy. »Wir haben den Charleston draußen auf dem Flur geübt.«

»Und Mummy stand unten am Fuß der Treppe, hat die Hände gerungen und gejammert: ›Die Mädchen sind schon wieder völlig aus dem Häuschen, Toby! Völlig aus dem Häuschen!‹« äffte Charlotte ihre Mutter nach.

»Und Onkel Toby kam in einer Wolke *Balkan Sobranie* aus seinem Arbeitszimmer und fragte: ›Was ist denn hier los? Ein Hottentottentanz?‹« sagte Lucy.

»Er war immer so weltfremd, so altmodisch!« schnaubte Charlotte. »Ich hab' die Treppe runtergerufen: ›Das ist der Charleston!‹ Aber natürlich hatte er noch nie etwas davon gehört.«

»Ich kann mich noch erinnern, was er gesagt hat«, fügte Lucy hinzu. »›Ach, Konföderiertenkapriolen sind das!‹« sagte er.

Charlotte drückte ihre Zigarette auf ihrer Untertasse aus, als Bully mit einem großen Topf Nerinen wieder in den Raum zurückkam.

»Wie hübsch!« rief Lucy. »Das ist wirklich nett von euch, Patsy! Nerinen ... so romantische Blumen ...« In ihrem Gedächtnis waren sie untrennbar mit Lillie Langtry, der Jersey Lily und dem Lied ›Lily of Laguna‹ verbunden, das Louise so sehr geliebt hatte. Die Tränen ließen Lucys Stimme belegt klingen. Freude erfüllte sie, aber auch Kummer. Solche Gefühle hatte sie sonst nur, wenn sie sich eine Arie von Puccini anhörte: Das Herz wurde mit einem Schlag in ungeahnte Höhen der Freude hinaufgetragen, doch dann erkannte man, daß diese Freude vergänglich bleiben muß, daß Blumen welken und sogar die Liebe stirbt. Ereignisse und Menschen, dachte sie, entwickeln, auch wenn sie der Vergangenheit angehören, ein gewisses Eigenleben, solange sich jemand an sie erinnert; doch wer wird sich an Louise und das Zeitalter Edwards erinnern, wenn ich nicht mehr bin?

Joanna, die Lucys Schmerz spürte, seine Ursache aber nicht begriff, blieb neben ihrem Stuhl stehen. »Laß mich die Blumen nehmen«, sagte sie sanft. »Ich bringe sie in dein Zimmer.«

Lucy nickte. »Ja«, sagte sie und noch einmal: »Ja.« Dann wandte sie sich an Joss: »Ich würde Ihnen jetzt gern das Gemälde zeigen.«

Er war ein bißchen müde nach all dem Essen und dem Wein, doch nun wachte er wieder auf. Er war froh, daß die Familienmitglieder ihre Fähigkeiten nicht mehr zum besten geben würden. Gott sei Dank mußte er keine weiteren geriatrischen Music-Hall-Vorführungen über sich ergehen lassen!

»Komm und unterhalte dich ein wenig mit mir, *chérie*«, sagte Charlotte zu Danielle, die schmollte, weil man sie nicht in Lucys Zimmer gebeten hatte. »Was ist denn los?«

»Ich wollte das Bild auch sehen«, meinte Danielle mit verzogenem Mund.

»Da entgeht dir nicht viel. Eigentlich ist es eher scheußlich. Wenn du es dir spät am Abend ansehen würdest, würdest du Alpträume bekommen. Lucy liebt es natürlich, aber ich glaube, sie ist so daran gewöhnt, daß sie es gar nicht mehr wahrnimmt.«

Joss sah sich interessiert in Lucys Zimmer um. Es war schmal und lag an der Rückseite des Hauses; das Fenster ging hinaus auf den Garten. Ein Feuer schwelte in dem kleinen Kamin. Auf der einen Seite stand ein Davenport-Schreibtisch, der offensichtlich noch immer benutzt wurde, weil auf der schräg abfallenden Schreibfläche überall Papiere herumlagen und der Papierkorb darunter voll war. Auf der anderen Seite des Kamins befanden sich Lucys Stuhl und eine indische Kuriosität in Form eines verächtlich dreinblickenden Kamels, auf dessen Rücken Lucys Teeutensilien auf einem Messingtablett ruhten. Gegenüber vom Fenster stand eine Chaiselongue dicht an die Wand gerückt, gleich darüber hing das Gemälde. Er starrte es schweigend an. Es war wirklich großartig. Als erstes fiel ihm die verblüffende Ähnlichkeit der Hauptfigur mit Joanna auf.

Wenn Joanna langes Haar gehabt und es oben auf dem Kopf zusammengesteckt getragen hätte, wäre dieses Gemälde ihr genaues Ebenbild gewesen.

»Das ist meine Großmutter Dambresac«, erklärte Lucy.

»Sie sieht Joanna schrecklich ähnlich.«

»Ich weiß nicht so recht, ob mir diese Ähnlichkeit gefällt«, meinte Joanna. »Ich hoffe immer, ich habe nichts so Bedrohliches an mir.«

»Meine Großeltern haben den größten Teil ihres einjährigen Heimaturlaubs von Indien in Wien verbracht«, erklärte Lucy. »Das war 1900 – oder 1901? Louise – das ist meine Mutter – war damals erst fünfzehn. Sie ist das dunkelhaarige Mädchen auf dem Bild.«

Im Zuhören ließ er den Blick systematisch über die Leinwand wandern. Dann ging er näher heran, um es sich genauer anzusehen, und murmelte: »Es ist herrlich! Einfach herrlich! Klimt war wirklich innovativ – immer seiner Zeit voraus … aber ist es überhaupt von Klimt?« In der rechten Ecke, wo sein Name in unverbundenen Großbuchstaben hätte stehen sollen wie eine ägyptische Hieroglyphe, war nichts. Wahrscheinlich war das Bild nicht echt. Joss gefielen daran besonders die zahlreichen dekorativen Muster in den Falten des goldenen Umhangs zwischen den Babyköpfen: das Auge, das manchmal auf dem Bug griechischer Fischerboote zu sehen ist, und geometrische Muster, wie man sie bisweilen auf altem japanischem Satsuma-Porzellan findet. Dann trat er ein paar Schritte zurück, um das Ganze zu betrachten. Im Hintergrund war ein düsterer, schattiger Wald zu sehen. Halb verborgen hinter den Hauptfiguren stand eine merkwürdige Geisterfrau, gänzlich farblos, nackt, grau, verschrumpelt. Ihre Senilität – oder war sie vielleicht schon tot? – wurde noch schrecklicher durch den Kontrast zu den kräftigen, vollen Farben, in denen die jungen lebenden Frauen dargestellt waren. Doch was sollte die ungemein lebendige grüne Schlange bedeuten, die sich um ihren Hals wand? Er hielt das Gemälde für eine Allegorie, eine Allegorie des Frauenlebens, der großen Mysterien der Sexualität, der Geburt und des Todes, der Kontinuität menschlichen Daseins und menschlicher Kultur, über welche die Frauen herrschen und wachen.

»Haben Sie es versichern lassen?« fragte er plötzlich. »Es könnte unbezahlbar sein.«

»Ich habe keine Ahnung, was es heute wert ist«, sagte Lucy. »Ich hatte gehofft, Sie könnten mir das sagen.«

»Das muß eine ausgesprochen aufregende Zeit gewesen sein damals in Wien«, erwiderte Joss. »All die alten Konventionen und Einstellungen wurden über Bord geworfen ... das Gefühl entstand, daß ein neues Jahrhundert geboren wurde ... Hat Ihre Großmutter je darüber gesprochen?«

»Nicht mit mir, aber meine Mutter hat manchmal davon erzählt. Ich war noch sehr klein, als Großmama Dambresac gestorben ist. Ich kann mich eigentlich nur noch daran erinnern, wie wir ihre Haare verbrannt haben.«

»Du lieber Himmel!« rief Joss aus. Joanna lachte über seine Überraschung.

»Meine Mutter hat Großmamas weißen Haarzopf abgeschnitten, als diese gestorben war, und ihn in ein Sandelholzkästchen gelegt, das sie mit nach Indien genommen hat. Ich weiß noch, wie es verbrannt ist – das Kästchen mit den Haaren drin. Sie wollte, daß es sich mit der Erde neben dem großen Fluß Mutter Ganges verband.«

Joss spürte, wie sich seine eigenen Nackenhaare aufstellten, als er sich diesen makabren Ritus vorstellte. Das Verbrennen war also die Methode dieser Frau, die Schlange zu töten. Sogar noch im Tod war sie eine Zerstörerin. Ihr eigenes Haar, zusammengerollt wie eine weiße Kobra in ihrem Sandelholzkästchen, wurde in einem fremden Land eingeäschert, wo sie wahrscheinlich die Freuden der Sexualität genossen hatte. Die Handlung war zwiespältig; es steckte genausoviel Zorn wie Zärtlichkeit darin.

»Ich glaube, sie sind hauptsächlich wegen der Musik nach Wien. Mahler hat damals die Wiener

Philharmoniker dirigiert. Wissen Sie, Louise war musikalisch, und ich glaube, sie spielten ernsthaft mit dem Gedanken, daß sie eine professionelle Musikerin werden sollte. Sie war damals erst fünfzehn. Aber daraus wurde nichts. Sie hat mir erzählt, daß sie nicht gut genug war. Aber immerhin hat sie Mahler dirigieren hören. Und einmal haben sie Alma Mahler getroffen – die künftige Alma Mahler. Sie hieß damals noch Alma Schindler.«

»Wie war sie?« fragte Joss.

»Stolz und schön – so hat meine Mutter sie beschrieben. Sie hatte ganze Scharen von Verehrern, unter ihnen auch Klimt. Es gibt eine amüsante Anekdote über ihr späteres Leben: Nachdem sie dreimal verheiratet und in mittlerem Alter immer noch eine *femme fatale* war, traf sie eines Tages an der Riviera ein Wiener Ehepaar. Der Mann war so überwältigt von Alma Mahlers Ruhm und ihrem Sex-Appeal, daß er ihre Hand küßte und erklärte, er würde sie im Himmel heiraten. Seine Frau, die gleich hinter ihm stand, meinte daraufhin mit säuerlichem Gesicht: »Und sogar da müßtest du dich noch anstellen!«

Joss und Joanna saßen nebeneinander auf dem Ruhebett und Lucy in ihrem Sessel, als Mrs. Colbert ihnen auf einem Tablett Tee brachte.

»Danke, Mrs. Colbert«, sagte Lucy. »Und danke auch für Ihre Hilfe heute.«

»Ihnen die besten Wünsche für den heutigen Tag – oder was davon noch übrig ist«, erwiderte Mrs. Colbert, die das Tablett hereingebracht hatte, um sich Joss genauer ansehen zu können. »Hoffentlich hat Sie das alles nicht zu sehr mitgenommen.«

»Im Moment fühle ich mich noch nicht allzu müde, meine Liebe«, versicherte Lucy ihr. »Aber ich werde früh zu Bett gehen.«

»Machen Sie das«, pflichtete ihr Mrs. Colbert bei. Als sie das Tablett abstellte und sich wieder aufrichtete, fiel ihr Blick auf die majestätische Großmama Dambresac, die sie im Verlauf der Jahre zu hassen gelernt hatte, dann wanderte er weiter zu der nackten Gestalt hinter ihr. Sie verzog das Gesicht angewidert. »Unanständig ist sie, einfach unanständig«, hatte sie sich einmal Joanna gegenüber beklagt. »Sich in ihrem Alter so nackt hinzustellen! Sie hätte wenigstens eine Unterhose anziehen sollen!«

Joanna sah Mrs. Colbert an und lächelte, und Mrs. Colbert zwinkerte ihr fast unmerklich zu, als sie den Raum verließ.

»Die alte Dame Dambresac war wohl auch eine ziemliche *femme fatale*, nicht wahr?« fragte Joanna.

»Sie hatte zahlreiche Verehrer, aber sie hat auch viel Trauriges gesehen in ihrem Leben.« Lucy stand auf und ging hinüber zu dem Davenport, wo sie die oberste Schublade aufzog und eine kleine, emailverzierte Silberdose herausnahm. »Die ist für dich, Joanna. Ich möchte, daß du sie bekommst. Aber Joss soll uns zuerst sagen, was er davon hält.«

Er nahm eine Juwelierslupe aus seiner Tasche, um sich die Dose genauer anzusehen. »Das ist ein Zigarettenetui für Damen«, sagte er. »Jugendstil ... typisch für die Zeit.« Es war schön gearbeitet, von einem begabten Handwerker gefertigt; auf dem Deckel befand sich ein blauer Schmetterling. Er öffnete ihn und entdeckte darunter einen weiteren Deckel, der eine kleine Ausbuchtung verschloß. »Das war wahrscheinlich für die Asche. Damals war es noch ziemlich gewagt für eine Dame, wenn sie rauchte, nicht wahr? Wahrscheinlich mußte sie deshalb die Asche verstecken.« Er betrachtete die Dose von innen und außen. »Ich hatte gedacht, sie könnte von Lalique sein, aber ich kann nirgends eine Signatur entdecken.«

»Sie stammt vermutlich aus Amerika«, erklärte Lucy. »Sie hat nicht meiner Großmutter gehört, sondern einer jungen Amerikanerin auf einem Schiff, mit dem Mummy und ich 1919 nach Indien gereist sind. Ihr Name war Rose; Rose hat mir auch den Charleston beigebracht. Sie wurde ermordet, bevor wir Kalkutta erreichten.«

Joss schloß den Deckel vorsichtig. Joanna hatte

die Dose schon einmal gesehen, aber noch nie die damit verbundene Geschichte gehört.

»Sie wurde von einem anderen Passagier des Schiffes ermordet, der früher einmal Louises Liebhaber gewesen war. Er hat meiner Mutter dieses Zigarettenetui gegeben. Wie es in seine Hände gelangt ist, wissen wir nicht. Wahrscheinlich hat er es gestohlen. Offenbar wollte er, daß ich es bekomme.«

»Warum du, Lucy? Du warst damals doch noch ein kleines Kind.«

»Es gibt Anzeichen dafür, daß er mein leiblicher Vater war. Das ist schon ein merkwürdiges Erbe.«

Es herrschte langes Schweigen. Joss legte das hübsche *objet d'art* auf das Tablett und wischte sich die Hände an seinem Taschentuch ab.

»Es besteht also eine gewisse Wahrscheinlichkeit, daß mein leiblicher Vater ein Mörder war«, fuhr Lucy fort. »Ironie des Schicksals, findest du nicht? Wenn man bedenkt, daß mein anderer Vater – Herbert – ein treuer Hüter des Gesetzes war und mich in dem Glauben erzogen hat, daß sich das Wesen einer zivilisierten Gesellschaft nach seinem Rechtssystem beurteilen läßt ...«

»Wie hieß der Mann?« fragte Joanna.

»Louise hat ihn immer nur Greg genannt.«

»Also war dieser Greg mein Urgroßvater?«

»Das glaube ich jedenfalls. Alles wird noch

schlimmer durch die Tatsache, daß er außerdem Louises Halbbruder war. Viele Jahre lang hat sie das nicht gewußt. Großmama Dambresac hatte vor ihrer Heirat einen unehelichen Sohn. Pflegeeltern haben sich um ihn gekümmert. Die Familie hat sie dafür bezahlt, daß sie ihn von ihnen fernhielten. Das muß sehr traurig gewesen sein für ihn. Louise wußte von alledem nichts, bis es zu spät war.«

Joss fühlte sich ausgesprochen unwohl. Sein Kragen klebte ihm am Hals, und seine Handflächen wurden feucht. Er kam sich vor wie ein Lauscher bei einer Beichte. Warum um Himmels willen verdarb sich die alte Frau ihren Geburtstag, indem sie ihnen all diese unangenehmen Dinge erzählte?

»Wurde er gehängt?« wollte Joanna wissen.

»Nein. Er hat genug Feingefühl besessen, noch vor der Verhandlung in der Haft an einem Herzinfarkt zu sterben.«

»Warum hast du mir das alles erzählt, Lucy? Warum jetzt?«

»Ich bin der Ansicht, daß du die Wahrheit erfahren sollst. Louise hat sie mir erst erzählt, als sie im Sterben lag, und ich selbst habe Beena nie etwas davon gesagt, aber ich glaube, daß ihr beide Bescheid wissen solltet.«

»Ich sehe keine Anzeichen dafür, daß *du* bald stirbst«, meinte Joanna mit fröhlicher Stimme.

»Und außerdem – was soll's? Das ist alles schon so lange her, daß es sich eher anhört wie eine Episode aus dem Geschichtsbuch.«

»In den meisten Familien gibt es ein schwarzes Schaf«, sagte Joss ein wenig steif, doch insgeheim dachte er, daß die meisten Familien ihre alten Sünden zumindest nicht öffentlich an den Tag zerrten. Er erhob sich und fing an, sich das Gemälde noch einmal genau anzusehen. »Allerdings läßt es Klimt in einem anderen Licht erscheinen. Prophetisch … eigentlich schon unheimlich … das geheime Gift, das durch die Frauen weitergegeben wurde … und die grüne Schlange um den Hals des Geistes – glauben Sie, das hat Ihre Großmama dazu veranlaßt, ihr Haar zu verbrennen? Das würde doch in gewisser Hinsicht die Zerstörung der Schlange bedeuten, nicht wahr?« Er wandte sich mit einem Lächeln Lucy zu. »Die alte Dame, die als Schatten hinter der schönen Dame Dambresac steht, ist wirklich eine ausgesprochen merkwürdige Gestalt.«

»Ich habe sie immer als Eva gesehen, unser aller Stammutter«, sagte Joanna. »Die arme Eva wurde aus dem Paradies vertrieben, verflucht, nicht wahr, und mußte zur Strafe auf ewig die Schlange um den Hals tragen, die sie in Versuchung geführt hat.«

»Das ist eine geniale Idee«, sagte Joss. »Die Schlange, die sich im Garten Eden um den Baum der Erkenntnis wand, schlang sich nun um die erste Frau des matrilinearen Lebensbaumes.«

»Weswegen alle Frauen auf ewig die Last des Bösen zu tragen haben?« lachte Joanna.

»Weißt du, die Schlange war nicht von jeher ein Symbol der Sünde«, sagte Lucy. »Die Griechen glaubten, sie sei mit Weisheit und Scharfsinn ausgestattet und deshalb ein Schutzgeist. Äskulap, der Gott der Heilkunst, hielt einen Stab, um den sich eine Schlange wand, und in Tempeln und Schreinen wurden oft Schlangen gehalten. Klimt wollte die alte Frau vielleicht in ihrer Vergänglichkeit und ihrer Weisheit darstellen.«

Dann hat er die Weisheit allerdings als etwas schwer Genießbares dargestellt, dachte Joss, als er sich hinsetzte, um seinen Tee auszutrinken. Er war mittlerweile kalt geworden und schmeckte scheußlich.

»Mrs. Colbert hatte recht«, sagte Lucy. »Ich bin jetzt wirklich ziemlich müde. Ich glaube, ich werde einfach ein bißchen hier sitzen bleiben und dösen.« Das erwartete man schließlich auch von Achtzigjährigen. Es war schon ein bißchen übertrieben, mit Charlotte den Charleston zu tanzen! Das hatte sie müde gemacht. Jetzt war es Zeit, sich hinzusetzen und zu dösen. Ihr fiel die Antwort einer alten Frau in Gloucestershire auf die Frage ein, was sie den ganzen Tag treibe: »Manchmal sitze ich da und denke nach, manchmal sitze ich auch bloß so da.« Genau das wollte Lucy jetzt tun – dasitzen und ihren Gedanken freien Lauf lassen.

Beena und Mrs. Colbert standen an der Haustür, um die Abfahrt der Leute vom Partyservice zu überwachen, die alles aufgeräumt, das Geschirr gespült, die Sachen zusammengepackt hatten und jetzt gehen wollten. Joanna warf noch einen schnellen Blick in den Salon, um sicherzugehen, daß die übrigen Gäste beschäftigt waren, bevor sie hinausging. Charlotte saß am Verandafenster und starrte hinaus auf den Garten, während sie eine Zigarette rauchte, die anderen spielten Trivial Pursuit, wobei Danielle laut kreischte, mit ihren Armreifen klimperte und Dewey im Bereich Sport zu gewinnen schien. Wenn sie mit dem Spiel fertig waren, konnten sie immer noch den Fernseher einschalten. Die Älteren wollten später sicher die Nachrichten hören.

Joanna ging zusammen mit Joss hinaus in den Garten. Sie redeten nicht, sondern nutzten das letzte Tageslicht, um von Joanna mit ihrem schwarzen Kleid inmitten der feurig-farbigen Ahornbäume einen Schnappschuß zu machen, bevor sie an der Statue vorbei zum Tor hinunterschlenderten, wo sie den Ausblick schweigend genossen.

»Das ist ein merkwürdiges Gemälde«, sagte Joss

schließlich. »Wunderschön, aber merkwürdig. Und bedrohlich. Es ist eine Menge Geld wert. Schwierig zu sagen, wieviel genau, weil meines Wissens schon lange kein Klimt mehr zum Verkauf angeboten worden ist. Wenn es sich als echter Klimt erweisen sollte, wäre es ein sehr wichtiges Gemälde – historisch gesehen, denn Klimt war eine Schlüsselfigur innerhalb der Wiener Sezession und vermutlich der einflußreichste Jugendstilmaler überhaupt. Das würde großen Aufruhr in der Kunstwelt verursachen. Es würde mich wundern, wenn es weniger als eine Million bringen würde, vielleicht sogar zwei.«

»Tatsächlich, Joss? Ich hatte keine Ahnung, daß es so wertvoll ist.«

»Tja, wie gesagt: Wenn, wenn, wenn … Meiner Ansicht nach ist es nicht echt, aber ich bin kein Experte für diese Zeit. Wie du weißt, kenne ich mich am besten in der italienischen Renaissance aus. Ich glaube, ihr solltet die Meinung eines Gutachters einholen, der sich auf die Wiener Schule spezialisiert hat – vielleicht sind auch noch mehr Expertisen nötig.«

»Du meinst also, es ist eine Fälschung?«

»Nein, das nicht gerade, Joanna, aber ich glaube nicht, daß Klimt es selbst gemalt hat. Jedenfalls hat er es nicht signiert. Vielleicht – wer weiß – hat er die Konturen von Kopf und Nacken gezeichnet, und dann hat ein Schüler oder ein

Freund den Rest in seinem Stil fertiggestellt. Ich denke, der goldfarbene Mantel mit den komplizierten Mustern wurde von einem anderen gemalt – egal, wer es war, er hat wunderbare Arbeit geleistet ... Und wenn ihr es verkaufen würdet, würden sich wahrscheinlich viele Leute dafür interessieren, besonders Japaner, weil der Einfluß der japanischen Kunst in den Ornamenten so deutlich sichtbar ist.«

»Weil es aber nicht signiert und vermutlich auch nicht authentisch ist, wird es auch keine zwei Millionen bringen.«

»Nein! Bei weitem nicht! Trotzdem hoffe ich, daß deine Großmutter es in ihrem Testament nicht Beena hinterläßt.«

»Ich glaube nicht, daß sie das machen würde, denn Beena würde es natürlich verkaufen und das Geld verwenden, um damit ein Tierheim mit allem Drum und Dran einzurichten – so eine Art Hilton für Hunde und Katzen.« Joanna lachte.

»Würde sie es dir hinterlassen?«

»Ich denke nicht. Ich könnte mir ja wahrscheinlich nicht mal die Versicherung leisten, oder?«

»Sicherlich ließe sich eine große Kunstgalerie finden, die es für dich versichert, wenn du ihr das Gemälde als Leihgabe zur Verfügung stellst.«

»Nun, ich hoffe, sie hinterläßt es dem Volk, wenn es soweit ist«, sagte Joanna. »Auch wenn ich es immer gemocht habe. Es war immer ein großes Rätsel für mich. Jedesmal wenn ich es mir anschaue, bedeutet es etwas anderes für mich. Grundsätzlich halte ich es für eine Darstellung der verschiedenen weiblichen Lebensalter, doch heute hat es mir von Tod und Sterben erzählt.« Sie begann, ein Ahornblatt zu zerrupfen. »Wahrscheinlich hat das damit zu tun, daß ich mich im Moment besonders damit beschäftige – ich meine, wenn man plötzlich in der Klinik arbeiten muß und überall die Kranken und Sterbenden sieht, muß einen das doch berühren, meinst du nicht auch?«

Er trat näher an sie heran und legte ihr den Arm um die Schultern. »Arme Joanna! Ich hatte den Eindruck, daß du dieses Wochenende ziemlich schweigsam gewesen bist.«

»Ich habe natürlich gewußt, was mich erwartet. Schließlich war ich gewarnt, aber man weiß es wirklich erst, wenn man unmittelbar damit konfrontiert ist. Auch das will der Maler sagen: *Mitten im Leben sterben wir.*«

»Es muß schrecklich für dich sein. Wie kannst du bei alledem so ruhig bleiben? Aber weißt du, du schaffst das schon.«

»Aber sicher. Ich schaffe das schon. Ich muß einfach.« Sie schwiegen wieder, bis sie fragte: »Findest du Danielle sehr attraktiv?«

»Danielle? Nun, man muß sie doch einfach

mögen, findest du nicht auch? Sie ist so hübsch. Sie ist zerbrechlich schön wie eine Zeichnung von Watteau.« Er fragte sich, ob Joanna während des Mittagessens etwas aufgefallen war. Als er mit seinem Schuh Danielles Sandale berührt hatte, hatte er zu seiner Überraschung ihre Hand auf seinem Oberschenkel gespürt, die ihn streichelte. Er war dankbar gewesen für die große Damasttischdecke, die weit genug herunterhing, um seine Erektion zu verdecken. »Aber sie ist für meine Begriffe auch ziemlich albern.« Er wandte sich einem anderen Thema zu. »Deine Großmutter hat mich überrascht.«

»Mich auch.«

»Was für eine schreckliche Geschichte! Warum wollte sie sich und uns unbedingt den Geburtstag verderben? Und dann diese Büchsen der Pandora! Das kleine Zigarettenetui – das ist natürlich allerfeinstes Kunsthandwerk, aber eigentlich ist es doch ein vergiftetes Geschenk, meinst du nicht auch?«

»Ja?«

»Und die andere: das Kästchen, in dem Großmama Dambresacs Haare nach Indien gebracht wurden, um dort verbrannt zu werden – igitt!« Er bekam eine Gänsehaut. »Eine weiße Schlange in einem Holzkästchen ... Das ist hochgradig sexueller Symbolismus, der einem direkt angst macht ...«

»Ja. Aber das ist Schnee von gestern, Joss. Aus und vorbei.«

»Die Vergangenheit klebt immer an uns, Joanna.«

»Ja, ich weiß, aber wir können von ihr lernen – wir können die Dinge verändern –, dafür sorgen, daß sie nicht mehr passieren.«

Joanna ist die geborene Optimistin, dachte Joss. Sie sieht immer die positive Seite. Trotzdem trübten die beiden Büchsen der Pandora ihre Beziehung. Sie standen schweigend da und sahen hinunter in das breite grüne Tal von Frenester. Die langen Schatten der sinkenden Sonne krochen von den Hecken auf der Westseite herauf, und ein breites Schattenband näherte sich von dem Wäldchen unter ihnen. Joanna berührte das kleine Zigarettenetui in ihrer Tasche und dachte: Joss hat recht. Die Vergangenheit klebt wirklich an einem. Sie spürte ein Prickeln in ihren Fingern, nahm das Etui heraus und drückte den Deckel auf. Es war nichts darin, nicht einmal ein Aschenstäubchen der hübschen Tänzerin auf jenem Dampfer, der sich langsam seinen Weg durch immer wärmer werdende Meere nach Kalkutta gebahnt hatte. Es war leer, doch für Joanna war es randvoll mit erregenden, dramatischen Ereignissen. Sie wußte, es war ein ganz besonderes Vermächtnis, das Lucy ihr da überlassen hatte, weil es mit seinen Erinnerungen die Geschichte der

Ahninnen bewahrte – die Leidenschaften, die Freuden und Leiden, Triumphe und Irrtümer all jener Frauenleben, in die der arme kleine Schmetterling, die arme hübsche Tänzerin, verwickelt war. Diese kleine Schmetterlingsdose, sagte sich Joanna, darf ich nie verlieren.

»Ich finde das Etui aufregend, Joss ... es ist so voller Erlebnisse!« Doch er war verärgert darüber, daß sie seinen Abscheu nicht teilte. »Ich glaube, Lucy wollte uns folgendes sagen«, bemühte sie sich zu erklären. »Wir sind, was wir getan haben. Und das, was uns im Leben widerfahren ist, wird ein Teil von uns. Sie glaubt daran, daß wir das wissen und akzeptieren müssen, wenn wir reif und erwachsen werden wollen. Wir müssen sehen, was wir wirklich sind, egal, wie schmerzlich das ist. In gewisser Hinsicht ist das wie die Nahrung, die wir zu uns nehmen: Wir müssen sie verdauen und in Energie und Wachstum umwandeln.«

Er starrte sie mit kühlem Blick an. Im Abendlicht hatte sie sich vor seinen Augen verwandelt, als habe man eine Schicht von einem alten Gemälde abgekratzt, unter dem sich plötzlich ein völlig neues offenbarte. Er war überrascht darüber, wie angewidert er war. Noch vor vierundzwanzig Stunden hatte er sie nicht so gesehen, nicht so für sie empfunden. Doch jetzt wußte er, wie sie im mittleren Alter sein würde: Die weichen Konturen ihres gelassenen, schönen Gesichts, zweifelsohne auch ihres Charakters, würden sich mit der Zeit verhärten, weil sie unweigerlich von jenem gemalten Goldumhang umhüllt werden würde. Sie würde genauso werden wie die anderen übermächtigen Matriarchinnen, aufgesaugt von ihren Ahninnen und ihren eigenen Nachkommen, und er würde an den Rand gedrängt werden. Er würde sich noch mehr wie ein Außenseiter fühlen als jetzt. Außerdem ärgerten ihn Joannas romantische Vorstellungen von diesem silbernen Zigarettenetui, in dem seiner Meinung nach keine Seelen zerbrechlicher Schmetterlinge ruhten. Der einzige, die hübsche Tänzerin – wie hieß sie doch gleich, Rose? –, wurde ermordet und war auf ewig in dem blauen Email auf dem Deckel gefangen.

»Ach was, Joanna! Sieh dir doch bloß mal die Mitglieder deiner Familie an! Sind die reif und führen ein erfülltes Leben? Wirf mal einen Blick auf den Haufen heute am Mittagstisch!« Er attackierte das dankbarste Ziel als erstes. »Diese alberne Tante Patsy mit ihrem untadeligen Profil und ihrem ekelhaften Bully-Schatz …«

Joanna wurde durch seine Verachtung aus ihren Überlegungen gerissen.

»Patsy?« wiederholte sie. »Und Bully-Schatz?« Sie lachte. »Ich habe sie immer ziemlich komisch gefunden. Wahrscheinlich habe ich nie sonderlich viel über sie nachgedacht. Ich habe sie einfach als Teil meiner Umgebung hingenommen – genauso wie als Kind das alte Haus und die Tiere.«

»Tja, jetzt bist du erwachsen, Joanna, da solltest du schon ein wenig kritischer sein.«

Er hatte sie verletzt. Sie wußte, daß die Wissenschaft scharfes Urteilsvermögen erforderte, aber mußte man auch seine Familie kritisch betrachten? Sie sagte: »Weißt du, das sind entfernte Verwandte. Sie sind mir nicht sehr wichtig.«

»Und deine Mutter«, fuhr er vorwurfsvoll fort. »Sie ist doch auch alles andere als reif, oder? Sie lebt in einem Kinderparadies!«

»Laß meine Mutter aus dem Spiel, ja? Du weißt überhaupt nichts über sie! Sie hat ihre eigene Art, mit den Dingen umzugehen – also laß sie in Ruhe.«

»Der ganze Haufen«, fügte er heftig hinzu, »abgesehen vielleicht von deiner Großmutter – das sind doch alles Philister.«

»Und Danielle, ist die auch eine Philisterin?«

»Wahrscheinlich schon«, mußte er zugeben, als er das Gesicht abwandte. »Sie ist nicht wichtig.« Er glaubte, die Wahrheit zu sagen, halb hoffend, daß es so war, halb hoffend, daß er sich irrte.

»Meinst du, es ist völlig belanglos, wenn du den Nacken einer Frau küßt?« wollte Joanna wissen. »Ich habe euch gesehen, als ich die Treppe heruntergekommen bin.«

Plötzlich, auch für ihn unerwartet, wurde er rot, und seine Stimme nahm einen sarkastischen Tonfall an. »Du hast uns also nachspioniert? Meinst du denn, ich hätte dir alleinige Treue geschworen? Du versuchst, mich in meiner Freiheit einzuschränken, Joanna – genau wie die anderen Frauen! Letztlich bist du auch nicht anders als alle anderen.« Er wandte sich abrupt von ihr ab und starrte hinaus zum Horizont. Dann fragte er: »Willst du mich in eine Ehe locken? Wahrscheinlich hast du mich deshalb zu dieser Geburtstagsfeier mitgenommen.«

»Du weißt, daß das nicht stimmt!« Joanna warf das Ahornblatt mit einer ungeduldigen Geste weg. »Ich wollte, daß du ein nettes Wochenende mit meiner Familie verbringst. Und du wolltest das Familienporträt sehen.«

»Ja, das stimmt. Auf merkwürdige Weise ist es eine Offenbarung für mich gewesen – was deine Familie, was alle Frauen anbelangt. Sie stellen eine Bedrohung dar, die Frauen, eine Bedrohung für die Freiheit des Mannes.«

»Du kannst die Frauen nicht leiden, stimmt's, Joss? Du wünschst dir Macht über sie, aber Liebe willst du ihnen nicht entgegenbringen. Du willst dir einen Stall hochklassiger Frauen halten, genauso wie manche reichen Männer Pferde züchten, um ihr Charisma und ihren Erfolg unter Beweis zu stellen.« Sie merkte erst, was sie gesagt hatte, nachdem die Worte aus ihrem Mund waren. »Und du bist eitel, Joss. Hast du das schon gewußt? Du willst, daß die Frauen dich bewundern, ja, anbeten, während du dir das Recht vorbehältst, ihnen deine Liebe zu entziehen.«

Er war wütend, aber auch verblüfft. Er hatte Joanna noch nie so zornig erlebt. Was geschah da mit ihr? Sie verwandelte sich vor seinen Augen. Daran war nur diese gräßliche kleine Dose schuld! Schmetterling – pah! Die Geister, die sie beseelten, waren Arachniden, große weibliche Kannibalenspinnen, die ihre Männchen nach der Paarung auffraßen, Schwarze Witwen mit acht Beinen und mehreren Augenpaaren, die die Naiven, Unvorsichtigen in ihre Fäden einspannen. Nun, er hatte nicht die Absicht, sich fangen und bei lebendigem Leibe fressen zu lassen. Bei dem Gedanken platzte es aus ihm heraus: »Dieses ganze Gerede von wegen Macht und Eitelkeit! Das ist doch pure Heuchelei! Deine Familie ist mit beidem geschlagen! Was denkst du wohl, wem sie ihren Reichtum und ihre Bedeutung verdankt? Der Ausbeutung der Armen während der britischen Herrschaft über Indien, nichts anderem! Das ist nichts anderes als kolonialistische Macht, Joanna. Du kannst mich nicht täuschen.« Er schürzte die Lippen, was ihn für Joanna plötzlich wie einen verkniffenen puritanischen Prediger aussehen ließ.

»Du mich auch nicht«, sagte sie. »Ich lasse mich nicht mehr von dir täuschen.« Sie hielt sich zitternd am oberen Teil des Tores fest. Das letzte Tageslicht verschwand; es wurde allmählich kühl. »Laß uns reingehen«, sagte sie leise. »Im Garten ist es jetzt zu kalt.«

Sie gingen schweigend die Anhöhe zum Haus hinauf.

»Wir könnten mit den anderen Trivial Pursuit spielen«, schlug sie vor. »Oder bist du dir zu fein dazu?«

Vor der Tür zu ihrem Zimmer sagte Joanna zu Joss: »Tut mir leid, Schatz, ich habe das nicht so gemeint. Ich war einfach nur eifersüchtig.« Doch Joss war nicht in der Laune, den Großmütigen zu spielen. Er schürzte die Lippen mißbilligend.

»Du hast mich verletzt, Joanna. Tiefer, als ich es für möglich gehalten hätte.« Er wandte sich ab und schloß die Tür zu seinem Zimmer heftig hinter sich.

Er wird mir nicht vergeben, dachte sie, nicht weil ich ihm meine Liebe entzogen habe, sondern weil ich ihm ein paar wahre Dinge ins Gesicht gesagt habe. Sie lag lange Zeit in voller Bekleidung und die Hände hinter dem Kopf verschränkt auf ihrem schmalen Eisenbett wach. Nach einer Weile schob sie sich ein Stück hinunter und streckte die Füße zwischen den Stangen hindurch, um ihre Schuhe abzustreifen, die auf den Boden fielen. Dann schob sie sich wieder nach oben und versuchte, ein Buch zu lesen, aber sie konnte sich nicht konzentrieren; sie nahm ein Hochglanzmagazin in die Hand und blätterte die Modeanzeigen durch, doch auch sie konnten sie nicht fesseln. Also beschloß sie, den Bildern in ihrem Kopf freien Lauf zu lassen.

Sie war sich hinsichtlich vieler Dinge unsicher. Himmelhochjauchzende Stimmung und Niedergeschlagenheit wechselten einander ab. Sie nahm das silberne Zigarettenetui, das sie auf das Nachttischchen gelegt hatte, in die Hand. Seine zarte Schönheit zog sie in ihren Bann, doch das Faszinierendste daran war die Tatsache, daß es die Vergangenheit beinhaltete. Sie dachte: Lucy hat mich zur Hüterin der Familienerinnerungen gemacht. Ich bin selbst so eine Dose, in die all meine Ahnen etwas hineingepackt haben – ihre Geschichten, ihr Wesen, ihr Aussehen, ihr Haar, ihr Temperament, ihre Gene ... Und wenn sie jemals Kinder hätte, würde sie ihnen ihre Familiengeschichte weitervererben, zusammen mit jenen kleinen Verschlingungen der DNA, die sich nicht mehr auslöschen ließen, sich aber auch unendlich verändern konnten, je nachdem, welche sich miteinander verbanden.

Sie verzog das Gesicht, als sie noch einmal über den Streit nachdachte. Joss hatte sie beschuldigt, unkritisch zu sein, vielleicht hatte er recht. Vielleicht nahm sie alles zu sehr auf die leichte Schulter oder war zu faul und nahm die Menschen so hin, wie sie sich gaben. Vielleicht hätte sie auch Joss etwas kritischer betrachten sollen, als sie ihn kennenlernte. Das Problem war nur, daß die sexuelle Anziehung die Kritikfähigkeit einschränkte. Sex erfüllte alle Sinne so sehr, daß man Fehler oder Unvereinbarkeiten erst dann bemerkte, wenn die Leidenschaft sich ein wenig abgekühlt hatte. Beim Sex sorgte die Natur, deren Ziel die Vielfalt, nicht die Harmonie ist, dafür, daß man nicht allzuviel nachdachte. Genauso war es mit der Eifersucht, wenn sie einen plötzlich durchzuckte.

Joanna dachte jetzt ganz ruhig über alles nach, doch obwohl sie nicht mehr wütend war, spürte sie noch immer Eifersucht. Danielle war ihr trotz ihres hübschen Äußeren und ihres Charmes nach wie vor unsympathisch. Sie hielt Danielle für eine junge Frau, die nichts dagegen hatte, im Territorium anderer Frauen zu wildern. Erhob Joanna denn territoriale Ansprüche? Es war schon etwas dran an Joss' Behauptung, sie versuche, seine Freiheit zu beschneiden, das mußte sie zugeben. Doch Danielle war in Sachen Liebe skrupellos. Daran bestand kein Zweifel. Joanna fragte sich, ob Danielle bereit war, ihr Herz zu geben für das, was sie sich ergaunert hatte, denn wenn dem so war, dachte Joanna grimmig, würde sie leiden, wenn Joss sie verließ. Ja! Joanna hoffte, daß sie eines Tages den Schmerz spüren würde, den sie jetzt empfand – die Demütigung der Verlassenen, aber auch die Sehnsucht nach dem anderen, die erst aufhören würde, wenn die Zeit die Wunden geheilt hatte.

Sie hatte Joss geliebt, zumindest hatte sie das geglaubt, als sie ihn im Frühling kennengelernt hatte und sie im kühlen blauen Licht der Sonne im Park spazierengegangen waren und die Narzissen bewundert hatten – *sie* zumindest hatte sie bewundert. Ihm schienen sie überhaupt nicht aufzufallen, denn er war zu beschäftigt damit, ihr zu erklären, welche Gemälde sie gut finden sollte und welche nicht. Sie hatten soeben eine Galerie in der Nähe der Bond Street besucht; und sein Spezialgebiet, wie sie damals mitbekam, war die Kunst der Renaissance.

»Ich kenne mich nicht sonderlich aus in der Kunst«, hatte sie gesagt.

»Das brauchst du auch nicht – ein Mädchen wie du, das selbst so viel schöner ist als jedes Gemälde!«

Natürlich gefiel es ihr, daß sie sich nicht anzustrengen brauchte und trotzdem geliebt wurde, doch im Lauf der Zeit merkte sie, daß er doch ein Basiswissen von ihr erwartete. Es ärgerte ihn immer, wenn sie wieder einmal mangelnden Geschmack bewies oder etwas nicht wußte oder bemerkte, das er ihr schon einmal erklärt hatte. (Obwohl er selbst auch viele Dinge nicht wahrnahm – die Narzissen zum Beispiel.) Und dennoch verlebte sie eine schöne Zeit mit ihm: Die Stunden mit ihm waren immer angenehm, entspannend, niemals nervenaufreibend oder qualvoll wie die Zeit im Krankenhaus. Sie genoß ihre Affäre mit Joss. Von Zeit zu Zeit befreite er sie von dem Blut und dem Streß des Operationssaales und führte sie in ein kleines Restaurant im West End aus, wo sie leckere Dinge aßen, an die in ihrem Studentenwohnheim nicht einmal im Traum zu denken war. Ein- oder zweimal pro Woche lud er sie ins Theater ein, und hinterher spazierten sie schweigend das Embankment entlang, genossen den Abend und den schwarzen Fluß, in dem sich Tausende von Lichtern spiegelten, in den wenigen ruhigen Stunden, in denen der Verkehr nicht durch die Stadt dröhnte. Sie schliefen miteinander im Schlafzimmer seiner wohlgeordneten Wohnung, die weiß und karg eingerichtet war wie die Zelle eines Mönchs. In seinem Wohnzimmer lagen keine Knautschkissen auf dem Boden, sondern standen richtige Stühle von Rennie Mackintosh, die sehr elegant, sehr teuer und alles andere als bequem waren. Es war eine gemäßigte Form der Liebe ohne große Qualen, aber auch ohne Ekstase. Es passierte nie etwas

Unerwartetes. Im September begann sie sich zu fragen, ob sie sich nicht ein wenig langweilte.

Sie drehte sich unruhig auf ihrem Bett herum, dann stand sie auf und öffnete den Reißverschluß ihres Kleides. Vielleicht war das doch nicht das, wovon Lucy manchmal während ihrer langen Spaziergänge entlang der Edges erzählt hatte: die große Liebe des Lebens. Lag Joss wohl im Nachbarzimmer wach und wälzte die gleichen Gedanken, fragte sie sich. Verglich er deshalb Danielle mit einer Zeichnung von Watteau?

Und warum regte ihn Lucys Geschichte so sehr auf? Was machte es schon, wenn ihr Urgroßvater vor langer Zeit ein Mädchen auf einem Schiff ermordet und ihre Urgroßmutter, ohne es zu wollen, Inzest begangen hatte? Louise hatte all diese Schrecknisse gut überstanden, sie hatte eine Allee mit Buchen und ein Ahornwäldchen gepflanzt; sie hatte einen Ort des Friedens und der Ordnung geschaffen, ein sicheres, einladendes Heim. Für Joanna war sie so etwas wie eine Heldin. Joss war engstirnig, dachte sie. Ja, das war genau das richtige Wort. Engstirnig: Es fehlte ihm an Mut, er hatte Angst vor Skandalen. Hinter seiner Liebe zur Kunst, hinter seiner erklärten Bewunderung für das Innovative und Abenteuerliche steckte ein höchst konventioneller Mensch – er wünschte sich nichts sehnlicher als ein angepaßtes Dasein. Er würde nie ein Fra Lippi werden, der sich gegen die Macht der Kirche und den Zorn des Papstes auflehnte, die Gefahr der Exkommunizierung oder das Risiko, im Feuer der Hölle zu braten, einging, nur um seine kleine Nonne lieben zu können. Joss hatte Angst vor den Dämonen ihrer Schmetterlingsdose. Zusammen mit dem hübschen, kuscheligen Äußeren von Danielle Grund genug, sich von ihr abzuwenden.

Auf einem ihrer langen Spaziergänge hatte Lucy einmal gesagt: »Die Liebe schlingt sich um das Leben einer Frau wie ein scharlachrotes Seidentuch um ein Kleid, aber das Familienleben ist letztlich das Kleidungsstück, das sie trägt.« Sie hatte recht. Die Liebe kommt und geht, dachte Joanna, die Familie bleibt bestehen. Sogar die unabhängigste Frau hat irgendeine Familie. Ohne Eltern würde sie nicht leben. Sie sind mehr als nur ein Kleid, sie sind die Haut des Menschen. Und diese Haut umschließt alle Ahnen, und diese machen den Menschen aus.

Als Lucy aufwachte, war es dunkel. Ihr war kalt, und die Gelenke taten ihr weh. Ein paar Sekunden lang wußte sie nicht, wo sie war. Wahrscheinlich hatte sie geträumt, denn sie glaubte, sieben Jahre alt zu sein, und war gerade aus dem Bungalow des Reiseinnehmers in Bankipore hinaus in den himmlisch kühlen Regen gelaufen, den sie sich nun aus der überlaufenden Dachrinne auf die heiße, nackte Haut prasseln ließ. Endlich hatte der Monsun begonnen, und die schlimme, schwüle Hitze des Sommers würde bald weggewaschen sein. Die Ayah rief von der Veranda: »Laß deine Unterhose an!« Auch mit sieben mußte man die Gesetze der Schicklichkeit achten.

Lucy stellte fest, daß die Vorhänge in ihrem Zimmer nicht zugezogen waren und daß sie noch immer das Festtagskleid trug. Beena hatte nicht noch einmal hereingeschaut, um ihr gute Nacht zu sagen. Vielleicht hatte sie einen kurzen Blick hereingeworfen und sie nicht stören wollen, als sie sah, daß sie schlief. Das war ihr nur recht. Lucy wußte, daß Beena Türen einfach nicht wie ein normaler Mensch schließen konnte. Entweder eilte sie hinaus und ließ sie sperrangelweit auf, so daß die ganze Wärme aus dem Zimmer wich, oder sie knallte sie so heftig zu, daß das ganze Haus erzitterte und alle, die schon eingeschlafen waren, wieder hochschreckten.

Sie rappelte sich aus ihrem Sessel hoch und stützte sich einen Augenblick auf den Armlehnen ab, bevor sie ins Schlafzimmer ging, um ihre Bettdecke zu holen. Sie legte im allmählich verlöschenden Kaminfeuer ein Scheit nach, hüllte sich in ihre Bettdecke ein, nachdem sie sich wieder gesetzt hatte, und versuchte, sich an ihren Traum zu erinnern. Der Traum war angenehm gewesen, und ein paar Fetzen waren noch in ihrem Kopf. Sie sah den Bungalow auf dem kleinen Hügel mit Blick auf den etwas entfernten Fluß. Das ebenerdige Haus war groß und wurde auf allen vier Seiten von einer geräumigen Säulenveranda umgeben. Da die Nordseite die kühlste war, war sie ihren Eltern vorbehalten, der Eingang lag im Osten und war über eine Treppe zu erreichen. Auf dieser Seite befanden sich auch die Verwaltungsräume. Von hier aus führte eine Allee mit sehr alten Banyanbäumen zum Eisentor, hinter dem sich ein Feldweg zum Ganges schlängelte, jenem breiten, braunen Gewässer, das ungefähr einen dreiviertel Kilometer entfernt in der Sonne glitzerte. An der Süd- und Westseite, also den heißesten Orten des Bungalow, arbeiteten die Bediensteten, kochten, wuschen und schrubbten oder erhitzten das Wasser für das abendliche Bad langsam auf der Holzkohlenglut. Die Hausbediensteten wohnten gleich um die Ecke, aber die Verwaltungsangestellten und Sekretäre kamen mit dem Fahrrad oder auch zu Fuß vom mehrere Kilometer entfernten Patna zur Arbeit.

Im Alter von sieben Jahren begriff Lucy bereits manche der gesellschaftlichen Trennlinien sowie die Hackordnung in jener komplexen, vielrassigen, hierarchischen Welt mit ihren zahlreichen Religionen. Ganz oben saß ihr Vater, ein kräftiger Mann mit hoher Stirn, wohlgeformter Nase und kurzem Schnurrbart an einem gewaltigen Schreibtisch aus burmesischem Teakholz, neben ihm Krishna, sein Babu, ein bengalischer Sekretär, ein kleiner, dünner, bescheidener Mann mit feingliedrigen Händen. Oft mußte er sich wegen seiner eigenwilligen englischen Ausdrucksweise in Briefen (»Ich verbleibe Ihr ergebener Diener, und auch meine Frau ergibt sich Ihnen«) Spott gefallen lassen, doch er besaß Sinn für Humor und konnte durch ein Kichern zur rechten Zeit jeden Anflug von Überheblichkeit im Keim ersticken.

Hinter ihrem Vater saß der *punkah-wallah*. Er war in der Rangordnung ziemlich tief angesiedelt und saß im Schneidersitz auf dem Boden, wo er manchmal wegen der Hitze einschlief, manchmal auch aus reiner Langeweile, bisweilen jedoch, besonders, wenn man ihn angebrüllt hatte, zog er hektisch an den Seilen, die die fransengesäumten, an der Decke befestigten Stoffvorhänge bewegten, damit in der mittäglichen Trägheit wenigstens ein kleiner Luftzug zu spüren war. Ihr Vater hielt nie Siesta. Er war zu beschäftigt mit seinen administrativen Aufgaben und mit dem Eintreiben von Reis – eine Sache, die Lucy noch am besten verstand –, und er hatte auch ständig am Wahlrecht zu arbeiten, das er in der Provinz einführen wollte und von dem sie überhaupt keine Ahnung hatte.

»Eines Tages werden die Inder das alles selbst machen. Ziemlich bald sogar, wenn dieser Gandhi seinen Willen durchsetzt.« Er seufzte. »Ich komme mir vor wie Sisyphus!«

»Was ist Sisyphus?«

»Das war ein Mann, der dazu verurteilt war, einen schweren Felsen einen Hügel hinaufzurollen, aber jedesmal, wenn er oben war, rollte der Felsen wieder herunter, und er mußte wieder von vorn anfangen.«

»Wie dumm von ihm!«

Daddy hatte damals gelacht. Er war ein ernster Mensch und lachte selten. Lucy sah ihn während des Tages nie, doch manchmal, wenn er in der kühlen Abendluft draußen auf der Veranda saß, Chota-Peg trank und eine Zigarette rauchte, um die Stechmücken fernzuhalten, durfte sie auf sein Knie klettern, mit ihm sprechen oder ihm aus einem ihrer Beatrix-Potter-Bücher vorlesen.

Bearer kam dann, um sein Glas nachzufüllen. Er war ein großgewachsener Moslem aus dem Norden, trug einen braunen Mantel über einer weißen Hose und einen breiten roten Kummerbund um seinen stattlichen Bauch. Seine braunen Füße waren nackt und bewegten sich lautlos über den Boden im Haus. Er war der oberste Bedienstete, abgesehen von Daddy nur Mummy unterstellt. Manchmal, wenn sie nicht in der Nähe war, hatte er sogar mehr Macht als sie. Moslems, das wußte Lucy, hielten nicht allzuviel von Frauen.

Nach dem Monsunregen setzte eine Froschplage ein. Sie waren überall, in Ecken, unter den Sofas, hinter den Vorhängen, und als Lucy eines Morgens ihre Schuhe anziehen wollte, spürte sie etwas Glitschiges darin. Sie kreischte laut und versetzte dem feuchten, fetten Geschöpf mit Glubschaugen, das herauskroch, einen Tritt.

»Herbert«, sagte Mummy, »du mußt etwas gegen die Frösche unternehmen.« Er seufzte. Das war wieder einmal eine Sisyphusaufgabe – leichter gesagt als getan. Umbringen konnte man sie nicht, ohne daß das sofort zu einem Hindu-Aufstand geführt hätte, weil die Hindus, das erklärte Mummy Lucy, glaubten, daß die Frösche wie alle anderen Tiere eine Seele hatten und nur eine Phase des Daseins durchlebten, das verschiedene Stufen durchschritt und als Ziel die menschliche Form hatte. Zum Glück hatte Bearer nichts dagegen, Frösche zu fangen. Lucy rannte hinter ihm her und hob einen oder zwei von ihnen mit einer Zange auf und ließ sie in die leeren Ölkanister fallen, die so hoch waren, daß sie nicht mehr heraushüpfen konnten. Die Kanister brachte man dann ans äußerste Ende des Grundstücks, wo man sie stehenließ.

»Das ist nicht schön für die Frösche«, sagte Lucy.

»Nein«, pflichtete ihr Mummy bei.

Lucy lernte bereits früh den Unterschied zwischen bewußtem Töten und unterlassener Hilfeleistung.

Als sie die Ayah später fragte: »Wer ist denn dieser Gandhi?«, antwortete Agatha: »Er ist der Mahatma. Er ist ein heiliger Mann.« Ayah war Christin, doch sie neigte das Haupt, wenn sie von diesem Hindu-Führer sprach. Also wußte Lucy sofort, daß dieser Gandhi ein wichtiger Mann sein mußte.

»Werdet ihr eines Tages Indien beherrschen?« fragte Lucy Bearer.

»Der Sahib sagt es«, antwortete er. »Aber nicht ich ...« Dabei seufzte er.

»Warum seufzen die Menschen, wenn sie über die Herrschaft in Indien reden?«

»Vielleicht weil das Thema zu schwierig ist. Vielleicht weil es nie so weit kommen wird.«

Der Hindu, der gerade die silberne Rosenschale ihrer Mutter polierte, hob den Kopf.

»Wenn der Sahib meint«, sagte er, und dann lachte er plötzlich, worauf Bearer mißbilligend mit den Fingern und der Zunge schnalzte, der Hindu sich wieder dem Silber zuwandte, es anhauchte, heftig daran herumrieb und kein Wort mehr sagte.

Mummy stand innerhalb der Gemeinschaft immer an zweiter Stelle, weil sie, obwohl eine Frau, die Memsahib war. Sie hatte dichtes schwarzes Haar, das sie oben auf dem Kopf zusammensteckte; sie bewegte sich schnell, und ihre Stimme klang klar und offen. Sie lachte oft, war immer geradeheraus, litt nicht wie so viele andere Frauen unter Launen, trug weder Rüschen noch Volants an ihren Kleidern und verwendete nie aufdringlicheres Parfum als Eau de Cologne. Obwohl ihr die Fahrt in dem neuen Wagen nicht ganz geheuer war, meinte Daddy, sie sei tapfer.

»Sie war auch tapfer genug, mich zu heiraten!« Sie lächelten einander über Lucys Kopf hinweg glücklich an.

Mummy war Daddy ungefähr genauso treu ergeben wie der Musik. Sie veranstaltete musikalische Zusammenkünfte im großen Salon mit den Bambusstühlen, den Sofas, den Chintzkissen mit den großen, pinkfarbenen Rosenstickereien. Zwei geschnitzte Holzkamele hoben zu beiden Seiten des Kamins verächtlich die Schnauzen. Es gab tatsächlich einen Kamin, und manchmal brannte darin im Winter sogar ein Feuer. Dann trug Lucy ihren braunen Sergerock. Statt der üblichen Höcker hatten die Kamele Messingtischplatten auf dem Rücken, auf denen Bearer bei den Einladungen zum Tee Leckereien und Zigaretten abstellte. Irgendwelche Leute, die singen oder ein Instrument spielen konnten, strömten in Autos oder Ponywagen zum Bungalow. Mummy, die sowohl Geige als auch Klavier beherrschte, begleitete immer Mrs. Ezekiel, die Sopranistin, eine füllige Dame mit cremefarbenem Doppelkinn, das beim Singen waberte.

»Sie zieht die Töne ein bißchen, und ihr Tremolo ist zu stark«, gab Mummy zu, »aber manchmal trifft sie das hohe C.«

Lucy wollte es ihr an der Klaviertastatur mit dem hohen C nachmachen, aber immer vergeblich. Den Künstlern war sie zu jung, und sie fühlten sich gestört von ihr, folglich durfte sie nie auf den Partys bleiben, sondern wurde mit Betty Ezekiel hinausgeschickt, die im selben Alter war wie sie, oder ins Haus von Charlie verbannt – sie nannten ihn den feuchten Charlie, weil er so viel Wasser trank, daß er sich in die Hose machte. Es ärgerte sie, ausgeschlossen zu werden, doch Bearer tröstete Lucy, wenn alles vorbei war.

Dann rief er sie ins Speisezimmer und sagte leise, mit verschwörerischer Stimme, »Babamemsahibs Lieblingskuchen«, während er ein Netz und einen Fliegenschutz mit Perlen von zwei kleinen Rührkuchen mit rosafarbenem Zuckerguß wegzog, die er für sie gerettet hatte. Sie waren himmlisch süß, besser noch als der überbackene Vanillepudding, der in eigenen kleinen Formen serviert wurde.

Einmal, als sie zu früh von Charlies Haus zurückkehrten, war die musikalische Veranstaltung noch in vollem Gange, und Lucy erhaschte einen Blick auf einen stämmigen Bariton mit rotem Gesicht und Fliege, der grölte:

»Du meine Seele
Du mein Herz!«

Sie starrte ihn erschreckt über die Schulter an, als Bearer sie ins Speisezimmer scheuchte, doch Mummy beruhigte sie später.

»Nein. Er war nicht wütend. Das war ein Liebeslied.« Sie lachte. »Nun, er ist nicht gerade ein Spitzensänger, aber zumindest singt er nicht falsch.« Lucy verstand nicht, was so ein dicker Mann mit »Spitzen« zu tun haben sollte, aber sie verstand immerhin, daß es weit wichtiger war, wenn er richtig sang.

Lucy zwang sich wieder in die Gegenwart zurück, indem sie die Augen aufschlug und darüber nachdachte, wie spät es war. Sie war zu müde, um sich auszuziehen und ins Bett zu gehen. Heim … Sie erinnerte sich. Sie waren auf dem Weg nach Hause … Heim auf einem großen Schiff, und die Reise über den Ozean würde einen ganzen Monat dauern. Bearer und Ayah begleiteten sie noch zur Gangway, Bearer mit breitem Lächeln, weil Daddy ihm zum Abschied eine große Geldsumme geschenkt hatte, Agatha allerdings weinend, den Sari übers Gesicht gezogen, um ihren

Kummer zu verbergen. Mummy beugte sich zu ihr herab und umarmte sie, bevor sie die Gangway hinaufging.

»Wir sehen uns in einem Jahr wieder«, sagte sie.

Agatha drückte Lucy eine ganze Staude grüner Bananen in den Arm, die während der Fahrt eine nach der anderen reif werden würden. Lucy gab ihr einen Kuß und klammerte sich einen Augenblick an sie, doch dann drängten sie andere Passagiere weg. Oben auf der Gangway drehte sie sich noch einmal um, bevor sie an Deck ging, und schaute hinunter. Dabei rief sie, grausam, wie Kinder nun einmal sein können:

»Wie schön, daß wir heimfahren!«

Sie hatte lediglich eine vage Vorstellung davon, was die Worte »daheim« oder »England« bedeuteten, aber sie hatte gehört, wie die Erwachsenen sie immer wieder voller Ehrfurcht und Sehnsucht aussprachen. Für die Ayah hatte der Abschied den Verlust ihres Arbeitsplatzes bedeutet und damit ihrer Freude, für eine Familie zu arbeiten, die sie gern hatte. Sie winkte ihnen mit ihren schmalen Händen nach. Sie lächelte, aber gleichzeitig liefen ihr die Tränen übers Gesicht.

»Die Ayah weint«, bemerkte Lucy, nachdem sie ihre Mutter mit dem Kopf in den Rücken gestoßen hatte, um ihre Aufmerksamkeit zu erregen. Sie konnte sie nicht am Ärmel zupfen, weil sie die Arme voller Bananen hatte.

»Ja, ich weiß, Schatz. Für sie ist das traurig«, sagte Mummy. »Aber wir haben ihr eine ganze Menge Geld gegeben. Damit kann sie nach Madras fahren und ihren Sohn besuchen.«

Also verbannte Lucy Agatha aus ihren Gedanken und, wie sich später herausstellte, auch aus ihrem Leben, denn sie kehrte nie mehr nach Indien zurück. Während der Heimreise zog ihr Vater sich eine merkwürdige Krankheit zu, die der französische Arzt an Bord *fièvre cerebrale* nannte. Daddy konnte das Zittern seiner Arme und Beine nicht kontrollieren und lag, unfähig zu schlafen, zuckend auf seiner Koje. Der Arzt brachte ein Glas voller schwarzer Schnecken, die er Daddy auf den Rücken setzte.

»Blutegel«, erklärte Mummy. »Die saugen Blut.« Das taten sie wirklich, denn sie waren ganz fett, wenn der Arzt sie wieder wegzog. Lucy sah die kleinen Wunden, die ihre Mäuler in die Haut gegraben hatten. Danach schlief Daddy ein. Er schlief eine ganze Woche lang und konnte nur mit Mühe zum Essen, Trinken und Waschen aufgeweckt werden. Die Schiffsschwester half Mummy dabei, sich um ihn zu kümmern. Während Lucys Bananen reif wurden, schien er sich zu erholen, so daß er sich am Ende der Reise anziehen und zum Essen in den Speisesaal kommen konnte. Mummy war überglücklich darüber.

Doch während des einjährigen Heimaturlaubs

zeigte sich, daß er nicht mehr der alte war. Er suchte einen Neurologen in der Londoner Harley Street auf, dessen Diagnose lautete: *Encephalitis lethargica*. Er erklärte Louise, die es ihrerseits später Lucy erklärte, daß sein Geist und sein Körper schrittweise verfallen, seine Bewegungsabläufe sich verlangsamen würden, was auf Muskelstarre zurückzuführen sei, und daß er sich nicht mehr artikulieren könnte und daß sich schließlich ganz allmählich seine Persönlichkeit auflösen würde.

Das war nun alles vorüber und vorbei, alles schon vor langer Zeit geschehen, aber wenn Lucy die Augen zumachte, sah sie immer noch das Gesicht der Ayah, als sie sich oben auf der Gangway noch einmal umgedreht und heruntergerufen hatte: »Auf Wiedersehen! Auf Wiedersehen! Wir sehen uns in einem Jahr wieder!« Und das Gesicht der Ayah hatte stumm gesagt: »Vielleicht. Vielleicht auch nicht.« Sie hatte die Tatsache akzeptiert, daß menschliche Beziehungen nicht von Dauer waren, sie hatte die Ungewißheit der Zukunft hingenommen, das Los aller Armen, sie hatte die Resignation all jener empfunden, die es gewöhnt sind, immer wieder der Hoffnung beraubt zu werden. Sie winkte mit ihren schmalen Händen. Wie Lucy diese Finger geliebt hatte, die hin und her geflattert waren wie Motten, wenn sie sie damit gekitzelt hatte, um sie zum

Lachen zu bringen! Und wie sie sie gehaßt hatte, wenn sie beim morgendlichen Bürsten an ihren Haaren zerrten! Sie gehörte der einfachen, erfolglosen Mehrheit an, in deren Hände Lucy so vieles legen wollte. Gandhi beschrieb die Frauen als die bessere Hälfte der Menschheit, weil sie von der Natur besser ausgestattet seien für *satyagraha*, den großen, gewaltlosen Kampf für Freiheit und Erfüllung. Die Revolution würde sich nicht plötzlich und spektakulär vollziehen, sondern ganz allmählich die Abschaffung von Unterdrückung und zerstörerischen Sitten herbeiführen. Sie würde die Frauen von der Last ungewollter Kinderscharen befreien und die Menschen über bessere Möglichkeiten, wie man Probleme anpackte, informieren. Vielleicht erklärte man sogar einmal den Krieg für illegal. Gandhi hatte recht. Lucy nickte schläfrig. Wir werden uns überall auf die Frauen verlassen müssen, wenn wir diesen Planeten erhalten wollen.

5
Montag morgen

Mitten in der Nacht wachte Joss auf, aufgeschreckt durch ein Erzittern des Hauses. Er meinte, gehört zu haben, wie eine Tür laut zuschlug. Draußen bellte ein Hund, und von unten klangen hastige Schritte herauf. Als erstes kamen ihm Einbrecher in den Sinn. Ächzend stand er auf und warf einen Blick auf seine Uhr: halb fünf. Es war noch dunkel, aber schon Montag. Da er die Vorhänge nicht zugezogen hatte, sah er, daß aus den unteren Räumen, Lucys Räumen, Licht drang. Die Gästezimmer, das wußte er, befanden sich auf der anderen Seite der Treppe. Aus Joannas Zimmer drang kein Ton herüber, sobald er jedoch einen Bademantel angezogen und die Tür aufgemacht hatte, hörte er auch Joanna verschlafen rufen: »Was ist denn los?«

Joss öffnete ihre Tür und wollte gerade etwas sagen, als eine Serie von Klagelauten die Stufen zum Speicher heraufdrang. Joanna sprang aus dem Bett, packte ihren Morgenmantel und murmelte Joss im Vorbeilaufen zu: »Das ist Beena. Es sieht ihr nicht ähnlich, dieses Jammern.«

Die Türen zu Beenas und Lucys Zimmern standen offen, Licht ergoß sich auf den Flur.

»Was ist los, Beena?« rief Joanna.

Beena rannte ihr entgegen. Sie hatte ein gefaltetes Stück Papier in der Hand, das sie gegen die Brust preßte. Sie stöhnte, als habe sie Schmerzen. Joanna nahm sie in die Arme und wiederholte: »Was ist denn los?« Doch Beena brachte kein Wort heraus.

Joss drängte sich an ihnen vorbei in Lucys Arbeitszimmer, wo diese zusammengesunken, das Gesicht auf dem Teppich, dalag. Mein Gott! dachte er. Sie hat einen Schlaganfall erlitten. Was soll ich jetzt bloß machen? Ihr linker Arm lag ausgestreckt da. Obwohl sie noch immer ihr Festtagskleid trug, glitzerten keine Ringe mehr an ihren Fingern. Er starrte die Leiche an, denn tot war die Frau, da war er sich ziemlich sicher. Er hatte noch nie zuvor eine Leiche gesehen. Sein Herz schlug schneller, seine Hände wurden feucht. Er wischte sie sich am Gürtel seines Bademantels ab und stellte dabei fest, daß sie zitterten. Sein ganzer Körper begann unkontrollierbar zu beben; er schämte sich dafür, aber er konnte nicht anders. War sie tot, oder lebte sie noch? Er versuchte zu lauschen, konnte ihren Atem jedoch wegen des Lärms, den Beena machte, nicht hören. Er wollte Lucy nicht berühren. Als er sich im Zimmer umsah, entdeckte er die Ringe in einer chinesischen Porzellanschale auf einem Tisch bei ihrem Stuhl. Sie mußte sie abgenommen haben, bevor sie hingefallen war. Die unterste Schublade des Davenport stand offen, Papiere lagen verstreut am Boden herum. Während er noch zögerte, schob Joanna ihre Mutter ins Zimmer, und Joss sah voller Überraschung, daß Lucys Diamantanhänger an Beenas Brust baumelte, an der Brust dieser lächerlichen, barfuß vor sich hin schniefenden Gestalt in ihrem dünnen Nachthemd. Sie hatte nicht lange gebraucht, um dieses Symbol der Autorität von Lucys Hals zu reißen und es sich selbst umzuhängen!

Joanna hastete zu Lucy, rollte sie auf den Rücken, lauschte auf ihren Atem, legte ihr die Hand auf die Brust, um zu prüfen, ob ihr Herz noch schlug, und versuchte, ihren Puls festzustellen. Joss dachte: Wenn ich mich im Hintergrund halte, merkt niemand, daß ich zittere. Gleichzeitig ärgerte er sich über sich selbst, weil er sich nicht nützlich machte. Er beobachtete, wie Beena sich in Lucys Stuhl setzte, und hätte sich gewünscht, daß ihr kurzes Nachthemd nicht ganz so viel enthüllt hätte. Der Anblick ihrer gedrungenen Gestalt und ihrer kaum bedeckten, großen, schwabbeligen Brüste verletzte sein ästhetisches Empfinden.

»Ich glaube, sie ist tot«, sagte Joanna.

In diesem Augenblick kam Dewey herein, barfuß und mit einem langen T-Shirt, auf dem die Familie Feuerstein abgebildet war.

»Rufus hat mich mit seinem Bellen aufgeweckt«, erklärte er. »Waren Einbrecher da?« fragte er erwartungsvoll. Beena hörte mit dem Schniefen auf.

Joanna wußte sofort, daß Lucys Rolle auf sie übergegangen war. Sie würde sich jetzt um High House kümmern. Sie warf Joss einen Blick zu, und es war ihr klar, daß er keinen Finger rühren würde, um ihr zu helfen. Er würde sie für das bestrafen, was sie gestern zu ihm gesagt hatte. Nun, sie kam auch ohne ihn zurecht. Sie berührte Deweys Arm. »Lucy ...«, sagte sie. »Ich glaube, wir legen sie lieber auf das Ruhebett, Dewey. Könntest du mir bitte helfen?«

Ohne ein Wort zu sagen, half er ihr dabei, die Leiche hochzuhieven. Ein Arm hing lose herunter, die Finger schleiften über den Teppich, und ihr Mund klappte auf. Cousin und Cousine sahen einander an.

»Die arme Großmama!« sagte er. »Jetzt wird sie mit dem Walkman wohl nichts mehr anfangen können, oder? Sie war so nett!« Er fing an zu weinen. Joanna nahm ihn in den Arm, dann standen sie eine Weile so da und trösteten einander.

Mittlerweile war auch Charlotte durch ihre Stimmen aufgewacht und gesellte sich zu ihnen. Sie sah ohne ihr Make-up und ohne ihren Schutzschild aus bunten Kleidern und Ethnoschmuck ziemlich alt und zerbrechlich aus in ihrem Morgenrock. Obwohl sie eine bifokale Brille auf der Nase hatte, mußte sie sich ihren Weg auf dem Flur ertasten. Eigentlich ein Wunder, dachte Joss, daß sie noch lebte, wo doch ihre jüngere Cousine nun gestorben war. Sie kroch herein, stellte keine Fragen, sondern beugte sich über Lucy und murmelte: »Arme Lucy! Arme Lucy!« Sie nahm ihre Hand und küßte sie, bevor sie sie unter Lucys Hüfte klemmte und den Saum von Lucys meergrünem Kleid über ihre Knie zog. Dann rief sie aus: »Sie hat sogar noch ihr gutes Kleid an!« Sie nahm das Oberbett, das noch immer neben Lucys Stuhl auf dem Boden lag, und breitete es über die Leiche. Sie berührte Lucys Stirn. »Kalt!« murmelte sie. »Schon kalt!«

Dann ging Charlotte zu Beena hinüber, kniete neben ihr nieder und fragte: »Wann ist das passiert?«

»Vor ungefähr einer Stunde – nein, vor einer halben. Ich habe sie hinfallen hören. Sie hat noch geatmet, als ich hereingekommen bin. Eigentlich war es eher ein Schnauben.« Beena wirkte ganz nüchtern, doch plötzlich brach sie in Wehklagen aus: »Das ist unfair – es ist schrecklich unfair! Wie gemein von ihr, mir so etwas anzutun!«

»Liebe Beena«, versuchte Charlotte sie zu beruhigen. »Ich weiß, daß das hart ist für dich, aber schließlich war Lucy achtzig. Sie hatte ein langes, erfülltes Leben hinter sich. Sie konnte doch nicht ewig leben.«

»Nein! Nein!« jammerte Beena. »Das will ja auch niemand. Es ist nur ... ich bin froh, daß sie so schnell gestorben ist, weil sie sich das immer gewünscht hat. Es ist nur – dieses schreckliche Testament!«

»Nicht, Mutter! Nicht!« flehte Joanna sie an. Sie kniete auf der anderen Seite des Sessels nieder und hielt die Hand mit dem gefalteten Papier, doch Beena machte sich los und warf ihnen das Dokument hin.

»Lest es! Lest es!« schrie sie. »Oder noch besser – verbrennt es!« Plötzlich sprang sie auf und warf es in die Glut, doch es fing nicht Feuer. Während Joss bestürzt zusah, holte Charlotte das Dokument aus dem Kamin.

»Du bist unmöglich, Beena«, schalt sie sie. »Das ist wirklich garstig. Außerdem nützt dir das sowieso nichts, weil das Original sicher im Safe von Lucys Anwalt liegt.« Sie entfaltete den Bogen Papier und warf, nachdem sie die Brille zurechtgerückt hatte, einen schnellen Blick darauf. »Wie ich mir's gedacht habe: Es ist bloß eine Kopie.«

»Es ist so unfair«, jammerte Beena weiter. »Ich habe ihr meine Jugend geopfert, ich habe mich um High House gekümmert – und um sie. Ich habe ihr letztlich mein ganzes Leben geopfert –

und jetzt tut sie mir das an! Das ist einfach undankbar.«

Schweigen folgte auf ihren Ausbruch. Joanna sah, daß Dewey schockiert war. Joss stand mit gesenktem Kopf da, so daß sie seinen Gesichtsausdruck nicht erkennen konnte, aber sie konnte sich schon denken, daß er entsetzt war. Wahrscheinlich hatte er jetzt die Vorstellung, daß Beena ihre Mutter schon vor geraumer Zeit gefunden hatte, daß sie unverzüglich den Diamantanhänger und die Ringe an sich gerissen und dann nach dem Testament gesucht hatte. Der Inhalt dieses Testaments, nicht der Tod ihrer Mutter, ließ sie so aufschreien. Charlotte meldete sich in scharfem Tonfall zu Wort:

»Wenn ich mich recht entsinne, Beena, hat Lucy sich um dich gekümmert, als du jung warst, und danach auch noch viele Jahre lang. Also sag uns doch bitte, was sie dir angetan hat. Und wo hast du überhaupt so schnell ihr Testament gefunden?«

Beena deutete mit dem Kopf kurz in Richtung Davenport. Sie war immer noch wütend, brachte aber nur ein Grollen hervor: »Sie hätte alles mir hinterlassen sollen, damit ich mich darum kümmern kann. Schließlich bin ich ihre nächste Verwandte, ihre einzige Tochter. Warum hat sie High House nicht mir hinterlassen? Es ist mein Zuhause. Es ist immer schon mein Zuhause gewesen.«

»Beena, meine Liebe, so sei doch vernünftig«, sagte Charlotte im Namen aller. »Dieses Haus ist viel zu groß für eine alleinstehende Frau mittleren Alters. Hier drehst du doch durch. Und überhaupt, wie willst du das denn bezahlen? Es wäre doch viel zu teuer im Unterhalt. Ich bin mir sicher, daß Lucy alles bedacht hat.« Wieder warf sie einen Blick auf ihr Testament. »Soweit ich sehe, ist der Anwalt auch ihr Testamentsvollstrecker.«

Joss war ziemlich übel. Er sehnte sich danach, aus dem Raum herauszukommen, der ihn bedrückte, weil er so klein war und weil eine höchst angespannte Atmosphäre darin herrschte zwischen all jenen Menschen, die ihm nun wie Fremde erschienen. Sogar Joanna, die sich kühl und professionell über die Leiche gebeugt hatte und jetzt damit beschäftigt war, ihre Mutter zu beruhigen, schien ihn seinem Schicksal preisgegeben zu haben. Er war ein Außenseiter, er gehörte nicht dazu. Noch schlimmer: Er war Zeuge einer widerlichen Szene geworden, die er am liebsten völlig aus seinem Gedächtnis streichen würde, doch andererseits wollte er auch hören, welches Schicksal Lucy dem Gemälde zugedacht hatte, also wartete er. Charlotte las hastig und übersetzte dabei die juristischen Ausdrücke in einfacheres Englisch. Er mußte zugeben, daß sie trotz ihres zerbrechlichen Äußeren und ihres hohen Alters noch im Vollbesitz ihrer geistigen Kräfte war.

»Zunächst steht hier etwas davon, daß die Schulden und Steuern bezahlt werden müssen, doch dann sind die wirklich wichtigen Sachen aufgeführt.« Sie schwieg einen Augenblick, sogar noch in einem solchen Moment die große Schauspielerin. »Das Haus soll verkauft und der Erlös durch drei geteilt werden: Zwei Drittel der Summe sollen an meine Tochter Sabrina Marshall gehen, ein Drittel an meine Enkelin Joanna Marshall.« Charlotte blinzelte über den Rand ihrer Brille. »Ich denke, das ist fair, Beena. Joannas Anteil wird ausreichen, um ihre medizinische Ausbildung zu finanzieren, und deiner genügt, damit du dir ein kleines Haus kaufen kannst – ein hübsches Häuschen, das gemütlicher und wärmer ist als dieses hier. Dann bleibt dir sogar noch etwas, was du anlegen kannst, um ein festes Einkommen zu haben. Du brauchst nicht von hier wegzuziehen, sondern kannst weiterhin in der Nähe von Frenester wohnen, gleich bei deinen Freunden. Du kannst dir auch immer ein Zubrot verdienen, indem du dich um andere Menschen kümmerst. Das machst du doch wunderbar.« Sie las einen weiteren Absatz vor. »Ich sehe hier, daß sie dir ihren ganzen Schmuck sowie alles aus dem Haus, was du gern behalten möchtest, vermacht hat.«

Joss hielt es nicht mehr länger aus.

»Hat sie das Familienporträt dem Staat vermacht?« fragte er.

»Nein«, antwortete Charlotte. »Nein, das hat sie nicht. Hier heißt es: ›Das Bild meiner Großmutter Amelia Dambresac, das 1900 in Wien gemalt wurde, soll verkauft werden. Der Erlös daraus soll als Spende an ein … äh … medizinisches College in Indien gehen. Die Medical School in Chota Burrapur, die den Erlös aus dem Verkauf des Bildes erhält, soll das Einkommen, das durch die Anlage des Erlöses entsteht, für die Ausbildung indischer Frauen verwenden, die sich sonst ein Medizinstudium nicht leisten könnten.« Sie setzte die Brille ab. »Du hast schon recht, Beena, das ist alles ein bißchen eigenartig, aber es ist ihr Wunsch. Sie hat schließlich immer etwas übrig gehabt für Indien, nicht wahr? Genauso wie ihre Mutter und ihre Großmutter. Sie hatten alle das Gefühl, daß sie Indien etwas schuldeten.«

Es herrschte kurzes Schweigen.

»Ich muß ihren Arzt anrufen«, sagte Joanna. Doch Beena, die sich plötzlich daran erinnerte, daß sie eine Pfadfinderführerin war und sich zusammenreißen mußte, beschloß, einerseits ihre neue Autorität anzunehmen und andererseits weiterhin die Dienerin aller zu bleiben. Sie sagte: »Laß den armen Mann noch eine oder zwei Stunden schlafen. Die Toten kann er auch nicht mehr aufwecken. Er kann lediglich die Sterbeurkunde ausstellen.«

»Du hast recht«, stimmte Charlotte ihr zu. »Was wir jetzt alle brauchen könnten, wäre eine Tasse Tee.«

Joss schlüpfte, gefolgt von Dewey, der seine Eltern aufweckte, um ihnen die Neuigkeiten zu überbringen, aus dem Zimmer. Er hielt sich am Geländer fest, während er die Stufen zu der Toilette am hinteren Ende des Flurs hinunterging. Er wußte, daß sich dort ein Waschbecken befand, wo er sich die Hände waschen konnte. Er verspürte das dringende Bedürfnis, sich zu reinigen. Er hatte die Leiche zwar nicht berührt, aber seine Hände waren unrein. Als er sie sich abtrocknete, sah er sein weißes Gesicht im Spiegel über den Wasserhähnen und dachte: Ich habe Angst vor dem Tod; Joanna hat diese Angst nicht. Es ärgerte ihn, daß er das zugeben mußte. Er machte das, was sich da in Lucys Zimmer abgespielt hatte, dafür verantwortlich, daß er den Tod als so schmutzig, unwürdig und schrecklich empfand. Ich hasse dieses Haus, dachte er. Wie, um Himmels willen, bin ich nur in die Fänge dieser ganzen Frauen geraten? Das Haus war kein Zuhause, sondern eine Gruft mit den Geistern all jener Ahnen, die den Lebenden ihre eigenen bösen Taten aufzwangen. Panik ergriff ihn wie ein

Sturm, peitschte ihn hin und her und trieb ihn in eine Richtung, in die er nicht gehen wollte, ließ ihn Dinge denken, die er nicht denken wollte. Er hatte das Gefühl, in einer Falle zu sitzen, gefangen in den Ereignissen der vergangenen achtundvierzig Stunden. Er wollte um jeden Preis entfliehen.

Er rannte in den Salon, auf die Verandatür zu, rüttelte daran, und endlich gelang es ihm, sie mit steifen Fingern zu öffnen. Er trat hinaus auf die Terrasse und spürte erleichtert die kalte Luft auf seinem Gesicht und seinem Nacken. Es war noch dunkel, aber am hinteren Ende der Buchenallee ahnte er schon einen helleren Schimmer – es war noch nicht die Wärme der Sonne, sondern nur das Versprechen eines neuen Tages. Gott sei Dank war es Montag! Er konnte jetzt ohne weiteres die Arbeit in London vorschieben, um von High House loszukommen, und wieder in die Welt der Vernunft und des täglichen Arbeitsalltags zurückkehren. Natürlich starben die Menschen, jeden Tag starben sogar ziemlich viele, aber sein Leben mußte weitergehen. Er mußte nicht hierbleiben, sagte er sich, und sofort beruhigte er sich etwas. Beena und Joanna würden sich um die Leiche kümmern. Das ging ihn nichts an. Er fragte sich, ob Joanna von ihm erwartete, daß er der Beisetzung beiwohnte – hoffentlich nicht. Selbstverständlich würde er Blumen schicken.

Und später würde er Joanna Abzüge von den Fotos schicken, die er im Garten gemacht hatte. Er wanderte auf der Terrasse hin und her, bis ihn die Kälte wieder hineintrieb, wo er sich in der Küche neben dem Aga-Herd aufwärmte. Er füllte den Kessel mit Wasser und stellte ihn auf eine heiße Platte. Niemand würde ihn dazu bringen, den Tee in dieses Zimmer zu tragen, aber er würde ihn kochen und jemanden überreden, es für ihn zu tun – vielleicht Dewey.

Er war zutiefst erleichtert, als Danielle in die Küche geschlurft kam und sich schweigend an den Tisch setzte. Es bestand keine Notwendigkeit, etwas zu sagen. Sogar verschlafen, wie sie war, wirkte sie ungeheuer sexy. Er begrüßte sie nicht. Er fragte sich, ob sie schon von Lucys Ableben wußte, beschloß aber, von sich aus nichts davon zu erwähnen. Die silbernen Reifen an ihrem Arm betörten ihn mit sirenenhaftem Geklimper, nicht einer davon klang warnend. Er machte den Tee und ließ sich ihr gegenüber nieder. Als er ihr eine große Tasse reichte, lächelte sie ihn an. Da hatte er sie plötzlich grau und verschrumpelt und, abgesehen von einem grünen, schlangengleichen Tuch um den Hals, nackt vor Augen. Er stellte seine Tasse klirrend auf dem Tisch ab und dachte: Mein Gott! Ich bin krank! Die Ereignisse der Nacht und der Schlafmangel lassen meine Phantasie mit mir durchgehen. Daran war nur dieses schreckliche

Gemälde schuld. Er fragte sich, ob er jemals wieder einen Blick auf eine hübsche Frau würde werfen können, ohne solche Horrorvorstellungen zu entwickeln.

Danielle nippte an ihrem Tee und seufzte zufrieden. »Ah! Das tut gut!« Ihre träge Stimme vertrieb seine neurotischen Phantasien, endlich konnte er sich wieder entspannen. Die Tatsache, daß sie so normal war, wirkte wie Balsam auf seine Seele.

»Fährst du heute nach London zurück?« fragte er.

»Ich habe einen Flug von Heathrow gebucht«, antwortete sie. »Aber *Grandmère* wird jetzt natürlich in London bleiben. Ich muß allein reisen.« Also wußte sie Bescheid …

»Ich bringe dich hin«, schlug er vor. »Ich nehme sowieso die M4, Heathrow liegt auf dem Weg.«

Sie hob den Blick und seufzte: »Das wäre großartig!«

Allmählich wachten alle im Haus auf. Die Gäste stolperten im Haus herum, taten all das, was sie jeden Tag taten, nur Beena nicht. Sie beschloß, wieder ins Bett zu gehen und sich von Charlotte das Frühstück bringen zu lassen.

»Ich kümmere mich jetzt einfach einmal um dich«, sagte Charlotte. »Mach dir keine Gedanken wegen der Verabschiedung der Gäste. Das erledigt Joanna.«

»Ich würde immer noch gern wissen, wie dieser Joss wirklich heißt«, sagte Beena von ihrem Kissen aus.

»Das kann ich dir sagen«, informierte sie Joanna von der Tür aus. »Er heißt Martin.«

»Martin?« wiederholte Charlotte. »Das hat mit ›Joss‹ nicht viel zu tun!«

»Den Spitznamen haben sie ihm in der Schule angehängt«, lachte Joanna.

»Meine liebe Joanna!« meinte Beena. »Komm her und laß dich in den Arm nehmen.«

»Wir drei müssen jetzt zusammenhalten«, sagte Charlotte.

»Wir werden die Scherben aufsammeln, aufkehren und weitermachen müssen wie bisher«, erklärte Beena.

Joanna dachte: Darin liegt der Mut der Frauen. Sie heben die Scherben zerbrochener Leben auf und kleben sie. Überleben, das können wir. Und schließlich ist das das einzige, was zählt.

Die Kanadier beschlossen, ihre Großbritannien-Tour fortzuführen, bis hinauf nach Schottland zu reisen und nach einer Woche wiederzukehren, um der Beisetzung beizuwohnen. Charlotte wollte in High House bleiben, um Beena beizustehen und Joanna zu helfen, an der der größte Teil der anstehenden Arbeiten und Entscheidungen hängenblieb. Lucy lag mit einem weißen Tuch bedeckt da. Der Arzt war bereits unterwegs. Wenn er die Sterbeurkunde ausgestellt hatte, immer vorausgesetzt, er konnte die Todesursache ohne weiteres feststellen, würde der Leichenwagen kommen und Lucy mitnehmen.

Als Joanna sich auf der Veranda von allen verabschiedete, sagte Duncan: »Wie wär's – möchtest du uns nächsten Winter in Kanada besuchen?« und Dewey rief ganz aufgeregt: »Au ja, toll. Komm doch, Joanna! Bei uns kannst du prima Ski fahren! Ich zeig's dir!« Ellen pflichtete ihm bei: »Ski fahren ist toll! Das wird dir gefallen!« Als ihr dann die Leiche im Obergeschoß wieder in den Sinn kam, schämte sie sich für ihren Überschwang und fügte leise hinzu: »Natürlich erst, wenn du über alles hinweg bist ...«

»Das klingt wunderbar«, sagte Joanna. »Tja, vielleicht ... Ich werde es mir jedenfalls überlegen.« Sie küßten sie alle auf die Wange, und Dewey umarmte sie.

»Also dann, bis nächsten Montag!«

Ein wenig ernüchtert durch die Erwähnung des bevorstehenden Montags mit seinen Beisetzungsfeierlichkeiten, gingen sie zum Wagen und winkten noch einmal zurück, als sie die Auffahrt hinunterfuhren.

Joss erklärte, er würde Danielle nach Heathrow bringen, damit sie ihr Flugzeug erreichte. Danielle gab Joanna einen Kuß und lächelte, sah ihr aber nicht in die Augen. »Tut mir leid. Es ist traurig für dich«, sagte sie und überließ es Joanna herauszufinden, ob sie damit Lucys Tod meinte oder die Tatsache, daß sie ihr Joss ausgespannt hatte.

Joss sagte: »Ich fürchte, ich muß dich jetzt im Stich lassen. Aber wenn ich irgend etwas für dich tun kann ...« Er nahm eine Visitenkarte aus seiner Tasche. »Vielleicht solltest du die Lucys Testamentsvollstrecker geben. Er wird bei der Begutachtung des Gemäldes die Hilfe eines Fachmannes brauchen.«

»Ich sorge dafür, daß er die Karte bekommt«, antwortete Joanna. »Er wird dich sicher bei Frithby's anrufen, wenn er deine Hilfe braucht.«

»Wir werden natürlich für euch tun, was wir können.«

»Natürlich.« Dann gab sie plötzlich der Versuchung nach, ihn zu verletzen: »War nett, dich kennengelernt zu haben.« Damit gestand sie sich offen ein, daß der Joss von gestern bereits der Vergangenheit angehörte. Das war der Lauf der Dinge. Lucy hatte ihr immer gesagt: »Die Liebe ist nicht alles. Die Liebe geht vorbei. Was bleibt, sind Zuneigung, Loyalität, Arbeit.« Jetzt wußte sie, daß sie recht gehabt hatte.

»Auf Wiedersehen, Joanna.« Joss küßte sie auf die Wange. »Du weißt, wie leid mir das alles tut. Du bist ein großartiges Mädchen. Aber du wirst es schaffen, das weiß ich.«

Sie verzog das Gesicht zu einem Lächeln, als sie ihnen nachschaute. Joss verwendete gern solch kernige Pfadfindersätze. Er ging einfach davon aus, daß sie überlebte, egal, was passierte. Oder war es ihm schlicht egal? Ihre ganze Welt war in einer Nacht auf den Kopf gestellt worden, aber weil er sich sicher war, daß sie überleben würde, erwartete er von ihr, daß sie auch gegen das Leid immun war, und bot ihr keine Hilfe an. Der Tod hatte ihn geprüft, und er hatte die Prüfung nicht bestanden. Er hatte sie mit ihren Sorgen allein gelassen und sich statt dessen mit Danielle aus dem Staub gemacht. Von der Frau ausgestochen zu werden, die Mrs. Colbert einmal »als französisches Biest, den Kopf voller Flausen« beschrieben hatte, war nicht gerade schmeichelhaft, aber es zeigte ihr immerhin, daß in Zeiten der Not kein Verlaß auf ihn war. Lucy hätte ihren Schmerz verstanden, denn Lucy wußte um den ganz privaten Kummer wie auch um die Trauer, die man nach außen trug. Doch Lucy war jetzt nicht mehr in dem alten Haus. Niemals mehr würde Joanna ihre feste Hand ergreifen, sie würde auch nicht mehr die Steine ihrer Ringe an ihrer Wange spüren, wenn sie sich neben Lucys Sessel auf den Boden setzte. Sie würde nie mehr mit Lucy entlang den Edges bis zu Betty Bugler's Tump gehen, hin und wieder bei einem Gatter stehenbleiben und hinunterblicken auf die grünen Weiten des Weidelands, das sich bis zum Horizont mit seinen verschwommenen blauen Hügeln erstreckte, sie würde sich nie mehr mit ihr über Gott und die Welt unterhalten. Was hatte Lucy von Joss gehalten, und was würde sie jetzt sagen? Joanna wußte, was Beena sagen würde: »Im Meer gibt's mehr als genug Fische, sogar in unseren Zeiten der Umweltverschmutzung, und Zeit zum Angeln hast du auch.« Joanna vermutete, daß Beena sich freuen würde zu hören, daß Joss sie wegen Danielle sitzengelassen hatte. Auch Charlottes Reaktion konnte sie sich denken: »Er sieht gut aus und hat Manieren, aber keinen sonderlichen Sinn für Humor, was, Schätzchen? Er ist steif wie ein Stock, wenn du mich fragst.«

Und dann vernahm sie Lucys Stimme in ihrem Kopf, so deutlich, als stünde sie neben ihr und starrte auf die Stelle, von der der Volvo gerade weggefahren war und wo jetzt ein einzelnes Buchenblatt, brüchig und trocken, langsam auf den aufgewirbelten Staub heruntertaumelte. »›Für den Mann sind Liebe und Leben zwei verschiedene Dinge. Doch für die Frau ist die Liebe das ganze Leben.‹ Vielleicht hat das in Byrons Zeit noch gestimmt, aber jetzt nicht mehr! Das zwanzigste Jahrhundert ist das Jahrhundert der Frau. Es hat uns alle verändert.«

Joanna war sich da nicht so sicher. Die alte

Dame Dambresac hatte so leidenschaftlich geliebt, daß sie die gesellschaftliche Ächtung riskiert hatte, Urgroßmutter Louise hatte sich so heftig verliebt, daß sie ein Kind empfing, bevor sie einen anderen Mann heiratete, und Beena wurde schwanger, ohne je geheiratet zu haben. In ihrem Eifer, sich über die Regeln hinwegzusetzen, hatten sie alle schon vor der Ehe über die Stränge geschlagen. Die einzige Ausnahme war Lucy gewesen, aber das lag wahrscheinlich auch nur daran, daß sie wegen des Krieges schnell hatte heiraten müssen. Für sie alle war, wenigstens eine kurze Zeit, die Liebe der einzige Lebensinhalt gewesen. Nein, dachte sie, die Frauen hatten sich eigentlich kaum verändert. Verändert hatte sich lediglich das Leben, das sie führten. Insgeheim gab Joanna der Stimme Lucys in ihrem Kopf recht: Ja, gut. Wir müssen uns der Arbeit und der Verantwortung stellen, wir müssen Entscheidungen treffen, was für die Damen in Byrons Zeit noch nicht galt. Aber Lucy konnte gut Vorsicht und gesunden Menschenverstand predigen. Schließlich war sie alt, ihre Hormone meldeten sich nicht mehr so häufig zu Wort, und ihr Geist hatte sich damit abgefunden, daß die Begierden des Körpers erloschen waren. Aber ich bin jung, sagte sich Joanna. Ich werde die Liebe mit Sicherheit wieder mit beiden Händen packen, wenn sie mir noch einmal über den Weg laufen sollte. Sie starrte traurig die leere Auffahrt hinunter und wünschte sich, Joss hätte sie noch einmal liebevoll zum Abschied geküßt, hier, vor den Augen dieser Watteau-Zeichnung von einer Frau mit Flausen im Kopf, die den Kampf um den begehrten Mann gewonnen hatte. Sie wurde rot vor Zorn, und ihre Eifersucht vermischte sich mit Selbstmitleid und der Trauer um Lucy. Heiße Tränen traten ihr in die Augen. Doch als sie sich umwandte, um wieder ins Haus zu gehen, sagte sie laut: »Nein. Das ist nicht mein ganzes Leben ...«

In der gleichen augenfreundlichen Schrift
bei dtv erschienen:

Das neue Großdruck-Lesebuch

Zusammengestellt von
Helga Dick und Lutz-W. Wolff
dtv 25117

Siebzehn Geschichten von Autorinnen und Autoren, die sich im Leben und in der Welt auskennen.

Unterhalten Sie sich mit Ingeborg Bachmann, Heinrich Böll, Max von der Grün, Binnie Kirshenbaum, Siegfried Lenz, Doris Lessing, Unni Lindell, Penelope Lively, Tessa de Loo, Isabella Nadolny, Christine Nöstlinger, Herbert Rosendorfer, Keto von Waberer, Joseph von Westphalen und Christa Wolf.

In der gleichen augenfreundlichen Schrift
bei dtv erschienen:

Wolfgang Schmidt

Die Geschwister

Roman · dtv 25120

»Wolfgang Schmidts Roman gehört zu den schönsten und reifsten Publikationen der Saison.«
Stuttgarter Zeitung

Böhmen 1935. Ein junger Mann von überragender Intelligenz und großem Charisma bringt die geordnete Welt einer kleinen Stadt an der Moldau durcheinander. Erste Liebe und sexuelle Obsessionen schaffen eine erotische Spannung, die von der ersten bis zur letzten Zeile anhält.

In der gleichen augenfreundlichen Schrift
bei dtv erschienen:

Viele schöne Tage
Ein Lesebuch
Zusammengestellt von Helga Dick
und Lutz-W. Wolff
dtv 25126

Vierzehn ungewöhnliche Erzählungen.

»Schöne Tage – man wünscht sie anderen, und man wünscht sie sich selbst. Manche schönen Tage scheinen vorprogrammiert: Hochzeiten, Jubiläen, Geburtstage und natürlich der Urlaub. Aber wer sich selbst besser kennt, weiß auch, daß es oft die unauffälligen Stunden sind, die Glück und Zufriedenheit ausmachen, die seltsame Begegnungen und Überraschungen bringen und am Ende das Leben verändern. Einige dieser Augenblicke sind hier festgehalten von Madison Smartt Bell, Heimito von Doderer, Barbara Frischmuth, Peter Härtling, Marlen Haushofer, Franz Hohler, Hanna Johansen, Marie Luise Kaschnitz, Roland Koch, Siegfried Lenz, Margriet de Moor, Isabella Nadolny, Herbert Rosendorfer und Christa Wolf.

Amei-Angelika Müller im dtv

»Pfarrer sind auch Menschen.«

Pfarrers Kinder, Müllers Vieh
Memoiren einer unvollkommenen Pfarrfrau
dtv 1759 und dtv großdruck 25011

Sie ist ein Morgenmuffel, Kochen ist nicht ihre Stärke, und auch sonst entspricht sie nicht dem Ideal einer Pfarrfrau. Sie wollte auch alles andere werden, nur das nicht. Doch sie lernte einen Theologiestudenten kennen – und lieben.

Ich und du, Müllers Kuh
Die unvollkommene Pfarrfrau in der Stadt
dtv 10968 und dtv großdruck 25083

Nach sieben Jahren in einer ländlichen Pfarrei folgt Amei-Angelika Müller ihrem Mann auf eine Pfarrstelle in der Stadt. Neue Erlebnisse und Erfahrungen warten auf sie.

Veilchen im Winter
Roman · dtv 11309

Was macht eine junge Frau, die sich von ihrem skibegeisterten Ehemann zum gemeinsamen Winterurlaub überreden läßt, obwohl sie selbst völlig unsportlich ist und den Winter zutiefst verabscheut?

Und nach der Andacht Mohrenküsse
dtv großdruck 25096

Eine Kindheit an der deutsch-polnischen Grenze.

Isabella Nadolny im dtv

»Isabella Nadolny ist eine Moralistin der Lebensweisheit, eine Herzdame der Literatur.«
Albert von Schirnding

Ein Baum wächst übers Dach
Roman · dtv 1531 und dtv großdruck 25058
Ein Sommerhaus an einem der oberbayrischen Seen zu besitzen – wer würde nicht davon träumen? Für die Familie der jungen Isabella wurde dieser Traum in den dreißiger Jahren wahr. Doch wer hätte zum Zeitpunkt der Planung und des Baus daran gedacht, daß dieses kleine Holzhäuschen eines Tages eine schicksalhafte Rolle im Leben seiner Besitzer spielen würde?

Seehamer Tagebuch
dtv 1665 und dtv großdruck 2580

Vergangen wie ein Rauch
Geschichte einer Familie
dtv 10133
Als einfacher Handwerker aus dem Rheinland ist er einst zu Fuß nach Rußland gewandert und hat es dort zum Tuchfabrikanten gebracht, in dessen Haus Großfürsten und Handelsherren, der deutsche Kaiser und der russische Zar zu Gast waren: Napoleon Peltzer, der Urgroßvater des Kindes, das ahnungslos die Porträts und Fotografien betrachtet, die in der Wohnung in München hängen.

Providence und zurück
Roman
dtv 11392
»Zuhause ist kein Ort, zuhause ist ein Mensch, sagt der Spruch, und es ist wahr. Hier in diesem Sommerhaus war kein Zuhause mehr seit Michaels Tod…« In ihrer Verzweiflung über den plötzlichen Tod ihres Mannes folgt Isabella Nadolny einer Einladung in die Staaten. Von New York über Boston bis Florida führt sie diese Reise zurück zu sich selbst.

Durch fremde Fenster
Bilder und Begegnungen
dtv großdruck 25118